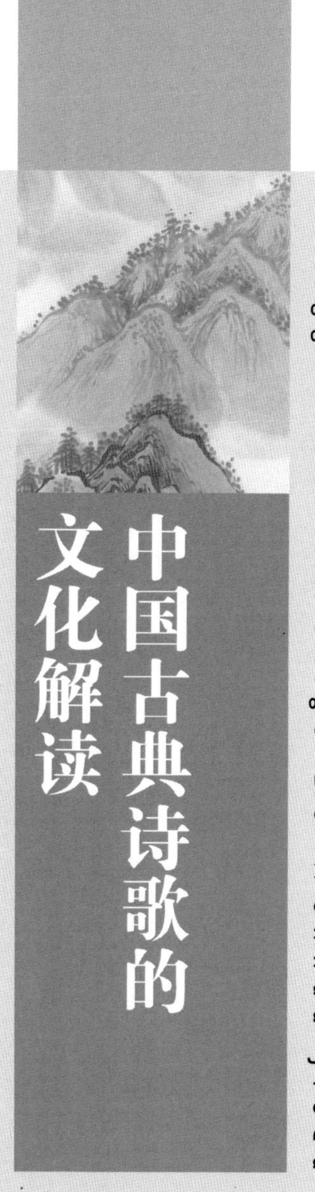

Zhongguo Gudian Shige De Wenhua Jiedu

中国古典诗歌的文化解读

杨子怡/著

人民出版社

责任编辑:洪　琼

图书在版编目(CIP)数据

中国古典诗歌的文化解读/杨子怡 著. -北京:人民出版社,2013.11
ISBN 978 - 7 - 01 - 012390 - 5

Ⅰ.①中…　Ⅱ.①杨…　Ⅲ.①古典诗歌-诗歌研究-中国　Ⅳ.①I207.22

中国版本图书馆 CIP 数据核字(2013)第 178183 号

中国古典诗歌的文化解读

ZHONGGUO GUDIAN SHIGE DE WENHUA JIEDU

杨子怡　著

人民出版社 出版发行
(100706　北京市东城区隆福寺街 99 号)

北京市文林印务有限公司　新华书店经销

2013 年 11 月第 1 版　2013 年 11 月北京第 1 次印刷
开本:710 毫米×1000 毫米 1/16　印张:19.75
字数:330 千字　印数:0,001-2,000 册

ISBN 978 - 7 - 01 - 012390 - 5　定价:54.00 元

邮购地址 100706　北京市东城区隆福寺街 99 号
人民东方图书销售中心　电话 (010)65250042　65289539

目 录

自序:为第三个人而写作

为什么要写作?为谁而写作?写了一辈子的文章,说实话到现在我还没弄明白。

当然,作为文人有充分的理由,曹丕不是说了吗,文章是“经国之伟业,不朽之盛事”。这自然指明了为文之目的:大而言之,那就是“经国”;小而言之,为一己之“不朽”,也就是人们常企盼的扬名立万吧。在天下熙熙皆为利来的时下社会,在随便就可以在网上贴上文章或发几句牢骚的网络世界,如果再谨守曹丕之训,未免显得太自恋了,太抬爱自己了。不过,曹丕的话还是有点蛊惑力的,曾几何时它引诱了多少文人加入爬格子的行列,本人就是其中一个。

不过挤入学术者流,倒是我始料未及的。小时候我最喜欢的是文学写作,初高中时就写诗歌、散文,有时竟人小胆大,写起小说来。当然我不是说我“被学术”了,但大学期间,对古典文学的偏爱,确实改变了我的发展方向。我也像我的业师们一样,在故纸堆中蠕蠕爬行,星转斗移,一晃眼年逾天命了。虽然没成气候,但作为饾饤小儒,焚膏继晷,不敢懈怠,几十年下来,所积亦夥,居然写下80篇文章,逾百万字。当然,我没有曹丕说的伟大,我不奢望这些学术小文章能够“经国”,也不奢望因它而“不朽”,能不贻笑大方,免于同人的哂笑,于愿足矣。在我的这几十篇文章里,说实在话,也有一些是属于“著书都为稻粱谋”的,在滚滚红尘里,我难以不食人间烟火,总得生存,总得混个职称之类什么的。很难做到像周作人老人在《北京的食府》中所说的,把写作看成是“喝不求解渴的酒,吃不求饱的点心”。但可负责任地说,作为文人嘛,良知总是有的,不敢掺杂一些假大空的伪劣品以欺世或媚世,尽管人们常感叹“文章千古亦虚名”,但我仍然信杜陵老人的话,“文章千古事”,不希望后人戮我的脊梁骨。因此,我不敢马虎,大多还是用心写的,力争做到言之有物,论之有据。

小集子终于要付梓了，总得有个序，按时下惯例，总得找个名人捧捧场吧，借誉于名人，尾续于貂后，是学界潜规则。我曾也动过这个心思，但思来想去，终于打消了此念头。因为我不想让名人难堪，也不想让自己难堪。在当世人情社会里，名人受汝之请，得忠汝之事，总得违心说几句好话，即不如此，也得顾左右而言他，说上几句不着边际的话来哄哄你，否则，你会感到刺耳。诚如是，大家不是都很尴尬么！自己为序，好处多多，苦心搜索，概之有三。自己苦心作出的文章正像自己的孩子，是个啥样，自己最清楚，所谓“得失寸心知”嘛，话该说到什么地步，自有一个分寸，此其一；如果自贬一点，还落得一个“谦逊”之美名；好话说得过头一点，甚至学一下卖瓜的王婆，也无关大碍。因为俗话说：“自己的文章最好，别人的婆姨最好。”把自己的文章说得好一点，赞美别人的婆娘几句，人们总是会原谅你的，“敝帚”总可以“自珍”嘛。此其二。苏轼说得好，“佳作正如精金美玉，自有定评”，是精金还是败絮，话不说死，相信一次读者，留给读者一点话语权，此其三。有此三，故自为序。

既然提到读者，本书开头提出的问题自然不是问题了，看来，写作终究还是为读者而写的，希望在读者的心目中“不朽”，古今中外概莫能外。司马迁在屈辱中那么孜孜不倦地写《史记》不就是为了“藏诸名山，传之其人”以求“不朽”么！为达此目的他甚至说“虽万被戮，岂有悔哉”。司马迁的较真着实令人钦敬！然而昨天朋友却幽默了我一回，调侃了我一回，他言之凿凿地说：“尽信古人书，不如无书。殊知：文章是写给两个人看的，你只有两个读者，一个是编辑，一个是你自己！”听了我不禁愕然，愕然之后自然是颓废，但我不得不佩服这话的实在。在这个充满网络快餐的时代，谁还有心思去看那些论证严密的东西呢？在喧嚣的浮尘里，谁还能“宠辱不惊，看庭前花开花落；去留无迹，望天上云卷云舒”呢？人们需要的是轻松，而不是严谨；需要的是生存，而不是浪漫；需要的是肯德基，而不是满汉席；需要的是李嘉诚的成功，而不是苏东坡的幽默。特别像我等吃古人饭，啃古人骨头的学问自然难入时人眼，这一点，我懂。但我很戆，很犟，即使写给两个人看，我也干，至少编辑认同我，我自己认同自己。

虽然我孤独，但我快乐，为快乐而写作！

虽然我寂寞，但我舒坦，为舒坦而写作！

虽然只有两个读者，但我执意为第三个人写作！因为我始终相信司马迁的话，“藏之名山……俟后世圣人君子”！

还有第三个人么？还有后世君子么？

我衷心期待着！

绪　论

文化是一个永远侃不完的热门话题。尽管人们对它的解释定义五花八门，但我最认同的还是美国文化人类学家克罗伯对文化的定义："文化包括各种外显的和内隐的行为模式。"①所谓模式，是人或类在生存过程中使自己不断摆脱自然性而获得的一种有尊严、有价值、合习惯的生活方式。从这个意义上来说，人创造了文化，文化创造了人，因而人就是文化。哲学、法律、历史、艺术、宗教、风俗、社会制度、行为规范、语言体系等以文字符号或人的具体行为为载体的一切外壳形式是它的外显模式；价值观念、思维方式、情感取向这些长期积淀起来的深层的东西是它的内显模式。

文化与诗歌，谁也离不开谁。

文化养育了诗歌，诗歌铭刻着文化。

人类在创造文化时，也同时创造了诗。因为人类的祖先生来就具有"诗性的智慧"，他们具有的审美本能使他们诗意地对待生活，诗意地对待世界，他们希望诗意地栖居，"这些先民，都是地地道道的诗人"。② 但是诗又反哺人，塑造人，参与了人的脱魅化工作。由于诗的参与，人类在生存中重塑自己，逐渐使自己摆脱自然性和动物性。因此，诗与文化同源，诗是最原始的艺术，"诗是人类的母语；恰如园艺先于农艺，绘画先于书写；如歌唱比雄辩更古老；以物易物早于贸易"③。由于人的情感性和美感的本能性，诗成为人类的首选艺术自然也在情理之中，因为诗歌就是艺术化的文化心理——情感符号，人类

---

① ［美］克罗伯：*Culture：Acritical Review of Concepts and Definitions*，转引自顾伟列：《中国文化通论》，华东师范大学出版社 2005 年版，第 3 页。

② 参见［英］特伦斯·霍克斯：《结构主义和符号学》，上海译文出版社 1987 年版。

③ ［德］哈曼：《袖珍美学——犹太教神秘哲学散文风格的一段史诗》，转引自童庆炳：《文化与诗学》第一辑，上海人民出版社 2004 年版，第 37 页。

需要情感的释放;这种情感符号是由文化成员集体所决定的,这就使得情感带有人类的共同性。而这些正是"在所有民族的历史上,诗是最初的或最原始的表达方式"①的原因。

由于诗与文化的这种特殊的紧密的关系,文化诗学成为学界关注热点也就不奇怪了。诚如叶潮先生所言:"尤其在中国,诗歌是文化的炫目标志。不了解中国的诗歌,便不能全面地了解中国的文化;同样,欲全面地了解中国的文化,则必须了解中国的诗歌。"②中国有以诗证史、以史证诗的习惯,一部中国诗歌史往往就是一部中国文化史。从先秦而降,我们的祖先在创造文化的同时也创造了诗,在诗意的对待世界的同时也丰富了文化,他们用诗歌、用文字记录了他们的心路历程,记载了他们的习惯、思想、情感……一句话,他们用这种特殊的情感符号,承先启后,不断地铭刻着文化。正如英国哈特在其所译中国诗歌集《牡丹园》中所言:"他们的诗是用最柔软的笔写在最薄的纸上的,但是作为汉民族的生活和文化的记录,这些诗篇却比雕刻在石头或青铜的碑上更要永垂不朽。"③

因此,把中国诗歌放在中国文化的大视野中去观照或者把中国文化置于中国诗歌的天地中去寻觅,同样是一个不错的选择。

第一节　文化养育了诗歌

文化是养育诗歌的土壤,诗歌是文化的产儿。诗离不开它的时代,离不开它的民族,离不开养育它的文化,正如黑格尔所言:"每种艺术作品都属于它的时代和它的民族,各有特殊环境,依赖于特殊的历史的和其他的观念和目的。"④法国著名美学家、文学史家丹纳在其《艺术哲学》中也认为"种族、环境、时代"是文艺发展的"三因素",大量事实表明,诗歌的发生是离不开社会

① [意]维柯:《新科学》,转引自叶潮:《文化视野中的诗歌》,巴蜀书社 1997 年版,第 10 页。

② 叶潮:《文化视野中的诗歌》,巴蜀书社 1997 年版,第 1 页。

③ 丰华瞻:《中西诗歌比较》,三联书店 1987 年版,第 5 页。

④ [德]黑格尔:《美学》第一卷,商务印书馆 1982 年版,第 19 页。

风俗习惯和时代精神的。因此，诗歌的文化意味最强，必须置于文化大视野中去考察。文化与诗之紧密关系可以从如下几个方面证实。

第一，在文化场中，诗歌作为无形的合法的符号暴力，时代必然会垄断它。

法国人类学者皮埃尔·布迪厄（Pierre Bourdieu）曾提出一个场域概念，认为它“可以被定义为在各种位置之间存在的客观关系的一个网络（network），或一个构型（config-uration）”。[①] 而文化生产场就是其中之一。他认为只有把文化产品置于特定的社会空间特别是文化生产场域中，其独创性才能得到更为充分的解释。在这些场域的构建中必然有资本和权力的介入。所谓资本包括经济资本、文化资本和社会资本，统称为符号资本；所谓权力包括了显性的政治权力和隐性的经济权力、文化权力、符号权力……而“国家是符号权力的集大成者……我认为国家就是垄断的所有者，不仅垄断着合法的有形暴力，而且同样垄断了合法的符号暴力”。[②] 任何时代的统治者都想垄断合法的符号暴力，比如汉代对《诗》“三百”的经化过程就足以说明国家对当时话语权的控制，亦即对以诗为代表的符号暴力的掌控。汉儒在先秦歌诗、舞诗、引诗、教诗、赋诗等广泛的用诗基础上进而经化诗，使原本为文学的诗成为“正得失，动天地，感鬼神……经夫妇，成孝敬，厚人伦，美教化，移风俗”（《毛诗序》）的道德标本，在这种经学语境中，人们普遍认为“诗”的生产是为政治而非艺术的，这样诗成为失去个性、失去诗性而任凭人们随意拿捏、“余取所求”的工具。明明是优美的爱情诗的《关雎》，人们却冠以“美后妃之德”（《毛诗序》）；明明是写男女互赠信物的恋歌的《木瓜》，《毛诗序》偏说成是“美齐桓公”。可见《诗》“三百”从一产生，就被披上道德的合法外衣。在经学定于一尊的汉代，经学话语霸权形成，而文学之诗失语。这其实是儒生为统治者的“独尊儒术”送去的最好的礼物，是代表官方对文化资本最有效的掌控，代表官方审美权力对诗的介入。权力操控符号暴力在宋代也很严重，那就是理学的盛行。统治者不仅需要周敦颐、朱熹、吕祖谦、张载、陆九渊这些专门的理学家，也需要广泛的诗人参与暴力符号的构建。因此，宋代诗坛很快因为诗人们的自觉参与形成理学语境。一方面理学家们以诗或悟道、或言理，诸如“一物其来有

---

① ［法］皮埃尔·布尔迪厄（Pierre Bourdieu）：《实践与反思——反思社会学导引》，李猛、李康等译，中央编译出版社 1998 年版，第 134 页。

② 同上书，第 302 页。

一身，一身还有一乾坤；能知万物备于我，肯把三才别立根”（邵雍：《击壤集·观物吟》）、“功名未是关心事，富贵由来自有天”（《二程集》）之类诗汗牛充栋；一方面很多诗人或身兼理学家或与理学家过从甚密，如苏轼是“蜀学”创始人，陈亮是理学别派人物，辛弃疾与张栻、吕祖谦、陆九渊、朱熹等人交厚，他们在诗中也常常悟理。在这种文化生产场中，诗歌的发生不得不受影响。宋诗为什么有别于唐而形成好议论好言理之自家面目就可从中得到解释了，正是因为宋人“鄙唐之不知道，于是以论理为本，以修辞为本，而诗格于是乎大变”（《四库提要》）。后村在《林子显诗序》中甚至把宋代诗律之坏归罪于理学：“近世理学兴而诗律坏。”诗律坏不敢苟同，但诗之变与理学之兴有紧密的关系却是不争的事实。

国家对符号暴力之垄断还可从诗史上女性题材看出来。在以男性为核心价值观的文化场中，贞操观常常是男性权力强加在女性身上的符号权力，男人出于对于女性处女情结的病态爱好，一方面通过礼仪的规定和法律的惩戒来桎梏她们，使“从一而终”的暴力符号成为套在女子们脖子上的一条绞索；另一方面别有用心地精心地编织一顶顶美丽的贞洁花环套在女子们的头上。这从汉刘向《列女传》为124位女子作传开始到后来历代王朝的史志中的《列女传》及明以后专从节烈着笔的《烈女传》，无不清楚地昭示出男权社会中男人们的龌龊心理，他们自己可娶三妻六妾，而要求女子则“适人之道，一与之醮，终身不改”。[①] 在他们看来，“女子名节在一身，稍有微瑕，万善不能相掩。”[②]在这种强大的符号暴力面前，在这种迷人的迷魂曲中，女性们毫不犹豫地甚至欣欣然地接受它，贞洁烙进了她们的灵魂深处，她们把对于贞操的保护变成一种自己的主动追求，实质上她们也成为符号暴力的自觉参与者。因此，在诗史上，西晋时为守身而跳楼的石崇爱姬绿珠，宁断臂守身的吴王宫妃，唐代不肯屈己从人投环而死的真妃，常常成为人们歌咏的人物。死于岭南惠州的苏东坡小妾王朝云为什么历代文人那么热衷于歌咏她，人们对她的崇敬甚至超过了对她主子苏轼的崇敬，也正在于她的忠敬不二的品格：“万里艰难随玉局，

---

① 张涛：《列女传译注》，济南山东大学出版社1990年版，第137页。

② 吕坤：《吕新事闺范》，见周秀才：《中国历代家训大观》，大连出版社1997年版，第342页。

一生忠敬悟金刚。”(江逢辰诗)①

第二,民族文化心理与诗歌的母题、原型密切相关。

所谓母题,根据歌德的看法,是“人类过去不断重复,今后还会继续重复的精神现象”。② 瑞士文艺理论家沃尔夫冈·凯塞尔把它描述成“一个典型的场面,是可以一再重复的”“动机”③。这些反复出现的动机和精神现象,瑞士心理学家荣格对它赋予特定含义,认为是“集体无意识”的显性形式的原型(Archetype),这些原型“是在历史进程中反复出现的一个形象,……它基本上是神话的形象”,它“赋予我们祖先的无数典型经验以形式”。④ 可见,母题与原型是积淀着祖先经验的一个典型的、反复出现的意象,它烙上了民族的文化心理——情感内容。因此,诗就是对一个民族文化心理——情感史的记录。

中国独特的文化心理就滋生出不少的诗歌母题与原型,换句话说中国诗歌中的许多原型或母题真实地记载了中国的文化心理,诚如美国诗人艾米·洛厄尔在其所译《松花笺》(中国诗集)序中说,中国诗歌“最忠实地标明了那个‘黑发民族’的思想和感情”。⑤ 比如中国诗歌中的“忧患原型”就源自儒家文化的忧患意识。从屈原的“长太息以掩涕兮,哀民生之多艰”(《离骚》),到杜甫的“穷年忧黎元,叹息肠内热”(《自京赴奉先县咏怀五百字》)及陆游的“位卑未敢忘忧国,事定犹须待阖棺”(《病起书怀》),再到范仲淹的“进亦忧,退亦忧”(《岳阳楼记》),关注苍生,忧患国家是中国文化的核心,它是儒家“修身齐家治国平天下”的人生理念的反映。中国的知识分子不管是儒家的还是老庄的,不管是屈原还是陶渊明,他们的骨子里流淌的仍是儒学的血脉,他们徜徉山水而表现出的陶然冷漠的外表,却深藏着“治国平天下”的深情,也许他们表面上坦然,什么都不在乎,但骨子里并未曾忘记天下。表现在诗歌上,那就是从先秦以降,一代一代地乐此不疲的重复着忧生患命、忧国忧民的母题,他们把一己的不幸融入国家民族的不幸中,忧患意识成为中国诗中的一

---

① 张友仁:《惠州西湖志》,广东高等教育出版社1989年版,第128页。

② [美]乌尔利希·韦斯坦因:《比较文学与文学理论》,辽宁人民出版社1987年版,第138页。

③ [瑞]沃尔夫冈·凯塞尔:《语言的艺术作品》,上海译文出版社1984年版,第68页。

④ 见叶潮:《文化视野中的诗歌》,巴蜀书社1997年版,第123页。

⑤ 转引自丰华瞻:《中西诗歌比较》,三联书店1987年版,第19页。

个永恒的主题。

植根于农耕文化的乡土之恋也深深地影响着诗。任何民族都有思乡情结，但汉民族的对乡土的依恋之深恐怕是其他任何民族无法相比的。因为中国文化是建立在以宗族血缘关系为基础的农耕文化，特别重视家族，特别依恋土地，诚如费孝通《乡土中国》所言："我们的民族确是和泥土分不开的。"因此，"落叶归根"、"鸟返故乡"、"狐死首丘"的观念深积于人们的心里而成为一种民族的文化心理，它成为滋生出中国诗歌的"乡土"母题和原型的土壤。在中国古典诗歌中，几乎没有诗人不写乡土之思。如"浮云游子意，落日故人情"（李白：《送友人》）、"露从今夜白，月是故乡明"（杜甫：《月夜忆舍弟》）、"若为化得身千亿，散向峰头望故乡"（柳宗元：《与浩初上人同看山寄京华亲故》）、"复恐匆匆说不尽，行人临发又开封"（张籍：《秋思》）之类的思乡念旧之诗，在中国诗史中汗牛充栋。由于中国文化的叶落归根意识深入人心，因此，这种思乡母题又与团圆母题纠结在一起，人们在思乡中总是盼望团圆："但愿人长久，千里共婵娟"（苏轼：《水调歌头》）；又由于人生聚散不定，命运莫测，生死难期，"不争镜里添白雪，上床与鞋履相别"①，故团圆母题又与伤别母题缠夹在一起，在思乡中传达出别离的感伤意绪："相去日已远，衣带日已缓"（《古诗十九首·行行重行行》）、"同来望月人何在？风景依稀似去年"（赵瑕：《江楼感怀》）。伤别感怀成为古典诗歌的一大主题，诚如英国汉学家阿瑟·韦利（Arther Waley）在其译著《一百七十首中国诗·序》中所言："倘使说中国诗的一半是关于别离的，这话并不讲得过分。"②因为中国自然经济条件下形成的农耕文化具有不尚迁徙的心态，俗语中的"金窝银窝不如自家的狗窝"足以映现出这种心态。

在文化场中，中国人祖先崇拜的文化心态还衍生出中国诗歌的崇古、念旧母题。中国人做诗为什么那么喜欢用典？中国诗歌中为什么有那么多的拟古诗？中国诗坛为什么有那么多拟古派？这一切都可从中得到合理的解释。在人们看来，祖先及其所创立的经典充满了经验、智慧、哲理和法则，人们习惯于在古人先例中寻找统领生活的法则，在经典中寻找证己的真理，因此，寻祖问

---

① 马致远：《双调·夜行船·秋思》，见郁贤皓：《中国古代文学作品选》第五卷，高等教育出版社 2003 年版，第 81 页。

② 转引自叶潮：《文化视野中的诗歌》，巴蜀书社 1997 年版，第 43 页。

典成为传统，诚如清人劳孝舆《春秋诗话》所言："事无细微，皆引诗以证其得失。"用圣贤言来判断是非，成为人们最简捷的方法，这一点严复在《论世变之亟》中说得很透彻："中国由来论辨常法，每欲中求一论，必先引用古书、诗云、子曰，而后以当前事件语言，与之校堪离合，而此事件语言是非遂定。"在诗歌创作中人们习惯于把"入于唐人集中可乱楮叶"、"逼肖老杜"、"神似太白"看做诗歌极境。人们"莫不宪章《谟》、《诰》，祖述《诗》、《骚》，远宗毛、郑之训论，近鄙班、扬之述作"（刘昫：《旧唐书·文苑·传序》）。正如霍尔兹曼在其《孔子与古代中国的文学批评》中说："可以有把握地说，世上没有哪一个文明比中国更具有书卷气息，也没有哪一个文明更加尊崇其古代典籍，惯于从传统的乃至现代的文学书本中寻章摘句，为其日常事务寻求指南。"①人们在用典用事中不但雅化了诗，而且为自己的博学，为自己从经典和掌故中获得前人的智慧或获得为前人所证明了的真理而感到惬意。在诗人看来，前人写过的总是美的，因此，人们标榜"无一字无来历"，主张"文必秦汉，诗必盛唐"，因而"拟古"、"拟拟古"诗充塞诗坛，"前七子"、"后七子"等拟古派相继不替。一篇《七发》人们拟之又拟，竟成"七体"；一首《行路难》人们仿之又仿，历代不替。人们在模仿中"点铁成金"、"脱胎换骨"（黄庭坚：《答洪驹父书》）。取古人之陈言入于自家之翰墨，化别人之腐朽为自己之神奇。可见，内容上的怀古，形式上的拟古，创作中的稽古都导源于中国文化的崇古征圣、重视先例惯例的思维模式。

第三，在文化生产场中各种文化形态催生出诗歌的多种境界。

中国文化生产场包容性极强，它融入了多种文化形态，以孔孟儒学为血脉，以庄禅哲学为精神，以文人学士为肌体。这种文化因子的多重性催生出中国诗歌的诸多境界。

首先，它催生出诗歌的孔孟境界。这种境界表现在内容与形式上，也表现在创作与诗学理论上。儒学文化形态的基本精神之一是自强不息与兼济天下，孔子的"发愤忘食，乐以忘忧，不知老之将至"（《论语·述而》）的进取精神和孟子的"穷则独善其身，达则兼济天下"（《孟子·尽心上》）的入世思想

---

① ［美］瑞克特编：《中国的文学批评法：从孔子到梁启超》，转引自叶舒宪：《诗经的文化阐释》，湖北人民出版社 1996 年版，第 423 页。

融入中国文化的血脉中，渗透于中国的诗学里。诸如“亦余心之所善兮，虽九死其犹未悔”（屈原：《离骚》）的执著，“出师未捷身先死，长使英雄泪满巾”（杜甫：《蜀相》）的遗恨，“一身报国有万死，双鬓向人无再青”（陆游：《夜泊水村》）的慷慨，“乘风破浪会有时，直挂云帆济沧海”（李白：《行路难》）的自信充塞于中国诗史中。导源于“阴阳”“五行”思想的中庸和谐理论也渗入中国文化血脉中，不但催生出中国诗学的温柔教厚观也催生出相克相生的艺术辩证理论。诸如意与象、情与景、情与理、虚与实、藏与露、隐与显、美与善、华与实、文与质、文与道、巧与拙、奇与正、浓与淡、雅与俗、隔与不隔、一与不一等诗学辩证理论的衍生无不与所谓“清浊，小大，短长，疾徐，哀乐，刚柔，迟速，高下，出入，周疏，以相济也”（《左传·昭公二十年》），“八音克谐，无相夺伦，神人以和”（《尚书·虞书·舜典》），“乐而不淫，哀而不伤”（《论语·八佾》）等充满“对立统一”的辩证思维密切相关。此外中国文化的“天人合一”精神，因强调人与自然的关系，无疑“培植了中华民族特有的审美心理结构和审美体验方式，并直接熔铸出‘意象’、‘意境’等诗歌美学范畴”①。

其次，中国文化场中的老庄因子衍生出中国诗学的老庄境界。与儒学的“贵有”、贵参与不同，道家则“尊天道”、“法自然”，主张“清静无为”、淡泊超脱，安时处顺，“彼且为婴儿，亦与之为婴儿；彼且为无町畦，亦与之为无町畦；彼且为无崖，亦与之为无崖”（《庄子·人间世》），中国诗学的讲求朴实与自然美无不导源于此。人们把“不肯低心事镌凿，直欲淡泊趋杳冥”（苏舜钦：《赠释演》）、“清水出芙蓉，天然去雕饰”（李白：《经乱离后…赠江夏韦太守良宰》）看成诗歌的佳境，认为杜甫诗之所以美也就在自然：“欲知子美高人处，只把寻常话做诗。”（金代房希白：《读杜诗》）当然老庄境界更表现在创作中诗人对玄远虚静、直觉妙悟、淡泊超然的审美体验。像谢安的《与王胡之》之六写道：“朝乐朗日，啸歌丘林。夕玩望舒，入室鸣琴。五弦清激，南风披襟。醇醪淬虑，微言洗心。幽畅得谁，在我赏音。”作者在玩月、饮酒、弹琴、畅言中体验出“淬虑”“洗心”、万念俱灭的玄远虚静、超越世俗的美境。这种对老庄境界的体验在许多诗人的创作中屡屡提及：“目送归鸿，手挥五弦。俯仰自得，游心太玄。”（嵇康：《赠兄秀才入军》）“户庭无尘杂，虚室有余闲。久在樊笼

① 叶潮：《文化视野中的诗歌》，巴蜀书社 1997 年版，第 108 页。

里，复得返自然。"（《归田园居》）"富贵本无定，世人自荣枯。嚣嚣好名心，嗟我岂独无。"（苏轼：《浉阳早发》）……诗人们或在"目送归鸿"的悠闲中妙悟出"游心太玄"的乐趣，或在田园的躬耕劳作中体味出挣破官场樊笼、重返大自然的惬意，或在嚣嚣名利场中参悟出富贵无常、荣枯莫定的玄机，字里行间充满了老庄之境。

最后，文化生产场中的佛禅文化衍生出中国诗歌的佛禅境界。吸收儒道思想的禅宗其实是佛教的中国化，是一种心灵哲学，主张虚静空观，心如古井，超脱功利，"反本求宗者，不以生累其神；超落尘封者，不以情累其生"（慧远：《沙门不获王者论》）。如此，就能做到："见美女时作虎狼看，见黄金时作粪土看"（明郑瑄：《昨非庵日纂》卷十三）①。在人生观上，要随缘而安，"事无逆顺，随缘即应，不留心中"（慧远语）②。禅宗文化对诗学的影响表现在三个方面：一是影响诗人的人生观，像苏东坡的"胜固欣然，败亦可喜"（《观棋》）和张载的"存，吾顺事；没，吾宁也"（《西铭》）无不导源于此。诗人们把保持内心宁静，忘却尘世是非、得失、荣辱，恬淡处世作为人生之极乐。二是催生了中国诗学中的"虚静"说和"妙悟"说。从刘勰《文心雕龙·神思》篇中正式将"虚静"纳入艺术创作中并作为审美命题加以阐释后，人们不断完善它，严羽在《沧浪诗话》中"以禅喻诗"，系统地提出"妙悟"的诗学理论，把"羚羊挂角，无迹可求"（《沧浪诗话·诗辨》）这一空灵虚静的神韵视为诗歌创作的极境。以致在宋代人们常常把学诗与学禅联系在一起，苏轼诗歌中有300处左右用到"禅"字，他就曾说自己生活中离不开禅："平生寓物不留物，在家学得忘家禅。"（《寄吴德仁兼简陈季常》）③他还谈到自己居家读诗时的体会是："暂借好诗消永夜，每逢佳处辄参禅"（苏轼：《夜直玉堂携李之仪端叔诗百余首读至夜半书其后》）④。宋人吴可谈到自己学诗的体会时也说："学诗浑似学参禅，竹榻蒲团不计年。直待自家都了得，等闲拈出便超然。"（《学诗诗》）读诗参之以禅，学诗也参之以禅，可见禅境渗入诗境中。三是诗歌创作中充满了禅境。比如苏轼的《六月二十七日望湖楼醉书》写道："放生鱼鳖逐人来，无主荷花到

---

① 李宗桂：《中国文化概论》，中山大学出版社1988年版，第205页。

② 同上书，第205页。

③ 孔凡礼：《苏轼诗集》，中华书局1982年版，第1340页。

④ 同上书，第1616页。

处开。水枕能令山府仰，风船解与月徘徊。"鱼鳖逐人，荷花无主，与山俯仰，共月徘徊，哪是景？哪是人？空灵莫辨，心清景寂，人闲境幽，心境物境同生共灭，充满佛家禅趣。至于他的"我今身世两悠悠，去无所逐来无恋"（《泗州僧伽塔》）更明显地在对人生哲理的体验中渗透出浓浓的禅意。诗境混合着禅境，王维是十分典型的。他的诗或直接以禅语入诗，如《胡居士卧病遗米赠》；或以禅境入诗，通过把"寂"、"静"、"空"、"无"等境界引入其山水诗，形成其诗歌的静谧、空灵、清幽、冲谈的禅境。像人们耳熟能详的《辛夷坞》、《鸟鸣涧》就是如此，故被明胡应麟称之为"读之身世两忘，万念皆寂"①。或通过一些带有禅境的意象描写来表现诗中的禅趣。如表现淡远空旷、超然物外的"白云"，表示"心与境寂"的"空山"、"空林"，表示空灵悠远境界的"钟磬"，表示荒凉淡漠的"落日"都是作家使用频率最高的，因为它们是"禅心"的最好的表露。总之在中国的诗歌中充满了禅境，像这首"富贵五更春梦，功名一片浮云，眼前骨肉亦非真，恩爱反成仇恨。莫把金枷套颈，休将玉锁缠身，清心寡欲脱凡尘，快乐风光本分"的《西江月》与其说是诗，不如说就是一首充满禅境的偈语。

第二节　诗歌铭刻着文化

作为文化生产者的人是离不开诗歌的，因为他又是情感的人。因此，诗歌作为人类情感的符号伴随人类而产生，它是人类对自己生存的历史和空间的一种记忆，不管是抒情的还是叙事的，不管是过去还是现在。诗歌产生伊始就有的文化天性，使得它总是对自己的过去作了里程碑式的铭刻。历史不是诗歌的弃儿，一个有着丰富的诗歌的民族，它的历史及文化也必定是丰富的。在诗歌生产文化场中，这些历史与文化总是被铭刻在诗歌中。因此，诗是对历史与文化的记忆。

第一，诗是史的记忆，故而历史可求证于诗歌。

中国古代诗歌史上虽然缺乏像古希腊和荷马那样大部头的民族史诗，但

---

①　（明）胡应麟：《诗薮》（内编卷六），上海古籍出版社1979年版。

是它仍然铭刻着我们的历史，因为这与诗歌的制作及其特质是有关的，诗歌的生产本身就处在一个大的文化场中，在这个场中，诸如国家权力话语、政治兴亡理乱不可能不烙在诗中，因为诗反映的生活和时代是它的本质特征。诗的生产过程已证实：任何时代的诗歌创作都离不开当时的生活。陆游在这个方面体会得最深："纸上得来终觉浅，绝知此事要躬行。"（《冬夜读书未子聿》）"君诗妙处吾能识，正在山程水驿中。"（《题庐陵萧彦毓秀才诗卷后》）"挥毫当得江山助，不到潇湘岂有诗。"（《予使江西……偶读旧稿有感》）"汝果欲学诗，工夫在诗外。"（《示子遹》）[①]"诗外"即生活，"妙诗"就来源于对生活的体验。而这些于今天人看来已经死去的生活就成为斑驳的鲜活的历史，人们可以通过它"观风俗，知得失，自考证"（《汉书·艺文志·六艺略》），验兴亡，诚如卢照邻所言："四始六义，存亡播矣；八音九阕，哀乐生焉。是以叔誉闻诗，验同盟之成败；延陵听乐，知列国之典彝。"（卢照邻：《乐府杂诗序》）[②]贾至也说："昔延陵听乐，知诸侯之兴亡。览数代述作，固足验夫理乱之源也。"（贾至：《工部侍郎李公集序》）[③]一句话，诗是国家兴亡理乱的记忆，"治世之音安以乐，其政和；乱世之音怨以怒，其政乖；亡国之音哀以思，其民困"（《礼记·乐记》），从诗歌音乐中作者的情感倾向可以窥见出世之治乱和政之好坏，因此"立身扬名，有国有家，化人成治，安危存亡，于是乎观之"（李华：《赠礼部尚书清河考公崔沔集序》）。[④] 从这个意义上说，一部中国诗歌史可是一部中国政治兴亡治乱史。

由于诗歌铭刻着时代和历史，因此，某个时代的历史也可反求诸诗歌。比如我们读《诗经·大雅》中《生民》、《公刘》、《绵》、《皇矣》、《大明》等几篇诗，可以清楚地看到周民族从母系到父系、从游牧为主到农业为主、从穴居到室居、从部到豳再到定居于周进而打败商以至建立周朝的历史全过程，这些诗完全可裨补史之缺。又比如杜甫诗更是唐代的一面镜子，特别是写于安史之乱时期的《自京赴奉先县咏怀五百字》、《北征》、"三吏"、"三别"等诗真实地记载了安史之乱动荡的社会，故晚唐《本事诗·高逸》一书称"杜甫逢禄山之难，

① 贾文昭、程自信：《中国古代文论类编》（下），福建海峡文艺出版社 1990 年版，第 62 页。
② 同上书，第 334 页。
③ 同上。
④ 同上。

流离陇蜀，毕陈于诗，推见至隐，殆无遗事，故当时号为诗史”。宋祁在《新唐书》的《杜甫传》里也写道：“甫又善陈时事，律切精深，至千言不少哀，世号‘诗史’。”他诗中许多写到的历史是正史中无法读到的，所以郭预衡先生《中国古代文学史》说：“杜诗所反映的玄宗、肃宗、代宗三朝安史之乱前后二十余年间的军国大事，不仅可证诸史实，而且可以补充史无前例实。”关于杜诗可证史王国维先生《杜工部诗史》中一段话说得很明白：

杜工部《忆昔》诗：“忆昔开元全盛日，小邑犹藏万家室。稻米流脂粟米白，公私仓凛俱丰实。九州道路无豺虎，远行不劳吉日出。”此追怀开元末年事。《通典》载“开元十三年封太山，斗米至十三文，青、齐谷斗至五文。自后天下无贵物，两京米斗不至二十文，面三十五文，绢一匹二百一十文。”正此时也。仅十余年，至天宝十四载十一月，工部自京赴奉先县，作《咏怀》诗，时渔阳反，状未闻也，乃云：“朱门酒肉臭，路有冻死骨”，又云：“入门闻号眺，幼子饥已卒”、“所愧为人父，无食致夭折”、“生常免租税，名不隶征伐。抚迹犹酸辛，平人固骚屑。”盖此十年间，吐蕃云南，相继构兵，女渴贵戚，穷极奢侈，遂使安禄山得因之而起。君子读此诗，不待渔阳鼙鼓，而早知唐必乱矣。①

就因为诗中有丰富之史，所以中国学界治史者常“以诗证史”，陈寅恪先生的《元白诗笺证稿》和《柳如是别传》就是这方面的典范。比如《元白诗笺证稿》一书，陈先生引证大量的元稹与乐天诗用来或证史实或补史缺。像白乐天的《别母子》诗，他用以证明了唐时边将武人的“迎新弃旧之事”，是当时的一种普遍现象。而至于诗中提到的汉代“关西”杨震是否影射邠宁节度使检校工部尚书邠州刺史杨朝晟，他也以史的写作时间进行了审慎的考察。

第二，诗是礼的记忆，古代礼仪文化可求证于诗。

诗不但铭刻着历史，也铭刻着中国古代的礼仪文化。中国古老的第一部诗集《诗经》，就记载了大量的先秦的礼乐文化。从“诗三千”变为“诗三百”，就是以是否“可施于礼”和是否可“备于王道”而进行删减的，诚如司马迁在《史记·孔子世家》所说：“古者《诗》三千余篇，及至孔子，去其重，取可施于礼义。……三百五篇，孔子皆弦歌之，以求合《韶》、《武》、《雅》、《颂》之音。礼

① 周锡山编校：《王国维全集》第一册，中国社会科学出版社 2008 年版，第 105 页。

乐自此可得而述，以备王道，成六艺。”正因如此，《诗经》中有许多篇记载了婚冠礼典，如《诗·大雅·韩奕》就描写了诸侯迎娶大姒的场面：“韩侯取妻，汾王之甥，蹶父之子。韩侯迎止，于蹶之里。百两彭彭，八鸾锵锵，不显其光。诸娣从之，祁祁如云。韩侯顾之，烂其盈门。”我们还可从《诗·小雅》中的《鹿鸣》、《頍弁》、《鱼藻》、《湛露》、《彤弓》、《宾之初筵》、《伐木》、《南有嘉鱼》、《常棣》、《蓼萧》、《菁菁者莪》、《瓠叶》等，看出当时人们宴饮礼典的活动。至于记载祭祀活动的诗就更多了，《颂》诗几乎专为祭祀宗庙而设，故《诗大序》说：“《颂》者，美盛德之形容，以其成功告于神明也。”郑樵说得更明白：“陈三《颂》之音所以侑祭也。”（郑樵：《通志·乐略》）又说：“宗庙之音曰颂。”（郑樵：《通志·昆虫草木略序》）①古老的祭祀文化我们可以从中窥见一斑，比如《周颂·我将》毛传谓：“祀文王于明堂也。”全诗把祭祀的目的、程式、供品都叙得清清楚楚。总之，一部《诗经》简直成了一部“礼经”，正如一些学者所指出的：“祭礼与《诗经》祭祀诗，丧礼与《诗经》悼亡诗，军礼与《诗经》战争诗，宾礼与《诗经》朝聘诗，冠礼、昏礼与《诗经》婚俗诗，乡饮酒与《诗经》宴饮诗，籍田礼与《诗经》农事诗等均可以找到对应关系。”②古代的礼仪文化之内涵完全可以从《诗经》中得到求证。所以当年孔子读诗时，不禁感慨万分，如下一段话就记载了孔子当年读《诗经》的体会：

> 孔子读《诗》及《小雅》，喟然而叹曰：“吾于《周南》、《召南》，见周道之所以盛也；于《柏舟》，见匹夫执志之不可易也；于《淇奥》，见学之可以为君子也；……于《木瓜》，见苞苴之礼行也；于《缁衣》，见好贤之心至也；于《鸡鸣》，见古之君子不忘其敬也；……于《鹿鸣》，见君臣之有礼也；……于《蓼莪》，见孝子之思养也；于《楚茨》，见孝子之思祭也；于《裳裳者华》，见古之贤者世保其禄也；于《采菽》，见古之明王所以敬诸侯也。”（《孔丛子·记义第三》）③

诗全面参与了当时以礼仪为核心的世俗生活。无论是宗庙祭祀、朝会燕飨还是日常生活之礼，诗都参与其中，诗成为当时人们交往的语言，传达礼仪的语言，故“不学诗无以言”（《论语·泰伯》）。因为诗就包含了丰富的礼乐文化，

---

① 转引自傅道彬：《中国文学的文化批评》，黑龙江人民出版社 2000 年版，第 83 页。

② 王秀臣：《“三礼”的文学价值及其文学史意义》，《文学评论》2006 年第 6 期。

③ 贾文昭、程自信：《中国古代文论类编》（下），海峡文艺出版社 1990 年版，第 332 页。

因此古人非常重视诗教，认为学礼先从学诗开始，这就是孔子所说的："兴于《诗》，立于礼，成于乐。"（《论语·泰伯》）通过学诗，人们可以获得"事父"、"事君"的礼的修养。由于《诗经》丰富的礼乐文化信息，它是我们今天研究先秦礼学的最好文本。

第三，诗可以唤醒我们对民族心理及风俗习惯的记忆。

诗既然由文化滋养，既然是人的情感符号，它自然也会铭刻着我们的民俗文化习惯和民族文化心理，因此，读这些诗歌可以唤醒我们对已经尘封于历史尘埃中的一些风俗习惯和沉埋已久的民族心理的记忆。

首先，诗铭刻着中华民族的许多风俗习惯。从这个意义上说，一部诗歌史几乎可以说是一部民俗史。《诗经》就是这样的作品。我们从《诗·小雅·斯干》中的"乃生男子，载寝之床，载衣之裳，载弄之璋……乃生女子，载寝之地，载衣之裼，载弄之瓦"诗句就可窥见重男轻女的习俗很古老，源远流长。从《诗·商颂》诗中的"天命玄鸟，降而生商，宅殷土芒芒"，我们可以了解到远古龙凤图腾形成原因：玄鸟即燕子，契母简狄，大业之母女修吞玄鸟之卵而生契与大业，故商、秦民族以燕子为其图腾。而燕子形象后来逐渐融合在复合式的凤图腾中，渐渐形成了中华民族的龙凤文化。此外，从明代王谷祥《石榴诗》"榴房拆锦壶，珊瑚何齿齿。试展画图看，凭将颂多子"可以窥见婚嫁时赠石榴的习惯。这一习俗也见载于《北史·魏收传》中："安德王延宗纳赵郡李祖收女为妃，后帝幸李宅宴，而妃母宋氏荐二石榴於帝前。问诸人莫知其意，帝投之。收曰：'石榴房中多子，王新婚，妃母欲子孙众多。'帝大喜。"至于中国的每一个民间节日几乎在诗中都有记载。比如读《诗·郑风·溱洧》，可以看到古时上巳节（夏历三月三日）人们在溱洧两水边祓禊的情景：招魂续魄，秉执兰草，洗濯祓除，去灾祈福。这种礼俗在《后汉书·礼仪志上》也有记载："是日上巳，官民皆洁于东流水上，曰洗濯祓除，去宿垢病，为大洁。"又比如从文征明的《拜年》诗"不求见面惟通谒，名纸朝来满敝庐。我亦随人投数纸，世情嫌简不嫌虚"记载来看，明代人们在新年拜年就有投送"名纸"即后世所谓名片拜谒的风俗习惯。众所周知的王安石《元日》诗记载了"千门万户曈曈日，总把新桃换旧符"的过元旦贴新符习俗。此外，我们读权德舆《七夕》诗中的"今日云骈渡鹊桥，应非脉脉与迢迢。家人竟喜开妆镜，月下穿针拜九霄"句子，唐代民间七月七夕乞巧的习俗就可以窥见一斑。这样的作品还有很多，像苏味道的《正月十五夜》诗、杨万里《寒食上冢》诗无不昭示出民间节日中所呈现出的风俗礼仪。读这些诗，古老的风俗在我们脑海中浮现。

其次，诗歌还铭刻着中华民族的文化心理。一个时代的好尚心理有时也在诗中得到反映。比如王安石《梅花》提到了杜诗中无海棠的现象："少陵为尔牵诗兴，可是无心赋海棠。"据宋陈岩肖《庚溪诗话》所载，苏轼在其为妓女所写的诗中同样提到了这一问题："东坡居士闻名久，何事无言及李宜？恰似西川杜工部，海棠虽好不题诗。"作为盛产海棠并有"香海棠国"之美称的四川，杜甫又在此写下了大量诗篇，却为什么没海棠诗？宋人葛立方在其《韵语阳秋》中颇感困惑。个中原因，除了如《古今诗话》所说的"杜子美母名海棠，子美讳之，故《杜集》中绝无海棠诗"的理由外，恐怕还与当时人们的好尚有关。因为不仅杜诗无海棠，其实在李白、韩愈、柳宗元、元稹、白居易等其他名家诗中也未写过海棠，只有到了中唐后，海棠才开始进入诗人的视野，像王建、薛能、郑谷、温庭筠都写过海棠，大量写海棠是宋代，唐人最喜写的是牡丹。这大概与唐人重牡丹宋人重海棠的文化心态不无关系。由于诗承载着民族的心理，因此从诗歌的一些细节也可反观出一些民族的心态。诗铭刻民族的文化心理还可从诗中用典的创作习惯中看出，中国诗歌为什么那么喜欢用典？这不仅仅是因用典能使诗具有想象力、联想力和隐喻力，而且它还昭示出中国文化的崇古心态。中国文化中动辄"子曰诗云"，动辄以经典之是非为是非，人们把"宪章《谟》、《诰》，祖述《诗》、《骚》，远宗毛、郑之训论，近鄙班、扬之述作"①看做写作的极境。严复在《论世变之亟》一文中把这种崇古心态披露得淋漓尽致："中国由来论辨常法，每欲中求一说，必先引用古书、诗云、子曰，而后以当前事件语言，与之较勘离合，而此事件语言是非遂定。"一切称引都以圣人是非为是非，诚如梁启超在其《饮冰室》中所说的："中国结习，薄今爱古，无论学问文章事业，皆以古人为不可几及。"用典不仅增添了诗的含蓄，更显示了诗人的学问高深和高雅，因此到宋发展到主张写诗"无一字无来历"。此外，诗歌还反映出中国文人的人格心理。比如为什么中国诗歌中人们那么钟情于梅兰竹菊？这是因为她们身上的一些特性与古代儒家的君子人格不谋而合：梅，剪雪裁冰，一身傲骨；兰，空谷幽香，孤芳自赏；竹，筛风弄月，潇洒一生；

① （后晋）刘昫：《旧唐书·文苑传·传序》，影印文渊阁四库全书本。

菊，凌霜傲立，不趋炎势。合而观之，有一共同点，都是清华其外，澹泊其中，不作媚世之态。在古代讲究修己、修身的文化氛围中，她们的被认同，被赋予文人的品格，被人们称之为花中"四君子"也就在情理之中了。我们从梅花的"心心视春草，畏向玉阶生"（王维：《杂咏》），兰花的"千古幽贞是此花，不求闻达只烟霞"（郑板桥：《高山幽兰》），翠竹的"露涤铅粉节，风摇青玉枝。依依似君子，无地不相宜"（刘禹锡：《庭竹》），残菊的"零落黄金蕊，虽枯不改香"（梅尧臣：《残菊》），看到了古代文人士大夫的君子人格。同时，不同的诗歌体式和风格反映出不同时代的审美心理。比如唐代诗歌特别是盛唐诗，奔放、明朗、博大、雄浑、深远、超逸、高亢、刚健，这种追求阳刚之美的审美情趣，其实外现唐人"申管晏之谈，谋帝王之术，奋其智能，愿为辅弼"（李白：《代寿山答孟少府移文书》），追求建功立业的迫切心理。与唐诗不同，宋词表现出一种绮丽哀婉的阴柔风格，人们常批评宋词中"男子作闺音"（清田同之：《西圃词说》），批评"东南妩媚，雌了男儿"（陈人杰：《沁园春·序》）。所谓"作闺音"、所谓"雌了男儿"即指宋词追求一种女性化的意境和柔婉的风格，而这种审美趣尚正外现出宋人柔弱的文化心态。怪不得理学家程颐不胜感慨地说："今人都柔了！"并解释说"盖自祖宗以来，多尚宽仁，……由此人皆柔软"。[①]一语破的，道出了与唐人追求建功立业的心态不同，宋人普遍地表现出追求享乐、追求安逸的心态，因而声情婉转的词自然找到了它生存的土壤。

第三节　用文化观照诗歌是诗学研究的重要路径

正因为文化养育了诗歌，诗歌铭刻着文化，诗与文化有如此纠结不清的关系，因此把诗歌置入中国文化视野中去观照，在中国文化的氛围中去还原诗歌、解读诗歌，自然是一个不错的选择，是诗学研究的重要路径。通过这个路径，我们可以窥见诗歌的一些本质特征。把诗歌置入整个文化生产场中去观照，更显示出研究的系统性和合逻辑性，诗的产生、诗的本质、诗的接受、诗的解读在文化场中会受到各种因素的影响与制约，这样的研究才不会陷入孤独

---

① （宋）朱熹：《朱子语类》卷133引，《四库全书》本。

和褊狭，视野才会开阔。

笔者正基于这一考量而设置了本书的研究思路，即在文化大视野中去还原诗歌。本书围绕着诗学话题设先秦两汉、唐宋、清代三部分，共二十一章。

先秦两汉六章：专门探讨《诗经》及"诗经学"的问题。第一章，把《诗经》中的"人"置于哲学人类学的视野中进行审视，试图勾勒《诗经》时代人的图像，求解《诗经》中"人"的本质，臆测当时的人是如何存在，他们与自然、文化、社会、历史、传统的关系如何。笔者认为：《诗经》时代，人神分离，人们已经意识到生命的意义和存在的价值。人既作为道德文化而存在，同时也是社会、历史和传统的存在，每个人都生活在群体中，每个人都把自己镶嵌在传统中。第二章，探讨先秦诗性智慧与中国文化的诗性思维之生成。笔者借维柯诗性思维的原理，重新解读先秦用诗的特征及其对中国文化诗性思维形成的影响。认为，中国文化的引譬连类、崇尚经验、天人合一、泛诗化等诗性思维特征就孕育于先秦的全方位用诗之中。第三章，运用布迪厄的场域理论，把《诗经》文化经典的生成与文学《诗经》的生成置于文化生产场域视野中进行考察。认为无论是从《诗》"三百"到《诗经》之"经"还是由《诗经》之"经"还原文学之"诗"，都有它的合法性。权力审美对符号资本垄断的合法性是造成经学语境生成的重要原因，而文化生产场中文学的自律性和文学场的内部功能又是《诗经》文学语境生成的合法性根源。第四章，主要是探讨传统诗经学对《诗经》的文化还原。笔者认为"诗本义"让位于《诗经》的文化解读根源于《诗经》的文化本质，有其存在的必然性。《诗经》的文化解读主要体现在历史、礼仪、伦理三个方面。《诗经》的解读过程其实就是历代学人对中华文化的参与构建过程。第五章，在信息论美学视域中探讨了《诗经》的审美效应。笔者从艺术的编码、本文(作品)的潜在信息和译码中的噪声，杂音之干扰及其排除三个方面，对《诗经》作一点尝试性的且具有开创性意义的分析。第六章，探讨了汉代经学语境中诗性的失语与存活。在汉代文化生产场中，符号暴力的核心是经学成为话语霸权，在这种经学话语霸权的氛围中，诗性遭到道德礼义的挤压而失语以至边缘化，《诗》沦为经的奴婢。但汉儒对比兴、情感的研究与肯定，"诗无达诂"的阐释学理论的建构以及文学场域中文学本身的自律性，都为诗性在经学的夹缝中存活预留了空间。诗性在经学强势话语挤压下既失语又存活，是汉代诗经学中一个饶有兴趣的悖论、它影响后代诗学理论的生成。

唐宋八章:或从文化视野中考察一些诗人及文学现象,或从诗人作品中反观一些文化现象。第七章,探讨唐代边塞诗审美情绪的嬗变。在初唐的文化氛围中滋生出诗歌中尚武功、歌王权的高贵美。而盛唐边塞诗审美情绪却有变,它总是描绘奇寒、奇景,描写自然界的崇高伟大,人在与自然环境的对抗中获得崇高。中晚唐边塞诗抹上一层凄凉悲怆的色泽,呈现出了一种感伤美。但其品格是悲剧的,失望之中不乏希望,感伤的背后有着文人们的执著追求,迷惘之中不乏对现实对命运的抗争。第八章,通过唐宋诗人的咏茶诗探讨唐宋的茶文化特征。中国古代茶文化之形成有其悠久的历史,但茶文化真正地被雅化却是在唐宋,这种雅化源于诗人的歌咏。从唐宋诗人的咏茶诗中可见出当时茶艺的生产工艺、品茶习惯、茶诗相赠、借茶明志等文化特征。第九章,通过古代咏梅诗词的分析,探析文人士大夫的人格意识之形成。笔者认为,咏梅诗蕴含着古代文人的君子人格意识,梅文化之形成是祖先的无数典型经验之积淀。第十章,在文化视野中对韩愈现象进行了新的解读。韩愈一生无论是政治思想还是文学创作都给后人留下了充满矛盾的批评之处:既排异端,而又与衲子交厚;既崇儒,而又驳杂非纯儒;既"感激不避诛死",而又"戚戚怨嗟",不无"庸人"之态;既信守儒家温柔敦厚,而又干禄"躁进",不无富贵利达之求;力倡古文,而又不尽弃骈文;力倡文从字顺,而又不避盘空硬语……唐以降,人们或贬或褒以至于今。此种现象,笔者谓之"韩愈现象"。这种现象之产生有其文化根源,作为生产文化而又被文化所生产的韩愈,他本能地自觉地把自己镶嵌在儒文化的传统之中,他的行为处处受儒家传统文化支配,他的行为因而也处处昭示了他所代表的文化模式。但从哲学文化学角度言,人总是在修正和丰富传统,因而也总是在修正或丰富自己,因此,韩愈言行上常常表现出前后的矛盾性也就不难理解了。第十一章,探讨韩愈诗歌中的廊庙气。所谓廊庙气是指居高临下的盟主气、奴视世人的自负气和典丽裔皇的清庙明堂气,廊庙气的形成与其个性气质、地位、学养及文化气氛不无关系。第十二章,探讨宋代诗歌特质形成的文化背景与审美心态。宋诗的尚理而病于意兴的特色,必须置于宋代理学文化的氛围中才能得到解释,是理学文化影响了它;同时,还与宋人不愿随人后、强调多读书、尚气、尚散、尚实、尚理等审美心态有关。第十三章,通过文化的视域探讨苏轼岭海诗歌之变及其意义。苏轼一生经历了数次贬谪，其诗文风格也随之发生了明显的变化。尤其是岭海惠州之贬，其诗文经历了由逐客悲歌之凄婉到以谪为游之旷达的情感之变、由书剑报国到摹水写山及和陶酬友的题材之变。这些变化的意义在于：昭示出苏轼在艺术上的自觉追求，丰富了他的艺术内涵；后期的作品更注重心灵世界的书写，表明他在艺术上不自觉地回归主体性；还昭示出他的审美趋向发生了嬗变，并且由艺术的审美进入到人生的审美。第十四章，把韩愈与苏轼岭海处穷之异置于文化视野中去进行解读。韩愈处穷中的戚戚怨嗟表现出其韬光养晦、专情执著的儒者人格；而苏轼的安土忘怀表现了儒释道融为一体的超旷型人格。是中国文化陶铸出来的两种人格范型，成为历代知识分子的人格范式。

明清六章：通过文化的视域观照函可、屈大均、纳兰性德、丘逢甲等人的诗歌创作。第十五章，对明末清初著名高僧千山剩人函可之诗进行了探讨。函可既是诗僧又是情僧，其诗真实地表现出传统的乡思母题、儒家的淑世情怀及传统的人伦之情。以一缁流而写出如此深情之诗，虽可曰奇诗和奇情，但从儒释文化的视野去观照，自有其合理性。第十六章，探讨屈大均诗歌的文化精神与美学品格。屈大均是清代岭南三大诗人之一。该章试图以文化学为视角审视屈诗与屈原、杜甫、李白诗在文化上、美学上的渊源关系，阐述屈大均诗歌表现出来的中华传统文化精神与美学品格。第十七章，借用格式塔场的理论，对纳兰性德诗词风格形成的心理机制进行文化的解读。纳兰性德悲凉凄苦之心境及创作中的"悲凉顽艳"之风格，并非"无故寻愁觅恨"，而是真情之流露。其忧郁来源于他幻觉中的行为场，行为场中心理环境的形成还源于他独特的个性和气质，其行为心理场中有着汉文化的深厚土壤。第十八章，阐释纳兰词体现出词人的生命情感和心灵图画。其爱情词表现出浓郁的人情美，其友情词实现了他的心理补偿，其感叹山川风物之作中也流露出人情美，总之，纳兰性德词让人感受到他生命力场中情与理的交融渗透。第十九章，阐述纳兰性德现象与传统文化之关系。纳兰性德打破了满汉畛域，自觉融入炎黄文化圈，对华夏文化进行了全方位的投入和奉献，因此"纳兰现象"即是一种民族文化融合现象。它是在满汉文化互相渗透的新形势下产生的文化现象，是中华民族历史文化的必然。第二十章，论述了纳兰性德诗词体现了中国古典文学的哪些文化个性。笔者认为，任何民族的文学都体现出该民族的文化个性，因为文学作为一种精神文化现象，其基本品格受到该民族文化特质的规定。纳兰性德诗词所体现出的文化个性主要表现在三个方面，即忧患意识与参与精神、感伤心理与归隐心态、崇古念旧心态与祖先崇拜意识。它们既矛盾又和谐地统一在文人士大夫人格中。第二十一章，论述丘逢甲诗歌的浩然气。丘逢甲是著名爱国诗人，他的诗歌元气淋漓，英气勃发，在晚清诗坛堪称大家。他的诗歌充满了痛失故土的怨愤气，无力回天的悲壮气，誓报国仇的豪迈气，感怀故土的真朴气，许身稷契的浩然气，这就是充溢他诗中的浩然气的内涵。

总之，既在文化的大视域中审视诗歌，又通过诗歌还原中国的文化，是本书写作的主要思路。通过研究，笔者深深体会到：文化养育着诗歌，滋润着诗歌；诗歌铭刻着文化，承载着文化。要读懂中国诗歌，必须读懂中国文化；要了解中国文化，必须了解中国诗歌。文化与诗永远是一对扯不清关系的孪生儿。

第一章　哲学人类学视野中《诗经》有关“人”的解读

人是什么？这是一个永远说不完也似乎无法说完的话题。从《圣经》而降，尼采、柏拉图、笛卡儿、康德等无数哲人对此进行了不懈的探讨。然而人们各执一隅，都使自己陷入了“我是谁”的迷惘中。20 世纪 20 年代，诞生了以德国哲学家马克斯·舍勒为代表的哲学人类学，继续了这个古老而常新的话题。它摒弃了生物人类学的人畜不分和宗教人类学的人神莫辨，而从社会历史文化的高度来思考人的本质。作为一种理智存在的人，他生产了文化而又被文化所生产。因此，人是文化的存在，是一种有生命意识的存在。作为文化存在的人当然也是社会的存在和历史的存在。历史创造的全部文化精神以不同于遗传的形式保存下来，这种保存方式称为传统。因此，人也是传统的存在，每个人都镶嵌于某种传统中。人具有“无定形”、“可塑性”和“自我完善”的人类“本质”。“这种本质不能被想象成一个结果，而是一个产生结果的过程，一个不断地放弃原始的不完善性的过程。”①因而人在创造文化的过程中，不断完善自己，创造自己。这就是哲学人类学对人的思考。

《诗经》作为华夏民族的第一部诗歌总集，是中华文化的优秀产品，是祖先集体智慧的结晶。人们在生产它的过程中也不断地认识自己、生产自己。由于时代的局限，在《诗经》中，关于人是什么，人的地位如何，人怎样存在等问题，作者们还不可能进行哲学文化的理性思辨。正如哲学人类学专家米夏埃尔·兰德曼在其《哲学人类学》著作中所说：“人之开始意识到他是历史的创造者，同时也是自己的文化的创造者，这在历史上是相当晚的事情。”但是文化的穿透力、辐射力和渗透力，使《诗经》的生产者在生产制作过程中，会作

① ［德］米夏埃尔·兰德曼：《哲学人类学》，上海译文出版社 1998 年版，第 7 页。

出一些思考。作为人文产品的《诗经》,自然会体现出中华民族的哲学人文精神,自然会为我们留下一些前哲学人类学的可贵资料。因此,凭借现代人类学的成就去研读《诗经》,去感受《诗经》中人的存在,是不无意义的。

第一节　人神分离:人意识到生命的意义和主体的存在

资料表明,周以前,人的生命意识和主体存在意识十分淡薄。人们信奉鬼神,巫风盛行,事无巨细都得卜问鬼神以预测吉凶祸福,人无独立地位,成为鬼神的附庸。而到周代,人文思想发生很大变化,人越来越意识到自身的存在和力量,他们由原来的尊天事鬼变为重视人事和现实。人的地位上升,神的影响下降。浏览《诗经》,我们可以鲜明地感受到人逐渐脱离神的依附而独立出来,神与人处于两个不同的世界,人神分离。

《诗经》中几乎没有具体可感的神,更没有希腊文化中那种神的庞大家族。主宰人们生活命运的不过是抽象的天。据统计《诗经》中含“天”字的诗句达165个之多。① 其中一部分是自然存在的天,如《唐风·绸缪》中“三星在天”;一部分是包括“天意”、“天命”在内的有意志的天,即人格天,如《周颂·我将》中“维天其右之”,即能佑助大周的有意志之天。尽管人们对它不无神化,对它生杀予夺的权威有一定敬畏,然而,人们已发现了自己的力量,他们在敬天、事天的同时开始疑天和责天,对天神予以否定:“昊天不佣,降此鞠訩。昊天不惠,降此大戾”(《小雅·节南山》),认为老天爷不公平,把祸害降临人间,怨愤之甚。《板》、《瞻仰》、《召旻》都有大量责天之句。人们一方面不讳言“天之生我”(《小齐》)、“有命自天气”(《大明》)、“天生蒸民”(《蒸民》),另一方面又对天神表现出极大不恭。这说明人们对天神的权威产生了动摇。因为现实的不平使人意识到有意志的天也是是非不明,如《小雅·巧言》就说:“悠悠昊天,曰父母且!无罪无辜,乱如此幠。昊天已威,予慎无罪。昊天泰幠,予慎无辜。”无辜获罪,人间太多不平,作者都归罪于昊天之不公。神在他们心目中失去了神圣的光环。特别是周人以一弱小之邦摧垮了强大的商王

① 参见蒋立甫:《〈诗经〉中“天”“帝”名义述考》,《安徽师范大学学报》1995年第4期。

朝这一铁的事实，使人更有理由相信“天命靡常”（《文王》），更坚信人为的力量。新旧王朝的更替不仅是上天意志的结果，而且主要与统治者自身的德行有关，即所谓“帝迁明德”。新王朝是否“受命永固”，在人谋而不在天命。因此，周人以“尊礼”代替了“尊神”，人们在神的殿堂外发现了自己的存在。在那蒙昧的时代，这种人神分离闪现出先哲们的理性之光。人们依稀地“认识你自己”（德尔菲阿波罗神庙铭文），即认识到自己是人而不是上帝。

人的存在意识之觉醒还可从人们的生命意识的强化看出。在《诗经》中，人们已知道什么是死亡，什么是生命；已感受出人生的短暂与生命的可贵；已知惧死而恋生，人是生命的存在。《曹风·蜉蝣》一诗，诗人见到朝生暮死的蜉蝣，产生了无限的悲悯与共鸣：“蜉蝣之羽，衣裳楚楚。心之忧矣，于我归处！”人不就是“寄蜉蝣于天地，渺沧海之一粟”（苏轼：《前赤壁赋》）么！死亡是人生命的终结。人们对神灵已失去信心，认为神无法佑其不死。他们坚信人固有一死，故而面对死亡，他们或者采取《车邻》中的态度，及时行乐：“今者不乐，逝者其耋”，“今者不乐，逝者其亡”。因此，要与“君子”“并坐鼓瑟”、“并坐鼓簧”；或者采取《蟋蟀》诗所写的态度，及时努力，莫负光阴：“蟋蟀在堂，岁聿其莫。今我不乐，日月其除。无已大康，职思其居。好乐无荒，良士瞿瞿。”以上两种面对死亡的态度，颓废也好，振作也罢，笔者不想评判，但昭示的事实是，人们已明明白白意识到人是一种生命的存在，人不依附于神，人的存在与否与神无关。生与死的自然规律使人产生了忧患：“知我者谓我心忧，不知我者谓我何求？”（《黍离》）中华民族忧生患命的忧患意识、悲剧意识，从《诗经》时代就已经开始了。尽管对生命和存在的思考还只停留在直观层面，但理性之光已经点燃。

第二节　敬德修礼：人是作为道德文化的存在

哲学文化人类学认为人生活于其中的世界是他的文化。人有一种天然的创造性。人的基础是有计划，人总是设计他自己，“人创造人”，人在对他自己的设计和不断的超越中永不会静态地存在。而人创造人，其中介是文化。人生产文化，文化又反过来生产人。人的未完成性和不完善性，使人在生产文化的过程中不断完善自己，修补自己。从这个意义上说，人是文化的存在。如果说《诗经》年代的人在生产文化的过程中发现了自己的存在，发现了人的价值和力量；那么，可以说，在这个过程中，他们又意识到了人应该怎样存在，怎样存在人才更有力量，尽管他们尚未意识到人是文化的存在。通读《诗经》，直觉告诉我们，周人生产了道德礼教文化，而这种道德文化作为人文精神又在不断地完善他们、规范他们、重塑他们。

《诗经》时代，人们意识到，作为文化存在的人，首先必须敬德，必须在道德修养和言谈举止上温文尔雅，以符合伦理道德标准。这是做人的基本内容。特别是受命于天的统治者更必须有德。殷纣王虽然也"有命在天"，但由于他"失德"，因而遭到"天"的唾弃，使他"不挟四方"（《大明》），"侯服于周"（《皇矣》）。只有敬德，才能配天，周王之所以能承天受命，是因为能"明德"："厥德不回，以受方国"（《大明》）。关于"帝迁明德"、"天立厥配"的思想，在《皇矣》、《大明》、《文王》、《下武》、《昊天有成命》等许多诗中多有表述。可见，德是周人政治文化之聚焦，如王国维先生所言："周之制度典礼？实皆为道德而设……周之制度典礼乃道德之器械"。[①]《诗经》不遗余力宣传德，出现"德"字的诗句就 75 处，频率颇高。正因《诗经》着力"宣之以德"故《左传》所记"季札观乐"，特别以"德"为《诗》"三百"之评价标准。如评《邶》、《鄘》、《卫》曰："吾闻卫康叔、武公之德如是，是其卫风乎？"评《魏》曰："以德辅此，则明主也。"这种道德伦理文化塑造人们的灵魂，规范人们的行为，对后世影响颇大，以致于后人视"德者，人之端也"（《礼记·乐记》）。

德的内容具体说来可概括为三个方面：第一，为人要有孝德。《大雅·卷阿》说："有冯有翼，有孝有德。"《大雅·下武》就歌颂了武王、成王"永言孝思，孝思维则"。孝是德的重要内容，"夫孝，德之本也"（《孝经》），"德之始也"（《大戴礼记·卫将军文子篇》）。孝更体现在不忘父母之恩德。《蓼莪》诗云："无父何怙？无母何恃？出则衔恤，入则靡至。父兮生我，母兮鞠我。拊我畜我，长我育我，顾我复我，出入腹我。欲报之德，昊天罔极。"诗中充满了一种不能报答父母养育之恩的悔痛。第二，治国要有政德，即政治上要清明，要爱民保民，不要暴殄天物。《假乐》一诗对"宜民宜人"的周天子充满了

① 《王国维文集》第四卷，中国文史出版社 1997 年版，第 55 页。

溢美之词，而《十月之交》对皇父擅政，褒拟恃宠，勾结群小，朋比为奸，造成人民痛苦的现实进行了愤怒斥责。第三，作人要有贤德，即堂堂正正，操行高尚。《鸤鸠》一诗就赞美了那品德高尚的淑人君子："淑人君子，其仪一兮。其仪一兮，心如结兮。"其他如《干旄》写招聘贤德之人，《麟之趾》歌颂有仁德之公子。在《诗经》中有一现象值得注意，那就是凡有高尚品德和道德素养之人，都用"如玉"来比拟，如："言念君子，温其如玉。"（《秦风·小戎》）"生鱼一束，其人如玉"（《小雅·白驹》）。……大概玉温润而有光泽，光彩含蓄，文质相称，是正直而温和的人格的象征，是儒家温、良、恭、俭、让的道德文化之体现，故形之以玉。如《大雅·抑》云："白圭之玷，尚可磨也。斯言之玷，不可为也。"借玉喻人，告诫人们：要不断完善人格，慎于言行，克服缺点，使"无定形"的人保持高尚节操。

其次，在《诗经》中，人也是礼文化的存在。礼与德并不矛盾，德是内质，礼是外相。表里相济，完美无缺，才叫"金相玉质"。完美的人格就应该"道之以德，齐之以礼"（《论语》）。作为道德文化外相的礼本是起源于祭祀的仪式，后来经过许多先哲的努力参与而被整合成一种治理社会、规范约束人们行为的礼仪道德文化，并得到了人们的认同："礼，经国家、定社稷、序人民、利后嗣者也。"（《左传·隐公十五年》）它不但是国之纲纪，而且也是人立身之本和品评人格高低之标准。以至于"不学礼，无以立"（《论语·季氏》）。"礼也者，犹体也。体不备，君子谓之不成人"（《礼记·礼器》）。人被礼文化所包装，作为礼文化的负载者而存在。儒家甚至根据对礼的态度、履行情况而把人分为君子、小人、佞人、恶人。可见，人创造了礼文化，礼文化也创造了人。在《诗经》中，我们无不看见礼文化对人的影响，人们对礼的如醉如痴、顶礼膜拜。礼深入到人们生活的方方面面中。首先，《诗经》里充满了祭礼诗，如《大田》是祭土谷之神，属于描写事神致福的"吉礼"。此外，《昊天有成命》是郊祀天地之乐，《七月》、《甫田》是腊日祭祀所唱之歌。对于亲邦待客的"宾礼"亦多有描写，如"《鹿鸣》，宴群臣嘉宾也"，"《湛露》，天子宴诸侯也。"（《毛诗序》）《采菽》赞美诸侯来朝，周王赏赐诸侯。《时迈》是记述周王巡视诸侯，祭祀山川之乐歌，是为巡狩之礼（旧说为周公作）。对威慑不协的"军礼"，《诗经》也多有描绘，如《瞻彼洛矣》是记述周王会诸侯于东都洛阳，检阅六军之礼。《常武》是记述周王率军出征的出师之礼。此外，对哀邦忧国的"凶礼"和冠、婚、睦、敬的“嘉礼”《诗经》亦不乏记载。总之,大至军国大事,小至普通人的生老死育、日常生活,无不被礼充塞。人创造了礼文化,礼文化又包装人、创造人,人的视听言行,一切以礼为准绳。其次,不仅重视礼的仪式,也看重人的仪表。《相鼠》一诗云:“相鼠有皮,人而无仪。人而无仪,不死何为?”对那些“无仪”、“无止”、“无体”的连老鼠不如的人发出诅咒:“不死何为”、“胡不遄死!”《芄兰》讽人不称其服。《彼都人士》赞美男子服饰得体,仪表堂堂,行为端庄,而且德才兼具,为万民仰望:“彼都人士,狐裘黄黄。其容不改,出言有章。行归于周,万民所望。”再次,行为要合乎礼,发乎情止乎理。情与理的冲突是文学的主题,《诗经》并不讳言情,在很多情诗中,诗人大胆地歌颂了爱情。如《女曰鸡鸣》写夫妻同居之乐;《有女同车》写男女同车之喜;《山有扶苏》写男女嬉戏之乐,不无打情骂俏之态;《褰裳》写一女子对情人的戏谑之语;《绸缪》写新婚之夜的惊喜。这些宣泄男女爱情的诗不胜枚举。然而必须有尺度,合乎礼法。男子不能“无极”、不能“二三其德”;女子必须有德操。因此,《车舝》赞美新娘子美丽贤良:“辰彼硕女,令德来教。”《思齐》中两位女主角都因品德堪配周王而受到称赞。而对那些逾礼悖法的男女皮肉之乐则痛加针砭。《南山》、《载驱》讽齐襄公淫乱,与其妹文姜私通,《敝笱》刺鲁桓公放任文姜淫乱;《株林》讽“灵公淫于夏徵舒之母,朝夕而往夏氏之邑”(朱嘉注)①。无论是婚恋诗,还是怨刺诗,作者都以礼、德为准绳而褒贬人物。发乎情要止乎理。人虽然作为礼文化而存在,但人天生是不完善的,“与动物形成对比,人在本质上是不确定的。就是说,人的生活并不遵循一个预先建立的进程,而大自然似乎只做完一半就让他上路了。大自然把一半留给人自己去完成”②。正因为只作完一半,所以人就具有可塑性。那么另一半就是靠人创造的文化来规范、来完成。《诗经》把德和礼抬到十分显赫的地位,说明那时的人已意识到用这种道德礼仪文化来约束自己、规范自己、丰富自己。只有文化的力量才能消除欲念,完成大自然留下的另一半人,使其一切言行须臾不悖礼。通读《诗经》,我更体味出人作为文化存在的确切意义,感悟出人性的完善只有通过参与文化产品才能发生。通过文化的参与和修补,人与动物之本质区别,那

① 金启华:《诗经全译》,江苏古籍出版社 1984 年版,第 363 页。

② [德]米夏埃尔·兰德曼:《哲学人类学》,上海译文出版社 1998 年版,第 220 页。

就是人是作为道德文化而存在的。

第三节　“嘤嘤友声”:人是社会的存在

人是文化的存在,也是社会的存在。社会从文化形式具有特殊性这一点上看是文化的组成部分。社会在每一种文化中被不同地构成。因此,人被看成是一种社会的存在,当然也是一种文化的存在。但是人作为文化的创造物是社会的。为了成为文化的存在,首先必须是社会的存在。费希特有句名言:“只有在人群中人才成为一个人。如果人要存在,必须是几个人。”①处在共同体之外的无论什么人都不是一个人。马克思在《1844 年经济学哲学手稿》中也论述到人是一种“类存在物”,认为“一个存在物如果不是另一个存在物的对象”,“就不是对象性的存在”。人在不断地创造他自己和他的世界中证实“自己是有意识的类存在物”。这与人类学家的观点不谋而合:“人只有生长在他的同类的一个承受传统的群体中才能成为一个完全的人。人的文化方面只有以这样的方式才能发展。假如人在孤独中生长,那么他在精神上就保持着一个儿童的低水准。”②这是哲学人类学对人的思考,它告诉我们:人好热闹喜交往,忌孤独,天生是一种社会的存在,是一种类的存在。

《诗经》年代对人的认识当然不能达到这种水准,但《诗经》却保存了不少这方面的资料:人们爱好社交,讲究君臣、父子、夫妻、兄弟、朋友之间的关系。他们把自己置身于群体之中,通过参与社会的文化活动来完善自己的人性。他们或许朦胧地感觉出人是一种社会的存在,人离不开群体。这可从以下几方面看出来。

第一,渴望交友,重视交际活动。《伐木》一诗是这方面的典型之作:“伐木丁丁,鸟鸣嘤嘤。出自幽谷,迁于乔木。嘤其鸣矣,求其友声。相彼鸟矣,犹求友声。矧伊人矣,不求友生。神之听之,终和且平。”诗以鸟之求友之声兴起人的求友之念,谆谆告诫人们要结交朋友,善待亲戚。《园有桃》一诗结尾

---

① [德]米夏埃尔·兰德曼:《哲学人类学》,上海译文出版社 1998 年版,第 221 页。
② 同上。

反复咏叹“心之忧矣，其谁知之！其谁知之！”感叹知己难觅，孤独烦忧顿生。而《菁菁者莪》一诗则描绘了朋友相见喜笑颜开的场面：“既见君子，乐且有仪”，“既见君子，我心则喜”。对朋友的挚情溢于言表。此外，像《缁衣》中郑武公好客交友、乐善好施，《有客》中主人的待客善始善终，都昭示出先民对友情的珍视。

第二，希望建立正常的父子、夫妻、兄弟等人伦关系。如《常棣》写出了兄弟们的共患难、御外侮以及他们的宴饮之乐、室家之欢。诗人认为“凡今之人，莫如兄弟”、“脊令在原，兄弟急难”，兄弟能在生死关头解救患难。虽然有时“兄弟阋于墙”，但能“外御其务”，一致对敌。在诗人笔下，“兄弟既翕，和乐且湛”，兄恭弟悌，和睦相处。诗人明显地意识到兄弟团结才能生存。《角弓》一诗更是“诲尔谆谆”地规劝人不可疏远兄弟而亲近馋人：“骍骍角弓，翩其反矣。兄弟婚姻，不胥远矣。尔之远矣，民胥然矣。”诗以弓张之内向，弛之则外反喻兄弟姻亲不要疏远，否则，祸其至矣。此外，《二子乘舟》写孩子们出门，父母家人无比怀念；《绿衣》写丈夫怀念故妻，痛不欲生；《有杕之杜》写妻子怀念征夫，柔肠百结。以上这些人伦之诗写得十分婉转动人，表现了人们生活在这个群体中的精神状态，他们感受到了社会、他人、群体对自己存在的重要意义。

第三，突出表现君臣关系。君臣关系位居五伦之首，政权稳固的一个因素就是君臣和睦，上下一心。因此，君臣关系是历代统治者十分重视的。周代五礼之一的“宾礼”就是四方诸侯朝见天子，天子款待诸侯王或各邦国使臣，表示礼遇亲善的礼节，故有“以宾礼亲邦国”（《周礼·春官》）之说。《诗经》中有很多天子宴饮嘉宾的诗，表现了君臣的和睦关系。前面所提到的《鹿鸣》、《湛露》就是这类诗。此外像《采菽》也赞美了诸侯来朝，周王慷慨地赏赐诸侯绣黼龙裄的情况：“采菽采菽，筐之筥之。君子来朝，何锡予之？虽无予之，路车乘马。又何予之？玄衮及黼。”像这种和谐的君臣关系成为后来君臣关系之典范。怪不得《采菽》、《菁菁者莪》几乎成为人们外交场合使用的语言。周代天子就是通过宴请来增进了解，调和君臣关系的。如《彤弓》诗云：“彤弓弨兮，受言载之。我有嘉宾，中心喜之。钟鼓既设，一朝右之。”天子赏赐诸侯彤弓，并设宴款待他们，天子与诸侯的关系就变得融合起来。从《诗经》大量宴请诗的描写可看出，周天子意识到他们的存在离不开诸侯这个群体。只有诸侯存在他们才存在，“只有在人群中人才成为一个人”，只有在诸侯的拱卫中，他才成为周天子。

第四，礼尚往来，遗赠成风。为了增添友谊或沟通情感，巩固关系，人们往往在礼尚往来的交际中，把高雅贵重的东西赠给对方，形成了一种遗赠之风。如《秦风·渭阳》：“我送舅氏，悠悠我思。何以赠之？琼瑰玉佩。”这是写秦康公之舅父晋公子重耳，因遭骊姬之难未返，当他临行之际，康公送至渭阳，并以“琼瑰玉佩”相赠，充满了甥舅之谊。这是贵族间的遗赠。在平民百姓间亦遗赠成风，如“投我以木瓜，报之以琼瑶”（《卫风·木瓜》），“知子之来之，杂佩以赠之”（《郑风·女曰鸡鸣》），“静女其娈，贻我彤管”（《邶风·静女》……这里“琼瑶”、“杂佩”并不贵重，至于“木瓜”、“彤管”更等而下之，但男女间郑重其事以此相赠，作为爱情信物，使感情得以沟通。读了这些诗，我们感受到，《诗经》时代，人们是多么看重感情、爱情，是多么注目于群体。在彼此的交往中，他们感受到了自己的存在；在彼此的交往中，他们感到了自己的尊严和价值。人是社会的存在，信然！

第四节　“念昔先人”：人是历史和传统的存在

人是社会和文化的存在，作为社会和文化存在的人自然也是一种历史的存在。人的文化本性包含着历史性。因此，人“既有高于历史的力量又依赖于历史；他既决定历史又为历史所决定”①。人的自由创造力决定了人能创造历史，但人的可变性、可塑性又使他为历史所决定。因此，狄尔泰认为“‘人’的类型溶解在历史的进程中”，“人不是通过沉思自己，而是通过历史，才发现了人是什么”②。因此，作为文化存在的人和有文化本性的人，也是历史的存在。历史创造的全部文化通过学习、讲授、潜移默化而非通过遗传传递下来，这就是传统。传统不承认距离，它永无止境地一再重复过去。作为历史和传统的存在，人总是缅怀历史，师承古人，膜拜祖宗，眷恋先哲，将祖先的遗

① ［德］米夏埃尔·兰德曼：《哲学人类学》，上海译文出版社1998年版，第226页。

② 同上。

产——历史和传统视为神圣的、不可亵渎的东西。这种膜拜祖先的意识就是《诗经》中存在不少祭祀祖先和歌颂历史诗的原因。如《小雅·小宛》就抒发了诗人思念先人、教诫后人,继承先人好事,处世要谨慎的感情。其中一节云:“宛彼鸣鸠,翰飞戾天。我心忧伤,念昔先人。明发不寐,有怀二人。”表现出深深的缅怀之情。

这种缅怀先人的意识集中体现在《大雅》中的《生民》、《公刘》、《绵》、《皇矣》、《大明》五篇周民族史诗中。这组诗系统地追述了周民族的萌生、发展以致最后灭商建国的全过程,诗中洋溢着一股自豪感。《生民》记叙了周始祖后稷诞生、教人稼穑并在邰地建立家业的历史。作者对这位创造了辉煌的周代农业文化的先贤充满了景仰之情。《公刘》缅怀后稷三世孙公刘率部由邰迁豳的过程,字里行间不无对“笃公刘”的赞叹之情。《绵》写公刘九世孙古公亶父从邠迁岐、辟土地建宫室的历史和兴旺发达之气象。《皇矣》写古公、王季、文王前赴后继创业的史实,其中文王伐密伐崇的武功写得气势磅礴:“四方以无侮”,“四方以无拂”,对祖先功业无比自豪。《大明》赞美文王、武王克商而据有天下,更是神采飞扬,诗结尾说:“牧野洋洋,檀车煌煌,驷騵彭彭。”武王伐殷的赫赫武功,如在目前。人的文化本性和创造力,使历史充满了辉煌,而人对自己创造的辉煌的历史文化,也常常得意忘形,缅怀不已,常常为自己高于历史、决定历史的力量所陶醉。这五首史诗对周民族祖先深切的追怀,对文王、武王武功的极力渲染,反映了先民怀古自恋的心态。

哲学文化人类学把人定义为始终从自身中产生出新文化的创造性的存在,因而,人总是不断地创造新文化,这些历史文化面对新创的东西不过是已经死去的过去,但这并不意味着人会摒弃过去和传统,人总是会继承历史文化,把祖先创造的有益的东西当做传统继承下来。因此,人的历史观、传统意识是很强的。特别是中华民族是个早熟的民族,历史意识很早就已形成。如前所述,与历史相悖的神的权威在周人心目中逐渐消失,先哲们创立的道德礼治文化成为儒家文化的传统,成为辉煌的历史,被人们代代口耳相传。因此,从周代开始,中国人就尊重历史和传统。中国历史文献的无比繁富就证实了这一点。中国很早就形成了一种建立在伦理文化基础之上的史官文化传统。而这种史官文化传统一经创立后又反过来影响,塑造国人的民族精神:那就是务实求是的唯实原则和膜拜古贤的崇古意识及唯我独尊的民族自恋情结。人们言必称古贤，行必效尧舜。崇古怀旧的心理定式逐渐形成。这种民族性格在《诗经》中屡屡可见，特别在《颂》诗中更为多见。人们总是自豪地述说祖先的威德和如何发扬光大，态度无比虔诚。如《维天之命》对文王的膜拜就无以复加。“文王之德之纯！假以溢我，我其收之。骏惠我文王，曾孙笃之。”不但子子孙孙要接受它，而且要子子孙孙遵循文王的大道，保住它，如严粲所注云“当世世笃厚之勿忘也”①。《烈文》诗也说：“惠我无疆，子孙保之”，“念慈戎功，继序其皇之”，“不显维德，百辟其刑之”，教诫诸侯们要光大、模仿、保持先人之德。《良耜》一诗更明确地告诫人们“以似以续，续古之人”，即继旧岁，续往事，继承前修遗志。《泮水》歌颂鲁僖公继承乃祖事业，平服淮夷：“敬慎威仪，维民之则。允文允武，昭假烈祖。”赞扬僖公仪表谨慎，能文能武，是百姓榜样，能赶得上先祖。通观《诗经》，我们注意到，人们对创造历史文化作出杰出贡献的先人诸如“奄有下国，俾民稼穑”（《閟宫》）的后稷，“厥德不回，以受方国”（《大明》）的文王，“保有厥土”和“克定厥家”的“桓桓武王”（《桓》）以及“率时农夫，播厥百谷”（《噫嘻》）的成王，都充满了景仰之情。人们就是在这景仰、赞叹、膜拜、神往中感受和传递祖宗留下的历史遗产——文化，把自己镶嵌在这种历史文化传统中。当然，人们继承前人的文化传统不会像遗传那样没有偏离，而会有所变化。尽管历史的文化传统，被认为是神圣的，是保守的原则，具有相应的固定性和稳定性。但它也是可以变的。因为传统自己也曾是被创造出来的，它是历代祖先经验、习俗、文化等的积淀，所以它也易于为新的创造所丰富所修正。历史创造人，人也创造历史；历史成为过去，人也会成为传统。人们在重温历史又丰富历史，继承传统又修补传统的过程中不断丰富自身，修补自身，重塑自身，把自身溶解于历史的进程中。一句话，人在解构历史中重生，文化也在解构文化中涅槃。作为历史和文化存在的人，《诗经》时代也应该如此。《诗经》虽然没有也不可能从理论上总结人的本质，建构具有超前意识的人类学，但散见于三百篇中的资料却为我们昭示了这些。概而言之，《诗》“三百”为我们昭示了周人的图像。

① 金启华：《诗经译注》，江苏古籍出版社1984年版，第802页。

第二章　先秦诗性智慧与中国文化的诗性思维之生成

文化人类学的研究表明：诗与文化同源，是最早的文化样式，是最古老的艺术之一。“自有生人，而能言之类，诗其首也。古今之体不同，其诗一也。”①因此，诗是人类的，也是世界的。而在“不学诗，无以言”的中国，诗更具有它独特的价值和地位。它“可以兴，可以观，可以群，可以怨，迩之事父，远之事君”（《论语·阳货》），“它无意不可入，无事不可言”②。闺中思妇，他乡游子，边关将士，燕赵剑客，田园逸士，台阁权臣，宫廷帝妃，游宴文人，马走役夫，无不爱诗、诵诗、写诗，“一切皆诗”，人们用诗的激情去观照生活，用诗的语言描述生活，用诗的方式参与生活。生活就是诗，人生就是诗，这种泛诗化使中国文化表现出与其他民族不同的诗性特征：人们用诗去应酬生活，“赋诗断章，余取所求焉”③，送别寄情，赠和酬唱；用诗参与生活，事君事父，谲谏君父；用诗稽古证史、取譬说理；用诗谈玄论理，探讨人生。总之，诗在中国文化中占尽风光，确定了它至高无上的经典地位，它无所不在，“诗者，天地之心也”（《诗纬》），“诗者文之精气”（宋赵湘：《王象支使甬上诗集序》），诗者“众妙之华实，六经之精英”，诗者“志之所之”（皎然：《诗式》）。在中国文化史上，“诗”是一种极其独特的文化现象，泛诗化使中国文化的诗性特点表现得比任何其他民族文化更突出、更鲜明。因此，中国人的智慧是诗性的，语言是诗性的，逻辑思维是诗性的，哲学是诗性的，人生观是诗性的，文学是诗性的。它负载了中国文化的丰厚内涵，无处不在的诗观念得到了人们的普遍认同。以至于，中国文学中诗与其他文体不分，纠缠在一起：“诗之为体，二十四名：赋、颂、铭、

---

① ［宋］叶适：《叶适集》卷二十九《跋刘克逊诗》，中华书局本 1961 年版。

② ［清］刘熙载：《艺概·词曲概》，上海古籍出版社 1978 年版。

③ 《左传·襄公二十八年》，中华书局 1963 年版。

赞、文、诔、箴、诗、行、咏、吟、题、怨、叹、篇、章、操、引、谣、讴、歌、曲、辞、调，皆六义之余”①。这种混乱的文体分类是泛诗化的最好注脚。中国文化的诗性思维更深层次地表现在重比兴联想，重自然，重情感，重古人经验，重感悟。它具有超越逻辑的、非理性的、激情化的特点，它不着眼于细节细腻的、娓娓道来的、曲折多姿的故事叙说，而重视具有浪漫情调的、情绪化的内心烛照，注重的是“强烈的感觉力和广阔的想象力”②。

诚然，诗性思维、诗性智慧源头很早，与文化创造同构，正如意大利著名法学家詹巴斯塔·维柯在《新科学》所谈到的，“在所有民族的历史上，诗是最新的或最原始的表达方式”③，是原始人对世界的本能的、独特的反应，是“富有诗意”的反应，他们生来就有“诗性智慧”，“这些先民，都是地地道道的诗人”④。然而，这种诗性思维在中国文化中地位的被强化、被认同，这与传统“诗经学”中的先秦用诗是不无关系的。先秦用诗包括献诗、颂诗、赋诗、教诗、引诗等几类。献诗意在“陈志”，主要用在政治活动中，对国君或同僚谲谏；颂诗主要用在宗庙祭享，也见出文学、音乐、舞蹈三位一体，《墨子·公孟》所谓“诵诗三百，弦诗三百，歌诗三百，舞诗三百”即指此；赋诗意在言志，主要用于外交场合和宴会应酬；教诗意在“导志”；引诗意在论理议政，意在“专对”、“事君”。前二者，本文不想论及，后三者赋诗、教诗和引诗有一个共同的原则，那就是断章取义，“余取所求”（《左传·襄公二十八年》）。这种“余取所求”的用诗，孕育了先秦的“比兴”说，催生了引譬连类的思维方式，也催生了两汉的“以诗附史”、“以史明诗”的方法，从而衍生出中国文化中动辄“子曰诗云”的稽古、崇古倾向，同时孕育和催生出“天人合一”的诗化哲学的建构。用诗风气的特盛，其实也是先秦人以诗的方式全面参与生活的表现，这种以诗全方位的参与生活，更奠定了诗在中国传统文化中的至高无上的经典地位和“正得失，动天地，感鬼神”（《毛诗序》）的正统地位，从而也确定了中国文化的诗性品格。

---

① 《彦周诗话》引元稹《乐府古题序》，见［清］何文焕：《历代诗话》，中华书局 1981 年版。

② ［意］维柯：《新科学》，人民文学出版社 1986 年版，第 8 页。

③ 转引自叶潮：《文化视野中的诗歌》，巴蜀出版社 1997 版，第 10 页。

④ 转引自［英］特伦斯·霍克斯：《结构主义和符号学》，上海译文出版社 1987 年版，第 2—3 页。

第一节　先秦功利文化氛围中的诗性智慧

《诗》"三百"与任何民族的诗一样，是古人对他们所处世界的"诗意的"摹画，体现了他们的"诗性智慧"。由于诗中比兴的应用，也由于诗作为情感符号的模棱两可性以及诗歌文化创造者的超前性与接受者——文化阅读的期待视野的矛盾冲突性，使它产生一种"模糊效应"，这使人们进行诗歌的"文化解码"时产生了与诗歌在"文化上的龃龉"①，这为人们的"余取所求"留下了空间，所以人人感到"诗所以合意"(《国语·鲁语下》)。为了取"合意"者，人们任意肢解它，解读它，曲为发挥，即使缺失诗本意也在所不辞，一时间造成先秦用诗蔚为大观。先秦的功利文化氛围是当时社会上广泛用诗的土壤：为了言一己之志，人们去赋诗；为了交两国之好，人们去陈诗；为了淳天下之风俗，人们去教诗；为了申先王之礼义，人们去咏诗……一句话，诗成了人们生存的工具，广泛的功利性的用诗催生了人们的"诗性智慧"。文学之诗"失语"，而适于社会实用的文化之诗却独领风骚。

在先秦所有用诗中，赋诗言志是最突出的。赋诗活动主要流行于春秋时期，因为春秋时期，周室衰微，诸侯异政，强权问鼎，礼乐征伐出自诸侯，虽然礼乐崩坏，但周礼遗风尚存，故朝盟宴享特多，频繁的聘、享、飨等外交礼仪为赋诗述志提供了用武之地。班固《汉书·艺文志》云："古者诸侯卿大夫交接邻国，以微言相感，当揖让之时，必称诗以谕其志，盖以别贤不肖观盛衰焉。"指的就是赋诗盛况。郑玄把赋诗分为"述古"和"造篇"。据记载，先秦赋诗大多是"述古"，即吟诵《诗》"三百"之成篇，极少即兴之作的"造篇"，如《左传》中，"造篇"的赋诗仅4例。赋诗主要记载于《左传》之中，有70余次，《国语》亦有少量记载。赋诗活动在外交场合中作用非同寻常，人们往往于雍容揖让之间，宴享吟咏之际，用诗的语言将外交上的沟通、谅解、妥协乃至勾结等含而不露地暗示出来，这比赤裸裸地和盘托出显得优雅、含蓄、蕴藉，即使达不到目的，也不失身份，不失风度。对方凭借对诗的熟悉，也心领神会，彼此达成默契和

---

① 叶潮：《文化视野中的诗歌》，巴蜀出版社1997年版，第141页。

沟通,甚至化干戈为玉帛,起到用语言难以起到的作用。兹举一例,《左传·襄公二十六年》记载一则赋诗释怨的故事:晋侯为卫国一叛臣缘故而囚押卫侯,齐侯和郑伯赴晋说情。宴会上晋侯先赋《大雅·嘉乐》,因该诗有"嘉乐君子,显显令德,宜民宜人,受禄于天"等奉承客套话头,晋侯借以表示对齐、郑两国的欢迎和赞颂。齐国国景子答赋《小雅·蓼萧》,以颂扬晋君恩泽及于诸侯;郑子展答赋《郑风·缁衣》以示郑不敢背晋。客套之后,转入正题,齐人认为晋君不宜为一叛臣扣押卫君。晋侯作一番辩解后,表示扣押卫君还有别的理由。于是齐国的国子景赋《辔之柔矣》(逸诗),用驾驭马匹要用柔辔之喻,劝晋对小国要宽容一些;郑子展亦赋《郑风·将仲子》,借其中"人之多言,亦可畏也"的诗句,告诉晋侯囚卫侯虽有别的原因,但在别人看来,总是为了卫国一叛臣的缘故,人言可畏啊!于是晋侯终于被说服,放了卫侯。一场容易引干戈的仇怨,就在赋诗中冰释。

春秋间的列国聘盟,以诗酬酢,借讽诵而观志,既表示了对客人的荣宠,又显示了自己的辞采,确如《文心雕龙·明诗篇》所云:"春秋观志,讽诵旧章,酬酢以为宾荣,吐纳而成身文。"谁能娴熟此套,谁就能在复杂的外交场合中游刃有余,应对有方,不辱使命。如《左传·僖公廿三年》记晋公子重耳流亡至秦,秦穆公欲享重耳,重耳与子犯同行,子犯自谦赋诗应对"不如衰之文也",推荐赵衰一同赴宴。又据《国语·晋语》记载,穆公赋《六月》,以尹吉甫佐宣王征伐之事比重耳日后有臣佐天子之功。赵衰使重耳赋《河水》,据韦昭注,《河水》即《沔水》,该诗有"沔彼流水,朝宗于海",以百川归海喻晋之朝宗于秦。互相称颂。秦纳重耳是捞取政治资本,晋人秦希望得到秦的外援以复国,他们的各有所求通过赋诗心照不宣地、体面地表达了出来。既体现了"喤喤厥声,肃穆和鸣"的气氛,又不会造成因直白陈说带来的尴尬和有失身份。反之,欲不熟悉赋诗,或赋诗不当,不仅斯文丧尽,有辱国体,甚至招来灭顶之灾。如《左传·襄公廿八年》记载:齐国庆封访鲁,鲁叔孙设宴款待,庆封不敬,叔孙穆子赋《相鼠》,庆封不知讽己,叔孙穆子又令乐工赋《茅鸱》,庆封仍不敬,遂成笑柄。又,《左传·襄公十六年》载:晋侯享诸侯,令各国大夫"赋诗",其中齐国的高厚因"赋诗"不得体,使晋君臣恼怒,要联合与会诸侯同伐齐国。这真应验了孔子所说的"不学诗,无以言",《诗》是人们广泛参与生活的必备工具,特别是外交场合中不可缺少的沙龙语言。

在先秦的用诗中,教诗也是广泛存在的一个现象。无论是官学还是私学,教诗都是重要内容。《周礼·春官》中所说及的"教六诗"、"以乐语教国子",皆为官学之教,内容自然也是《诗》"三百"。《国语·楚语》也记载:楚庄王使士亹为太子傅,士亹先请教于申叔时,申叔时为其指出应教科目,其中包括"教之《诗》而为之导,广显德以耀明其志"。这些记载说明官学教诗广泛存在。至于私学教诗,始于孔子。孔子设私学,以"文"、"行"、"忠"、"信"为"四教",而"文"教中,就包含了《诗》、《书》、《礼》、《乐》。《史记·孔子世家》也载孔子设教有《诗》一科的事:"孔子以诗书礼乐教,弟子三千,身通六艺者七十有二人。"《大戴礼记·卫将军文子篇》也云:"吾闻夫子之施先以《诗》。"孔子自己也说"兴于《诗》,立于礼,成于乐"(《论语·泰伯》)。他谆谆告诫自己的儿子"不学《诗》,无以言"(《论语·阳货》)。孔子教诗的实践与实例就数见于《论语》。到了孔子的时代,诗与乐开始分家,因为新的音乐有独立欣赏价值,不必依附诗而存在;而诗也由乐歌逐渐变为纯粹的语言艺术,因而,必须在一定的典礼仪式中进行的"陈诗"、"赋诗"就不通行了,代之而起的是教诗和引诗。教诗的目的是"导志",《庄子·天下》篇就指出:"《诗》以道志,《书》以道事,《礼》以道行,《乐》以道和,《易》以道阴阳,《春秋》以道名分。""道"犹导也,诗以道志犹言诗以导志,犹言诗以言志。出于这种导志的需要,因此教诗和赋诗一样,也避免不了断章取义,曲为发挥。从《论语》可见,孔子教诗也是断章取义,将诗伦理化、道德化,以导其志,将《诗》"三百"本不合"道"者曲为发挥。《论语·八佾》记载一则孔子教诗的实例:

> 子夏问曰:"'巧笑倩兮,美目盼兮,素以为绚兮',何谓也?子曰:"绘事后素。"曰:"礼后乎?"子曰:"起予者商也,始可与言诗也已。"

子夏所问"巧笑倩兮"二句,本出自《王风·硕人》,"素以为绚兮"不知所出。这几句显然是写女色的,其本事是:卫庄公娶于东宫得臣之妹,曰庄姜,美而无子,卫人所为赋《硕人》也。该诗字面上的意义及其本事,我想子夏不会不知,至于"信而好古"又编纂过《春秋》的孔子更不应该不知道。子夏要问的显然是藏在这艳丽诗句后的深意。孔子对弟子违背诗本义的问不但不加以纠正,反而对其欣赏备至,以"绘事后素"回答他。朱熹《论语集注》释之为"礼必以忠信为质,犹绘事必以粉素为先"。在老师的"导"之下,子夏悟出了礼仪产生在仁义之后的道理。与仁义毫无干系的诗句,被孔子师徒心领神会地曲意发挥为儒家仁义礼仪的"道"。怪不得孔子如此看重诗，看重诗教，认为"不学诗，无以立"，在《论语·泰伯》里，他谆谆教导学生要"兴于《诗》，立于礼，成于乐"。因为《诗》"三百"里有任人所取的哲学的、政治的、伦理的、教化的命题。由此可见，春秋的教诗也是"余取所求"，教以导志的。

春秋之世，公卿士大夫议论内政外交，常常引诗以为断语，故引诗风气取代了赋诗。据清魏源统计：《国语》引诗凡31条，逸诗1条；《左传》引诗凡217条，作者自引及述孔子引诗者48条，引逸诗2条，列国公卿自引诗共101条，引逸诗5条，列国宴享歌诗赠答70条，逸诗3条。可见引诗风气之盛，蔚为大观。至春秋后的战国，诸侯逐鹿，问鼎中原，礼仪大破，法家之说大行，倡言灭裂《诗》《书》，故聘问引诗风气逐渐消失，引诗只存在于儒家的一些著述及言论中，用以明道证理，用以阐述先王之道是如何与自己的论点如出一辙。这种引诗的格式是：先征引诗句，然后结以"此之谓也"，诗成为论述的依据，又是自己文章的结论，遂开后代引经据典之风。据人统计：《孟子》引诗33处，《墨子》引诗10条，逸诗3篇，最有系统、最完备的首推荀子。《荀子》引诗以证理者84条，涉及《诗》55篇。其中《大雅》32条，涉及《诗》17篇；《小雅》25条，涉及《诗》17篇；《风》18条，涉及《诗》8篇；《颂》9条，涉及《诗》6篇；佚诗7条。动辄以《诗》证理，以《诗》为据，言必称引《诗》。先秦之所以重视引诗、用诗，因为在他们看来，"诗书，义之府也"（《左传·僖公二十七年》），"诗以正言，义之用也"（《汉书·艺文志》），《诗》是记录圣人之志，体现圣人之道者。因此，往往在发表议论之后，征引《诗》来证明自己的理论符合先王之教，即合符经典性、权威性，以金科玉律的《诗》为据，谁还可怀疑。然而这种言必称引《诗》的现象与赋诗和用诗一样，不是"余取所求"就是以"以意逆志"，都是作者的任意"拿来"。如《荀子·劝学》篇在"行衢道者不至，事两君者不容。目不能两视而明，耳不能两听而聪"等语之后，为加强自己论点的权威性和经典性，引用《曹风·尸鸠》中的诗句"尸鸠在桑，其子七兮。淑人君子，其仪一兮。其仪一兮，心如结兮"，从而得出"君子结于一兮"的论断。而该诗的本义则是通过对布谷鸟哺育小鸟平均如一的赞颂，来歌颂父母爱人而不偏不颇，而荀子曲为发挥，作为阐明学习上精神专一的论据。这种曲为发挥，还可以从这样一种现象中看出：同样一首诗，在诸子的称引中，居然得出了不同的观点。如《小雅·北山》"普天之下，莫非王土；率土之滨，莫非王臣"，孟子引它借此发挥自己的“以意逆志”的观点；荀子引它是说明君权的神圣；《韩非子·忠孝》称引它则是用来阐述“废常上贤则乱，舍法任智则危”的观点，认为“信若诗之言也，是舜出则臣其君，入则臣其父、妾其母，妻其主女也”。荀子是从正面肯定的角度来用它，韩非子则是从反面的否定角度来用它，同样一句诗，居然有从正反两个完全不同的角度来引用它，可以各说各话，可见，引诗也是取合己意者任意发挥的断章取义。

在先秦，人们为什么能漠视诗本义、诗本事而任意地发挥呢？个中原因是如前所述的诗歌语言的可塑性、模棱两可性以及诗歌与接受者之间产生的一种文化的龃龉，为用诗者留下了广泛的创造空间。众所周知，诗是一定的社会——文化内容的艺术编码，凝聚着不同历史时期的文化价值，它既是审美的创造，又是文化的创造，要理解它，就需要我们进行历史——文化的阅读。因为诗是合于一定社会文化环境中接受者的历史——文化阅读的期待视野的。可是诗歌接受的主客体间文化意识的交流常是非对称性的，诗的超前或滞后，都为诗接受带来文化龃龉。正是这种文化的龃龉和加上诗语言的可塑性、模棱两可性为诗的再创造留下了空间，这即董仲舒所谓“诗无达诂”（《春秋繁露》）的原因，也是人人感到“诗所以合意”的原因，也就是诗经学史上历代解经不断的原因。人们常常以自己所处时代的文化、观念去刷新它，以致形成了对诗人原有意图的“创造性背叛”，先秦的用诗者和后代论诗者一样，他们的用诗过程即是一次创造的过程，也是诗性思维的形成过程。他们带功利性的用诗，远远超越了诗的生产者原来设定的阈限，使诗缺失本义，增加新的文化底蕴。

诗的能广泛地任意被使用，除了上述原因外，那就是诗的个性意识的缺失。众所周知，《诗》“三百”大多是无名氏所作，标明作者的只有“家父”、“寺人孟子”和两处“吉甫”。正是作者的缺失，导致了诗个性的缺失，诗人成为群体的诗人，不是个体的诗人，反映的是群体的而非个体的生活经验。因此，用诗者无须追求每首诗的本事本义，无须顾及诗人的意志，“余取所求”而已。清人劳孝舆《春秋诗话》说：“风诗之变，多春秋间人所作。然作者不名，述者不作，何与？盖当时只有诗，无诗人，古人所作，今人可援为己作；彼人之诗，此人可赓为自作，期于‘言志’而止。人无定诗，诗无定指，故可名不名，不作而作也。”这告诉我们一个事实：作者的缺失，可使“今人”和“此人”把“古人之诗"和"彼人之诗"为迎合自己的"志"而"援为己作"。因为诗人的缺失，诗的歧义也随之产生，诗的个性也就消失，人们用诗无须顾及本事，无须顾及原创者的著作权和话语权，诗人之志与我无关，只要能言用诗者之志就可以了，只要作诗者与用诗者思维有某一处相通，就可借彼诗为我用，断其章迎吾义，遑论其余。

第二节　先秦的诗性智慧孕育了中国文化的诗性思维

先秦基于生存之需要而广泛用诗的诗性智慧孕育了中国文化的基本特征——诗性思维。这种诗性思维文化特征表现在下面几个方面：用引譬连类的思维方式取代原始的神话思维，用诗观照客观世界的思维方式形成；引诗为证的崇古意识确立；天人合一的诗化哲学构建；先秦用诗所促成的诗的世俗化、伦理化奠定了诗性思维在中国文化中的独特地位，中国文化的诗性化品格从而形成。下面从四个方面分述之。

1.先秦的广泛用诗孕育了"引譬连类"的诗性思维

在中国文化诗性思维中的各种表现中，引譬连类思维是最基本的思维，其他由此而派生。引譬连类思维其实就是一种比兴思维，孔安国早就说过："引譬连类，兴也。"（《论语注疏》）它是人类神话思维的类比方式发展到文明社会时期的自然遗留物。比兴不仅仅是如朱自清所称为的是中国古代诗论的金科玉律，它其实是积淀中华文化传统的一种诗性思维，它萌芽于先秦，孕育于先秦的广泛用诗活动中。"比兴"概念最早见于《周礼·春官》中，该书云："（大师）教六诗：曰风，曰赋，曰比，曰兴，曰雅，曰颂。"从这条记载可看出，"比"、"兴"、"赋"与"风"、"雅"、"颂"一样，被看成是诗体而非表现手法，更毋庸说是思维方式了。《诗经》时代的诗人们也并非有意识地把它们当做一种创作手法在写诗，也并非把它们当做是一种思维方式，他们是自发地抒情言志罢了。最早将"比"、"兴"说成是表现方法的是汉人。如汉刘安《淮南子·泰族训》就说："《关雎》兴于鸟，而君子美之，为其雌雄之不乖也；《鹿鸣》兴于兽，君子大之,取其见食而相呼也。"其中"兴于鸟"、"兴于兽"即"喻于鸟"、"喻于兽"之意。又王符《潜夫论·务本》云:"诗赋者,所以颂善丑之德,泄哀乐之情也,故温雅以广文,兴喻以尽意。"在这里"兴"与"喻"也并列同义。颜师古注班固《汉书·楚元王传》云:"兴,谓比喻也。"王逸《离骚经序》云:"《离骚》之文,依《诗》取兴,引类譬喻,故善鸟香草,以配忠贞……"这里所说的"引类譬喻"就是对"兴"的解释。从这些材料可以看出,在汉人心目中,"比兴"即为譬喻。而汉人的比兴之说孕育于先秦的赋诗、引诗、教诗的用诗活动中。如前所述,先秦的用诗根本法则是断章取义,"余取所求",即借别人之诗来言己之志,尽管二者相去甚远,甚至是风马牛不相及,但只要有某一点相似之处,就可用来取喻。比如《左传·襄公八年》晋范宣子出使鲁国,请其出兵助晋攻郑,席间赋《摽有梅》。而该诗的原意是以梅子的成熟与日渐殒落喻青年男女当及时相爱婚嫁,勿错过时机,而范宣子借来以喻及时出师,借意与本意风马牛不相及。而在特定的外交场合和语境中,鲁执政季武子对此却心领神会,当下表态:"今譬于草木……欢以承命,何时之有?"这种"譬以草木"的做法终于沟通了两国使节。可见,《诗经》的时代,虽还没从理论上明确地总结《诗经》的比兴手法,但在用诗活动中,在客观操作过程中,人们已借诗为喻了。这种借诗为喻,其实是一种"引譬连类"的思维方式,不仅仅是一种创作手法。用草木譬爱情的《摽有梅》用来譬以乞师,而能为双方接受,"引譬"而能"连类",就是在譬的过程中包含了相近的思维活动在其中。正如俞建章、叶舒宪在《符号:语言与艺术》一书中所指出的,"引譬连类"是人类神话思维的类比方式发展到文明社会时期的自然遗留物。比兴在诗歌创作中的使用,最初并非出于修辞学上的动机,而是由比兴所代表的诗性思维方式所决定的,它是神话思维的产物,是神话思维时代随着理性的崛起而告终以后传承下来的一种类比联想的宝贵遗产。① 它既不同于以神话思维内容为中心的神话思维又有别于以类比逻辑为特征的纯理性思维,它是介于神话思维与理性思维之间的"诗性思维"。这种"引譬连类"的诗性思维在诗歌原创者那里是一种潜在的形态,呈弱表现;而在用诗者手中,经过无限的广泛的"引譬"和"连类"使用,这种弱表现的诗性思维得到了强化。这种思维的特征是:不追求物象本质的

---

① 参见俞建章、叶舒宪:《符号:语言与艺术》,上海人民出版社1988年版,第154—155页。

相同,只追求思维方式上的某一点近似。因而,人们可以从外在特征的某一点相似而类比同类现象,不追求其是否本质相同。比如人们可以从关雎的求偶类比君子的求淑女,从梅子的易熟易殒类比男女相爱当及时,从男女相爱及时类比出兵当及时,勿失战机。这些类比看起来十分荒诞,"譬"与"类"相差甚远,但人们仍然在孜孜不倦地"余取所求",为什么?就是因为所求者与被取者在思维方式上有相同相似之处。

先秦的赋诗言志也即用诗,使诗性思维的类比联想在更大范围内得到了推广,大大推动了诗性思维的发展,从而奠定了中国文化的诗性思维的地位,形成了中国人认识推理事物的特殊方式,即引譬连类的认知方法和推理方法。这种类比推理在先秦两汉的史论、政论中大量存在,先秦的子、史著作,特别是战国时的《孟子》、《庄子》、《荀子》、《韩非子》以及《战国策》,其中层出不穷的比喻、寓言、故事,都是作者用来类比推理的材料。如《庄子》一书,就用大量的寓言、"事例"来论证自己的"道",用的就是类比推理。正如《淮南子·要略》所说的"已知大略而不知譬喻,则无以推明事"。换言之:要推明事理,非懂得引譬连类的思维方式不可。以比兴为特征的引譬连类思维在汉以后继续得到发展。如唐代的诗学和古文家及新乐府的作者们都无不强调比兴,唐孔颖达在《毛诗正义》中对"兴"作了详尽的诠释:"兴者,起也,取譬引类,起发己心。"把诗释为"起发己心",这显然是对孔安国"引譬连类"之说的继承和发展。宋代由于学术思想的变易和理学旨趣的明心见性而罕言比兴,但严羽的以禅喻诗却是引譬连类思维的延伸。明初的诗论家从美刺出发,无不强调古老的比兴之说,如宋濂《许存礼樗散杂言序》中云:"诗至《三百篇》而至焉,然其为体有三经焉,有三纬焉。所谓三经者,风、雅、颂也,声乐部分由是而建;所谓三纬者,赋、比、兴也,制作法裁由是而定。"可见,比兴之思维成为中国诗学的思维定势,渗透于中国文化的血脉之中。

这种孕育于用诗活动中以比兴为特征的诗性思维滋生出中国文化中的"取象思维"。其思维方式是一般不作纯粹的抽象思辨,而往往"立象尽意",以具体直观的形象来譬喻、暗示、论证某种理念和思想,这和引譬连类思维有相通之处,即"引"象来"类"意、"譬象"以"尽意"。这种以取象思维为特征的诗性思维在《易经》中表现得最突出,它以乾、坤、震、离、巽、兑、艮、坎八种符号象征着天、地、雷、火、风、泽、山、水八种物质,然后又通过排列组合推演为六十四卦象，即所谓《易》象。这就是立天地山川之“象”来“探赜索隐，钩深致远”（《周易·系辞上》），从而推演宇宙的奥秘和人生的命运。这也就是《易·系辞上》所说的“圣人有以见天下之赜，以拟诸形容，象其物宜，是故谓之象”，“圣人立象以尽意，设卦以尽情伪”。这种立象以尽意、取象以类意遂成为中国诗论的主要特征。这种取象尽意的思维特征与诗之比兴以及用诗中的“引譬连类”之相通，前人早有论证，如宋人陈骙《文则》就说：“《易》之有象，以尽其意；《诗》之有比，以达其情。文之作也，可无喻乎？”清人章学诚《文史通义·易教下》说得更直接：“《易》象虽包六义，与《诗》之比兴，尤为表里。”于斯可见，《易》中的“立象尽意”的思维导源于《诗》中的比兴思维和用诗的“引譬连类”思维。

2.先秦的广泛用诗不仅促进了引譬连类的思维方式建构，也促成了与此相关联的崇古意识的确定或加强

从思维的演化史可看出，崇古并非中国文化所独有，亦非《诗经》时代才有，世界上所有民族在其原始社会初期都重视其神话的传述，在一代又一代地复述祖先遗存下来的神话故事，表现出对祖先经验的崇尚和膜拜，这无疑就是一种崇古意识。神话在当时成为人们知识传播的手段。进入文明社会后，理性思维逐渐在取代神话思维，作为两者的一种过渡，诗蕴含着祖先经验而成为神话时代之后而代替神话的法典。尤其是在中国，随着先秦的赋诗言志、献诗陈志、教诗明志等用诗活动的盛行，诗奠定了它在中国文化史上的独特地位，成为后代引诗者深信不疑的人生准则和处世公理，崇古的诗性智慧取代了神话智慧，特别是用诗中的诗教，取代了神话之教，一直延伸到近代。中国文化的崇古、稽古意识是用诗中的引诗为证和引譬连类派生出来的，这种意识表现在如下几个方面。

其一，“以诗为证”、引经据典的思维模式形成。通过广泛用诗后的诗，已成为人们心目中不可替代的法典，蕴含了祖先的各种经验。它可以用之以证得失，如清人劳孝舆《春秋诗话》所言：“事无细微，皆引诗以证其得失。”它可以观天象、证灾异。如《史记·仲尼弟子列传》就记载：孔子与其弟子出外，孔子嘱弟子“持雨具”，后果然下雨，弟子问其故，孔子引诗为证：诗有“月离于

毕，俾滂沱矣”句，而“昨暮日不宿毕”，故知有雨。又汉刘向上汉元帝《条灾异封事》中引诗居然达15条之多，或用以颂古圣王之德，或借以讥奸邪之小人，信手拈来，以证灾异之关人事。诗可以用来证理。这是引诗中最普遍的。在人们看来，《诗》是阐述先王思想的最可靠的依据，是不可动摇的金科玉律，因此人们用以论哲学，谈政治，类道德。正如清人阮元《诗古训序》中所论述的：

> 诗三百篇，《尚书》数篇，孔孟以此为学，以此为教，故一言一行深奉不疑，即如孔子作《孝经》、子思作《中庸》、孟子作七篇，多引《诗》、《书》为证据，若曰世人亦知此事之义乎？《诗》曰某某即如此，否则恐自说有偏弊，不足以有训于人。

在阮氏看来，引诗可以补己之偏弊，有助“训于人”。如前所述，在先秦儒家著述中，引诗最完备者是《荀子》，其体例之完备，引诗之广泛在诸子中无与伦比。在征引之后，每每结以“此之谓也”的套语。这种引诗为证的做法，形成了中国文化的动辄“子曰诗云”，动辄以经典是非为是非的崇古思维模式。人们“莫不宪章《谟》、《诰》，祖述《诗》、《骚》，远宗毛、郑之训论，近鄙班、扬之述作”（刘昫《旧唐书·文苑·传序》）。这种崇古思维形成了极端的贵古贱今之说，宋以后尤盛。如至宋江西诸子标榜“无一字无来历”，至明前后七子倡“文必秦汉，诗必盛唐”，至有清一代不是宗唐就是崇宋，在前人章句中寻觅极境。于是乎，模拟者有之，剽窃者有之。人们习惯于把“入于唐人集中可乱楮叶”、“逼肖老杜”、“神似太白”看做诗歌极境。中国诗歌中拟古、模拟为什么如此之多，古典小说续书为什么如此之盛，可以于斯窥见个中原因。这种引诗为证的思维定势在明清小说中还大量存在，无论是写景还是叙事，无论是写人物外貌还是写两军的对垒，都免不了来一段“以诗为证”。这种“好古而忽今”的风气，在学术中也是如此。严复在《论世变之亟》中说得很透彻：“中国由来论辨常法，每欲中求一论，必先引用古书、诗云、子曰，而后以当前事件语言，与之校勘离合，而此事件语言是非遂定。”可见，由引譬连类而铸就的崇古意识渗透于中国文化的血脉之中。

其二，先秦的用诗催生了中国文化的融采前贤诗句，喜欢用事用典的传统。因为广泛用诗，“诗为天下法”（董仲舒语），但这个法是人们可以任意解读、即使缺失诗本义也在所不惜的法。人们可以随意“误读”，可以任意注解，即如朱熹《诗序辨说》所说：“委曲牵合”、“宁失诗人之本意不恤也。”为了发挥礼教,人们可以全然不顾诗的情志和本义。名为“注经”,实为“注我”,“以意”而不“逆志”,这种先入为主的解读、训诂,实际上是在化“经”为我,借《诗》立言,借古讽今。这种任意驱遣,借为己用的做法,其实启迪了中国文学创作中用典、用事、摘句的模式。“据事以类义,援古以证今”(刘勰:《文心雕龙·事类》)遂成为风气。人们或大量采融前人成句入诗,如宋人周邦彦就以融采唐人诗句入词而著称,其《西河·金陵怀古》化用唐刘禹锡《石头城》、《乌衣巷》和古乐府《莫愁乐》三首,浑然天成,一如己出。或炫耀学识,堆垛典故,不惜“掉书袋”。如李商隐作诗好用典用事,故有“獭祭”之称,辛稼轩出入子史经集,亦不免“掉书袋”之讥,其《哨遍》一词几可当一篇《庄子·秋水篇》来读。或标榜“点铁成金”、“脱胎换骨”(黄庭坚:《答洪驹父书》)。取古人之陈言入于己之翰墨,化别人之腐朽为己之神奇。黄庭坚就是把摘句推入极境的诗人。中国文学中的用事用典和摘句增添了中国文学的文化内蕴,成为中国文学的一道风景线,也因而引起了文论上人们对它的关注。皎然的《诗式》就对“用事”之目的、方式、种类有过专门研究。这种用事用典的规则一如先秦的用诗,“不必计采诗之兴,亦不必问作诗之事,且引诗者与诗人之意,违反乖刺,亦无不可”(刘永济:《十四朝文学要略》)。其本义可置之不顾,只要在思维方式上有某一点相通处,即可为我所用。这种寻章摘句、用事用典的作法被西方一些学者誉为世界之最,如霍尔兹曼在其《孔子与古代中国的文学批评》中说:“可以有把握地说,世上没有哪一个文明比中国更具有书卷气息,也没有哪一个文明更加尊崇其古代典籍,惯于从传统的乃至现代的文学书本中寻章摘句,为其日常事务寻求指南。”①良不诬也,诚为中国文化之知音。典故是一种文化想象,是一种时空错乱,它有丰富的文化想象、联想力和隐喻力,能使诗人的表达典重委婉。

其三,先秦的广泛用诗促成了中国文化重视先例和惯例、重视传统的思维模式形成。在先秦,诗成为凝聚祖先经验的法典,它不仅“多识于鸟兽草木之名”,更是“迩之事父,远之事君”的做人准则,是统领、规范人们生活的公理,是可效法和依恋的惯例。后人从先秦的处处依诗,处处用诗,悟出一个道理:

---

①　[美]瑞克特编:《中国的文学批评法:从孔子到梁启超》,转引自叶舒宪:《诗经的文化阐释》,湖北人民出版社 1996 年版,第 423 页。

按先哲的成例,按经典的教诫是不错的,因为这是祖先的经验之所在。因此,先秦的用诗风气导引了中国文化中依恋过去经验的思维传统,正如日本学者所指出的:中国人的思维方式中有一种依恋以往事实的倾向。重视先例而不强调抽象原则,善于从过去的惯例和周期发生的事实中建立一套基本法则,即以先例作为先决模式。换句话说,古人昔日经验之成果在中国人心目中可以唤起一种确实感,而由抽象思维中得出的逻辑规范却没有这种心理作用。因此,中国人的基本心理是力图在先例中寻找统领生活的法则。① 在先例中寻找类己的法则,在经典中抉取证己的真理,寻典问祖,归流建统,成为中国文化的鲜明特征。如儒家的道统就建构在这种崇古、崇圣的文化心理之上。在人们心目中,尧舜是道统始作俑者。韩愈在《原道》中推原道统的产生时说过:"尧以是传之舜,舜以是传之禹,禹以是传之汤,汤以是传之文、武、周公,文、武、周公传之孔子,孔子传之孟轲,轲之死不得其传焉。"韩愈愿以传孔孟之道为己任。果然,在人们心目中,韩愈成为孔孟道统的传人。柳开就说:"吾之道,孔子、孟轲、扬雄、韩愈之道,吾之文,孔子、孟轲、扬雄、韩愈之文也。"(《应责》)儒家的这一幅道统师承图,不正昭示出中国文化的重师承、重传统、重经验的思维特征和心态么?

3.先秦的广泛用诗促进了中国诗化哲学的建构

凡是治中国哲学者和文化者,无不知晓,"天人合一"是中国哲学的重要命题,也是中国文化最重要的基本特征。作为一个概念最早出现在《庄子·大宗师》中:"其一与天为徒,其不一与人为徒。天与人不相胜也。"但作为一个哲学命题和思维模式的正式建构,是在汉代。汉代董仲舒建立了一个以天人感应为核心、以阴阳五行为骨架的神学化的天人观念。首先他提出了天人感应的理论。他认为天人之所以能感应,是因为"天人同类",皆有阴阳。他从"天道之常,一阴一阳"(《春秋繁露·阴阳义》)的预设前提,推断出"天有阴阳,人亦有阴阳"(《春秋繁露·同类相动》),"天地之阴阳当男女,人之男女当阴阳。阴阳可以谓男女,男女亦可以谓阴阳"(《春秋繁露·循天之道》)。

① 参见[日]中村元:《东方民族的思维方式》,浙江人民出版社1989年版,第126、127页。

天之阴阳表现在自然者是万物,是寒暑昼夜,是春夏秋冬之四时;人之阴阳表现在好恶喜怒上。他说:“阴阳之气,在上天亦在人。在人者,为好恶喜怒;在天者,为暖清寒暑。”(《春秋繁露·如天之为》)他通过阴阳的扭结,把人的情感与自然现象联系起来。他还说:“恶之属,尽为阴;善之属,尽为阳”(《春秋繁露·王道通三》),这样,进而把伦理道德观念与“天”联系起来,然后他又进一步推广到社会、国家:“君臣、父子、夫妇之义,皆取诸阴阳之道。君为阳,臣为阴;父为阳,子为阴;夫为阳,妻为阴。”(《春秋繁露·基义》)如此一来,家国、人际与天合而为一。他笔下之天,无所不在,既为“百神之君”,又是自然之天、神灵之天、道德之天。通过这种“物以类动”(《春秋繁露·同类相动》)的相互感应,天、人、社会一体化。其次,他又在阴阳的统摄下,把木、火、土、金、水五行与春、夏、季夏、秋、冬以及东、南、中、西、北相配,并以春夏秋冬代表爱乐严哀“四志”,以庆赏刑罚“四政”副春、夏、秋、冬四时的暖暑凉寒。说“天有四时,王有四政。四政若四时,通类也,天人所同有也”(《春秋繁露·四时之副》)。如此,人事、情感、伦理又与宇宙四时合而为一,构建了自然、社会、人生、宇宙一体化的系统思维模式。这种道德天定、人副天数、天人感应、天人合一的诗化哲学和诗性智慧,其影响一直绵延到近代。

如果说以董仲舒为代表的儒家的“天人合一”着眼于道德伦理与天意的和合,着重于建构一个严谨不乱的君臣和合、夫妻和合、父子和合、上下长幼和合的理想的有序的社会的话,那么,道家的“天人合一”则着眼于建立一个人生与自然和合的逍遥世界。他们主张破坏、超脱现存的秩序世界,对夸饰虚假的“人文”进行否定,绝圣弃智,复归自然,体现出一种超越智慧。这种超越智慧体现在三个方面。一是超越儒家的礼乐文化。因为礼乐文化已经异化,它使人丧失本真,使社会虚伪日炽,巧诈日起,“为仁义以矫之,则并与仁义而窃之”(《庄子·胠箧》)。仁义礼乐、巧智圣聪使人迷失自我,破坏了天人和合,使天下“失其常然”,“莫不奔命仁义”(《庄子·骈拇》)。因此,他们主张“绝圣弃智”、“绝仁弃义”、“绝巧弃利”(《老子·十九章》)而“复归于婴儿”(《老子·二十八章》),找回人类失去的本真和自然。其次,表现出对“物役”、“物累”的超越。现实中人们对功名的企求使人异化,破坏了人与自然的和谐。人为“物役”,人为“物累”,人成了“神亏”的“几死之散人”(《庄子·人间世》)。因此,他们主张“人法地,地法天,天法道,道法自然”(《老子·二十五章》)，人应与自然和谐相处，"物物而不物于物"(《庄子·山木》)，不能让自己的个性泯灭在"物累"之中。最后，表现出"无为而无不为"的超越智慧。道家认为儒家的修齐治平的所谓"有为"而治，不免于包含呈其私欲，是难治之因。老子说："民之饥，以其食税之多，是以饥；民之难治，以其上之有为，是以难治。"(《老子·七十章》)因而，他们主张超越儒家的有为政治，以无为而达有为，"处无为之事，行不言之教"(《老子·二章》)，主张"游心于淡，合气于漠，顺物自然而无容私焉，而天下治焉"(《庄子·应帝王》)。他们认为"天下万物生于有，有生于无"(《老子·十九章》)，"无"是一种自然、本真、虚静、淡泊、空灵、新鲜、生动的有个性的状态，最富有生机和原创性，是"生生"之源。

从以上比较，我们可以看出，儒道两家在追求"天人合一"中所要达到的目标是不一致甚至是对立的，但有一点是相同的，那就是追求人与人、人与自然的关系协调，力图构建一个和谐融洽的世界，这就形成了与西方文化的为张扬个性和自由而置人与人、人与自然对立而不顾的精神截然不同的特色。

"天人合一"是一种诗化的哲学，是浸入中国文化血脉之中的诗性智慧(或曰诗性思维)。这种诗性智慧应该早在董仲舒之前就孕育于《诗经》的比兴之中，孕育于先秦广泛的用诗活动之中，它是用诗中"引譬连类"思维的结晶。源于比兴的"引譬连类"推理方式与"天人连类"的推理方式，在思维上是有相通之处的。二者都有凭借"兴"而"连类"的思维贯穿其中。关于兴，孔颖达《毛诗正义》有一个很好的解释："兴者，起也，取譬引类，起发己心。诗文诸举草木鸟兽以见己意志，皆兴辞也。"它告诉我们：正因为有了"起发己心"之"兴"，用诗中的"引譬连类"和"天人合一"中的"天人连类"一样，一切草木鸟兽虫鱼等自然现象皆可以以类相连，皆可以与人事相类，一切自然之天，神灵之天皆可以与人事"同类相动"，同类相感。唐代皎然《诗式》对此说得更透彻："取象曰比，取义曰兴，义即象下之意。凡禽鱼草木人物名数，万象之中，义类同者，尽入比兴。"告诉人们，万象之中皆可以"义类相连"，物物之间，物我之间，皆可以相通。在"义"的作用下，人与自然同一。正是这种物我同一，"天人连类"思维，使得《诗经》中的草木鸟兽不仅仅供人识名，起到认识事物的作用，而且它可以与人事相类，为人们"余取所求"提供方便。比如很多本是草木鱼虫的东西，用诗者通过"譬"和"类"，指向人事或政教风化、伦理道德、美刺谲谏，不就是把"天"(自然)与人相合吗？螽斯(蝗虫)因为多子易繁衍,人们就以此类有美德而多子的后妃,《周南·螽斯》序云:“后妃子孙众多也。言若螽斯不妒忌,则子孙众多也。”《豳风·鸱鸮》原不过是一首寓言诗,借小鸟之口,写弱者被凌辱之情及御侮之心,孟子却用之以类“贵德尊士”、选贤与能之类高深义理,认为“为此诗者,其知道乎!”(《孟子·公孙丑章句上》)。《邶风·谷风》中有“采葑采菲,无以下体”,系以葑菲为比,喻无以色之衰而弃德之美,本是弃妇之怨,与政治无干,可臼季引以荐郤缺于晋文公,喻之以用人取其根本而不求全责备,不能因郤缺之父有罪而累及郤缺(见《左传·僖公三十三年》)。这种把鸟兽虫鱼与人事结合的引譬连类在先秦应用,十分普遍,数不胜数。到了汉代不仅沿袭其波,并有过之而无不及,全方位用诗,甚至发展到“以三百五篇当谏书”。如《汉书·儒林传》载:昌邑王为昭帝之嗣,即位一月就因荒淫无度而废。其师王式被连累下狱,因其无谏书,当死。“治事使者”问他何以无谏,王式回答说:“臣以诗三百五篇朝夕授王,至于忠臣孝子之篇,未尝不为王反复诵之也。……是以无谏书。”王式因得免死。可见,诗三百中鸟兽虫鱼草木与人事、政治的合一达到了登峰造极的地步。在这样一种思维氛围中,产生董仲舒的天人感应、天人合一的诗化哲学也就不难理解了。草木鸟兽这些司空见惯的微末之物,与政治教化毫不相干,相隔何啻天壤!但正是通过引譬连类之思维这一天梯的联结,使得用诗者看出道来,看出政教风化来。细微事物处处是道,正庄子所谓万物都是道,道“在蝼蚁”、“在稊稗”、“在瓦甓”、“在屎溺”(《庄子·知北游》),一切山川草木都有人事之道。可见,用诗就借助于这种联想、类比思维,而也正是这种譬于草木类连人生、社会、政治、伦理的思维,孕育了中国文化天人合一的诗化精神,启迪了天人合一的诗化世界的建构。从这个意义上来说,先秦的用诗无疑是滋生中国文化天人合一的温床。

4.先秦用诗而衍生的诗性世俗化、伦理化既缺失诗性又存活了诗性

先秦的用诗,使诗浸透一种伦理情趣,体现出极强的世俗倾向,使诗被广泛地融入政治伦理、世俗生活之中,不论是外交场合,还是平时祭典;不论是当面口诵,还是书面引证,诗被当做一种文化精神之象征,一种交流之媒介,一种

社会之公理，一种祖先之经验和惯例，显示其独特的价值来。一方面，这种伦理化的用诗对文学的诗来说，它使诗性缺失，抹杀了诗的本性；另一方面，从思维和文化的角度而言，诗性的世俗化、伦理化，又存活了诗性，奠定了诗在中国文化中的独尊地位，诗没有遭受到像西方的柏拉图对诗的驱逐的命运，而成为雅文学高居中国文学的殿堂，不能不说是得益于用诗的文化现象而衍生的诗性世俗化、世俗泛诗化的结果。因此，可以说，先秦用诗使诗性世俗化，使诗性缺失；但反过来，它又存活了诗性，使世俗生活充满了诗性，使生活泛诗化，使文化充满诗性思维。这种世俗的诗性化，不仅体现在小说、散文、戏剧的诗化；绘画、书法、音乐、舞蹈的诗化；而且也体现在现实日常生活和精神生活中人们所追求的人生和人格的审美化、艺术化和诗化。可见，在中国文化中，诗性相伴世俗，世俗催生着诗情，人们习惯于用诗性智慧、用诗性、用激情、用具象而不是用抽象、用理性、用逻辑、用概念观照世俗、描述世俗、演绎人生。

第三节　在中国文化中诗无所不在

维柯所谓诗性思维，大约相当于原始思维。人类学家们认为它产生于所谓“大洪水时代”，在中国当为三代，而这正是《诗经》产生和用诗的时代。原始诗性思维以人为中心，用“以己度物”的方式发现和推演事物与人的相似性，去比附、推论事物的性质，“把他自己当做权衡世间一切事物的标准，……人在不理解时却凭自己来造出事物，而且通过把自己变形成事物，也就变成了那些事物。”①这种由此及彼，“以己度人”的思维方式与《诗经》时代的“引譬连类”比兴思维何其相似。“引譬连类”也正是通过由此及彼的类比，通过譬此连彼，沟通人与人、人与物（草虫鸟兽）、人与社会的关系，使之构建成一个物我一体、天人合一的系统世界。因此说，先秦的用诗奠定了中国文化的诗性思维特征：诗在中国文化中具有崇高的地位，人们重视带有诗性的（即创造性的）由此及彼的联想，重视对世俗的诗性思考而缺乏理性的抽象和逻辑的演绎，重视具象的描述而缺失概念的归纳，这就是中国抽象理论系统缺失的原因

---

①　［意］维柯：《新科学》，人民文学出版社 1987 年版，第 140 页。

之所在。人们重视祖先的经验和过去的成例，思辨哲学和科学停留在经验的描述层面上，忽视理论的总结。全方位的用诗造成世俗的泛诗化，诗性的世俗化，造成了人们喜欢用诗的眼光看待世界、用诗性思维方式推论主客观关系以及天人关系的习惯。在人们眼中，生活是一首诗，人生是一首诗，整个世界是一首诗，人与人之间应该彼此仁爱、诚信、温情脉脉，像一首诗一样和谐相处，人与天也应该像诗一样和谐、协调。所以，在中国文化中，无论是文学还是哲学，无论是世俗生活还是精神生活，诗无所不在。

第三章　文化生产场域视野中《诗经》从经学到文学之考察

黑格尔在其《美学》一书中曾提出有名的艺术终结的命题。他说:“艺术对于我们现代人已是过去的事了。因此,它也已丧失了真正的真实和生命,已不复能维持他从前的在现实中的必须和崇高地位。”①这一命题被克罗齐称之为“葬礼演说”。② 在黑格尔看来,哲学真理高于艺术真理,真理是合法性的来源,艺术因不能再充当表现哲学理念的最佳手段,因而它已经失去存在的合法性。黑格尔的这种艺术“葬礼演说”,遭到了当代许多美学家诸如尼采、海德格尔等人的抛弃,在他们看来,艺术不是蹩脚的哲学,不应该自我扬弃,更不应该淡出人类精神的历史舞台,它不仅不缺失真理,而且有更高的真理。海德格尔曾说:“艺术乃是真理在作品中的创造性保护。艺术因而也是真理的形成和发生。”“艺术的本质就是:存在者的真理自行置于作品。”③因此,文学艺术永远有它存在的合法性。当然,文学艺术在某个历史时期话语权的暂时缺失或暂时转换,是完全可能的,但是不能因此断定是其末日,它的存活,它的重新获得话语霸权,它的合法性是不容置疑的,古今中外的文学艺术史都充分证实了这一点。中国古代最早的诗集《诗经》从文学话语的缺失到生成过程就是明证。

众所周知,《诗经》从产生伊始,历代学人就不断地诠释它,解读它,从先秦而降,一直到清,形成了所谓的传统诗经学。传经诗经学尽管形成了先秦注重应用,汉学注重训诂,宋学注重义理,清学注重考据的不同阶段性特点;但其

---

① [德]黑格尔:《美学》第一卷,朱光潜译,商务印书馆 1982 年版,第 15 页。

② 转引自朱狄:《当代西方艺术哲学》第一卷,人民出版社 1996 年版,第 510 页。

③ [德]海德格尔:《人,诗意地安居——海德格尔语要》,郜元宝译,上海远东出版社 2004 年版,第 99、113 页。

有相通处，那就是人们更关注它的文化内涵，以经学为主体，孜孜不倦地经化它，很少有人把它当做文学《诗经》来读。可见，《诗经》从产生伊始，压根儿就没有获得文学话语霸权。人们根本没把它当成诗，而是把它当成“经夫妇，成孝敬，厚人伦，美教化，移风俗”（《毛诗序》）的经典，文化的经典，载道的经典。其成为文学的《诗经》出现在人们的话语中，那是明中叶以后的事。明中叶以后，人们才开始以《诗》为“诗”，即把《诗经》放在文学的视野中去审视。因此，传统诗经学经过了经典的生成到文学的建构过程，从这个意义来说，传统诗经学可分为先秦至明代的经化时期和明至清的文学建构时期。这也就是《诗经》的文学话语经过缺失到建构的过程。在这个过程中，尽管经学是强势话语，但文学仍然顽强地存活。经学话语霸权没有挡住诗性的复归，文学《诗经》终于生成，尽管它姗姗来迟。这适足以说明文学的合法性是权力审美无法排斥的。

《诗经》在传统的诗经学中，其经典地位是如何生成的？漫长的诗经学中为什么会缺失文学话语？文化《诗经》之存在是否有它合理性？《诗经》文学话语的构成为什么会成为可能？其合法性依据在哪些方面？这些饶有兴味的话题正是笔者所要探讨的问题。而这些问题如果把它放在一个大的场域，比如文学场视野中去考察，可能会开阔我们的视野，探赜出一些新的法门来。所谓场域，这是法国思想家布迪厄在他的专著《区隔》、《艺术之恋》、《艺术的法则》、《文化生产场》等著作中所提出来并反复使用的一个重要概念。“场”是一种创生条件，如同宇宙的无限大，在“场”的空间才能创生物质；“场”又是一种效应，如同磁场中的磁效应和电场中的电效应以及粒子场中的粒子效应；“场”更是一种具体意义上的“存在”，凡是物质，往往是多元“场”效应的综合。世界就是由众多的各种场构成。借助具有如上诸多特性的“场”概念，布迪厄提出了文学场或者文化生产场的概念。所谓文化生产场，其实是包含作家、作品得以造就和出现，得以产生实际文化效应的必备条件和多元条件；也是权力场在文学领域中的表现。谁拥有权力，谁就拥有更多的文化资本、符号资本或者说文学资本。权力包括显性的政治权力和隐性的经济权力、文化权力、符号权力。在文化生产场中，隐性的符号权力显得尤为重要，统治者占有了较多的符号资本，就可以让被统治者情不自禁地、自愿地接受自己的理念，从而达到两者的共识，这种温情脉脉的符号支配比简单的肢体暴力或谓“有形暴力”要高明得多。布迪厄把这种符号支配叫着“符号暴力”。他说:“国家是符号权力的集大成者,……我认为国家就是垄断的所有者,不仅垄断着合法的有形暴力,而且同样垄断了合法的符号暴力。”①符号权力,也就是得到合法化的权力。在文化生产场中,它表现为对话语霸权的争夺,对符号暴力的垄断。因此符号权力的获得与否对文学的生产、文化经典的生成、文学话语的缺失与存活、话语霸权的形成以及文学的合法性都起着至关重要的作用。如果我们把传统诗经学放在这种多元化的场域中去考察,那么,“诗”一经产生为什么就被经典化,文学话语就缺失?而明代以后为什么终于取得了它的文学合法性地位?诸如此类的问题,我们就可以得到合理的解答。在多元的文学场中去审视《诗》“三百”由“经”到“诗”的生成过程,我们会发现:经典的生成与文学的生成都有它们的合法性。

第一节　《诗经》文化经典的生成及其合法性

《诗》“三百”产生后,经历了经学语境生成到文学语境转换的艰难曲折过程。先秦至唐宋的诗经学基本上处于经学语境中,明以后,文学语境才正式生成。在先秦诗经学、汉唐诗经学的经学语境里,情况又有所不同,先秦是经学语境形成的准备期,由于诗在生产中就有一种与之随生的文化因子,使它具有广泛的应用价值,在礼乐典礼中人们使用它,在语言交际中人们使用它,这种不顾“诗本义”而“余取所求”(《左传·襄公二十八年》)的用诗是这个时期最主要的特点,这种强势话语,使得经学语境的生成成为可能。汉代随着儒家经世致用精神的确立,经学语境正式形成,以“经”解《诗》成为强势话语渗透整个汉学中,并一直影响到唐宋,经学的原则、精神贯穿于传统诗经学中。

首先,我们看看经学语境生成过程中的用诗现象,看看它是如何影响经学语境生成的。先秦用诗主要包括了“歌诗”、“引诗”、“诵诗”、“赋诗”、“教诗”几种,其中“诵诗”与“赋诗”义相通,据《汉书·艺文志》对“赋”的解释,是“不歌而诵”之谓,《左传》中记载赋诗的例子中,间或有作诵诗者,因此,诵诗即赋

① [法]布迪厄:《实践与反思》,李猛等译,中央编译出版社1998年版,第302页。

诗。“歌诗”、“引诗”和“赋诗”则意义不同。《左传·襄公二十九》记载吴公子季札请观周乐，(穆子)使工为之歌《周南》、《召南》。《正义》认为所“歌《周南》、《召南》之诗，而以乐音为之节也”。“音乐为之节”即透露出，“歌”是以乐器伴奏之歌咏，而“赋”、“诵”是以声节背诵“诗”。有时，“诵”也近于“徒歌”，即不入乐之歌。《礼记·文王世子》有“春诵夏弦”的记载，郑注“诵谓歌乐也”。《孔疏》“口诵歌乐之篇，不以琴瑟”。从《墨子·公孟》所谓“诵诗三百，弦诗三百，歌诗三百，舞诗三百”看来，春秋时期，歌诗、诵诗现象是很普遍的。歌诗、诵诗主要用在这宗庙祭祀、朝会宴飨、日常生活礼节中，与周王朝的礼仪生活密不可分。比如《仪礼·乡饮酒礼》就记载：在行礼过程中，“工歌《鹿鸣》、《四牡》、《皇皇者华》”。又“乐《南陔》、《白华》、《华黍》”。又“间歌《鱼丽》、笙《由庚》、歌《南有嘉鱼》、笙《崇丘》、歌《南山有台》、笙《由仪》”。最后乃合乐《周南·关雎》、《葛覃》、《卷耳》，召南中的《鹊巢》、《采蘩》、《采蘋》。从这条记载：可以看出，诗全面地参与了当时的礼仪文化之中，成为当时祭祀、朝会宴飨的载体。宗庙祭祀、朝会宴飨主要还停留在天子、诸侯等贵族的层面，歌诗有严格的等级，如《左传·襄公四年》所云：“三《夏》，天子所以享元侯也，使臣弗敢与闻。《文王》，两君相见之乐也，使臣不敢及。”可见，有些诗是王乐专用的，王乐一般在雅乐、颂乐中选取。但随着用诗的普及，王乐逐渐乡土化，《周礼》就记载：“凡射：王以《驺虞》为节，诸侯以《貍首》为节，卿大夫以《采蘋》为节，士以《采蘩》为节。”以上所歌之诗除了《貍首》为逸诗外，余全出于《周南》、《召南》等国风中，说明歌诗之音乐趋向于罔顾等级，在民间诗乐中选取，发展到后来，贵族王公越来越喜欢起于民间的“新声”。魏文侯就说：“吾端冕而听古乐则恐卧，听郑卫之音则不知倦。”(《礼记·乐记》)齐宣王也说：“寡人非能好先王之乐，直好世俗之乐耳。”(《孟子·梁惠王下》)除了礼仪文化中的广泛歌诗、弦诗、舞诗、诵诗外，先秦时代，人们言必称引诗，即清人劳孝舆《春秋诗话》中所说的“事无细微，皆引《诗》以证得失”。春秋时期主要是言语引诗，战国时期主要是著作引诗。引诗与赋诗不同处是，前者不拘场合，不拘形式，借诗印证或发挥自己的观点；后者则多在正式场合，主要是在外交场合中进行。引诗的目的有种种，或引诗作为品德修养之格言，如《礼记·礼运篇》所引：“故以孝事君则忠，以敬事长则顺，忠顺不失，以事其上。《诗曰》：‘相鼠有体，人而无礼；人而无礼，胡不遄死！’”或引诗评事，如

《左传·襄公二十九年》载:“十二月己巳郑大夫盟于伯有氏,裨谌曰:‘是盟也,其与几何?《诗》曰:君子屡盟,乱是用长。今是长乱之道也……’”此乃引《诗·小雅·巧言》以评屡盟之失。故朱熹释此二语云:“言君子不能已乱,而屡盟以相要,则乱是用长矣。”(朱熹《诗集传》)或引诗作为政治、治事之准则,如《左传·襄公三十一年》载:“《诗》云:‘敬慎威仪,惟民之则。’令尹无威仪,民无则焉。民所不则,以在民上,不可以终。”在先秦著作中,《左传》、《国语》引诗就多达二百五十条,《孟子》有三十三处,《荀子》有八十一处之多。可见引诗的使用是何等普遍。在用诗中,最奇特的要数春秋的赋诗了,人们居然可以随意地根据自己的需要“赋诗断章,余取所求”(《左传·襄公二十八年》),“诗”居然可以成为外交场合使用的语言,赋诗得体,可以解决许多外交问题,通过赋诗可以交好,如《左传·襄公二十七年》记载了一次赋诗活动:“郑伯享赵孟于垂陇,子展、伯有、子西、子产、子大叔、二子石(即印段、公孙段)从”,子展、子产分别赋《草虫》、《隰桑》,义取思慕君子;子西赋《黍苗》,以召伯之功比赵孟;印段赋《蟋蟀》以美赵孟好乐无荒;公孙段赋《桑扈》,义取君子能受天之祜;所赋都是得体的赞颂之词,用以交好。只有伯有所赋《鹑之贲贲》不得体,赵孟斥之为“床笫之言不逾阈”,意谓这是私室之言,不宜向外人道。甚或有人担心“伯有将为戮矣”。通过赋诗可以乞援,如《左传·定公四年》记载:吴侵楚,楚之“申包胥如秦乞师……秦伯使辞焉”。申包胥“依于庭墙而哭,日夜不绝声,勺饮不入口七日”。终于感动秦伯,秦伯“为之赋《无衣》”,取“与子同仇”之意,表示愿意出兵相救,深谙于《诗》的申包胥立即“九顿首”而拜。此诗有三章,一章三顿首,故九顿首,以示感激之深。此外,通过赋诗,还可以排难解纷,可以别贤与不肖,所以班固《汉书·艺文志》说:“古者诸侯卿大夫交接邻国,以微言相感,当揖让之时,必称诗以喻志,盖以别贤不肖以观盛衰焉。”赋诗虽偶有即兴而作,但极少,大都“诵古”,即赋诵《诗》“三百”之成篇。赋诗活动主要见载于《左传》,有七十余次,《国语》亦有少量记载。春秋所赋之诗,除少数周诗外,大多是《周》、《召》二南和《邶》、《卫》中的民歌,郑国人甚或“赋不出郑志,皆暱燕好”(《左传·昭公十六年》),常赋《郑诗》中的情歌,而这些《郑诗》恰恰是被宋人目之为“淫诗”的作品,这是因为人们断章取义,为我所用,压根儿没把它当成是情歌,这适足以说明文学的语境完全没有生成,在实用主义的氛围中,文学患上失语症,被权力审美边缘化。与此相反,文化《诗经》作为经典的地位却在逐渐生成。

由于《诗》“三百”在先秦有如此广泛的用场，以至于“不学诗，无以言”，因此，学诗、教诗就显得非常重要了，而教诗是把《诗》推向礼治文化、道德文化的最有效的手段。教诗在官学和私学中俱存，《周礼·春官》就谈到“教六诗”、“以乐语教国子”的话，这是官学教诗。官学教诗的人是太师，《周礼·太师》职云：“教六诗，曰风曰赋曰比曰兴曰雅曰颂，以六德为本，以六律为首。”孔子首创私学，以“文”、“行”、“忠”、“信”为“四教”，而“文”教中就含《诗》、《书》、《礼》、《乐》。《史记·孔子世家》云：“孔子以诗书礼乐教，弟子盖三千，身通六艺者七十有二人。”在“四教”中，孔子最看重的是“诗教”，他认为：“兴于《诗》，立于《礼》，成于《乐》。”（《论语·泰伯》）要实现“礼治”，必须靠《诗》、《礼》、《乐》三者来达成，而三者中尤为重要者是《诗》。所以他鼓励学生说：“小子，何莫学夫《诗》？《诗》可以兴，可以观，可以群，可以怨；迩之事父，远之事君；多识于鸟兽草木之名。”（《论语·阳货》）孔子把兴、观、群、怨、识作为教诗目的，把“事父”、“事君”的修养和立德立功的目标置于诗教中，这样，《诗》不仅仅是外交场合人们任意发挥的工具，不仅仅是文人学者著述、辩论用来称引以证其志的文本，而更重要的是它成为人们修身、齐家、治国、立德、立功的精神源泉，成为礼治社会所必须的教科书。因此，无论是官学教诗，还是私学教诗，都是权力审美对文学的介入，是文化生产场中权力对符号资本的争夺和垄断。孔子虽是私学教诗，但是他无意识地融入了主流社会，自觉成为当时社会集团的代理人，成为社会集团争夺符号资本的自愿服务者，他以自己的渊博学识和号召力、影响力，通过教诗，完成了《诗》“三百”的日常生活用诗的世俗化向道德文化、礼治文化高雅化层面的转化，《诗》“三百”逐渐脱离世俗用诗的功利层面而趋向文化经典化，经学语境在逐步生成。《诗》“三百”的这种一经产生，文学语境就遭遇封杀的命运，恰印证了布迪厄文化生产场域理论的可信：在文化生产场域中，文学场在作为元场域的权力场中始终居于被支配地位，说到底，始终要受特定历史时期政治、经济、主流文化之影响，受到符号被垄断即符号暴力的影响。

其次，我们看看汉代诗经学中经学语境的正式确立。上面我们所谈的先秦用诗，无论是赋诗言志，还是引诗明理，教诗导志，主要是立足于实用，主要停留在“诗言志”、“诗以导志”的阶段，此“志”非诗人触物所感之情志，而是外交上的意向、愿望和虚与委蛇的酬酢周旋之志，或引诗中的明理证志和教诗中的“事父”、“事君”修身导志。因此，以情为核心的触物感怀的诗志受到弱化。尽管先秦诗学中不乏文学论诗的片言只语，如孔子的“思无邪”、伪《尚书·舜典》的“诗言志”、荀子的“诗言道”、孟子的“知人论世”、“以意逆志”诸说，虽也涉及一些诗本义问题，但本质上是植根于断章取义的实用，文学性始终没有从正面关注和阐释，文学语境淹没在功利的实用大潮中。先秦用诗为汉儒经化《诗》打下了坚实的基础，有汉一代随着儒学独尊地位的确立，随着权力审美的更积极的介入，随着符号权力更激烈的争夺，经学语境正式生成，《诗》“三百”也正式被冠以“经”的名义，成为各家经典，文化《诗经》的地位正式确立。与先秦诗经学通过广泛用诗把《诗》“三百”推向文化经典的作法不同，汉儒主要是通过阐释《诗》而重塑《诗》，从而在阐释的过程中取得符号霸权，把《诗》推向文化经典的地位，使经学语境正式生成。由于“诗无达诂”，篇无定说，形成了汉代齐、鲁、韩、毛四家《诗》。尽管各家阐释不同，甚至“离若吴越”，但精神则一，那正是如清人程廷祚《诗论》中所说的：“汉儒言诗，不出美刺二端。”共同的旨趣是以“经”解《诗》。本质上仍是为用，甚至“以《三百篇》当谏书”（《汉书·儒林传》）用，不同的是由先秦断章取义为用转为取全篇之义而用，由先秦的外交赋诗、宴飨称诗、言语引诗、导志教诗转为以“经”解诗，由实用的工具转为“经邦纬俗”的精神食粮，与此相适应的是出现了偏重于政治教化的功利性价值取向和历史化倾向。以史明诗，以美刺警世劝治。如《将仲子》明明是少女怀人之情诗，与史了无干系，而《毛诗序》却偏偏说该诗是“刺庄公也，不胜其母以害其弟。弟叔失道而公弗制，祭仲谏而公弗听，小不忍以致大乱焉”。《木瓜》明明是写男女互赠信物的恋歌，《毛诗序》却说成是“美齐桓公也。卫国有狄人之败，出处于漕。齐桓公救而封之，遗之车马器服焉。卫人思之，欲报之，而作是诗也”。《周南·关雎》是典型的情诗，可四家《诗》居然读出教化功能来：《韩诗》认为“今时大人内倾于色，贤人见其萌，故咏《关雎》，说淑女，正容仪以刺时”（王应麟：《诗考》）。《鲁诗》则谓“康王一朝晏起，《关雎》见几而作”（《后汉书·杨赐传》）。《齐诗》认为：“周室将衰，康王晏起，毕公喟炙，深思古道，感彼《关雎》，德不双侣，愿得周公妃，以窈窕防微渐，讽谕君父。”（王先谦：《诗三家义集疏》）《毛诗》则认为：“《关雎》，后妃之德也……乐得淑女，以配君子，爱在进贤，不淫其色；哀窈窕，思贤才，而无伤善之心焉,是《关雎》之义也。"(《毛诗序》)尽管四家阐释不尽相同,但把诗义定于政治教化这一价值取向却是不约而同。更有甚者,汉儒还在本属诗篇编排问题的"《关雎》为风之始"上做文章,如《齐诗》传人匡衡就说:

> 孔子论《诗》以《关雎》为始,言太上者,民之父母也,后夫人之行不侔乎天地,则无以奉神灵之统而理万物之宜。故《诗》曰"窈窕淑女,君子好逑",言能致其贞淑不贰,其操情欲之感无介乎容仪,寡私之意形乎动静,夫然后可以配至尊而为宗庙之主。此纲纪之首,王教之端也。自上世以来,三代兴废,未有不由此者。(《汉书·匡衡传》)

这段话告诉我们:《关雎》之所以列为"风之始",是因为诗中的"淑女"身为"后夫人",有着"母仪天下"之特殊身份,而且在她身上可以寻绎出关系国家兴替大事的妇德,因此,《关雎》是"纲纪之首,王教之端",自然当之无愧了。一首情诗居然被阐释出如此多的教化内容来,我们不得不佩服汉人的这种"余取所求"的想象力。在这种道德教化的强势语境里,自然就没有了文学《诗经》的立足之地了,文化生产场中的符号权力已被代表统治者意志的社会集团所垄断,并且他们按照修齐治平的需要重塑了它。这种道德教化的价值取向源于孔孟的《诗》论,并影响到魏晋南北朝唐宋的诗经学,甚至整个传统诗经学。可见,这种隐形的符号暴力比粗暴愚蠢的有形暴力即强力统治影响要大得多,它吸引一代代学人自觉地心甘情愿地参与,为维护统治者的统治,用他们的心智建构起一堵牢固的道德教化墙,用历史化的手法,营构了一个强力的经学语境。

《诗》"三百"产生伊始就被经化,生成文化经典化的经学语境。探讨诗性的文学语境被弱化,被强势的经学语境所淹没,这种现象并非偶然的,有着无可厚非的必然性和合法性。这种合法性笔者认为表现在下面两个方面。

第一,《诗》产生伊始就承载着丰富的历史文化,这使人们在文化生产场中对《诗》的文化阐释、文化还原成为可能。《诗》是在礼乐文化十分繁盛的周代产生的,从它的制作到加工整理,已经渗入了丰富的文化特别是礼乐文化的内涵,无论是当初的制作,还是稍后的献诗、采诗、删诗,都无不附生着当时礼乐文化的因子。先秦人们之所以能"诵诗三百,弦诗三百,歌诗三百,舞诗三百"(墨子《公孟篇》),就是因为这些诗大多数在产生时就附生着礼乐文化的因素,有些甚至是直接为作礼作乐而创制的歌,直接与礼相互依存。如《周颂》，大部分是为配合祭仪、典礼而生产的，如《清庙》是周王祭祀宗庙之歌，《维天之命》、《维清》是为祭文王而作；《武》、《桓》、《赉》等为配《大武》舞而作；《般》是周王巡狩，祭祀山河，招告诸侯而作；《雍》是周武王祭文王后撤祭品祭器之乐；《噫嘻》为周王行籍田礼时所唱之歌；《丰年》为秋冬收藏“报赛”礼时所唱之歌。《鲁颂》、《商颂》也多这样的作品，如《鲁颂》中的《有駜》是贵族宴乐，《商颂》中的《烈祖》是祭成汤之歌。此外，像《大雅》中的《生民》、《公刘》、《绵》、《大明》、《文王》是祭周王朝祖先的大型乐歌。《小雅》中的《鹿鸣》是周天子宴群臣和宾客的专用乐歌。由于这些诗歌中的礼乐文化因子大量存在，这就为春秋祭祀用诗和汉儒的以礼乐道德解诗提供了可能条件。有些作品即使在元生产场中礼乐文化因子不够突出，处在弱化的状态，但经过采诗者、献诗者或删诗者的整理、再创作，弱势的文化态势也就彰显出来。《国语·周语》中的所谓“天子听政，使公卿至于列士献诗”，班固《汉书》中所谓“古有采诗之官，王者所以知观风俗，知得失，自考正”，都告诉我们一个事实：采诗、献诗的目的都是为了把诗集中到周王朝乐官手中加以集中整理，配上音乐，以佐“天子听政”和“观政”，“以闻于天子”，让天子知为政之得失。如《小雅·节南山》中的“家父作诵，以究王讻”，《大雅·民劳》中的“王欲玉女，是用大谏”，显然透露出献诗进谏的意味。这也就告诉我们，《诗》在制作中就存活着一种讽谏的文化内涵，明了这一点，先秦以诗讽劝、汉儒把诗当谏书的现象就可以理解了。在《诗》的元生产场中，诗歌生产者不但为朝廷庙祝祭祀、庆会宴飨生产了一些朝仪用诗，也为人们日常生活交往、赠答酬酢制作了一些诗。比如《大雅·崧高》一诗是大夫吉甫送宣王舅氏申伯封于谢而作，《大雅·烝民》是送卿士仲山甫赴齐地筑城所作，《小雅·天保》则是臣下为君主祝寿而作。从这里也可看出，礼乐文化已深入到人们的日常交际生活中。除了礼乐文化外，在《诗》的制作中还渗透了一些符合儒家中和思想的文化因子，如《诗经》中就有不少“和”的概念，如《萚兮》中的“倡予和女”，《棠棣》中的“兄弟既具，和乐且孺”，“兄弟既翕，和乐且湛”，《伐木》“神之听之，终和且平”，《蓼萧》“和鸣雝雝，万福攸同”，《宾之初筵》“籥舞笙鼓，乐既和奏”，《鹿鸣》“和乐且湛”，《那》“既和且平，依我磬声”。读了这些诗句，让人感受到一种祥和、平静、和谐之气。后来儒学生成的讲究人际和谐的中庸文化，其实最早在《诗经》中也可找到一些基因。另外，《诗经》有一部分作品确实也保存了历史人物和历史史实。比如《周颂》中的《维天之命》、《执竞》、《我将》、《大雅》、《十月之交》、《黍苗》等篇都是指名道姓之作。又比如《陈风·株林》一诗写道:“胡为乎株林?从夏南。匪适株林,从夏南。驾我乘马,说于株野。乘我乘驹,朝食于株。”《毛诗序》说:“《株林》,刺灵公也。淫乎夏姬,驱驰而往,朝夕不休息焉。”从《左传》、《谷梁传》中相关记载可见,该诗确实反映了陈灵公的淫行,《毛诗》的解释基本上是合乎历史史实的。又如《齐风·南山》诗,《三家诗》都认为是刺齐襄公与其妹通奸乱伦之作,证之以先秦其他历史典籍,其说与史实相符。《诗经》中部分作品的史文化的寄生,这为汉儒以美刺为核心的历史化解诗提供了根据,也使他们的“余取所求”任意历史化成为可能。

第二,权力审美对符号资本垄断的合法性是造成经学语境生成的重要原因。“符号资本”是布迪厄场域理论一个重要概念,它是经济资本、文化资本、社会资本的合成形式。这种资本获得的多寡是造成何种语境成为强势话语的关键。任何统治者,除了以有形的简单的愚蠢的暴力外,他们也会采用温情脉脉的隐形的能被社会接受的符号暴力,像秦始皇那样焚书坑儒式的作法毕竟是少数。他们会通过垄断符号权力,控制文化资本以夺取某种话语霸权来维护其体制的存活。因此,在文化生产场域中,权力作为元场域一定要对文学进行干预,权力场始终居主导地位,文学场始终居被动地位。权力对符号暴力的占有是既合情又合法的一种存在,因此,《诗》“三百”在文学场域中文学语境被弱化,而文化经典地位被强化,经学语境被生成,也是一种合情合法的存在。在现代,权力夺取文学场中的资本的方法主要是通过出版、发表作品和提高作者地位,以期使文学作品文学经典化,建构强势的文学话语霸权。而这在先秦、两汉都不存在。古代没有出版业,文人无法借以宣传自己的作品,提高自己的地位,让作品作为文学经典流传。诚然,先秦的用诗和汉代的注诗、释诗,其作用和影响可相当后代的出版业。但不幸的是,先秦的用诗也好,汉儒的注诗、释诗也好,都是官方权力审美的介入,用诗者、注诗的学者其实是权力的代言人,是权力的自愿服务者。他们夺取符号暴力不是基于提高作品地位,使之成为文学经典的目的,相反,是通过营构道德文化、礼乐文化的经学语境,来维护统治者的统治。他们的用诗、释诗其实是一种权力审美的参与。权力审美与民间审美毕竟是不同的,权力审美往往把美看成是“道德的象征”,道德就是美。《诗》因为“思无邪”所以美，《关雎》因为“乐而不淫，哀而不伤”所以美，一句话，能够以“正得失，动天地，感鬼神……经夫妇，成孝敬，厚人伦，美教化，移风俗”①为道德依归的才是美，能够“载道”的才是美。而民间审美则认为宣泄人情者即是美，文学除了自身之外，没有其他的目的，没有政治的、经济的目的，一切是“为了生产的生产”，即为同行而生产，当然也有“为了受众的生产”，即为普通大众而生产。像这种民间的审美标准，自然会被排除在符号权力已被操控的经学语境之外，因此，《诗经》的文学因素被漠视，《诗经》的文学语境不能生成，也是合法的。如果说先秦是在功利主义的礼乐文化语境中通过歌诗、舞诗、引诗、赋诗、教诗等广泛的用诗排挤了文学话语的话，那么，汉代则是在“天人合一”、“独尊儒术”的氛围中通过历史化的手法释诗而建构了自己的经学话语而排挤了文学话语。在汉代，随着儒学的定于一尊，经过儒学始祖孔子所鼓吹的《诗》“三百”自然成为文化的经典，《四家诗》特别是《毛诗》通过对《诗经》的权威阐释，把《诗》自先秦用诗以来的文化价值进行了整合，使之变成更有效的政治教化工具，从而促进了“道统”与“政统”的相结合，也为后代提供了明道、载道、体道所依遵的典范。汉儒对《诗》进行儒家道统的权威阐释，是代表官方对文化资本最有效的掌控，而这种掌控，不在乎诗本身，而在乎符号权力，在乎道德文化话语霸权的垄断。至于前面所谈到的通过提高作者地位以争夺文学话语权的问题，这在古代也是不可能的。古代文人地位之低下是众所周知的事实，比如煌煌的《诗》“三百”居然找不出几个正式的作家。只有用诗人而不见诗人这种独特的现象，不但使诗人没有地位，而且也使诗缺乏诗的个性，文学的个性，使诗成为人们任意捏拿，“余取所求”的工具。《诗》“三百”在文化生产场中作家的缺失，也使得文学失语成为可能。

第二节　文学《诗经》的生成及其文学的合法性

从汉《毛诗序》到唐孔颖达《毛诗正义》的《诗经》研究主要是注疏时代。

---

①　《毛诗序》，转引自郭绍虞：《中国历代文论选》第1册，上海古籍出版社1996年版，第63页。

权力场对文化生产场的介入，主要是通过训、诂、传、笺、注、疏、正义等手法对文化资本进行占有和垄断。而到宋代则进入了“六经注我”的时代，权力的介入稍稍发生了一点变化，人们反对唐以前的注疏传统，而是借经书来阐发我之义理。汉人言《诗》重“礼”，宋人言《诗》重“理”，“礼”重经世，“理”重治心。诚如梁启超所言：“汉人解经，注重训诂名物；宋人解经，专讲义理，这两派截然不同。”（梁启超：《儒家哲学》）这种不同首先主要是表现在疑经惑传上，刘敞《七经小传》是宋人疑经之先声，至朱熹的改经、王柏的删经，疑经达到高潮。他们以道统为口号抛弃《毛序》，认为以《毛序》为代表的汉儒不能传圣人之道，甚而偏激地认为“秦人焚书而书存，诸儒穷经而经绝”（郑樵：《通志·校雠略》）。其次，宋学的不同还表现在朱熹提出“淫诗”说，认为孔子删《诗》必去淫诗，并指出《国风》诗“多出于里巷歌谣之作，所谓男女相与咏歌，各言其情者也”（《诗集传序》）。尽管他从道学家立场出发而论“淫诗”和民间里巷之作，但毕竟显现出文学鉴赏的眼光，以文学论《诗》可谓从他这里发轫。从明中叶至清初，滥觞于朱熹、谢枋得等人的文学论《诗》开始达到高潮，先秦两汉的文化《诗经》至此正式脱变为文学《诗经》，从产生伊始就受到漠视的诗性特质开始引起了人们的关注。符号权力开始转化，人们通过文化实践，通过对文学审美的介入和利用，把以往独尊性的符号暴力——文化《诗经》还原其文学《诗经》的本性，《诗经》终于挣脱经学语境而成为“诗”，文学语境终于生成。

这种文学语境主要体现在下面几个方面。

其一，观念发生变化，主张以文学眼光看待《诗经》。明中叶后，诗经学发生了重大变化，人们不拘于汉学和宋学，重视读诗后的直接感受，重视感悟《诗经》的艺术本质，注意《诗经》的审美特征，主张以文学眼光读《诗经》。竟陵派钟惺就明确地提出了“《诗》之为诗”（《隐秀轩集·诗论》）的主张，认为不应总是从本事、文义出发去训诂义疏或从义理角度去阐释《诗》，而应注意其审美特征，他的理论动摇了传统的诗教说《诗》，所以清沈德潜说：“诗教之衰，至于钟、谭，剥极将复之候也。”（《明诗别裁集》）万时华很赞同钟惺的“《诗》之为诗”的主张，在其《诗经偶笺·自序》中，对只知是经不知是诗的现象进行了批评：“今之君子，知《诗》之为经，不知《诗》之为诗。……读诗不能使《国风》与《雅》、《颂》同趣”，终是“一弊”。贺贻孙在《诗触·国风论二》中也说："知《诗》之为经，而不知《诗》之为诗者，不可与言经。"王夫之也坚决反对以训诂、考据论《诗》，他说：《诗》"陶冶性情，别有风旨，不可以典册、简牍、训诂之学与焉也"（《薑斋诗话》卷上·一）。认为"必求出处，宋人之陋也"（《薑斋诗话》卷下·三五），比如他在阐释《出车》"春日迟迟，卉木萋萋"数句时说："南仲之功，震于闺阁，室家之欣幸，遥想其然，而征人之意得可知矣。"（《薑斋诗话》卷上·五）纯为文学鉴赏者的声口。清代姚际恒也主张从诗本文去探讨诗旨，"惟是涵咏篇章，寻绎文义，辨别前说，以从其是而黜其非，庶使诗意不致大歧。"（《诗经通论·自序》）以上可见，文学《诗经》得到了诗学界的广泛认同。

其二，以诗歌的文学内涵来欣赏诗。《诗》之为诗而非"经"，得到了人们认同。因此人们或从句法的角度来读《诗》，如王夫之就从句法上指出《诗》之"疵"，认为《诗经》中某些篇章句法有"太拙者"、"太迫者"、"太促者"、"太庸者"、"用意太鄙者"、"太粗者"（见《艺苑卮言》卷一）。或以情景赏《诗》，如万时华读《周南·卷耳》时说："此诗全用虚景曲绘真情，著一呆想不得，下一呆语不得。一室之中，无端采物，忽焉而登高，忽焉而饮酒，展转想象，展转起天。君子，意中人也；采物、登山、饮酒，意中景也。……"（《诗经偶笺·卷耳》）或征引前人诗句释《诗》，如贺贻孙在其《诗触》中对《魏风·陟岵》的解释就征引王维诗句作比较："'父曰嗟'以下四句，有蕴结语，有怜爱语，有叮咛语，有慰藉语，低回宛转，似只代父母作思子诗，代兄作思弟诗，而己绝不说思父母、思兄，较他人所作思父母、思兄更凄凉。王维'遥知兄弟登高处，遍插茱萸少一人'，从'兄曰嗟！予弟行役'七句脱出。"认为王维的这两句名句作法系从《卷耳》中借用来。或以八股作法论《诗》之结构，如《诗经旨要》评《七月》一篇时有"上股言衣，下股言食"、"上股是先时而有备，则在己者可以无忧；下股是因时而用力，则在上者见之而喜"、"上股就'无衣无褐，何以卒岁'上发意，下股就'田畯至喜'上发意"云云。此外如《诗经断法》释《楚茨》一篇时也说："上股是纯诚献飨之勤，下股是盛德感通之应。"用八股的作法来比附《诗经》的作法。或从创作方法、写作技巧论《诗》。在这方面清方玉润《诗经原始》有大量论述，如他论《陟岵》篇时说："人子行役，登高念亲，人情之常，若从正面写己之所以念亲，纵千言万语，岂能道得尽，诗妙从对面设想，思亲所以念己之心与临行勖己之言，则笔愈曲而愈达，情以婉而愈深，千载下读之，犹足令羁旅人望白云而起思亲之念,况当日远离父母者乎!”方玉润受姚际恒影响颇大,多以艺术眼光论《诗》,或以民歌论《诗》。朱熹早看到了“多出于里巷歌谣之作”的《诗经》中多有“男女相与咏歌,各言其情”的现象,到了明代,人们进而将这些“里巷歌谣”与山歌俗曲等量齐观,如冯梦龙就明确地指出:“文之善达性情者无如诗,《三百篇》之可以兴人者,唯其发于中情,自然而然故也。”(《太霞新奏序》)并说:“虽然,桑间、濮上,国风刺之,尼父录焉,以是为情真而不可废也。山歌虽俚甚矣,独非郑、卫之遗欤?”(冯梦龙:《叙山歌》)认为孔子之所以录这些郑卫之声,是因为“情真而不可废”,并认为当今山歌是其所遗,他们与《诗经》和楚骚唐律并重,皆一代之歌谣。李梦阳也说:“古者国异风,即其俗成声。……故真者,音之发而情之原也,非雅俗之辩也。”(《诗集自序》)可见他们都以情真为标准来衡量《诗经》。

其三,用评点时文或诗话的方式来评析《诗经》,推动了文学语境的生成。用评点方式来论《诗》,明清两代蔚为风气。最早从事评点《诗经》的是嘉靖时的戴君恩,他将《诗·国风》部分加上评语,并节录朱熹《诗集传》于每篇之后,题曰《读风臆评》。此后,孙鑛的《孙月峰评经》、钟惺的《诗经评》、黄廷鹄的《诗冶》、凌蒙初的《言诗翼》、陈祖绶的《诗经副墨》等都是这类作品。评点时文虽然是出于为士子科考揣摸作经义八股的妙法的目的,但他们侧重于欣赏诗境、诗法,评其得失,明显是带着鉴赏的眼光论《诗》的。比如凌蒙初的评点最重“法”,他往往在《诗》旁批上“句法”、“字法”、“紧接上”、“接得冷”、“造语妙”、“某字妙”、“某字有味”、“诗家妙法”、“诗家之眼”、“诗家门户”等字样,很显然,这都是从诗的写作技巧方面去评《诗》的。这种形式,无论是解释词句或技巧,还是阐说《诗》的总体意义,都表现出极大灵活性,文学色彩极强。以诗话评《诗》主要有胡应麟、郝敬、许学夷、邓云霄、谢肇淛、冯复京等人。他们的特点是完全摆脱了功利的目的,而纯粹是把《诗》当做文学史上的经典来读,完全不担当传道解经的责任。虽然大多是片言只语的感悟或笔记式的评析,但都不乏艺术的赏析,他们谈得较多的是性情、诗法和感悟。如谢榛就说:“三百篇直写性情,靡不高古。”(《四溟诗话》)“《三百篇》中,庄语、理语、绮语、情语、悲壮语、诘屈语、穷愁语、富贵语无不具。”“‘七月流火’、‘秩秩斯干’,起法也;‘昔我往矣,杨柳依依,今我来思,雨雪霏霏’,对法也;……‘仲山甫永怀,以慰我心’,结法也。”“似疏极密,似易极难,断非经圣人之手不至此，此作诗之门户也。”（《小草斋诗话》）所谓“庄语”、“理语”、“对法”、“结法”、“门户”云云，无不涉及《诗》的艺术“法门”。

以上论述说明：明中叶以后，传统的文化《诗经》走向文学《诗经》，经学语境转向文学语境。在权力介入的文化生产场中，曾一度失语的、被边缘化的、主体缺失的文化诗，真正成为审美的“诗”，诗学的话语霸权发生转换，人们终于敢远离道德功利化的“中心”而进入到非功利的文学场。从“经”到“诗”的这一生成过程，也昭示出黑格尔的文学“终结论”不过是杞人忧天，文学的暂时失语并不意味着它会永远消亡，这是因为美正像康德所说的是“无目的性的合目的性”。[①] 有学者在演绎康德这句名言时说得好：“美的规律中也有‘一只看不见的手’，它使审美走向合目的性。而在我看来，这只审美的‘看不见的手’就是人们在审美时被某种审美权力强势所控制并暗中被其牵着的文化推力。”[②]《诗》“三百”由“经”而“诗”就是被这只“看不见的手”即文化的推力所操控，它既使《诗》生成合法的文化经典，也使《诗》的审美走向合目的性，从而生成文学的经典。这一切都无不说明：某个时期的文学在权力操控符号暴力的情境中受伤虽很深，但并不意味着文学的彻底埋葬，伴随人类审美活动的存在，它总有存活的合法性。合法性并不全是权力审美所规定的话语霸权原则，它是符合民间审美趣味的一种“习性”（布迪厄语），是存在于非官方的符合老百姓娱乐原则的最大公约数或曰“公理”，它“无目的性”而又“合目的性”，非功利而合功利。《诗》“三百”的生产制作就说明了这一特点，它最初产生也许是无目的的触物而兴，但经过采诗、献诗、删诗者的努力，使它又成为合礼乐“目的”诗。因文化生产场是一个多元文化场，特别是权力场对它的介入，使得文学的合法性变得异常复杂，它既受厄于权力审美又受益于权力审美，既依赖于政治权力又独立于政治权力之外，因此，文学的合法性是表现为一种依赖于多元文化场的存在。从《诗经》文学语境的生成情况看，其文学的合法性依据表现在下面三个方面。

首先，权力话语的转换是文学《诗经》生成的合法性根源。文学的合法性依赖于权力，权力包括政治、经济、文化三个方面，而在文学场中，文化权对文

---

① 杨小清：《艺术构造论》，广西师范大学出版社2000年版，第278页。

② 同上。

学的合法性生成尤不可低估。政治权、经济权总是寻求于文化权的相助，统治者更乐意于采用隐形暴力统治，即通过垄断符号权力、获取话语霸权来统治。这种权力话语曾使《诗》丧失了它的主体性，但奇特的是它又促成了《诗》的主体性，个中原因是在于权力话语发生了变化。这种转变主要体现在三个方面，其一，是时代潮流转向，权力资本发生变化，话语霸权转向“情”和“欲”。无论汉学还是宋学，民间审美总是臣服于权力审美，因此《诗》作为“经”表现的是“道德美”，而不是民间审美所认为的“诗美”；明代则发生了令人惊讶的变化，权力审美倾向于民间审美，人们更关注“诗美”。代表权力话语的王阳明心学就把“心”区划为“道心”（天理）与“人心”（人欲），从而演绎成“天理即在人欲中”的命题，王氏的“心学”取代传统的程朱理学而取得了话语霸权。李贽更公开提出“童心说”，认为“情”是世界的本原，人必须有真情真性，他说：“不必矫情，不必逆性，不必昧心，不必抑志，直心而动，是为真佛。”①汤显祖在《耳伯麻姑游诗序》中也说：“世总为情，情生诗歌，而行于神。天下之声音笑貌大小生死，无不出乎此。”纵观中晚明的文人作品，无不言情言欲。权力符号的言情，世俗生活的纵欲，构成了明代的潮流。这种言情纵欲的风潮自然催生了诗经学上的以性情论《诗》的语境。其二，权力资本的转换还表现为明代出版业的逐步发达，这也是文学经典生成的重要手段。如果说先秦诗学、汉学、宋学是靠世俗用诗、口耳传诗教诗、研理释诗来经化《诗经》的话，明代诗化《诗经》则无疑沾溉了当时的出版。明代家刻、坊刻的书非常多，坊刻著名者就多达一百多家。比如《诗经》读本就有各种刻本，特别是为科举需要而改编的《诗》学读物可谓汗牛充栋。主要有训蒙用书，如《陈太史订阅诗经旁训》四卷，詹云程的《诗经精意》，都是童蒙课本。也有汇编本，如胡文焕《诗识》、钟惺《古名儒毛诗解》。还有摘编、抄撮之类作品，这些作品对《诗经》的传播和文学化都起了作用。《诗经》各种读本的出版，昭示出权力场对符号资本的掌控的事实，而这也是文学经典化成为可能的条件之一。其三，明代的八股以诗义取士是文化《诗经》走向文学《诗经》的催化剂。而八股取士正标志着政治权力向文学场的介入，标志着权力对文化资本的争夺和控制。八股取士衍生出既为八股而解《诗》，又解《诗》如八股法。正如四库馆臣批评魏浣初《诗经

① (清)李贽:《焚书》卷二《书黄安二上人手册》，中华书局1961年版，第77页。

脉》所指出的:“大致拘文牵义,钩剔字句,摹仿语气,不脱时文之习。”①这种用科举制义的程式论《诗》的主要特点是推敲文字、寻求语脉、探索技巧,这对于解经确实是无可取资,但对于阐发诗的艺术特点却起了关键作用。所以顾炎武不胜感叹地说:“八股行而古学弃,科举行而经术亡”(《日知录》卷十八)。可见,八股取士导致权力审美发生了变化,即由以往的关注《诗》的道德教化功能而转向关注其渲情扬欲的特性,由以往的关注训诂考据而转向关注技巧、篇法、结构、意境,所以诸如“意藏篇中”、“句有余韵”、“字外含远神”(王夫之:《薑斋诗话》)之类的话在《诗经》的研究中连篇累牍。文学语境终于在权力话语的转换中生成。

其次,文化生产场中文学的自律性和文学场的内部功能是《诗经》文学语境生成的合法性根源。在布迪厄的场域理论中,文化生产场是有两面性的,一方面,它受到权力场的支配,与政治、经济、道德文化有千丝万缕之联系,受其制约;另一方面,它又具有文学的自律性。所谓自律性即指文化生产场中的作家在创作作品时一般只遵守文学自身的逻辑,即“为艺术而艺术”,拒绝听命于政治权力和道德使命。因此,它又是独立于政治、经济之外的,具有相对自主性的封闭性的社会宇宙。也正因它是封闭的社会宇宙,使得文学场具有内部的功能。文化生产场中的这一特性,使得其生产出来的产品,通过权力介入变成文化经典成为可能,通过符号权力转换变成文学经典也成为可能。《诗经》的制作实践充分证实了这一点。《诗》产生伊始,它就受到权力的渗透,周王朝通过“行人振木铎徇于路以采诗”(《汉书·食货志》)、“公卿至于列士献诗”(《国语·周语》)以及太师、乐正的删诗等一系列措施,把它置于文化场中,成为礼乐文化、道德功利文化的载体,受当时礼乐政治的支配和约束是很明显的。但它也有独立于礼乐政治文化之外的东西,比如它对于历史的一些真实记录,对于一些王公贵族的讽刺,对民俗民风的一些咏叹,对下层老百姓的同情,使它成为不听命于政治、道德、礼乐文化的具有相对独立性的自主的文学。特别是文化生产场中的内部功能,即文学场对各构成单位的组织功能,使得《诗经》在文学场中获得了文学场质。文学场内部功能有两类:一类指文学场的积极组织,使文学场整体呈文学场质。如《诗·周南·芣苢》:“采采芣

① 《四库全书总目·诗类存目一》,中华书局1965年版。

苡，薄言采之。采采芣苡，薄言有之。”全诗由语言场、形式结构场、情感场、形象场、读者场、作者场等各种因素相互融合、渗透，整合成一幅农家女子采芣苡图。尽管也有不少人把它道德化，读成“后妃之美也”、“伤夫有恶疾”、“室家乐完聚”，但它优美的旋律，四言一句的体式，反复咏叹的联章形式，采芣苡女子的优美形象，清丽的色调，明快的风格，优美的意境，纯用赋体的手法，这一切使该诗在文学场中获得了文学场质，也使其脱离经学语境生成文学语境成为可能。因此，明清之际的王夫之谓“采采芣苡，意在言先，亦在言后，从容涵咏，自然生其气象”（《薑斋诗话》卷上·三），并认为在《诗经》之后，只有陶潜的“采菊东篱下，悠然见南山”才有如此富有余韵的意境。方玉润更是从意境和韵味上读出了自己的独到的文学体会：“此诗之妙，在其无所指实而愈佳也。……涵咏此诗，恍听田农妇女，三三五五，于平原绣野、风和日丽，群歌互答，余音袅袅，若远若近，忽断忽续，不知其情之何以移，而神之何以旷，则此诗可不必细绎而自得其妙焉。”（《诗经原始》）可见，在文学场内部功能组合中产生的文学场质，使《诗经》文学的合法性成为可能，也使人们的诗化《诗经》的合法性成为可能。第二类是指通过文学场的组织，文学场的构成单位获得文学场质。换言之，有些个体单位并无文学因素，但置于整个文学场中组合，就具有了文学场质。如《诗·周颂·潜》是以鱼祭宗庙的诗，其中有“有鳣有鲔，有鲦有鳂”句，“鳣”、“鲔”、“鳂”本身并无文学特质，但一经放到整个文学场中，就显出了其文学气质。《诗经》中大量无义的虚词，本身亦无文学特质，但放到整个生产场中，就有了不可轻视的文学作用，如《芣苡》中的“薄言”，本无意义，更无文学色彩可言，但六次反复使用“薄言”，那种回环往复的情韵就使它成为不可或缺的文学语言，换言之，它在整个文学场中，具有了文学质。

最后，《诗经》中艺术真理的存在是其文学语境生成的合法性依据。如前所述黑格尔的艺术“葬礼说”是建立在艺术已不再表现真理的逻辑之上的，柏拉图也认为艺术只是理念的影子，“对于真理没有多大价值。”①主张把诗人逐出他的理想国。这些论述正证实了真理与合法性是呼吸相通的，合法性依赖于真理的存在。问题是他们都漠视真理在文学艺术中的客观存在。海德格尔“艺术就是真理的形成和发生”的描述是比较客观的事实，艺术与真理的关系

---

① ［希腊］柏拉图：《文艺对话录》，朱光潜译，人民文学出版社1983年版，第84页。

被很多人所认识，浪漫主义诗人华兹华斯说："诗的目的是在真理，不是个别的和局部的真理，而是普遍的和有效的真理。"①雪莱也说："一首诗则是生命的真正形象，用永恒的真理表现了出来。"②因此，文学中存在真理应该是不容置疑的了。而真理也应该是文学合法性的根据。对于《诗经》而言，其真理既是描述世界的客观性和真实性，即外宇宙的真实性；也是描述内心情感即内宇宙的真实性。《诗经》汉学为什么以美刺两端为核心，也正说明《诗经》不全是礼乐的承载，它确实存在或美或刺的客观性描述，这种美刺论被后来中国诗学界发挥到极致，成为诗学理论中重要的美学功能，奠定了中国古代美学的取向。传统诗经学中的"诗无达诂"、"余取所求"并不能否定《诗经》中的真理之存在，只能说明其真理内涵丰富，它既有文化的层面又有文学的层面。它的真理的双重性，得以让人们在不同的权力场介入的条件下，在不同的情境中作出不同的选取。出于儒学独尊的话语，汉人选择了《诗经》中所承载的文化的客观性真理，出于导情渲欲的情境，明中叶人选取了《诗经》所表露的文学真理，即表现情感欲望的客观性。一言以蔽之，真理在《诗经》中是一种客观存在，它是文学合法性的依据，文化《诗经》走向文学《诗经》，真理起了催化作用。就是因为文学真理在《诗经》中存在，所以即使在以道德教化说诗为强势话语的汉、宋，诗性也在顽强地存活，文学话语也不时地出现。这充分说明，只要文学艺术描写的真实性、客观性还在，只要真理还在，文学不会终结，永远有存在的合法性。

---

① 伍蠡甫等编：《西方文论史》上卷，上海译文出版社 1982 年版，第 13 页。

② 同上书，第 53 页。

第四章　传统诗经学对《诗经》的文化还原

《诗经》自产生伊始，就引起人们瞩目，汉宋而降，历代学人在不断地破译它，形成了传统的诗经学。终两千年的诗经学，尽管出现了尊《序》和疑《序》的不同声音，但汉代以降而形成的汉学传统一直成为诗经学的主流，而所谓"诗本义"一直遭到人们的冷落。人们更热心的是对《诗经》进行文化的还原，形成了经学的强化而文学失落的特点。因此也遭到了人们的一些非议。王夫之认为"不以诗解诗，而以学究之陋解诗，令古人雅度微言，不相比附"（王夫之:《姜斋诗话》）。方玉润也批评"说《诗》诸儒，非考据即讲学两家。而两家性情与《诗》绝不相类，故往往穿凿附会，胶柱鼓瑟，不失之固，即失之妄"（《诗经原始·凡例》）。这种批评意见至五四以后的现代诗经学尤多，高潮迭起，形成反《诗序》运动。

根据哲学文化人类学观点，笔者认为:作为文化产品，人们有理由把《诗经》进行文化的还原。因为"人就是文化"，诗与文化同源，作为既是文化创造者，又是文化主要成果的人，他对诗歌的创作过程，正是对历史文化整合的过程。文化养育了诗歌，诗歌也铭刻文化。因此，诗的这种文化本性就决定了诗歌的文化意味最强，其负载的文化影响往往大于其文学影响。这就是传统诗经学中，其文学意义让位于其文化意义的个中三昧。在传统诗经学中，历代学人根据本时代的文化特点，在对《诗》"三百"进行文化的还原和经化过程中，塑造了中华民族的功能本位文化，陶铸了伦理实用文化精神。它至少包含了礼仪文化精神、崇史文化精神、道德文化精神。因此，传统诗经学本身也是对中华文化的一种构建。

第一节　一部《诗经》的经化史，就是一部《诗经》文化还原史

从《诗经》的发生与解读角度而言，世界上没有哪一部作品能像它具有如此鲜明的民族特色了，它那铭刻着厚重的文化及其被文化熏染的经化脸孔，使人们不辨自知，这是华夏国粹。打开一部学术史，我们也发现，没有哪一部作品能引起人们如此浓重兴趣，对它那么孜孜不倦地“序传笺疏”，使《诗经》的阐释成为一种影响中华文化的经学。《诗经》的诗味被人们淡忘，而《诗经》的文化意味被强化，这应了哲学文化人类学的论断：哲学文化人类学使人们“不是纯粹以诗歌艺术本体作为占有整个考察视野的‘内视性’研究，而是从人的文化本性、文化模式、文化的整体系统、文化形态及一些文化学理论范畴来确定和规范诗歌的性质和特征（包括诗歌的发生、构成、功能、接受等）。这即是对诗歌的文化还原，其起点是人的观念——恰与诗歌的主体性本质相契合”。[①] 一句话，人们不是从诗的“内视”视角去审视它，而是从诗的“文化视野”去审视它，还原出它所负载的文化本质。一部《诗经》的经化史，就是一部《诗经》文化还原史。

在《诗经》的文化还原工作中，首先必须提到的是孔子。他是第一位《诗》“三百”的专门传授者和修订者。尽管他授《诗》，用《诗》，在很大程度上仍是对春秋以来引《诗》赋《诗》风尚的延伸，但他避开了诗本义，从政教文化的角度，肯定了诗的教化作用，为后来汉儒的诗经学导乎先路。受其影响，汉儒经化《诗》达到了登峰造极地步。自《毛序》、《郑笺》一出，《诗》的经学地位遂得到巩固，诗的情感符号被人们淡化，而作为文化之编码更引人关注。《诗》的社会功能得到了空前的认定：“治世之音安以乐，其政和；乱世之音怨以怒，其政乖；亡国之音哀以思，其民困。故正得失，动天地，感鬼神，莫近于诗。先王以是经夫妇，成孝敬，厚人伦，美教化，移风俗。”（《诗大序》）在经学们看来，很多诗非美即刺，“汉儒论诗，不过美刺两端”（程廷祚《诗论十三》），不是“文王

① 叶潮：《文化视野中的诗歌》，巴蜀书社 1997 年版，第 17 页。

之化”，即是“后妃之德”。如《周南》系列里，除《汉广》、《汝坟》认为是美文王外，其余都与后妃有关：《关雎》为“后妃之德也”，《葛覃》为“后妃之本也”，《卷耳》为“后妃之态也”，《樛木》为“后妃逮下也”，《螽斯》为“后妃子孙众多也”，《桃夭》为“后妃之所致也”，《兔罝》为“后妃之化也”，《芣苢》为“后妃之美也”，《麟之趾》为“《关雎》之应也”。经学大师为了经化《诗》，不惜“曲解诗意”。他们的惨淡经营，使人们只知“《诗》之为经，而不知《诗》之为诗”。①

自汉至唐说诗无不严守《序》说，遂一家独尊。韩愈虽有疑《序》，但无人响应，至宋，疑《序》大兴。欧阳修《诗本义》、苏辙《诗集传》、郑樵《诗辨妄》、王质《诗总闻》相沿而下，攻《序》群起。至朱熹《诗集传》而集大成，疑《序》之风遂臻高潮。元明说诗诸子，皆守宋人成学。一时蔚为大观。人们在批评毛、郑诸人的对《诗》的文化还原的作法时却又情不自禁地走上缺失诗本义还原《诗》文化的同样的路子。如欧阳修尽管疑《序》，但仍“自囿于《小序》，拘牵墨守”(姚际桓：《诗经通论・卷前》)。《静女》一诗，《序》为“刺时”，他据此而衍说为卫君无道，夫人无德，“礼义坏而淫风大行，男女务以色相诱悦。”至于《风》诗，他一仍《序》之“文王之化”旧说，首首攀礼，篇篇附德，用心良苦。

朱熹疑《序》最力，力图“唯本文是求”，剔除情诗美刺外衣，显露其“相恋”、“相怨”、“相与歌咏”的真面目，但诗经的文化本性同样使他无法摆脱对《诗》的文化审视之命运。因此，他一方面不满汉人说教，另一方面“又拉着道学不放手——一股头巾气”②；一方面以诗读《诗》，恢复部分情诗的面目，另一方面却又目之为淫诗。因此，他对《诗》的解读仍然不过是理学文化的还原。

元明学术空疏，说《诗》或祖汉学，或宗宋儒，非汉即宋，少有创获。至清学风又变，清人讥宋学疏于训诂根底，臆测谬妄，折而归宗毛郑。于是汉学复兴。然清中叶而降，今文学派大力挞伐毛诗，魏源、陈乔枞、龚橙、王先谦辈非《毛诗》而倡“三家”旧学。说《诗》煞为热闹。其中亦有少数人诸如姚际恒、方玉润等，较少门户，能独立思考，穷源竟委，依诗立说，注重诗艺，但仍难脱汉宋旧藩。如姚氏曾痛感前人“仍踵汉、宋余习”(《诗经通论・郑・溱洧》)，但他不得不仍踵武前人，如其《桃夭》是“能尽妇道”，《七月》是强调“尊君、亲

① 赵沛霖：《诗经研究反思》，天津教育出版社 1989 年版，第 7 页。

② 闻一多：《神话与诗》，古籍出版社 1956 年版，第 356 页。

上”之意,《节南山》是突出“爱王”之心云云,即毛、郑之遗唾。

以上,是我们对传统诗经学的历程简单扫描。从中可见,人们对《诗经》的经化,历代不替。这种经化过程就是学人们对《诗经》进行文化还原和解构的过程。笔者不想去论述这种经化是否合符《诗》本义,只想揭示一个事实:历代学人的参与经化,完全是一种自觉的行为。尽管人们有过不满经化的意见,力图还《诗经》以诗的面目。但人们最终情不自禁地都把注意力集中于《诗经》中的文化密码的解码中,而忽略了情感符号的艺术解码。也就是注意了诗歌的文化特质,而忽略了诗歌艺术本体作为占有整个考察视野的“内视性”。这有几个主要原因:一是,《诗经》是文化培育的,它不但“和文化没有决裂”,反而自其产生伊始就灌注了社会文化因素和主体的情绪色彩及生命体验。很多中华文化原型可以在《诗经》中搜寻到,它的文化本性使其文化意味(也即经学意味)大大超过了其文学意味。这使“知《诗》之为经,而不知《诗》之为诗”的文化解密现象不无存在的合理性。二是,在诗歌中,“词的‘诗的’用法使模棱两可性成为诗歌的主要特征。”诗的语言已不再是一般的工具的语言,而是一种文化化了的灌注了主体生命体验的具有可塑性的信息。《诗经》是我国早期的诗歌,它的未脱原始扑拙性的四句一行的排列,以及汉字本身的丰富的文化信息,加上创作主体的文化渗透,使它的文化密码具有模糊性、可塑性和隔膜性的特征,这使传统诗经学的自由阐释即文化的还原成为可能,也使重塑和还原后的《诗经》与原作发生不同程度的变形和偏离成为可能。总之,诗经学中的诗让位于经,文学解读让位于文化还原,不是没有原因的;在《诗经》的重塑、还原过程中,人们因解密的“变形”而形成对诗人原有意图的“创造性背叛”①也不是一无是处的。

第二节 传统诗经学对历史、礼仪、伦理文化之还原

无可置疑,诗是一个民族的特定时期的历史,是民族精神的象征。它浓缩一个民族的文化。尤其在中国,要研究文化,不可能无视诗歌。正如英国文人

① 叶潮:《文化视野中的诗歌》,巴蜀书社 1997 年版,第 134 页。

哈特在其所译的中国诗歌集《牡丹园》导言中所云：中国的诗歌“比雕刻在石头或青铜的碑上更要永垂不朽”。[①]《诗经》是中国最早的诗集，它浓缩了华夏民族的智慧、历史、人文精神、道德价值，它深藏的文化密码，它的文化本质，为历代学人从事文化的索幽探隐、旁搜远绍提供了依据。因此人们对《诗经》的文化还原，成为“诗经学”的主流，这一点也就毫不奇怪了。传统“诗经学”对《诗经》的文化还原最有影响的主要表现在三个方面。

一、“六经皆史”，诗史一体——传统诗经学对历史文化的还原

传统诗经学对《诗经》的古史化主要表现在考证史料，攀附史事上。“三百篇”除少数诗因本身内容不便附史之外，其余都一律搜寻历史上某人某事以附之。如《郑·叔于田》一诗，汉儒视之为美叔段好勇多才缮甲治兵，并刺庄公；《郑·有女同车》、《山有扶苏》则视之为刺公子忽不明事理，拒娶齐女的记录。《豳·七月》、《鸱鸮》干脆视为周公遭变，陈王业和救乱之文告。这种非美即刺，首首印之以史，当然难免附会。但也并非全是“穿凿”。比如关于《诗经》中几首记载周族祖先建功立业、开疆拓土的诗歌，诗《序》、《毛传》及汉儒的解读就保存了大量的古史资料。历代学者还对它们的作者时间详加考证。由于他们距离《诗经》时代比我们近，更容易接受其中“历史”事实。他们抛开文学文本，而把它们看成是“记载”。这也许更符合《诗经》创作者之原意。从《诗经》发生学而言，在那蒙昧时代，诗歌创作不具备文学自觉性，不具备为“艺术消费”而进行“消费”生产的目的与条件。诗的创作很大部分出于一种“庙堂”行为，诗之写作主要用途是政治（宗教）与道德教育，或祈祷上天，或祭祀祖先。同时《诗经》的出于为天子“听政”的采诗、献诗过程正是由民间而庙堂的过程，这过程正好反映了文化史上的重要现象——“文化极化”，即精英文化与大众文化的对立并举。而在这极化过程中，随着上流社会的广泛征引和参与逐渐精英化。而精英化使本来就具有丰富历史内容的《诗经》日趋史化成为可能。如《大雅·文王》、《崧高》对父终子及世袭制的记录，《鲁

① 丰华瞻：《中西诗歌比较》，三联书店 1987 年版，第 5 页。

颂·宫》、《鄘风·桑中》反映的祭祀妣祖的母权遗俗、图腾崇拜,《秦风·黄鸟》留给后人君死臣殉的殉葬制,都为传统诗经学对《诗经》的史化还原提供了条件。几乎可以说,一部《诗经》是我国的上古史。如清人章学诚所言:"六经皆史也。古人不著书,古人未尝离事而言理,六经皆先王之政典。"(《文史通义·内篇·易教上》)

如前所述,将《诗》还原于文化合乎《诗经》的文化本质,即合乎《诗经》的文本意义。从文化学而言,诗人是由文化的演进而构成的历史及其传统的存在,所以不同程度地形成了某种强大的心理定势和价值观念。因而历史传统往往直接构成诗人文化心理中的重要内容,它不仅存在于诗人的意识中,也沉积在诗人的潜意识中。这种文化历史意识包括哲学、伦理、政治、审美、宗教等观念。历史意识是不可能远离诗人的。如艾略特所言:"历史意识……对于任何过了二十五岁还想写诗的人几乎是不可或缺的。"①历史意识使诗人在创作诗歌时,对历史文化进行整合,在整合中自然地浸染历史性。《诗经》三百,无可否认,充满了大量的"历史性"作品,如战争诗、农业诗、祭祀诗,它们反映的有可能是尘封于厚重的历史尘埃中的上古史。所以陆侃如在《中国诗史》中推测《诗经》中"颂"是原始舞曲祭歌,"雅"是西周土乐,"风"是黄河流域土乐,"南"是长江流域之土乐,这些论断至今对我们仍有启示。《诗经》文本的"历史性",为传统诗经学的古史化文化还原提供了可行的理由。而《诗经》解读的古史化,推波助澜,反过来又催化了本是过早觉醒了的现世意识和历史意识,使人神逐渐分离,尊礼文化取代尊神文化,从而加固了中国人以伦理为本,以修齐治平为归,尊重先贤和传统,尊重信史的史官文化传统。随着历史意识的强化,古代神话和宗教逐渐被历史化和伦理化,形成了中国人的"天道远,人道迩"的务实观。因此,《诗·生民》中的神话,后稷之母姜嫄为有邰氏女、帝喾元妃,《毛传》却将其人间化、历史化,就是一个显例。随着历史化的进程,中国传统文化的主导精神基本确定,这种文化精神就是人文的、伦理的和实践理性的精神。

---

① 叶潮:《文化视野中的诗歌》,巴蜀书社 1997 年版,第 149 页。

二、“诗礼足以相解”——传统诗经学对礼仪文化的还原

《诗经》大约产生在礼德并重的西周时代。礼德的并重，要求社会的每一个成员遵守尊卑长幼之序，安于本份，尽其职责，不能有僭越悖礼之行为。一部《诗经》集存在大量的婚礼诗、丧礼诗、祭礼诗、宴饮诗。几乎是一部中华礼乐文化史。这些礼乐诗特别强调人的“令德”、“令仪”。其中不少诗，不仅反映了礼乐文化的精神，也保留了大量礼的原貌，把它们与有关典籍对照，几乎没有二样。如《大雅·行苇》写祭毕宴父兄耆老与较射，其二章所写的“洗爵奠斝”，三章所写的“序宾以贤”诸程序与《礼记·射义》、《仪礼·乡射》所记大体一致。又如《小雅·彤弓》、《瓠叶》各以三章分写宴饮程序中的献、酬、酢，即乡饮酒礼和飨礼中献宾之礼中最重要的部分——“一献之礼”，与《仪礼》、《左传》、《国语》所记宴饮一样，突出各安其位的等级秩序和君臣父子的揖让节文。正因为《诗经》文本里的礼乐记载与其他古籍可相表里，因此，王安石认为“诗礼足以相解”。(《诗义钩沉》10页)故清马瑞辰径以《鹿鸣》为“燕礼兼有酬幣、侑幣之证”(《毛诗传笺通释》)。

《诗经》礼乐文化的大量存在为经学家们对《诗经》礼乐文化的还原提供了自由的天地。他们或通过解读《诗经》阐明有关典章制度。《传》、《笺》在这方面颇有成就。如《周颂·时迈》是巡守告祭柴望之诗，《郑笺》便补充相关礼制：“巡狩告祭者，天子巡行邦国，至于方岳之下而封禅也。《书》曰：岁二月东巡守至于岱宗，柴望秩于山川，遍于群神。”清人包世荣《毛诗礼征》专论典章制度，它汇集“三礼”及注疏和《史记》、《通典》等书记载，征之以诗，包举无遗，是这方面集大成者。或通过阐释强化政治教化。如《小雅·鹿鸣》本为写周王与群臣嘉宾欢宴之诗，《序》却曲义深求，说是天子“厚意，然后忠臣嘉宾，得尽其心”。《正义》更加引伸发挥：天子“行其厚意，然后忠臣嘉宾佩荷思德，皆得尽其忠诚之心以事上焉。明上隆下报，君臣尽诚，所以为政之美也”。在诗经学中，处处可以看到人们释诗对礼的呵护，甚至不惜与诗本义“变形”而把礼教塞进诗中。如疑《序》之厉者欧阳修也不得不“拘牵墨守”小《序》，诗礼相释。比如他认为《召南·摽有梅》“男女各得待其嫁娶之年而始求婚姻”是因为“被文王之化变其先时先奔犯礼之淫俗”，《野有死麕》恶“男女之相

诱”之非礼行为,是因为“被文王之化者能知廉耻而恶其无礼”。(《毛诗本义》)二千年的诗经学,充满了对礼乐文化还原。曾被孔子感叹过的春秋“崩坏”的礼乐,通过历代经学大师们的精心呵护,又进行了重组重构,中华礼乐文化精神又得到了强化。那种“道德仁义,非礼不成;教训正俗,非礼不备;分争辩讼,非礼不决;君臣上下,父子兄弟,非礼不定”(《礼记·曲礼》)的礼德并重的思维得到了恢复,尊老扶幼,长幼有序,注重德操,待人以礼的古风在中华文化的长河中得到了积淀,礼乐精神深入人心,中华民族成为礼仪之邦,传统诗经学功莫大焉。

三、“思无邪“——传统诗经学对伦理道德文化的还原

伦理、道德“作为一种社会调节的体系”,是内化于社会中每一个个体的“社会契约”,“是一种文化上的确定目标以及指导这些目标实现的准则。”①它对民族群体的行为方式进行设计和规范,对其有着直接的指令作用。中国文化,特重伦理,伦理成为维系社会秩序的精神支柱,故它具有一种群体性的“准宗教”特征。传统诗经学从孔子的“思无邪”开始,至汉儒的“教以化之”、“经夫妇;成孝敬,厚人伦,美教化,移风俗”(毛诗序)再到宋儒的“玩理养心”(朱熹:《诗集传》),对中国伦理文化的构建,起到了至关重要的作用。整个诗经学的历史,成为一部道德、伦理的还原史、“社会契约”的文化组建史。传统诗经学对伦理文化的还原十分丰富,下面几个方面尤为瞩目。

第一,以后妃文化还原于《诗经》。如前所述,《诗序》许多地方把《诗经》的篇章与圣人后妃相比附。如《毛序》以“后妃之德”、“后妃之本”、“后妃之志”、“后妃之化”、“后妃之美”……诠释《周南》中的诗,俨然形成了一个后妃文化系列,从外表到内心,刻画了一个娴淑貌美的后妃形象,为夫妇人伦树立了一个“准则”,为人们的行为制订了一个“社会契约”。这种“社会契约”通过历代文人的说诗、整合,内化到了每一个具体的社会成员之中。这种解读几乎成为经典式的阐释,浸淫一代代诗经学人。如《毛传》释《关雎》云:“后妃悦乐君子之德,无不和谐,又不淫其色,慎固幽深若雎鸠之有别焉,然后可以风化

① [美]弗兰克纳:《伦理学》,三联书店 1977 年版,第 15 页。

天下。夫妇有别则父子亲,父子亲则君臣敬,君臣敬则朝廷正,朝廷正则王化成。"后妃之德事关夫妇、父子、君臣之关系,事关王化,何其重要!

在宣扬"后妃之德"的同时,经学家们又从反面大加挞伐所谓"淫女"、"淫风"。在这方面朱熹是代表人物。他把"情诗"从毛、郑"美刺"迷雾中挑出来,确具眼光,但为了建构其道学文化,在其《诗集传》、《诗序辨说》等著作中把许多情诗断为"淫奔期会之诗"。他从"革尽人欲,复尽天理"(《朱子语类》十三卷)的理学出发,希望以此反面典型,垂戒来世,使人们知有男女、夫妇之别,用心良苦。

第二,还原五伦文化。《诗经》文本存在大量有关人伦文化的记载,这为传统诗经学的人伦文化还原提供了依据。自《序》、《笺》、《传》而降,从五伦角度解读《诗》,成为热点,至清愈烈。如惠周惕《诗说》借解宴饮诗对五伦大加发挥:"宴飨,小节也,而《礼》详载之;饮食,细故也,而《诗》屡言之。何也?先王所以通上下之情,而教天下尊贤亲亲之意也。《鹿鸣》,燕群臣;《常棣》,燕兄弟;《伐木》燕友朋。群臣、兄弟、友朋得其所而天下治矣……自宴享之礼废,而上下之情不通,《宾之初筵》作,于是天子无嘉宾;《小弁》之诗作,于是天子无兄弟;《瓠叶》之诗作,于是天子无友朋。怀疑抱隙,相怨一方,而天下遂自此多故矣。"作者在这里十分强调人伦教化之重要,把它与统治者的治天下联系起来,认为是天子治天下之手段。只有人人具有"欢欣交愉之情",才会天下太平无事。在这方面,朱子也有大量的论述,如《豳风·七月》本是反映农业文化的一首诗,朱熹居然也以人伦文化来还原它的"本义",认为《七月》描绘了一幅上下和睦的人伦图:"上以诚爱下,下以忠利上。父父子子,夫夫妇妇。养老而慈幼,食利而助弱。"(《诗集传》)一部《诗经》成为一部五伦全备史,"功由是以兴,道由是以建"(王夫之:《诗广传》卷五)。儒家的建立在伦理之上的功利本位文化,通过诗经学的参与得到了巩固和强化。

第三,以存善去恶,修身养性还原《诗经》。建立在宗法传统之上的中国文化,其伦理型特征归于求善去恶。这种善恶观也是传统治《诗》者们乐道的。自《序》而降,历代治《诗》者善恶分明:"经夫妇,成孝敬,厚人伦,美教化,移风俗"者为善,乖人伦,悖风教,张人欲者为恶,于是美善刺恶,贯穿治诗之始终。朱熹更是从理学阐释《诗》,揭示善恶,认为凡"其张之为三纲,其纪之为五常"(《朱子语类》卷七十)者为善,不合三纲五常者为恶。于是《诗》"三百”分成三类：一是正而善者，如《国风》之《周南》、《召南》、《豳风》；二是乱而淫者，如《郑风》、《邶风》、《鄘风》、《卫风》、《王风》中的情诗；三是正与邪、善与淫并存者，如《邶风·匏有苦叶》、《鄘风·墙有茨》等戒淫之作。朱子认为，为了去恶存善必须“玩理”、“养心”：“学者姑即其词而玩其理以养心焉，则亦可以得学诗之本矣。”（《诗集传》）所谓“玩理”即在“正经”中体味、寻求道德规范，“养心”即从心中接受这些道德规范。一句话去恶存善，人人遵守“社会契约”。存善去恶是修身养性，修身养性就是齐家治国平天下。治《诗》的归宿当然也就是修齐治平了。他为我们塑造了两位修齐治平的典范——文王、太姒，认为“人君则必当如文王，后妃则必当如太姒”（《朱子七经语类》卷十七）。齐家当效太姒，治国当学文王。经过他的重塑、还原，《诗》“三百”成为“人事浃于下，天道备于上”（《诗集传序》）。无一理不具的道学经典，其作用不过是“修身及家，平均天下之道”（同上）的劝善惩恶的立教之言。在经学家的打琢修饰下，于是，以劝善戒恶、修身养性为本，以治国平天下为皈依的功利本位文化形成，儒家社会政治理想和伦理道德观念形成。这种自省式修身养性成为中国伦理文化的核心，影响重大，形成了中国文人、学人的达则兼济天下，穷则独善其身的思维定式。

总之，传统诗经学对《诗经》的文化还原、文化解构、文化重塑、虽然对文学是一个厄运，但是他合符《诗经》的文化本质。《诗经》是我国古老的一部诗歌，它镶嵌着丰富的上古文化，它成为文化经典，学术史上，其文化影响超过其文学影响也势在必然。它蕴含丰富的文化，使历代学人有理由对它进行文化的还原，尽管其中不乏曲解、误读。《诗经》的重塑过程，其实也就是历史、礼仪、道德文化的塑造过程。重塑的《诗经》，失去了文学的浪漫，却获得了文化的本真。

第五章　信息论美学视域中《诗经》之审美效应

信息论是研究信息产生、计量、传送、加工、交换和储存的理论，亚伯拉罕·A.莫尔斯在此基础上建立了信息论美学理论。笔者根据信息论美学的概念和原理，从艺术的编码、本文（作品）的潜在信息和译码中的噪声，杂音之干扰及其排除三个方面，对《诗经》作一点尝试性分析。

第一节　《诗经》编码之特色及其审美信息

信息论发展有三个阶段：第一阶段主要是要解决信息在通信过程中的技术问题，被称为语法信息阶段；第二阶段主要解决如何确保信息内容的正确传送、接收问题，被称为语义学信息阶段；第三阶段主要研究信息实际效果问题，被称为价值信息阶段，即审美信息阶段。

首先看《诗经》语法信息（亦叫技术信息）的编码特色。《诗经》一共使用了2949个信码。这些信码当中有名词、动词、形容词、虚词等。诗中的名词，据清代陈奂摘录，建筑物名词82，马名38（见陈奂《诗毛氏传疏·毛诗传义类》），近人胡朴安统计，草名105，木名75，鸟名39，兽名67，昆虫29，鱼20，各类器物名300余。（见胡朴安：《诗经学·诗经之博物学》）其他各类不一一统计。有些信码如"匍匐"、"流亡"、"颠沛"、"改造"、"保佑"（《周颂·大雅》）、"沸腾"、"反复"、"安息"（《小雅》）、"邂逅"、"踟蹰"（《国风》、《商颂》）……现代汉语中仍然使用，它的生命力是经久不衰的。

《诗经》技术编码特色可概括如下。

第一，创造性地将两个信码叠加在一起，即人们所说的重言词，它是两个相同的单音节的重叠。《诗》305 篇约有三分之二的诗篇用叠加信码，有人作了如下统计：《国风》共 92 篇，叠字 218 次；《大雅》26 篇，叠字 125 次；《颂》22 篇，叠字 73 次。

把这两个相同信码叠用，或描写景物形态，如“河水洋洋”、“洪水茫茫”、“江汉浮浮”；或状草木之貌，如“菁菁者莪”、“楚楚者茨”、“蒹葭凄凄”；或写人物心理和神态，如“忧心忡忡”、“忧心殷殷”、“劳心怛怛”；或写动态，如“四牡骙骙”、“鹊之强强”；或拟声，如“鸟鸣嘤嘤”、“有车邻邻”、“习习谷风”……

同时《诗经》信码重叠自由灵活，手法多样，有前叠式，如“关关雎鸠”，“采采卷耳”；有后叠式，如“行道迟迟”，“大车哼哼”；有重叠式，如“赫赫炎炎”，“兢兢业业”；还有杂言式，如“洸洸兮”，“予维音哓哓”，“二之日凿冰冲冲”……这种信码之编集，读起来声调铿锵，音响和谐响亮。接受者（读者）把发送者（作家）的这些信号编码，通过自己的视觉感受系统而变成译码，从而产生一种美的享受。在发送者与接收者的信息传递中，这种重叠的形式起了很好的作用，增加了诗的审美效应。既状物形象，读来又朗朗上口。所以刘勰《文心雕龙·物色》中的一段话，常为人们所称引：“是以诗人感物，联类不穷。流连万象之际，沉吟视听之区，……故灼灼状桃花之鲜，依依尽杨柳之貌，杲杲为日出之容，瀌瀌似雨雪之状，喈喈逐黄鸟之声，喓喓学草虫之韵。皎日嘒星，一言穷理；参差沃若，两字穷形。并以少总多，情貌无遗矣。虽文思经千载，将何易夺？”

第二，在编码中，能注意文字信码与音响信号的配合，创造了双声叠韵的方法，它们和叠字句交错使用，再增加了诗的音乐性，加强了抒情效果。如第一篇《关雎》，“关关”、“优哉游哉”是叠字，“参差”是双声，“窈窕”、“辗转”是叠韵。又如《卷耳》诗中，“采采”是叠字，“顷筐”、“高冈”是双声，“崔嵬”、“虺隤”是叠韵。这些诗在间隔反复中交错着叠字、双声和叠韵，反复咏吟，又加上重章迭唱，组成一个和谐的整体，产生了音调优美动人的审美效应。

第三，《诗经》编码时另一个重要特色是大量使用无意义的信码。这种信码对于组词连句、联句成章、表达情态和语气等，均有重要作用。也有的地方是为了凑足音节而增加的，使韵律整齐和谐。据统计，《诗经》中起语法、修辞作用的信码“之”字就用了 1039 次（不包括“止”假借为“之”56 次）。表语气的信码“兮”，《国风》用了 258 次，《小雅》用了 27 次。（《颂》和《大雅》没使用)。它是后来楚辞运用“兮”字之滥觞。这些信码的位置极为灵活,有用在句中者,如“鹑鹑奔奔,挑兮达兮”;有用在句首,如“之子于归”、“薄言采之”;用在句尾极为普遍。这种语气信号,除了促成音节铿锵和谐,产生了音响的意趣,摹拟了语气和情态外,还加深了语意,增强了语言的表现力。

第四,重章叠句也是《诗经》编码的一大特色。如《伐檀》、《硕鼠》等诗第二章、第三章句式布局完全相同,只是换了几个韵脚信码。这种反复咏唱的形式,加深了所要抒发的感情。信息论美学把这种重复称为信息的“冗长、过剩亦即容易预言的成分”,这种同一布局公式在一部作品中重复出现,结尾的信息价值就减少,因此在“(散文中)完全重叠为修辞法则所不许”。但是,“在文学中,不能认为在一切情况下‘冗长’都是否定因素”。“在一定的意义上说,伟大诗人的语言恰恰是容易预断的和过剩的。”这种过剩正是《诗经》的重要特色,舍此,《诗经》也就不成为《诗经》了。

上面所说的使用叠字、虚字、叠声叠韵、叠章叠句,是属于语法信息编码范畴,这还是一种技术性的机械的编码。如“关关”、“杲杲”、“喓喓”,这些语法信息接收者尚不能准确接收,还必须借助于语义信息,亦即把它置于整个一句完整的编码中,才能使人理解。“关关雎鸠”,“喓喓草虫”,方能知道是雎鸠鸟在叫,草虫在鸣。至于“雎鸠”和“草虫”为什么鸣叫,则要放在更大的语义系统中才能明白。因此,语法信息是信息的物质属性,语义信息是信息的实际内容,它的提出有助于保证接收者理解所接收到的信号、语义。如果离开了语义信息,尽管技术信息亦能被接收,但人们则会理解不准确,甚或产生模糊。

语义信息,在诗中,包括内容、故事叙述、情感抒发以及语法结构和逻辑内涵等。仅限于理解阶段上,是不能产生美感的;因此,在语义信息之上,还叠加着一层审美的信息。如贝多芬第九交响曲,尽管已由贝多芬写成了乐谱,其语义信息不变;但不同的指挥,可以在不违背作曲家原谱的情况下,根据节奏、力度、速度等方面的变化这个叠加的审美信息而各人驰骋想象,表现自己的独特风格来。由于这个叠加的审美信息的存在,接受者在对本文的译码中有不同的审美感受。同是一篇《关雎》,《诗序》的作者认为是写“后妃之德也,《风》之始也”;而我们认为是写男女爱情。其中洲鸟和鸣是语义信息,而其中男女和悦之情,是叠加在语义信息之上的审美信息。正是根据这种审美信息,《毛序》作者附会出“《风》之始也,所以风天下而正夫妇也。故用之乡人焉,用之邦国焉。《风》，风也，教也。风以动之，教以化之”。把诗的审美观牵合到封建教化中。又如《周南·芣苢》，《毛诗序》作者说是“后妃之美也。和平，则妇人乐有子矣。”而方东树则另是一番感受：“此诗之妙，在其无所指实而愈佳也。夫佳诗不必尽皆征实。自鸣天机，一片好音，尤足令人低回无限。若实而按之，兴会索然矣。读者试平心静气，涵咏此诗。恍听田家妇女，三三五五，于平原绣野，风和日丽中，群歌互答，余音袅袅，若远若近，忽断忽续，不知其情何以移，而神之何以旷，则此诗可不必细译而自得其妙焉。”（方东树：《诗经原始》）方氏准确地接收了该诗审美信息，可谓为得此诗趣味者。

可见，审美信息是叠加在语法信息、语义信息之上的，它与后二者的区别是：语法、语义信息的编码可以译成多种文字而不失其为可传达的信息。审美信息无编码方式，不能翻译。只能借助语义信息“按照新的信道要求准确地转换信码”而获取它，即通过想象（信道）来接收它。余冠英先生的《诗经》翻译准确地破译了本文编码信息（语义信息），但如果只停留在此基础上，是不能获得《诗经》审美效应的。

第二节　《诗经》文本之潜在信息

一般来说，信码与信息成正比，信码越多，当然信息量越大，越易为人所接收。为了使接收人接得更多信息，诗人是不是使用信码越多越好呢？答案当然是否定的。因为过多使用信码，就会缺乏独创性、新颖度。平均信息量反而减少。如同是取材于陶潜《桃花源记》的诗歌，张旭的《桃花溪》比王维的《桃源行》信码少得多，单个信码所载信息反而大。故古人作诗是讲求精炼的。《周易·系辞》说：“其称名也小，其取类也大。”称名小，即所用信码少，取类大，即信码所载信息多，概括性强。严羽就反对“以文字为诗，以议论为诗，以才学为诗”的不求精练的做法。因此，古代诗人在编码时，往往舍去一些信码，但信息并未省去，这些信息或者让更有代表性的信码所载，或通过实与虚相反相成的辩证关系，让实的部分诱出虚的部分。如杜甫《登高》中的“万里悲秋常作客，百年多病独登台”二句，有人分析有八可悲：客旅他乡，一可悲；经常作客，二可悲；秋风作客，三可悲；远离家乡万里，四可悲；客中登台，五可悲;独自登台,六可悲;贫病交加,七可悲;人已半百而老去无成,八可悲。较少的信码中潜藏着丰富的审美信息量。《诗经》是我国最早诗集,且又来自民间,它还不可能像后世文人那样句雕字琢,但其句法精练,信息量丰富却为后世诗歌之滥觞。《诗经》句法从一言到九言都有,但以四字句为主(《诗经》总句数 7284 句,四字句就有 6724 句)。这种四字句,传达出丰富的审美信息。如《小雅·鹤鸣》,几乎全用比喻,以鹤、鱼比喻隐逸的贤才,说明了招纳人才的道理。在诗中"鹤"、"鱼"、"树檀"、"石"、"玉"都是些实的信号,而这些实的信号可以诱导出省去了的信号——"贤才",诱出潜在的审美信息。此外,如《魏风·硕鼠》,用短小的信号,表示了诗人对统治者残酷剥削的不满,决心要离开它,寻找自己的乐土。《豳风·鸱鸮》借猫头鹰对雌鸟之迫害,控诉了残酷的统治者迫害人民、摧毁家园的罪行,写出人民艰难危险的处境。《周南·螽斯》借螽斯繁殖力强和集聚不散的特点,祝福子孙昌盛。至于散见于各篇的类似句子就俯拾皆是了。在这些语法、语义信息之上叠加着潜在审美信息。

四言体的《诗经》,传递直接信息是有限的,但编码者或利用汉文信码的一字多义的特点(如上所举比喻义),或通过空白的虚(如以"关关雎鸠"象征男女和悦之情)间接地传递信息,这些信息隐藏在信码背后,为接收者理解。这种信息即潜在信息。今天的接收者在对古诗译码时,借助实的诱导,充分发挥主观能动性,找出那些藏在"言外"、"象外"的潜在信息,这就形成了中国古代诗歌译码的潜在信息系统。所谓"笔不到而意到"、"无笔之笔"、"无墨之笔"、"无画处有画"、"此时无声胜有声"等,即指的这种潜在信息系统。不但诗如此,中国文化中的书法、绘画都存在着潜在的信息系统,如"飞白"技法,就于无笔处见出遒劲或潇洒。又如齐白石画虾,只画实的虾,而不画水,水作为虚的潜在信息,由实的虾的各种形态诱出,欣赏者可根据虾的形态,感觉出满幅是水。这就是潜在信息起了作用。潜在信息系统有两个层次,第一层次是存在于诗句中的潜在信息,如上所举杜诗;此外如《诗经》中的"既见君子,云胡不喜"(《郑风·风雨》),"彼君子兮。不素餐兮"(《魏风·伐檀》),一指恋人,一指贪婪的剥削者。其实这是技术编码时的潜在信息。第二层次是指全诗整体潜在信息,即语义编码时的审美潜在信息。这是高层次的信息,只有这种审美潜在信息存在,才能产生整体的审美效应,使译码者获收美感。如前所举《硕鼠》、《鹤鸣》、《鸱鸮》诸诗，都存在整体潜在信息。

第三节　《诗经》的噪声干扰及其排除

信息论告诉我们，收信者对信道传来的信息产生了不定度，即不能确定信息的准确性，就说明了信息传递中有噪声干扰，或谓之杂音。同样，我们在对《诗经》译码时，对其中所传递的信息产生了不定度，亦说明其中有噪声干扰。干扰怎样造成？从理论上说，它与作品的独创量和新颖量有关。信息论美学中有一个重要概念，即“可理解性”。如不可理解，势必会“诲尔谆谆，听我藐藐”（《诗·大雅·抑》），信息不为人所接收。一般认为，这种“可理解性”与独创量、新颖量成反比例：一件艺术作品，其信息量越大，其独创量越大，而它的可理解性就越少，即越不容易为人所接收，亦即不定度越大。因此，一件艺术作品不能完全是独创的，因为那样，就意味着完全不可理解，这样的信码对于接收者来说。其信息等于零。很明显的例子：《诗经》比汉大赋好读，前者大多产自民间。“缘情而发”，其独创量适中，故干扰少。而汉大赋为文人扬才露己之作，往往堆砌辞藻，富丽华赡，独创量很大，新颖度很高，故噪声干扰亦大。同是《诗经》，《国风》比《大雅》可理解性强，因前者大多是产生于民间的民歌，较后者干扰少。噪声干扰的具体表现是多种多样的，如用典使事，造生僻字、行文跳跃过大，等等，都是造成噪声干扰的原因。《诗经》比其他作品噪声虽少，但亦不乏噪声干扰，具体表现在下面几个方面。

第一，用生僻字当然也许当时并非生僻字，但语言不断发展，我们今天读起来，未免困难了。如：“鞞琫容刀”（《大雅·公刘》），“临冲茀茀”（《大雅·皇矣》），“无我魗兮，不寁好也”（《郑风·遵大路》）……这些字可以举出很多，有些在今天汉语里或很少使用，或早已消亡，因此，它给我们今天的译码造成了许多干扰。

第二，由于当时造字不够发达，一个信码往往使用频率很高，造成了所谓假借。《说文解字·叙》说：“假借者。本无其字，依声托事，令长是也”。这实际上是以一个音相同的信码代替了本来的信码。“鬻子之闵斯”（《豳风·鸱鸮》）“鬻”是“育”的假借；“爱而不见”（《魏风·静女》），“爱”是“薆”（隐藏）

之假借。也有一种为了省简笔画而用了另一种信码:“能不我甲”(《卫风芄兰》),“甲”是“狎”的省借。“可以乐饥”(《陈风·衡门》),“乐”是“𤻲”(療之异体字)之省借。也有的是在抄写中写了错别字,如:“害瀚害否”(《周南·葛覃》),“害”是“曷”的假借(而“曷”已有其字);“四国是皇”(《豳风·破斧》),“皇”是“匡”之假借(齐诗正作“四国是匡”)。这些假借信号之出现,无疑为人们今天的译码带来许多障碍。此外,用典亦是噪声干扰的原因,但《诗经》中的用典在当时来说,大都是写实,不像后来诗人或为追求典雅、精练,或为借古人酒杯浇自己块垒而故意使用典故。因此,这里不再讨论。

以上所论还只是技术上的杂音,至于语义学上的杂音和它“有质的差别”。语义上的干扰(杂音)是指信息从一条信道转入另一条信号时被歪曲、变形。即发报人和收报人的信码不相似,亦即译码者对原信码进行了整体上的歪曲,而不是个别信码的歪曲。如前所举《诗序》作者对《关雎》、《芣苡》的附会解释即是这种语义上的歪曲。产生这种干扰的原因;或是不清楚当时历史史实而任意牵合,或是因原个别信码有歧义,为迎合自己的主张而任加发挥,或是因语义信息模糊而译码时走样。

如何解决“可理解性”与“独创量”的矛盾呢?如何减少噪声或杂音呢?信息论美学提出:艺术作品是以独创性与可理解性之间的一种辩证关系为基础的。因此,对于创作者来说,必须根据不同接收者寻找一个最佳点,也就是信息或信号的组合必须达到最优化。比如少用典使事,避免写生字、假借字,作品必须合乎民族心理习惯,合乎读者欣赏水平和趣味。使独创量、信息量正好适合传递通道(接收者的感受系统,诸如视觉、听觉、触觉等),使之畅通无阻。否则,就会如电流通过电阻丝一样,电流过大,电阻承受不住载体而熔断。我认为《诗经》尽管有干扰,但它的信息量是适中的,合乎民族欣赏习惯。它之所以流传至今,许多信码如“小心翼翼”、“战战兢兢”、“一日三秋”、“人言可畏”、“不可救药”、“他山之石,可以攻玉”、“兄弟阋于墙,外御其侮”、“如临深渊,如履薄冰”,等等,今天还富有旺盛的生命力,原因就在这里。

为了排除噪声干扰,申农(Shannon)为我们提供了剩余信息论的理论。他说:“如果在有噪声存在时,要完全可靠地传递一定量的信息,必须至少提供和噪声所引入的疑义度相等的剩余信息。”从今天的眼光看《诗经》有许多生僻字、假借字和典故,但由于诗中引入了一定的剩余信息,许多干扰就得到了排除。虽然有时还不能完全排除，但通过剩余信息，使信息的不定度，使独创量减少。如“蜎蜎者蠋”、“翩翩者鵻”、“绵绵葛藟”，通过加些“者”、“绵绵”就减少了信息的不定度，利于我们接收。至于如前所述的叠句叠章也是一种剩余信息（语义剩余信息），它不但不给人重复感，反而加强了诗歌的表达，以利于译码被受众所接收。

第六章 汉代经学话语霸权挤压下的诗性失语与存活

在法国思想家布迪厄的文学生产场理论中，有一个重要的概念，那就是“符号暴力”。他认为：在文学场中，存在着永无休止的符号斗争，斗争的目的在于争夺更多的符号资本。而“国家是符号权力的集大成者，它成就了许多神圣化仪式。……国家就是垄断的所有者，不仅垄断着合法的有形暴力，而且同样垄断了合法的符号暴力”。① 所谓符号暴力，就是统治者通过掌握和垄断符号权力加强文化统治，营构一种合乎自己意识形态的主流强势话语，它迫使民间话语臣服于自己的意志。庙堂与民间、统治者与被统治者之间，通过这种文化符号的信息传递而达成共识，被支配者不由自主地自愿地接受了支配者的理念，且认为是责无旁贷地应该遵守的理念，根本意识不到统治者对自己的符号支配。汉代高明于秦代的地方，就是它放弃了秦始皇“焚书坑儒”式的简单愚蠢的有形暴力手法，而是采用了控制文化、垄断符号权力也即符号暴力的手法来统治。具体说来，就是营造尊儒崇经的强势语境，利用文化资本对儒家的著述进行权威的解析使之经典化，从而获得合法的经学的话语霸权。在这种氛围中，人们把《乐》、《书》、《礼》、《易》、《诗》经典化，并与仁、义、礼、智、信联系起来：“经所以有五何？经，常也。有五常之道，故曰《五经》。《乐》，仁；《书》，义；《礼》，礼；《易》，智；《诗》，信也。”（班固：《白虎通·五经》）甚至有人把它抬到与“天道”相匹的高度：“后圣乃定《五经》，明‘六艺’，承天统地，穷事〔察〕微，原情立本，以绪人伦，宗诸天地，〔纂〕修篇章，垂诸来世，被诸鸟兽，以匡衰乱，天人合策，原道悉备，智者达其心，百工穷其巧，乃调之以管弦丝

① ［法］布迪厄：《实践与反思》，李猛等译，中央编译出版社 1998 年版，第 302 页。

竹之音，设钟鼓歌舞之乐，以节奢侈，正风俗，通文雅。"①经无所不在，无所不包，无所不能，真是"乃天道之所立，大义之所行"（陆贾：《新语·本行》），成为人们修齐治平的不二法典。因此读经注经、"皓首穷经"成为人们孜孜以求的事业。民间的诗性话语自觉地臣服于这种经学话语霸权。

在汉代的强势经学语境中，《诗》作为经学尤为人所重。文景之际，"始置一经（《诗》）博士"②，专以传经为务，儒家一门之"经"遂成天下之"经"。肇始于春秋的"赋诗断章，余取所求"（《左传·襄公二十八年》）的用诗传统在汉代经学强势语境中，仍然被沿袭下来。所不同者，春秋用诗皆立足于各种场合的实用，而汉儒却注重于解诗。不同于春秋的断章之处是汉儒力求对全诗作整体的准确解释，由断章取义为用转为全篇之义为用。当时的解诗方法有所谓笺、序、传、疏，门派有各自师法、家法不同的齐、鲁、韩、毛四家诗。尽管四家诗各有不同，甚至"离若吴越"，但其共同之处就是以"经"解诗，以美刺论诗。而这种美刺论的本质就是以《诗》为谏书，它是自孔子诗教以来德礼文化的髓传。而正在这种以《诗》为"谏"的氛围中，《诗》"三百"的经学话语霸权形成。在这种话语霸权中，诗性受到挤压而处在弱化状态，《诗》本身的情感经过道德的过滤而受到压抑，诗性成为诗教的婢女，强大的功利主义氛围使诗性话语缺失。总之，在这种经学语境中，符号暴力的载体是《诗经》而不是《诗》"三百"，诗性被人遗忘而失语。但是，汉儒对比兴的研究、对诗情的肯定，文学场自律的特征以及"诗无达诂"的解诗方法等都为诗性的存活预留了空间，为诗性在经学的夹缝中顽强地存活创造了条件，特别是诗的诗性本质特征，使得它更容易在一定的文化土壤中，被激活出来。诗性既失语又存活，显然成为汉代诗学的一个饶有兴味的悖论。

第一节　在强势话语中诗性遭到挤压而失语的状况

经学作为一种符号暴力和话语霸权是逐渐形成的。众所周知，早在汉以

---

①　（汉）陆贾：《新语·道基》，上海书店出版社 1996 年版，第 2 页。

②　董治安：《〈史记〉称〈诗〉平议》，见《第四届诗经国际研讨会论文集》，学苑出版社 2000 年版，第 265 页。

前的孔子就提倡“学诗”，将“学诗”定为“君子”修身行礼的基本方式。提倡以“礼”节“情”，表现在行为上是“入则孝，出则悌，谨而信，泛爱众而亲仁”（《论语·学而》）。认为“诗三百，一言以蔽之，曰：思无邪”（《论语·为政》）。要求人们“兴于诗，立于礼，成于乐”（《论语·泰伯》），要求情感在礼义的节制下有序地释放，不得滥情，必须“无邪”。孔子的教诗和使诗与礼乐联姻，把诗学话语推向了礼治文化、道德文化的强势话语中，这是迎合了当时的权力审美语境的。在孔子的时代，《诗》“三百”成为功利的宠儿，被人们在各种场合广泛地应用，诸侯国之间的外交场合，王朝的各种祭祀仪式，学者的著书立说和言辞论辩都少不了它，正所谓“事无细微，皆引《诗》以证得失”（劳孝舆：《春秋诗话》）。以至于“不学诗，无以立”。《诗》的雅正地位就在这种功利主义的氛围中，在这种言必称诗的话语霸权中被逐渐确立了下来。而诗性被逐渐地弱化，被边缘化。

到了汉代，这种状况有过之而无不及，经学的语境曾几乎使诗性失语。如果说先秦是在用诗中把《诗》“三百”推向经典的话；那么，汉儒则是在训诂考证中把《诗》“三百”推向经典。无论是《齐诗》、《鲁诗》的“故”、“传”和《韩诗》的“内传”、“外传”，还是《毛诗》的“序、传、笺”，家法虽异，归趣则一，那就是以“经”解《诗》，即经化《诗》。而经化《诗》的目的则是在于“用”，这与先秦的用《诗》是一脉相承的。汉人不仅训诂《诗》在“用”，训诂其他经典也在于“用”，正如清人皮锡瑞在《经学历史》中所说的，汉人“以《禹贡》治河，以《洪范》察变，以《春秋》决狱，以《三百篇》当谏书”。正是因为《诗》有了“谏书”的作用，所以它和六经中的其他经典一样，被汉人尊崇为修治齐平的法典。正因为经学有益于修齐治平之用，故人人尚经成为一种时尚：“汉儒通经以致用，盖无人不以经学为尚。”①众所周知，治国平天下是从修身开始的，而《诗》是被自孔子以来的儒者用礼治文化和德教文化所包装了的一种隐形的符号暴力，其中存在大量的修身之旨和经邦致世之旨，它是可以用来“化成天下”的人文精神，正如鲁丕所言：“览诗人之旨意，察《雅》、《颂》之终始，明舜、禹、皋、尧之相戒，显周公、箕子之所陈，观乎人文，以化成天下。”②也就是说，从《诗》

① （清）唐晏：《两汉三国学案》卷五，吴东民点校，中华书局1986年版。

② 许嘉璐：《二十四史全译·后汉书》，汉语大词典出版社2004年版，第680页。

中,可以学到舜、禹、皋、尧、周公、箕子这些先贤的修身之德,推而广之,达到“化成天下”之目的。在汉代这种经学语境中,诗性之失语在情理之中。其失语现象表现为下面三个方面。

1.在以“谏”为依归的“美刺”诗论中诗性受到挤压

汉人秉持了先秦的“礼”学思想,在人们看来,礼是维护社会政治秩序和伦理关系的一种人人必须遵守的规范。礼治能否得到贯彻实行,关键在君主的品行。要保持君主的遵礼离不了“谏”,所以“谏”是使“礼”得以规范得以执行的保证。古人很重视谏,据《周礼·地官》记载:早在周代就立有“司谏”之官,又立有“保氏”之官,以“掌谏王恶”。即谏王之恶以劝戒其遵礼仪、行正道,正如郑玄在注这些“谏”字时所说:“谏犹正也,以道正人行。”“谏者,以礼义正之。”①《诗》“三百”经过春秋以来权力审美的代言人孔子等儒家学者的精心诠释附会,礼学的话语取代了诗学话语,而被人们自觉地认同。人们一眼觑定了《诗》中的“美”和“刺”的内容,认为《诗》有美君主之善政,刺君主之恶行的功能。而美是颂其善以励其志,刺是谏其恶而匡其行。因此,人们干脆把《诗》当做一部“谏书”来读。据《汉书·儒林传》记载:汉昭帝去世时,权臣霍光曾欲立昭帝孙昌邑王刘贺为帝,后因刘贺荒淫,故将其罢免,并将其手下一班臣子治罪投狱。刘贺臣子中有一太傅王式,面对有司责难其未尽臣子规谏之责时,从容为自己辩护:“臣以《诗》三百五篇朝夕授王,至于忠臣孝子之篇,未尝不为王反复诵之也;至于危亡失道之君,未尝不为王深陈之也。臣以三百五篇谏,是以亡谏书。”王式说自己之所以没有向刘贺上谏书,是因为他已把《诗》当做谏书,以“忠臣孝子之篇”和“危亡失道之君”这正反两方面的事例规谏过刘贺,自己并未失职。这一番辩辞终于使霍光免去王式的死罪。显然,王式把《诗》当做礼义道德的教科书,通过教《诗》、诵《诗》而达到规谏刘贺的目的。这一例子告诉我们,利用《诗》中的美刺内容谏君主,成为一种风气;因为这样做,既可达到劝谏之目的,又可起到“护身符”的妙用。《毛诗序》一语道破天机:“主文而谲谏,言之者无罪,闻之者足以戒。”所以汉人论《诗》不是

---

① 萧华荣:《中国诗学思想史》,华东师范大学出版社1996年版,第33页。

美就是刺，正如清程廷祚《诗论》中所说："汉儒言诗，不出美刺二端。"①在《毛诗序》中，《诗经》305 篇，标为美诗者有 124 篇，标为刺诗者有 181 篇。美刺的分析贯穿《毛诗序》的始终。

汉人以《诗》为谏，无论是刺还是美，都是适应功利主义的话语氛围，将《诗》历史化和伦理化，即把《诗》当做一部美刺的历史和伦理的教科书。如《汉书·楚元王传》载刘向上汉元帝《条灾异封事》，其中引《诗》竟达 15 处之多。其中有所谓美善政的史例。如引美周宣王善政的《小雅·斯干》以讽谏楚元王的奢侈。在刘向看来，《斯干》是美周宣王节俭之德的："周德既衰而奢侈，宣王贤而中兴，更为俭宫室，小寝庙，诗人美之，《斯干》之诗是也。"其中，也引有刺失政的史例。如引《小雅·角弓》以谏楚元王用人失当。在刘向看来，《角弓》是一首刺诗，是"刺幽王好谗佞"。他说："夫遵衰周之轨迹，行诗人之所刺，而欲以成太平，致雅颂，犹却步而求及前人也。"可见，汉人无论是以美德政为规，还是以刺谗佞为谏，目的都是一样，要求以合礼德为依归。此外，《史记》中十余处所提到的《诗》，都是在功利主义语境中的将《诗》历史化。如《十二诸侯年表序》云："周道缺，诗人本之衽席，《关雎》作。仁义凌迟，《鹿鸣》刺焉。"《儒林列传》也云："夫周室衰而《关雎》作。"（按：此两处用今文"三家诗"之鲁诗说）《齐诗》传人匡衡有感于汉成帝宠幸赵飞燕、沉溺酒色的政治现实，在其《戒妃匹劝经学威仪之则疏》中，也将本属爱情诗的《关雎》释为刺康王晏起之作。这里都把《关雎》和《鹿鸣》当做刺诗之例。这和《毛诗序》中把《关雎》讲成美"后妃之德"虽然不同，但本质则一，即通过历史化后，把《诗》当做伦理的教科书和"经邦纬俗"的经典。在汉儒看来，《诗》与《春秋》有同一功能，因为它所美刺的"前王"的政教之兴衰史实，正好成为"后王之鉴"。

这种以美刺为内容的古史化、伦理化阐释的结果，将实用与审美捆绑在一起，将经学与诗性扭结在一起，其结果势必造成对诗意的任意阉割和穿凿，造成对诗本意的任意取舍，这种政治功利化的阐释，当然会消解艺术和挤压诗性。因为经学的话语霸权，以诗为谏的符号暴力几乎处处与尚情感、重想象、

---

① （清）程廷祚：《论诗十三·再论刺诗》卷二，清刊本，转引自王南：《中国诗性文化与诗观念》，四川民族出版社 2002 年版，第 93 页。

泯物我、忘功利的诗性意义背道而驰。这种功利化的符号权力的运作和垄断，自然造成了诗学观念的非诗性。政治功利的话语海洋淹没了诗性话语。比如，尽管《诗大序》中也提到了"诗言志"的问题："诗者，志之所之也，在心为志，发言为诗"；但是，这个"志"已经被"经夫妇，成孝敬，厚人伦，美教化，移风俗"的伦理所包装，其"情志"之"志"，其诗性之"志"已经让位于带有伦理属性的"志"，我把它叫做"经世之志"。它与世俗紧密相关，是"治世"、"乱世"和"亡国"之世的一种表达和发泄。这个"志"已经是指非审美的思维活动的结果。汉人的这种实用主义诗论，使得诗作为一种文体是无法与伦理道德相分离的，也就是说，诗性被粘贴在历史化的阐释和儒学伦理义疏所交织的一张"礼义"的网中，失去了它的自主性。在纷纷的美刺论《诗》的语境中它失语了。诗性的失语，诗性的依附性，也奠定了后代中国诗学中文学依附政治的方向，到了中唐的白居易，其讽谕诗几乎就是诗谏，是其作为言官的"有阙必规，有违必谏"(《初授拾遗献书》)的一种补充，其"惟歌生民病，愿得天子知"(《寄唐生》)的诗歌创作动机把诗的政治化推向了高潮。

2.通过道德过滤后的诗情被弱化

在诗学史上，"志"、"情"、"言"是诗性的三大基本要素。然而在汉代经学语境中，不但"志"从属于礼义道德，具有道德的属性；而且"情"也被礼义道德这个过滤器所过滤和净化，从而被弱化，处在弱表现状态。

情本来是诗的生命，"发乎情"是人们与生俱来的一种本能，汉儒并不怀疑这一点。如《韩诗外传》就肯定人的自然情感："人有六情，目欲视好色，耳欲听宫商，鼻欲嗅芳香，口欲嗜甘旨，其身体四肢欲安而不作，衣欲被文绣而轻暖。此六者，民之六情也。失之则乱，从之则穆。"但汉儒却把它提升到是教民守礼的工具的高度，因此《韩诗外传》一方面在肯定情的同时；另一方面却说："圣王之教民也，必因其情而节之以礼，必从其欲而制之以义。义简而备，礼易而法，去情不远，故民之从命也速。"①想要百姓守礼，必须"从其欲"；想要百姓"从命也速"，必须"去情不远"。这样，情就被赋予了儒家道德色彩。

① 许维遹：《韩诗外传集释》，中华书局1980年版。

因此,汉儒都认为不能滥情,感性的情感必须通过理性的道德过滤,必须有一定的度,最后要合乎先王之礼义,即《毛诗序》里所说的“发乎情,民之性也;止乎礼义,先王之泽也”。不合礼义的感性情感是万恶之源,是道德邪谬、治邦无道的表现。正如刘安《淮南鸿烈·原道训》中所说:“夫喜怒者,道之邪也;忧悲者,德之失也;好憎者,心之过也;嗜欲者,性之累也。”①

以道德过滤情,也就是以礼制情,将情感规范化。这种被道德过滤后而规范化了的情自然忽视了人的感性情感的复杂性、个体性,而成为一种承载儒家道德文化的、以群体性为依归的道德情感。《毛诗序》所谓“一国之事,系一人之本,谓之风”,就是对群体性情感的表述,这也是对荀子“千人万人之情是也”(《荀子·不苟》)理论的继承。这种道德化的群体情感,尽管也具有“动天地、感鬼神”的感染力,但它更多是具有“正得失”、“经夫妇、成孝敬、厚人伦、美教化、移风俗”(《毛诗序》)的道德感召力,作为诗性的感性的情感被湮灭在道德的说教中,被道德异化,被强势话语弱化。一句话,汉儒通过经化诗,通过掌控符号暴力,将诗的感性情感牢牢地锁定在儒学礼义道德的范畴之内,使它无法回归诗性的语境。《诗》“三百”自孔子以降,人们不断地把个性情感各异的诗进行整齐划一的规范化的道德诠释,使之不断地“合礼”。到了汉代,这种以礼节情的道德过滤工作有过之而无不及。他们随心所欲地去寻找“微言”以“经”去附会,即使遇到不合“礼”的地方,丰富的汉语词汇为人们提供了变通的方便,人们天才地创造了“变风”、“变雅”为“无邪”的诗进行自圆其说的辩护。即使“有邪”,我也能读出“无邪”,正如后来朱熹所说的“彼虽以有邪之思作之,而我以无邪之思读之。”②正是这种随心所欲的解读,《诗》被经化成为可能。反之,《楚辞》个性情感鲜明,可作为“微言”附会的地方不多,难以用礼去规范它,因此在经学家眼中,自然它难以成为经典。刘勰在《文心雕龙·辨骚》中解释《离骚》为什么不能成为经典,是因为有“诡异之辞”、“谲怪之谈”、“狷狭之志”、“荒淫之意”。他说:“摘此四事,异乎经典者也。”这个例子从反面告诉我们:《楚辞》不能成为经典,适足以说明它没有为经学家们预留以礼制情,以道德过滤情的空间。

---

① 刘文典:《淮南鸿烈集解》,中华书局1989年版。

② 萧华荣:《中国诗学思想史》,华东师范大学出版社1996年版,第17页。

3. 诗沦为教化之婢女，诗性话语自然缺失

汉儒以历史化手法来阐释《诗》，以美刺两端来论《诗》，以礼义道德来过滤《诗》，其目的不过是用《诗》来当做教化之工具，以此来"正风俗"、"厚人伦"。"诗教"一词首见于《礼记·经解》，而作为诗学的创作纲领则首见于《毛诗序》。《毛诗序》在谈到《关雎》篇时说："《关雎》，后妃之德也，风之始也，所以风天下而正夫妇也。故用之乡人焉，用之邦国焉。风，风也，教也；风以动之，教以化之。"正出于"教以化之"的目的，明明白白的一首充满个体感性情感的很有诗性的情诗，人们有意地采取"注我"式的"误读"，堂而皇之对它作出各种不同的但合乎教化的解释。《鲁诗》曰："周道缺，诗人本之衽席，《关雎》作。"《齐诗》曰："'窈窕淑女，君子好逑'，言能致其贞淑，不贰其操，情欲之感无介乎容仪，宴私之意不形乎动静，夫然后可以配至尊而为宗庙主。此纲纪之首，王教之端也。"《韩诗》曰："诗人言雎鸠贞洁慎匹，以声相求，隐蔽于无人之处，故君退朝入于私宫，后妃御见有度，应门击柝，鼓人上堂，退反宴处，体安志明。"通过"误读"，人们精心塑造出一位既是"窈窕淑女"，又是"母仪天下"之典范的"后夫人"形象。言情的《关雎》自然也就被塑成为"王教之端"的《关雎》。人们甚至把《关雎》看做是"天地之基"："大哉！《关雎》之道也，万物之所系，群生之所悬命也……天地之间，生民之属，王道之原，不外此矣。子夏喟然叹曰：'大哉《关雎》，乃天地之基也！'"（《韩诗外传》卷五）

人们论诗一切以教化为旨归："《鹿鸣》以仁求其群，《关雎》以义鸣其雄，《春秋》以仁义贬绝，《诗》以仁义存亡。"（陆贾《新语·道基》）在这样一种功利化的话语霸权语境中，人们满眼是"经"，哪里还有诗的一席之地，个性被群体化，情感被道德化，诗性沦为教化的婢女而失去其自主性，礼义教化正统意识造成了诗性意识的弱化。《诗》依附于"经"而获得了至尊地位，而具有"诗性"的"诗"却处在失语的状态，即使后代，人们在谈论诗时，也仅仅满足于诗话式的片言只语"以资闲谈"（欧阳修《六一诗话》），这也就是中国诗论中长期没有系统的诗本体论产生的原因。

第二节 经学强势话语中诗性的存活及原因

如前所述,经过两汉儒生们实用性的刻意“误读”,《诗》“三百”成了“为天下法”(《春秋繁露·祭义》)的“经”,成为博士们言必称引的圣典。在这种强势的经学话语中,诗人观察自然、感悟生活的感性体验,无拘无束的想象以及源于生活的各自不同的情志等带有诗性特征的内容,都被圈禁在礼义道德的小天地里,《诗》虽然取得了雅正的地位,却失去了诗性的话语权。但尽管如此,大量的事实表明,汉儒对“比兴”的研究,对情感之张扬,诗的本身特质,文学场的自律性规律,以及“诗无达诂”的任意诠释,都为诗性的存活预留了空间。诗性虽然失语,但并没有消失,虽然在另外一种暴力符号挤压下被边缘化,但却顽强地存活于夹缝中。这表现在下面几个方面。

1.汉儒对“比兴”的研究,客观上促进了诗性的存活

比、兴二字最早见于《周礼·春官》:“(太师)教六诗:曰风,曰赋,曰比,曰兴,曰雅,曰颂。”但这只是指“六诗”中的两种诗体,尚不是作为表现方法的比兴概念。春秋仅管有类似汉人比兴意义的用诗实践,但并没有正式形成明确的比兴概念。但其断章取义的赋诗,因往往舍其章句之本义,而借取其比喻义,这一作法却孕育了汉代的比兴说。所以郑玄注《周礼》“六诗”时是这样解释“比兴”的:“比见今之失,不敢斥言,取比类以言之。兴见今之美,嫌于媚谀,取善事以喻劝之……郑司农(众)云……比者,比方于物也,兴者,托事于物。”认为“比兴”就是“取比类以言”、“取善事以喻”。是“比方于物”、“托事于物”。其中都代表了汉人的“比、兴等为譬喻”的说法。又刘安《淮南子·泰族训》云:“《关雎》兴于鸟,而君子美之,为其雌雄之不乖居也;《鹿鸣》兴于兽,君子大之,取其见食而相呼也。”这里两个“兴”皆为譬喻意。王符甚至直接把“兴”、“喻”并列:“诗赋者,所以颂善丑之德,泄哀乐之情也,故温雅以广文,兴喻以尽意。”(《潜夫论·务本》)王逸在《离骚经序》中以“引类譬喻”释“兴”:“《离骚》之文,依《诗》取兴,引类譬喻,故善鸟香草,以配忠贞。”

从以上资料可看出，在汉儒的眼中，比和兴都有引类譬喻义。这种解释导源于汉儒以《诗》当谏书的文化语境。汉人重谏，但诤谏者势必要披逆鳞、撄龙须，有时不但达不到目的反而招至灭顶之灾。因此，为达到“言达意从”的目的，谏必须讲究方法，不宜说言直谏而宜“主文谲谏”：“若夫托物见情，因文载旨，使言之者无罪，闻之者足以戒，贵在于言达意从，理归乎正。”（《后汉书·杜根等人传》）所谓“托物见情”即“比方于物”，“因文载旨”也即“主文谲谏”。所以，“托物见情”的诤谏效果是大不同于直讽的。汉儒在专制的氛围中，是深得韩非子“古之人难正言，故托之于鱼”（《内储说下》）之壸奥的。因此，《诗》中那些本与王朝政教风化了无干系的鸟兽草木虫鱼之类，他们通过具有“引譬连类”功能的比兴，居然发现了两者的联系，成为他们用来“谲谏”的最好的材料。明了这点，我们也就知道为什么汉儒要把《诗》当谏书用了。

汉人的比兴研究尽管立足于政教风化、美刺讽谏的范畴，但它毕竟为诗性的存活提供了客观上的可能条件。首先，比兴的“引譬连类”思维方式孕育了中国式的诗性思维（关于此，本人另有专题论述），即“引”象来“类”意、“譬象”以“尽意”。不追求物象本质的相同，只追求思维方式上的某一点近似。它为唐孔颖达的“取譬引类，起发己心”（《毛诗正义》）、宋代严羽的以禅喻诗以及后代一大批诗论家提供了思维范式，成为具有中国特色的比兴思维。其次，比兴说的研究客观上强化了“比兴”作为一种表现手段在诗歌言志抒情上的重要地位。如前所述，草木虫鱼，本是与教化丝毫无关的，如《周南·螽斯》写道：“螽斯羽，诜诜兮，宜尔子孙，振振兮。”一首禽言诗，与教化又何干呢？《序》居然读出了教化意味：“言若螽斯不妒忌，则子孙众多也。”螽斯居然也懂得不妒忌，子孙才众多。这种令人啼笑皆非的“误读”，当然靠的是一种联想和感悟，靠的是暗示、譬况和象征。这种联想、感悟、暗示、象征正是诗性存活的标示，它的被突出促进了诗歌创作的想象力提倡，催衍了后人对情景交融、兴象境界、神韵滋味的美学探讨。其三，比兴说的研究，引起了人们对诗歌语言功能及特质的关注。汉儒在把《诗》之“比兴”当做联系草木虫鱼和道德风化的纽结时，人们也终于发现了诗的语言的特殊功用、价值以及让人“无达诂”的委婉特质，他们在以《诗》为谏的过程中，也开始考虑到接受方的情感效应，认识到“主文谲谏”的重要性；而“谲谏”正是催生“比兴”从《周礼》“六诗”

的诗体脱胎出来而"转化为具有潜在的本体论和方法论含义的诗学观念"①的土壤。同时汉儒对比兴之研究也孕育了"文已尽而意有余"、"因物喻志"(钟嵘:《诗品序》)、"不着一字,尽得风流"(《诗品》)的中国诗学精神,使以政教风化为基点的"比兴"之"兴"转化成以"情"为基点的"比兴"之"兴"成为可能。所以王南先生说得好:"汉儒为了'风化'而注重婉言、比兴的接受效果,也产生了一定的诗学价值……没有这些学养深厚的儒家学者对《诗》的'误读'和比附训解,'比兴'也许只会一直闪烁在《诗》作的感性层面上,至多是夫子课徒时的'比德'之'比'和修身之'兴'。"②而提供这些"误读"的正是《诗》本身的语言功能和委婉的特质。总之,剔开比兴的"比德""兴德"的外壳,我们看到了另一种迹象:诗性的存活。

2.对言情之肯定有益于诗性之存活

诗人对情感的抒发、宣泄以及体验、品味过程是诗性存活的关键。诚如上文所言,汉代的经学话语霸权使得情感的宣泄体验被圈滞在风俗教化和礼义道德的狭小牢笼中,诗性被边缘化,这是不争的事实。但是这并不意味着儒生们的情感体验就完全终止,并不意味着情感作为诗的本源完全被人们所漠视。《毛诗序》所谓"情动于中而形于言,言之不足,故嗟叹之;嗟叹不足,故永歌之;永歌之不足,不知手之舞之,足之蹈之",就是诗歌发生时的一种情感体验。尽管他为情感制作了一顶"厚人伦,美教化"的光环,但他不得不承认《诗》的创作是"发乎情",不得不承认诗的"动天地、感鬼神"力量。汉儒普遍认为人的喜怒哀乐之情是一种"愤于中而形于外"的自然流露:"且喜怒哀乐,有感而自然者也。故哭之发于口,涕之出于目,此皆愤于中而形于外者也。"(刘安:《淮南鸿烈》)情感如"哭之发于口"不得不发,如"涕之出于目"不得不出。情感甚至是"性"的一种符号:"诗以言情,情者,性之符也。"(刘歆:《七略》)在人们看来,《诗》"三百"普遍存在这种情感符号:"《诗》三百篇,大抵贤圣发愤之所为作也。此人皆意有所郁结,不得通其道也,故述往事,思来者。"

① 王南:《中国诗性文化与诗观念》,四川民族出版社2002年版,第113页。

② 同上书,第115页。

（司马迁：《史记·太史公自序》）在司马迁看来，《诗》三百篇是圣贤们的发愤之作，是郁结之情的一种释放。正是汉儒们看到了情感的这种感染力，所以他们不漠视它的存在，不但不漠视它，并且让它担负起沟通“诗”与“礼”的“天桥”作用。也就是让人们在内心情感的有序释放中感受《诗》中的“乐而不淫，哀而不伤”（《论语·八佾》）——也即虽宣情但合礼之规范的和谐节奏，感受《诗》中的“经夫妇，成孝敬，厚人伦，美教化，移风俗”（《毛诗序》）的礼义内容。汉儒的这种对情感的利用当然扭曲了诗的感性情感，把诗的个性情感改造成合乎群体规范的道德情感，自然不利于诗性的生长，但是他们对情感的肯定，为诗性的存活无意中又营造了一种言情的氛围，为诗的审美和诗“缘情”的观念生成预留了空间，它已初步涉及诗的发生学中的基本理论。所以“止乎礼义”的“发乎情”是一柄双刃剑，既抑制诗性又存活诗性。正如王南先生所说的：“‘发乎情’受到‘止乎礼义’的抑制又存活于其中，僵化和活力共存，非诗性的目的论中又滋生着诗性的观念，两汉诗学的诗性悖论正在于此。”①

3.“诗无达诂”既为用诗者经化诗提供了方便，也为诗性的存活预留了空间

出于汉代经学话语霸权的需要，出于为经学提供理论的支撑目的，董仲舒提出了“诗无达诂”的命题：“所闻《诗》无达诂，《易》无达占，《春秋》无达辞。从变从义，而一以奉人。”（董仲舒：《春秋繁露·精华》）所谓“诗无达诂”，所谓“一以奉人”，都无非是为任意的“注我”、为有意的“误读”提出了理论上的辩护。这种髓传先秦的“断章取义，余取所求”（《左传·襄公二十八年》）用诗传统，从汉人理论出发点而言，与诗性之存活是大相径庭的。因为，这种随心所欲的被合理化的附会和穿凿，为用诗者经典化《诗》提供了方便之门，为汉儒营构经学强势语境提供了一条捷径。但是也应该看到，这种语言词义的无通释，诗歌内容的无定解，为人们以情感去读《诗》，以情感去感悟诗成为可能。上面所论的情感云云，尽管是出于营构礼义语境，但却昭示出时人对《诗》中的情感体验。关于汉儒对《诗》的情感体验和关注，清代学者崔述《读

① 王南：《中国诗性文化与诗观念》，四川民族出版社2002年版，第90页。

风偶识》有精辟的论述："夫诗生于情，情生于境，境有安危亨困之殊，情有喜怒哀乐之异，岂刺时刺君之外，遂无可言之情乎？"一部汉儒经学史不尽是美刺史，既然"无达诂"，你可以以经读之，我也可以以情感之；你可见出讽谏，我可见出挚情。可见，"诗无达诂"的命题效果也是双面的，一方面抑制了诗性；另一方面又为诗性的存活预留了空间，尤其为后代的接受理论预留了空间。应该说，"诗无达诂"理论与文学接受理论存在着相近的逻辑走向，即接受者在解释经典作品时都可以有自己的主观性，正如西方接受论者弗·梅雷加利所说的："伟大的经典著作总是被以后各个时代不断丰富，在作品的周围形成一个光环、产生一种模糊的形象。这个光环可能是作品自身散发出来的，也可能并不属于作品本身。这当中'创造性的背离'和'弄假成真'的批评起了促进作用。"①正是这种相似性，使我们有理由认为"诗无达诂"已初步涉及汉人的文学接受观念，而接受观念正是诗性存在的关键之一，伽达默尔就说过："不涉及接受者，文学的概念根本不存在。"②这种观念催生出后来中国诗学理论的"六经注我，我注六经"③的独特的主体性阐释学理论。诸如黄庭坚的"文章大概亦如女色，好恶止系于人"（《预章黄先生文集》卷二十六）、王夫之的"作者以一致之思，读者各以其情而自得"和"人情之游也无涯，而各以其情遇"（《姜斋诗话》）等，都是汉儒"诗无达诂"理论的复制品。因此，可以说，"诗无达诂"为接受者以情感来论诗，以"创造性的背离"来读诗提供了合法性。也就是说，为《诗》的经典化向《诗》的诗性复归预留了空间。

4.文学场的自律性为诗的本质特性的回归提供了可能

在功利主义的目的下，因为汉儒们的"你添一针，他缀一线，由是诗的地位逐渐崇高了，诗的真义逐渐汩没了"。④ 这种"添针缀线"的过程其实就是

① ［意］弗·梅雷加利：《论文学的接受》，《文学理论研究》1983年第3期，转引自刘松来：《两汉经学与中国文学》，百花洲文艺出版社2000年版，第327页。

② 胡经之、张首映：《西方二十世纪文论选》第3卷《真理与方法》，中国社会科学出版社1985年版，第237页。

③ （宋）陆九渊：《陆九渊集》卷三十四《语录》，中华书局1980年版。

④ 罗根泽：《中国文学批评史》，转引自刘松来：《两汉经学与文学》，百花洲文艺出版社2001年版，第325页。

人们自觉地协助统治者在文化场中夺取和垄断符号权力的过程,在这个过程中,《诗》"三百"逐渐被塑成了承载道德礼义的圣典,它类似催眠术的功能使得人们自觉地臣服于这种以礼义为核心的符号暴力之中,诗学话语处于弱表现状态,甚至被边缘化。但即使这样,《诗》作为"诗"的本质特质并没有泯灭。因为在文学场域中,文学有其自律性,即文学在产生伊始,就遵循其文学场自身的逻辑,"为艺术"而生产,非为后人的礼义而生产,它可以拒绝道德、权力而获得文学的独立性。就《诗》的产生而言,尽管后来不断被儒生"添针缀线"地修补,认为是"止乎礼"的风上化俗的载道工具,但它的产生毕竟是"发乎情"。在被文化经典包装之前它首先是一部《诗》。所以说,文学场自律的特征,使得《诗》具有其本质的规定性——诗性。而这种本质特征是任何政治权力、道德使命难以让它臣服和更改的。比如《诗》的复叠重章的章法和以四言为主的句式,它的以赋、比、兴为主的表现手法,它的富有音乐性的节奏感以及其感于哀乐的情感发泄,都是汉人无可回避的。一句话,在一定的条件下,它具有的文学本性和天赋就被激活,其诗性就会释放出来。所以汉儒们一方面鼾眠于以经解《诗》,以谏用《诗》,以礼义教诗的催眠曲中;另一方面又忘怀不了《诗》中的独特的情志和节奏。《诗》发于哀乐之情成了他们的共识:"故哀乐之心感,而歌咏之声发。诵其言谓之诗,咏其声谓之歌。"(班固:《汉书·艺文志》)"诗赋者,所以颂善丑之德,泄哀乐之情也。故温雅以广文。兴喻以尽意。"(王符:《潜夫论·务本》)"诗道志,故长于质。礼制节,故长于文。"(董仲舒:《春秋繁露·玉杯》)这些看法无疑催生了后来的"诗以缘情"的诗学观念。因此,在汉代强势的经学语境中,诗性既失语又存活的现象是一种独特的现象,它也成为一种有趣的悖论:既经化和礼义化它的面孔,又回归其诗性的本来面目。"诗以言志"、"诗以缘情"、"文以载道"的中国美学特征就在这种悖论中生成。

第三节 诗性失语与存活的合法性阐释

什么是合法性?这是一个很难以用一个判断或一个概念来界定的命题。笔者认为,所谓合法性其实是超越于法律条文的,臣服于审美话语权的,能被草根阶层感同身受、自觉认同的一种社会契约。它无须依附于国家机器和政治暴力，它的存在主要依附于一种弥漫于某个时代的“文化”气氛及“文化场域”中所掌控的符号暴力。谁掌握了符号资本，谁就掌握了主流话语权也即所谓话语霸权，这种主流话语塑造了人们自觉认同的“惯性思维”即所谓大家公认的“习性”。而合法性就存在于这话语霸权中，存在于这种文化“习性”之中。

在传统诗经学中，《诗》“三百”的被经化而导致的文学失语和被边缘化，在当时的“文化场域”中完全是合法的，是一种自觉臣服于主流话语的文化习性。因为自先秦伊始，人们就远离《诗》的主题和诗性而加以广泛的实用，或把它当做具有神圣意义的宗教祭祀来使用。如《诗大序》所说：“《颂》者，美盛德之形容，以其成功告于神明也。”如郑樵《通志·乐略》所言：“陈三《颂》之音所以侑祭也”。或把它当做特殊语言工具在外交场合中使用，所谓“春秋观志，讽诵旧章，酬酢以为宾荣，吐纳而成身文”（刘勰：《文心雕龙·明诗篇》）即指此。或把它当做真理的依据和道德规范的标本来使用，如《左传》“僖公二十七年”所言：“诗书，义之府也。”也如《汉书·艺文志》所说：“诗以正言，义之用也。”或把它当做思想和“多识于鸟兽草木之名”（《论语》）的生活教科书来使用，如《礼记·王制》所言：“乐正崇四术、立四教，顺先王《诗》《书》，礼、乐以造士。春秋教以礼、乐，冬夏教以《诗》、《书》。”这种“事无细微，皆引《诗》以证得失”（劳孝舆：《春秋诗话》）的全方位用诗，营构出一种主流强势话语氛围，无疑把《诗》往经典的殿堂推进，人们自觉认同《诗》的经典地位的“习性”就在这种主流语境中生成。以经解《诗》而不以诗解《诗》自然就有了它的合法性。

儒学独尊的汉代把春秋以来的文化习性继承了下来，并发挥到极致，彻底完成了《诗》从文学到经学的改造，经学面孔完全形成，《诗》的文学性被人所漠视。无论是今文经派还是古文经派，无论是三家诗还是四家诗，以文学读《诗》失语，美刺论诗成为汉代诗经学的话语霸权。齐、鲁、韩、毛四家诗在解《诗》中尽管有异，但也不过是对美刺和字句的解释不同而已，他们为每一首诗按照经世致用的原则去找其本事、本义的做法却是相同的。但这却与春秋人们的没有心思去寻求本义、本事，只断章取义，“余取所求”作法则不同。汉儒论《诗》和春秋论《诗》都强调经世致用，可以看出二者的髓传关系。但仍有区别，春秋更强调实用，尽管有经化诗的倾向，但还没构成有体系的造经的运动。汉儒出于重建道德秩序的需要，其严密的考证，孜孜的本事寻求，却形成了一个声势浩大的有一定体系的造经运动。以道德论《诗》，以教化论《诗》成为主流语境，也就为后来的宗经征圣开辟了另一种“文化习性”。这种经学语境，适应了汉代的文化专制统治，它被人们自觉地认同，因此也就具有了合法性。无论是春秋以来的用《诗》还是汉代的造经，从文学生产场域来考察，也有其合法性。因为文学在生产过程中，就是一个包含政治、经济、文化、文学等在内的复杂的场。人作为文化的生产者，本身就是一种文化的存在，因此，人在制作《诗》的过程中，就附生着文化。《诗》可以成为文学的诗，在政治权力介入后也可以成为文化的诗、经学的诗。统治者为了其统治，必然要争夺符号资本，而在民众中广为流传的《诗》自然是其首选。因此把《诗》改造成教忠教孝的伦理工具，营构经学语境也就是必然之事了。

汉代诗经学中诗性话语的“缺席”和边缘化，并不等于文学的丢失，它是受到话语霸权挤压的暂时被遗忘而“失语”，或者说是在经学的喧嚣中的一种“昏睡”。但是文学拒绝听命于政治权力的特质，其自产生伊始就与之俱生的审美内涵，民间审美的介入，文化生产场中权力的松懈，等等，这一切，都使文学的被“激活”成为可能。前面我们谈到，汉儒尽管在经学语境中孜孜不倦地为《诗》“三百”造经，但他们毕竟不能无视《诗》中的感天动地的艺术感染力，不能无视“情动于中”的诗歌发生中的情感特质。这都说明文学仍存活于经学话语中。汉人的既造经又给《诗》的文学性预留存活之空间这一悖论，适足以说明文学的合法性是无法被权力审美所排除的，更不会臣服于王朝的准法律条文式的“独尊儒术”而完全消失，文学生产场中的多元性为诗经学中的《诗》“三百”的文学性回归注入了原动力。诗的文学特质也使得争夺符号资本的统治者精英认识到利用诗歌情感因素以“正得失、厚人伦、美教化”的重要意义，完全抹杀《诗》“三百”的文学性反而不利于教化，或者说达不到其重建道德秩序的效果。从上面的论述可见，权力审美不能完全排斥美，是因为权力审美毕竟不同于政治权力和法权力，它只不过是通过强势的权力控制而影响人们的审美，建构适合自己目的的话语霸权。但它毕竟不能无视美，无视美的力量。正因如此，文学和诗性不会消失于汉代的强势经学语境中，只不过是暂时“失语”而已。它的存活的合法性是不容置疑的。另外，值得一提的是，汉儒在塑造文化经典的同时，也无形中把《诗》“三百”塑造成一部文学经典。自先秦用诗和汉儒造经以后，《诗》“三百”也就奠定了它在中国文学史上的无比尊崇地位。

第七章　唐代边塞诗审美情绪的嬗变：高贵、崇高与感伤

我国边塞诗滥觞于《诗经》，长足发展于汉代，大放光芒于唐代。在唐王朝，出现了许多著名的边塞诗人如高适、岑参、王昌龄、李益、李硕、于鹄、戴叔伦、王纶、王涯等。大诗人李白、杜甫也写了不少边塞名作。一些帝王如太宗、玄宗也写过少量边塞诗，据人统计，唐代边塞诗达两千多首。① 无论是从数量还是从质量来看，都是空前的。笔者认为，唐代边塞诗的发展经过了三个阶段：初唐、盛唐、中晚唐。初唐是边塞诗的发展期，盛唐是边塞诗的繁荣期，中唐是边塞诗的衰微期。从唐初到中晚唐、边塞诗的审美情绪经历了从高贵到崇高到感伤的嬗变。本文不揣浅陋，重点以唐太宗、岑参、李益等人的边塞诗为例，略陈管见。

第一节　初唐：在尚武功、歌王权的吟咏中呈现出一种高贵美

唐太宗李世民是一个身兼创业与守成的帝王，《全唐诗》卷一收他的诗共有九十八首，另有断句三联及与诸大臣联句的《柏梁体》一首。在近百首诗歌中，真正写边塞征战的诗作并不多，有的只能称是准边塞诗。笔者之所以拈出他，是因为他的诗代表了唐初边塞诗的美学趣味，对后来边塞诗的发展起过重要的启迪作用。他是以一个帝王的身份写诗的，因而往往也就矜持于自己的

① 参见胡大浚：《边塞诗之涵义与唐代边塞诗的繁荣》，《西北师大学报》（社会科学版）1986年第2期。

帝王身份,在他的诗中典型地体现出一种高贵性的美学范畴。所谓高贵性体现在这些方面:就内容而言,沉湎于对王朝战功的颂扬,陶醉于自己的功成名就,歌颂天命和王权的神圣和高贵。流露出一副包举宇宙的胸襟。从形式上看,典雅、庄重、雍容华贵,堂皇呆板,往往一副皇帝的腔调。太宗早年随父李渊起兵太原,攻城略地,转战南北,戎马倥偬,他的大多数边塞诗作是成为天子之尊后对当年战斗生活的追叙。如其《经破薛举战地》:

昔年怀壮气,提戈初仗节。心随朗日高,志从秋霜洁。
移锋惊电起,转战长河决。营碎落星沉,阵卷横云裂。
一挥氛沴静,再举鲸鲵灭。于兹俯旧原,属目驻华轩。
沉沙无故迹,减灶有残痕。浪霞穿水净,峰雾抱莲昏。
世途亟流易,人事殊今昔。长想眺前踪,抚躬聊自适。

前半篇十句是追叙义宁元年(617)李世民率师迎击薛举十万之众于扶风,"大破其众,追斩万余级,略地至垅坻"(《旧唐书·太宗纪上》)的决战经过。写得鲸吸鳌掷,大气包举。后半篇十句一副自豪和胜利的脸孔。写得典雅庄重,"藻赡精华"。贞观四年春,李勣、李靖大破突厥于白道川(呼和浩特西)和定襄(内蒙古德水河县境),跟踪追击至阴山以北,灭东突厥。太宗《饮马长城窟行》就反映了这一史实:

塞外悲风切,交河冰已结。瀚海百重波,阴山千里雪。
迥戍危烽火,层峦引高节。悠悠卷旆旌,饮马出长城。
寒沙连骑迹,朔风断边声。胡尘清玉塞,羌笛韵金征。
绝漠干戈戢,车徒振原隰。都尉反龙堆,将军旋马邑。
扬麾氛雾静,纪石功名立。荒裔一戎衣,灵台凯歌入。

辞气劲健,风格苍老。可说是唐代边塞诗的开路之作。但雍容华贵也是很明显的。战争是很残酷的,是"人对人像狼一样的战争"①。也正是在这类战争中,显示出成功者的高贵,胜利者的自豪。这从太宗很多的诗中可以看出。如"登山麾武节,背水纵精兵。在昔戎戈动,今来宇宙平"(《还陕述怀》),洋溢着一股在群雄角逐中终获成功的豪情。贞观二十年(646)秋"帝幸

① 马克思:《伊壁鸠鲁派哲学、斯多噶派哲学和怀疑派哲学的历史笔记》,见《马克思、恩格斯论艺术》(卷2),中国社会科学出版社1980年版,第56页。

灵州,破薛延陀"(《本纪》),盘踞在今新疆境内的铁勒诸部"遣使相继入贡,请置吏,北荒悉平"。太宗勒石作诗云"雪耻酬百王,除凶报千古",纯乎一个胜利者的骄矜面孔。这种尚武功、歌王权的高贵在其他一些诗中亦可见出,如"驻跸俯九都,伫观妖氛灭"(《辽城望月》),"霓裳非本意,端拱且图王"(《春日望海》)"垂衣天下治,端拱车书同"(《重幸武功》),"提剑郁匡时,指麾八荒定,怀柔万国夷,梯山咸入款"(《幸武功庆善宫》),"昔乘匹马去,今驱万乘来"(《题河中府逍遥楼》)。以上所举,或怀旧,或抒怀,不是典型的边塞诗,但从中流露出的尚武精神,却不逊边塞诗,我们称之为准边塞诗。太宗的诗歌显示了创业帝王的胸襟、气派、得意之态。骄矜之色溢于笔端,酷肖帝王声口。

伴随着这种高贵性,太宗的一些边塞诗或准边塞诗,铺张扬厉,恣意渲染,出现一种赋化倾向。如《执契静三边》一诗:

执契静三边,持衡临万姓。玉彩辉关烛,金华流日镜。

无为宇宙清,有美璇玑正。皎佩星连景,飘衣云结庆。……

诗中对自己的文治武功,煌煌帝业极口称颂,"执契"而"静三边","持衡"而"临万姓",赫赫王权,"区宇""共欢",满纸踌躇满志、洋洋得意之情。而摛锦铺彩、雕章褥句,堂皇特大、典雅庄重,酷似汉赋的风格,和齐梁以来的宫体诗有着千丝万缕的血缘关系。就因此他也遭到人们的批评,欧阳修怪他"致治几乎三王之盛,而文章不能革五代之余习"(欧阳修:《居士集》卷四一《苏氏文集序》)。而这种不能"骤革"的"积习之势"正是当时人们的审美心理之所在。雍容典雅、铺张扬厉,才足以显示出高贵性。

太宗诗歌中所流露出的这种高贵性,并非是偶然的,是现实生活和时代的产物。太宗是一个英主,二十一岁时随父转战大河南北,在群雄逐鹿中屡建奇勋。二十九岁,依靠长孙无忌、尉迟敬德、房玄龄、杜如晦等文武大臣,发动玄武门兵变,杀死皇太子建成、齐王元吉两兄弟,南面称孤。执位后,躬亲政事,励精图治,终于出现了史书所美称的"贞观之治"。这种贞观盛世,煌煌帝业,自然使人滋长一种自豪感、自尊感。因此,唐太宗的诗虽然保存了六朝宫体的余绪,但毕竟不同于宫体的纤巧浮靡。他往往在追叙战功当中反映出李唐帝国创建之初那种宏伟恢廓、乐观奋扬的气派,给我们以生机蓬勃、蹈厉奋发的感受。

在唐初,聚集在太宗周围的文武大臣都写过一些边塞诗或准边塞诗。如三朝老臣的袁朗、窦威、魏征、许敬宗、虞世南等,他们虽然不像太宗那样的故矜身份,但在他们的诗中仍流露出一种酬主恩、颂王命的高贵性,如"一戎乾宇泰,千祀德流清。垂衣凝庶绩,端拱铸群生。……普天沾凯泽,相携颂欣平"(许敬宗:《奉和行经破薛举战地应制》)。"汤征随北怨,舜咏起南风。……朝服践狼居,凯歌旋马邑……太平今若斯,汗马竟无驰。唯当事笔砚,归去草封禅"(袁朗:《赋饮马长城窟》)。寰区德化,天下垂拱,普天沾泽,战马无驰,人们陶醉于大唐帝国的文治武功中。在这种帝业方旦的氛围中,人们思报明主,把横槊疆场、马革裹尸作为人生的一种无上的高贵:"匈奴屡不平,汉将欲纵横。……潜军度马邑,扬旆掩龙城。会勒燕然石,方传车骑名。"(窦威:《出塞曲》)"上将三略远,元戎九命遵。缅怀古人节,思酬明主恩"(虞世南:《出塞》)。"杖策谒天子,驱马出关门。请缨系南粤,凭轼下东藩。……岂不惮艰险,深怀国士恩。……人生感意气,功名谁复论。"(魏征:《出关》)。为了天子的知遇之恩,不惮艰险,不惜牺牲,"轻生殉知己,非是为身谋"(虞世南:《结客少年场行》)。由此可见,崇尚高贵是当时人们的一种普遍的审美心理。人们沉浸在对帝国和皇权的无比崇拜的情感里。高贵性最初只体现在对伟大人物和伟大业绩的景仰,因此,在早期的边塞诗中,人们津津乐道的是武功的炫耀,皇权的尊崇,更多的是歌功颂德。很少对战争之残酷进行现实的描写,在虞世南等人的诗中开始有点描写,但毕竟是微不足道的,不可能有岑参那样飞沙走石、大风奇寒的描述。因为他毕竟没有像高适、岑参那样亲临战场,无岑、高的切身感受。到了武则天时代,情况开始不同,边塞诗多僻远苦寒的描写,如杨炯《战城南》:"塞北途辽远,城南战苦辛。幡旗如鸟翼,甲胄似鱼鳞。冻水寒伤马,悲风愁煞人。寸心明白日,千里暗黄尘。"崔湜《边愁》:"九月蓬根断,三边草叶腓。风尘马变色,霜雪剑生衣。"这时诗人的身份、地位、遭遇不同了,已没有那先时的骄矜之态,诗风由雍容华贵变得古朴苍劲,向盛唐的崇高美学情绪演变、进展。

唐初的这种高贵性对唐代诗人们的审美心理的形成影响是很大的,表现在两个方面:首先,人们把勤劳王事、为君死节仍看做是一种殊荣,一种高贵品质。对"天子非常赐颜色",必须赴汤蹈火,誓死相报。"绛节朱旗分白羽,丹心白刃酬明主,但令一技君王识,谁惮三边征战苦"(骆宾王:《从军中行路难二首》)。“相看白刃血纷纷,死节从来岂顾勋”(高适:《燕歌行》)。“生死酬恩宠,功名岂敢论”(耿湋:《送杨将军》)。既然君臣遇合,男儿自当“重横行”,马革裹尸而还。其次,这种高贵性又与中国知识分子传统的“修身、齐家、治国、平天下”的参与意识以及民族主义结合起来,滋生了一种建功立业的功名感,它混合着大汉族主义的自豪感、慷慨悲壮的崇高感。“丈夫皆有志,会见立功勋”(杨炯:《出塞》),“宁为百夫长,胜作一书生”(杨炯:《从军行》)。“汉将承恩破西戎,捷书先奏未央宫。天子预开麟阁待,只今谁数贰师功”(岑参:《献封大夫破播仙凯歌六章》)。人们陶醉在“画图麒麟阁,入朝明光宫”的理想境地里。因此,尽管战争残酷,破坏力很大,终有唐一代,肯定战争甚至包括侵略战争成为当时主题之一,即使像岑参那样的伟大的边塞诗人,有不少诗歌,也对侵略战争进行了歌颂。这除了表明一种大汉族主义外,恐怕与唐初以来所形成的审美的高贵性与崇高感的影响不无关系。在人们看来,王命君权高于一切,只要是君主的利益,哪管正义与否,抛头颅洒热血在所不惜。“万里奉王事,一身无所求。也知塞垣苦,岂为妻子谋。”(岑参:《初过陇山途中呈宇文判官》)“男儿感忠义,万里忘越乡”(岑参:《武威送刘单判官赴安西行营便呈高开府》)。为君而死,得其所矣。

高贵性是古代罗马美学的出发点,是罗马前期西塞罗(Cicero)和狄奥尼索斯(Diongsios)的美学思想。它的出现是有其特殊历史背景的。原是弱小部落的罗马,公元前6世纪以后,经过一些改革,公元前290年统一了整个中部意大利。公元前264年—前147年,经过三次布匿战争,又打败了强敌迦太基,征服了马其顿、希腊和小亚细亚,取得了对地中海及其沿岸广大地区的统治权。到屋大维(公元前23年—公元14年),罗马帝国建立。随着帝国之建立,他们明确要求文学艺术要为帝国、为皇帝服务,用崇高的语言和高贵的题材及格调来歌颂罗马的功业,标榜文治武功,在世界面前树立起帝国的崇高而不可凌犯的形象。因之,高贵的艺术随之而生。在雕塑和建筑上,往往显示出一种高贵、庄严的格调,如阿芙洛狄特神像,气韵高贵而庄重。《奥古斯都之像》(奥古斯都即屋大维尊号,意即崇高神圣)身披华丽铠甲,左手执权杖,右手向上前方伸出,似乎向他的臣民诏示着什么。叱咤风云,威严坚毅。罗马建筑的特点是着重内部的布局,高大的拱顶、广阔的空间,给人以深邃、高远之感。其雕塑,人物形象森严、冷峻、很少微笑。似乎他们被造出来仅仅是为了作为某种高贵性存在的明证。① 古罗马美学的高贵性就是在这种社会实践和艺术氛围中产生的。"高贵性"作为一个美学范畴,在唐代并无此概念,但笔者认为,唐初的艺术实践却清楚地显示了这个特点。它不但产生的背景与古罗马相同,它后来的发展成为唐盛边塞诗的崇高美也无不相同。当然唐初的审美高贵性与古罗马亦不尽相同,自有它们各自不同的民族特色。首先,罗马美学是从对自然(现实)进行选择批判开始的,它面对的是自然与人生的一部分,它崇拜的是权力,是神,它昭示给人们的是伟大人物的权力何以高贵。奥古斯都也好,提图斯(罗马皇帝,公元69—81年在位)也好,并非他们的人格高贵,而是他们手中的巨大权力使人敬畏。而唐初的高贵性面对的既是自然,也包括了整个人生。它虽然也崇拜皇权、天命,但更崇拜功名富贵、煌煌功绩、人的品格(而这品格之形成,就是因为人能在历史上为民族为人民作出不朽的功勋)、人的生命。因此,唐代边塞诗不少驰骋沙场、建功立业的豪语。如:"扬麾氛雾静,纪石功名立"(太宗:《饮马长城窟行》)、"方知万里相,侯服见光辉"(虞世南:《从军行》)。也因此,边塞诗多生命的留恋,归期的向往。如:"敛辔遵龙汉,衔凄渡玉关。今日流沙外,垂涕念生还"(来济:《出玉关》)。"旅思徒漂梗,归期未及瓜。宁知心断绝,夜夜泣胡茄"(骆宾王:《晚度天山有怀京邑》)。其次,早期罗马美学的高贵性,着重于题材,形式上不主张修饰和雕琢,要求简朴自然。因此,狄奥尼索斯认为荷马史诗读来淡淡的像是一股泉水,是高贵性与生动性统一的作品。而唐初边塞诗的审美高贵性既强调题材、形式,又强调内容。在形式上雍容华贵,"絺句绘章,揣合低昂"(《新唐书·文艺传序》),讲究藻饰。再次,早期罗马美学与高贵性同时培育出一种鄙野的审美兴味。刀光剑影的闪耀,绝望的呼叫,垂死的挣扎,奄奄一息的呻吟,沽沽流淌的血水……②而中国诗歌"乐而不淫"、"哀而不伤"温柔敦厚的传统诗教,使唐初边塞诗没有那种大流血、大厮杀的场面描写,诗人们津津乐道的是"在昔戎戈动,今来宇宙平"的豪言壮语,陶醉于文治武功之中。前者造成的是一种艺术的惊奇感,后者造成的是一种庄重感、自豪感。可见,同是审美的高贵性,但不同的民族,有不同的特色。

---

① 参见阎国忠:《古希腊罗马美学》,北京大学出版社1983年版。

② 同上。

第二节　盛唐：崇高美的尊崇及与古罗马崇高美之比较

古罗马前期美学的高贵性演变为后期的崇高。崇高是古罗马帝国审美理想的最高体现，也是古罗马美学的终结。在艺术史上，它标志了奥古斯都古典主义的终结和预示了中世纪浪漫主义的肇始。① 它之所以出现，也是有特定的社会原因的。奥古斯都以后，经过半个世纪的恐怖统治（公元 14—68 年），帝国的政治体制逐步完善起来，皇帝威权日益得到巩固，出现了几个被黑格尔称为具有"崇高的性格和高贵的天资"的皇帝，如惠思葩西安、图拉真、哈德良、安东尼等，他们励精图治，修明内政，形成了强盛的"罗马和平"时期。一种民族的优越感使罗马人长久地沉浸在对帝国和皇权的无比崇拜的感情里。皇帝成为神，惠思葩安临死前念念不忘要保持神的威严和镇定，他吃力地站起来，强作姿态地说"皇帝应该站着死的！——随即倒在侍人们的怀里。嘴里念叨着："啊，好像我要成神了……"人们"披戴伟人的精神"（考茨基语），沐浴着崇高的雨露。建筑、雕塑、绘画显现出罗马式的莫测高深的神圣和高贵。比如建筑——神庙、广场、凯旋门、纪念柱等，被当做夸示武功、宣扬皇权的重要手段。每一个皇帝继位之后都要为前一个皇帝修一座神庙，每一次重大的战役之后都要立一座很华丽的凯旋门或纪念柱。在这些艺术里，往往使人感到皇恩浩荡，无边无涯，皇权神圣，至高无上。崇高就产生在这时代和艺术的氛围里。朗吉弩斯在《论崇高》里从来源、性质、效果和心理感应方式上等四方面揭示了崇高的内涵。在西方，人们对崇高的看法与我国不尽相同。古罗马的贺拉斯从修辞风格上论崇高，18 世纪英国之柏克把崇高与优美区别开来，认为崇高是自然事物中的属性，能引起恐惧者是崇高。德国康德认为崇高的本质特征为"绝对大"，他把崇高分为两种：一种是"数学的崇高"，特点在于对象体积的巨大，如高山、沙漠；另一种是"力学的崇高"，表现在威力上，如狂风暴雨。诸如此类论述还很多，尽管人们的理解不同，但对崇高对象给人的审美感受所作的经验性描述都是一致的，普遍认为崇高是自然界和艺术作品中

---

① 参见阎国忠：《古希腊罗马美学》，北京大学出版社 1983 年版

能给人以惊心动魄的审美感受的一种美的形态。我国以“阳刚之美”对它加以规范,王国维称之为“壮美”。关于这种美学范畴,孟子、庄子和《易传》都有所涉及,汉代扬雄所推崇的博大精深的美以及唐代所提倡的气骨刚健之美,都带有崇高色彩。

和古罗马美学的发展一样,唐代边塞诗的审美情绪亦由唐初的高贵性而演变为盛唐的崇高,这在高、岑等人的边塞诗中可以得到印证。他们的诗慷慨激越,具有一种阳刚之美,如严羽在他的《沧浪诗话·诗评》中所云:“高岑之诗悲壮,读之使人感慨。”特别是岑参,长期的边塞生活培养了他的奇情异趣,他的诗展现了一幅幅神奇的图画——茫茫戈壁、巍巍天山、火云热海、烈日狂风……气势恢弘、格调激越、语句铿锵,无论形象上或精神上都具有伟大的特点,给人一种回肠荡气、骨惊神悚的审美感受,正合乎西方美学崇高的要求:不光说服读者,而且要激发读者,产生一种“惊叹”的效果。用朗吉弩斯的话来说就是:崇高的效果“不是说服,而是狂喜。一切使人惊叹的东西无往而不使仅仅讲得有理、说得悦耳的东西黯然失色”(朗吉弩斯:《论崇高》)①。

具体说来,岑参诗所体现出来的崇高感主要表现在下面几个方面。

第一,歌颂了唐王朝的赫赫武功,反映出战争中的英雄主义与献身精神,表现了一种“庄严伟大的思想”(朗吉弩斯语)。因此他的诗悲壮慷慨、奋发激昂、表现出一种崇高美,形成一种雄伟的风格。作为“国家六叶、吾门三相”的世代簪缨宰相门第的子孙,岑参怀着一腔爱国热情而两度横槊塞外,“万里奉王事,一身无所求”,他总是为能奉王事而“上马带胡钩”感到自豪。在作者笔下,大唐军队无比强大、所向披靡:“蕃军遥见汉家营,满谷连山遍哭声。”(《献封大夫破播仙凯歌六章》)“昨夜将军连晓战,蕃军只见马空鞍。”(《献封大夫破播仙凯歌六章》)作者往往充满胜利豪情。他坚信“功名只向马上取”,只要勤于王事,能耐苦战,封侯指日可待:“逐虏西踣海,平胡北到天。封侯应不远,燕颔岂徒然!”(《送张都慰东归》)对那些在战争中能为王事而敢于献身的人极力推崇:“亚相勤王甘辛苦,誓将报主静边尘。古来青史谁不见,今见功名胜古人。”(《轮台歌奉送封大夫出师西征》)虽然不免吹捧之肉麻,但亦表露出作者对那些立功塞外的人物羡慕之情。在一些诗中作者极力渲染了壮观的

① 伍蠡甫:《西方文论选》上卷,上海译文出版社1979年版,第122页。

战争的场面和战斗的艰苦:上将拥旄,吹笛伐鼓,雪海涌起,三军大呼,阴山为动,虏气连云,白骨累累,而将士们精神抖擞,自愿忍受艰苦,为王事而献身。当然,在岑参诗中也有许多表现大汉族主义、歌颂黩武精神的诗作,这与唐初的一些诗作有相似之处,这也正体现了高贵性向崇高美嬗变中的一些痕迹。

第二,岑参边塞诗还体现一种对抗性。即一方面表现大自然对人造成的困难和挫折;另一方面表现了人终于驾驭和战胜这些困难和障碍,即表现了"人的本质力量的对象化"。也正在这一对抗中显示出一种崇高美。岑参诗已不同于唐初如太宗等人的边塞诗,只一味地歌唱武功,而更着眼于对战争残酷性、边塞环境恶劣的描写。在诗人笔下,有直入天际的莽莽黄沙,有隔断日月的阴山雪峰,有炎风烧烤的火山,有冻断宝刀的奇寒……这一切体现了大自然的伟大,然而作者笔下的人(将士)更伟大,人们照常作战:"将军金甲夜不脱,半夜行军戈相拨。"(《走马川行奉送封大夫出师西征》)照常幕中草檄,短兵相接。面对艰苦环境,将士们豪情四溢,军营一片欢快、和谐的生活。军营再紧张,然而有饯别的宴会:"中军置酒饮归客,胡琴琵琶与羌笛。"(《走马川行奉送封大夫出师西征》)还有塞外知己相遇的快乐:"忽来轮台下,相见披心胸,饮酒对春草,弹棋闻夜钟。"(《北庭贻宗学士道别》)更有只身远行的快意:"今且还龟兹,臂上悬角弓,平沙向旅馆,匹马随飞鸿。"(《北庭贻宗学士道别》)乐观奋发,表现出一种在大自然面前不屈服的精神。

第三,岑参的诗善于借助高度的夸张,热烈的想象,表现出一种瑰奇、粗犷、雄浑的境界,形成崇高的美感。岑诗里塞外的自然风光是奇异壮丽的。他所表现的境界大多是大雪、大热、大风、大沙漠、大冰崖、大热海、大火山、雄壮音乐。比如,他写大雪是:"忽如一夜春风来,千树万树梨花开。"(《北雪歌送武判官归京》)写大寒是:"将军角弓不得控,都护铁衣冷难着。"(《北雪歌送武判官归京》)写大风是:"轮台九月风夜吼,一川碎石大如斗。"(《走马川行奉送封大夫出师西征》)他写沙是:"平沙莽莽黄入天"、"平沙万里绝人烟"(《碛中作》)。写热海是:"西头热海火如煮,海上众鸟不敢飞。""蒸沙炼石燃虏云,沸浪炎波煎汉月。"(《热海行送崔侍御还京》)写火山是:"火山突兀赤亭口,火山五月火云厚。火云满天凝未开,飞鸟千里不敢来。"(《火山云歌送别》)写大宴是:"琵琶长笛齐相和,羌儿胡雏齐唱歌。"(《酒泉太守席上醉后作》)写大战是:"四边伐鼓雪海涌,三军大呼阴山动。"(《轮台歌奉送封大夫出师西征》)写雄壮之音乐是:"君不闻胡笳声最悲,紫髯碧眼胡人吹。吹之一曲犹未了,愁杀楼兰征戍儿。"(《送颜真卿使赴河陇》)写雄壮之舞是:"美人舞如莲花旋,世人有眼应未见。……回裾转袖若飞雪,左鋋右鋋生旋风。"(《田使君美人舞如莲花北鋋歌》)……总之,他所表现的境界、人物事实,"都是最伟大的、最雄壮的、最愉快的,好像一百二十面鼓、七十面金征和奏的鼓吹曲一样,十分震动人的耳鼓。"①多给人以快感、惊惧、赞叹、感奋等心里反应,鼓励人去奋斗、去进取。他不像"细碎而悲哀的诗人刘长卿"②,终生不会说儿女泪沾襟的话;也不像风格淡泊的田园诗人王维,他总是热衷于勾勒荒凉空旷,博大阔远的塞外奇景。读他的诗,我们总是感觉出生命的律动,感觉出一种崇高的美感。他的诗既体现出康德所谓数学的崇高,其笔下总是高山、沙漠、大风大雪,等等;也体现了康德的力量的崇高,表现出一种巨大无比的威力,不可抗拒的威力,旋律是那样的高昂激越,风格是如此粗犷雄浑,宛如一只鼓舞千军万马向前拼杀的进行曲。

第四,岑参诗还表现出一种强烈的激情。朗吉弩斯在《论崇高》中曾谈到崇高的五个来源,其中来源之一就是"强烈而激动的情感"。强烈而激动的情感对于崇高风格的作品来说是必不可少的。只有把人引向伟大壮丽的事物的热情,只有严肃、庄重、恢弘壮烈的热情才具有崇高的性质。岑诗的魅力所在就在于有这样一种热情,有一种勤劳王事的忠心和激情。首先,这种激情主要在献给上级的颂诗或赠给友人的别诗中表现出来。如《奉陪封大夫九日登高》、《奉陪封大夫宴得征字,时封公兼鸿胪卿》、《轮台歌奉送封大夫出师西征》、《走马川行奉送封大夫出师西征》、《献封大夫破播仙凯歌》六首、《送李付使赴碛西官军》、《白雪歌送武判官归京》,等等。在这些诗中,作者往往通过颂扬上级或友人的煌煌战绩,描写军营紧张艰苦的生活,表现了自己勤劳王事和立功塞外的激情。这些诗往往显得恢宏激烈、慷慨高昂。其次,直抒胸臆,抒发自己立功塞外、卧尸沙场的激情。"丈夫三十未富贵,安能终日守笔砚。"(《银山碛西馆》)"忆昨看君朝未央,鸣珂拥盖满路香。始知边将真富贵,可怜人马相辉光。男儿称意得如此,骏马长鸣北风起。"(《卫节度赤骠马

① 徐嘉瑞:《岑参》,见郑振铎主编:《中国文学研究》上册,作家出版社 1957 年版。

② 同上。

歌》)对自己的“犹自未封侯”他深感惭愧:“来亦一布衣,去亦一布衣。羞见关城吏,还从旧道归。”(《戏题关门》)羞见官吏,归从旧道,尴尬不已,多么强烈的功名欲。正是他这种功名欲涌起他“男儿感忠义,万里忘越乡”(《武威送刘单》)的激情。此外,作者还在边塞风光或生活的描写中,浸透着一种饱满的激情,如“白草磨天涯,胡沙莽茫茫”(《武威送刘单》),“看君走马去,直上天山云”(《醉里送裴子赴镇西》),“还家剑锋尽,出塞马蹄穿”(《送张都尉东归》),“北风卷地百草折,胡天八月即飞雪”(《白雪歌送武判官归京》),都在写景中寄寓自己的豪情壮志,倾注诗人热爱边疆的深厚感情。他笔下的火山、热海、雪山、沙漠、白草等景物是“古今传记所不载”(许顗:《彦周诗话》),过去诗歌所从未表现过的。

这种崇高的美学趣味,是当时时代的审美心理趋向。岑诗在当时影响很大,据杜确《〈岑嘉州诗集〉序》中说:“每一篇绝笔,则人人传写,虽闾里士庶,戎夷蛮貊,莫不讽诵吟习焉。”岑诗之所以获得如此众多的读者,笔者认为是因为岑诗所流露出的崇高美感正合符盛唐的审美心理。这种审美趣味亦可以从王昌龄、李白、杜甫、高适、李颀等诗人的边塞诗作中得到印证。杜确所谈到的盛唐开元“作者凡十数等,颇能以雅参丽,以古杂今,彬彬然,烁烁然,近建安之遗范”(杜确:《岑嘉州集序》)就是指的这种情况。

和古罗马后期崇高美出现的社会背景一样,盛唐由唐初审美理想的高贵性而嬗变为崇高,亦有它的特殊历史原因。盛唐是一个国力强盛、富有开拓性的外向性的时代,早年的玄宗是唐王朝继太宗之后的又一个英主,他励精图治,造就了一个“稻米流脂粟米白、公私仓廪俱丰实”(杜甫:《忆昔》)的开元盛世。如《通鉴》所言:“唐王(指玄宗)英武,民和年丰,未有间隙,不可动也。”四方臣服,天下归心,于是滋生一种汉民族优越感,掺杂着大汉族主义的民族自豪感:“开元中,天子有吞四夷之志。”(《通鉴》卷216)“四夷有弗率者,皆利兵以移之。”(《新唐书·吐蕃传》)于是好大喜功,轻启战衅。陶醉于自己的文治武功中。这在玄宗的一些咏怀诗、边塞诗中也有反映:“先圣按剑起,叱咤风云生。饮马河洛竭,作气嵩华惊。……幸过翦鲸地,感慕神且英。”(《行次成皋途经先圣擒建德之所緬思功业感而赋诗》)诗中流露出玄宗对自己先“圣”的文治武功的无比自豪感。在《平胡》诗中,他说:“流膏润沙漠,溅血染锋芒。雾扫清玄塞,云开静朔方。武功今已立,文德愧前王。”他完全陶醉于自己“已立”的武功中。“上有好者，下必甚焉。”因此，在盛唐，爱国主义与扩张主义结合在一起，民族自豪感与大汉族主义结合在一起，儒家传统的参与意识与封妻荫子的强烈功名欲结合在一起，于是人们投笔从戎，横槊塞漠。人们在歌颂正义战争的同时，也在讴歌穷兵黩武的扩边战争。人们积极进取，奋发向上。因此，崇高的审美情绪产生在勃勃向上的时代氛围中，这就不难理解了。

盛唐边塞诗歌的崇高审美趣味与西方崇高美在造成惊奇的审美感受这一点上是一致的，然而各自又都带着不同民族的特色和文化背景。第一，西方的崇高感常常渲染大自然的威力和异己的力量，人通过在这种威力无比的大自然面前和神秘莫测的异己力量面前感到自身的无能而获得崇高感；因此，普罗米修斯逃脱不了被钉在高加索悬崖上被鹰啄的命运，俄狄浦斯终于被命运捉弄得铸成大错——弑父娶母。与此不同，盛唐人的崇高感总是在人与大自然或异己力量的抗衡中获得。人总是凯旋者。因此，盛唐边塞诗中总是充满一种压倒一切、征服一切的乐观主义和英雄主义。诗人的崇高形象，民族的伟大性格总是浸透在那云沙飞扬、青海雪山、黄沙金甲、红旗半卷等悲壮场面的描述以及北风卷地、白草摧折、宝刀冻断的威力无比的自然形象中。人作为主体总是处在对自然威力的支配驾驭地位上。第二，西方人的崇高“总是体现于一种措辞的高妙之中”。因此他们更强调“运用藻饰的技术”、讲究“高雅的措辞”、“整个结构的堂皇卓越”①。也就是说更注重于语句、修辞等形式，即使反映生活亦比较曲折。而在盛唐边塞诗中，诗人反映现实、揭露矛盾是直截了当的、大胆无遗的。或揭露、或批判、或歌颂、或在描述奇丽边塞风光中寄寓诗人建功立业的豪情。因此，唐人的崇高是包括形式和内容的，而更强调内容。第三，西人（如柏克、康德）认为自然事物中能引起恐惧的才是崇高的，因此，崇高不存在于自然事物中，而是“存在于人们的心里”（康德语）。而唐人的诗作中更强调自然事物本身的崇高，强调它的客观性，它不是抽象的概念，它表现在自然界、社会生活中。因此，边塞诗中总是描绘奇寒、奇景，描写自然界的崇高伟大，人在与自然环境的对抗中，获得崇高。

---

① ［希腊］朗吉弩斯：《论崇高》，见伍蠡甫：《西方文论选》上卷，上海译文出版社 1979 年版。

第三节　中晚唐:审美感伤情绪的形成及表现

持续八年之久的安史之乱,使唐帝国元气大伤,盛唐的那种开阔外向的勃勃生机不复存在,代之而起的是藩镇割据,外患频仍,宦官专权,政治衰败,剥削加重,农村凋敝,各种矛盾激化。宪宗时,虽曾一度有过所谓"中兴"局面,但毕竟是昙花一现,无法挽救时局的衰颓。在外,北方的回纥、西部的吐蕃时常骚扰;在内,军阀混战,阉宦横行,任行废立,党争不已。太和九年(834)就发生"甘露之变",源于元和三年的一场考试风波竟演为持续三十年之久的牛、李党争。僖宗乾符元年,在山东终于爆发了王仙芝、黄巢大起义,唐帝国终于在这场农民起义中风雨飘摇。在这个内忧外患深重的时代,许多知识分子襟怀难展,偃蹇困顿。他们的进身之阶被闭塞,他们深感生不逢时:"时艰方用武,儒者任浮沉。"(刘长卿:《寄万州崔使君》)因此在他们的作品里处处记载着理想破灭的失望,弥漫着对国家命运和个人前途的惶惑、迷惘。盛唐边塞诗那种乐观开朗的情调逐渐让位给冷寂与感伤的境界。景象萧飒,气骨已衰。尽管在他们的诗中也保留了一点盛唐的余韵,高唱过"愿得此身长报国,何须生入玉门关"(戴叔伦:《塞上曲二首》)的豪言壮语,但更多的是对生还的留恋,对前途的忧患,对战事的感伤。"故国关山无限路,风沙满眼断征魂。"(李益:《登夏州城楼观征人赋得六州胡儿歌》)"将军领疲兵,却入古塞门"(戎昱:《塞下曲》六首之一)"转战疲兵少,孤城外救迟。"(于鹄:《出塞》三首之一)"千堆战骨那知主,万里枯沙不辨春。"(陈标:《饮马长城窟》)"征魂"、"疲兵"、"孤城"、"战骨"等一系列意象,给中晚唐边塞诗抹上一层凄凉悲怆的色泽,呈现出了一种感伤美,取代了盛唐边塞诗作的崇高美。

中晚唐边塞诗感伤美多表现在下面几个方面。

第一,盛唐边塞诗,立功塞外,陈尸疆场成为主基调;而中晚唐则多写思乡怨战之情。如戴叔伦《边城曲》:"人生莫作远行客,远行莫戍黄沙碛。黄沙碛下八月时,霜风裂肤百草衰。……胡笳听彻双泪流,羁魂惨惨生边愁。"皇甫松《怨回纥歌》:"雕巢城上宿,吹笛泪滂沱。"令狐楚《从军行五首》:"荒鸡隔水啼,汗马逐风嘶。终日随征旆,何时罢鼓鼙。""胡风千里凉,汉月五更明。

纵有还家梦,犹闻出塞声。"李士元《登单于台》:"悔上层楼望,翻成极目愁。……残阳三会角,吹白旅人头。"曹松《塞上行》:"离乡俱少壮,到碛减肌肤。……为君乐战死,谁喜作征夫。"盛唐边塞诗那种"不斩楼兰誓不还"的灼灼豪言全不见了,代之而起的是损减肌肤的边塞生活的描述,对生命的眷恋,对家人的思念。人们在流着感伤的眼泪。这在李益诗中表现尤著。如他的《夜上受降城闻笛》、《五城道中》、《同崔邠登鹤雀楼》、《夜上西城听梁州曲二首》、《边思》、《春夜闻笛》等,被一种思恋家乡的感伤情绪笼罩着。至于那些思乡怨战的句子随处可见:"鸿雁新从北地来,闻声一半却飞回。金河戍客肠应断,更在秋风百尺台。"(《夜上西城听梁州曲二首》之一)"行人莫上长堤望,风起扬花愁煞人。"(《汴河曲》)"何地可潸然,阳城烽树边。今朝望乡客,不饮北流泉。"(《军次阳城烽舍北流泉》)"思绪蓬初断,归期燕暂留。关山蔼已失,脸泪迸难收。赖君时一笑,方能解四愁。"(《宿冯翊夜雨赠主人》)正是在这种思乡的咏叹中,浸透一种怨战情绪,浸透一种感伤色彩。

第二,和盛唐边塞诗一样,中唐边塞诗亦多边塞风光之描写。然而前者呈现给人们的是一种开阔雄壮的景象,使人乐观、催人奋发;后者呈现在读者面前的是一种衰飒凋残、"满碛寒光生铁衣"的景象,使人生悲,令人惆怅。这同样可以李益边塞诗为代表,如:"此时秋月满关山,何处关山无此曲。"(《夜上西城听梁州曲二首》)"有日云长惨,无风沙自惊。"(《登长城》)"边霜昨夜堕关榆,吹角当城汉月孤。无限塞鸿飞不度,秋风吹入小单于。"(《听晓角》)云惨沙惊,关山秋月,晓角吹寒,塞鸿不度……一幅幅肃杀的边地景象,完全没有了盛唐那种乐观豪放的情调。我们只要把它和盛唐诗人的一些诗比较一下即可看出。如王之涣的《凉州词》是在雄壮豪迈之中绘景言情,因而展现的是"黄河直上"、"孤城万仞"这样一个阔远雄浑的意境,而李益《度破纳沙》则写:"眼见风来沙旋移,经年不省草生时。莫言塞北无春到,总有春来何处知?"是于哀怨中状物见意,声咽悲风。李白的《塞下曲》:"五月天山雪,无花只有寒。笛中闻折柳,春色未曾看。"是在旷达疏放之中描写姗姗来迟的春色。而李益的《邠宁春日》则是在"桃李年年上国新"的春景中寄慨一种感伤:"伤心更见庭前柳,忽有千条欲占春。"同是吟咏一种风物,李益诗明显缺乏盛唐边塞诗的那种雄浑的意境与瑰丽的色彩,他眼中的边塞景象总是弥漫着一种感伤的景象。他虽有不少写景融情的佳作,但盛唐的恢宏气象已荡然无存。

像他的两首名作:《夜上受降城闻笛》和《从军北征》,写景融情,风格写法酷似王昌龄的《边愁》、《闺怨》两诗,一写回乐峰前、受降城外似雪白沙、如霜夜月;一写天山海风生寒、横笛偏吹,展示了边地月色苍茫、风沙满碛的冷落荒凉景象。末尾结以“一夜征人尽望乡”、“一时回首月中看”,抓住征人闻笛而蓦然思乡的一刹那间的凝神状态,传达了征人的思想感情,情景可谓“妙合无垠”,然而终于缺乏王诗那种雄浑之气、悲壮之慨、崇高之美。

第三,中唐晚唐边塞诗人不甘沉沦的内心在苦难的现实重压下呻吟,因此他们抒发一种忧患悲怆的情调。深受传统文化影响的古代知识分子参与意识是很强的,他们往往怀抱利器,欲一展抱负。而唐代科举制度已不能满足他们入仕的需要,他们只得大批地涌入方镇幕府,正如韩愈所言:“布衣之士,身居穷约,不借势于王公大人,则无以成其志”(《与凤翔邢尚书书》)。在那个忧患深重的时代,并非如他们所想象的那样容易建功立业。襟抱难展、淹蹇困顿、身老塞漠几乎是诗人们的共同命运。因此他们一面抒发“伏波惟愿裹尸还,定远何须生入关”(李益:《塞下曲》)的豪情,一面又磋叹“封侯属何人,蹉跎雪盈头”(戴叔伦:《从军行》)的苦闷。他们内心是那么不甘沉沦,可现实又是那么苦难,他们往往建立了奇功,但并未画图麒麟阁。如耿湋所言:“首登平乐宴,新破大宛归。楼上诸姬笑,门前问客稀。……未奉君王诏,高槐昼掩扉。”(《从军行》)他们有的身老边关:“年发已从书剑老,戎衣更逐霍将军。”(李益:《上黄堆峰》)“二十在边城,军中得勇名。……塞闲思远猎,师老厌分营。……李陵甘此没,惆怅汉公卿。”(李端:《塞上》)因此,他们诗中往往抒发一种“误落边尘中”(李益:《自朔方还与郑式瞻崔称郑子周岑赞同会法云寺三门避暑》)、“学剑惭非智”(李益:《来从窦东骑行》)的懊悔,抒发“将军失恩泽,万事从此异。……汉将不封侯,苏卿劳远使”(李益:《来从窦车骑行》)的内心委曲、不平。李益在《上汝州郡楼》中说:“今日山城对垂泪,伤心不独为悲秋。”他为何“垂泪”?而又为何“伤心”?不是很清楚么!诗人的理想与现实是那么矛盾。他们渴望酬恩报明主,但中晚唐文士并不如武士容易立功。姚合《从军行》就描绘了一个文士赴边而不能参战的苦闷内心:“昨夜发兵师,各各赴战场。顾我同老弱,不得随戎行。从军不出门,岂异在病床。”不能参战,又何谈显亲扬名!因此,现实往往使文人退避三舍。因而在他们诗中,失望和希望并存,积极参与陈尸疆场的决心与思恋亲人渴望生还的惆怅交织在一起，这种矛盾的悲剧心态，使他们的诗染上了浓厚的感伤色彩。

第四，中晚唐边塞诗敷陈大量的灰暗肃杀词语，造成一种外显的感伤氛围和意象。打开《全唐诗》，查查中晚唐诗人的边塞之作，那些带有浓重感伤色彩的语言符号使用频率很高，诸如伤心、秋风、愁煞人、泪满痕、断肠、落日、海风寒、寒碛、潸然、关山月、独惆怅、落梅、吹笛、云树茫茫、边声暗、朔风吹梦、凄霜……随处可见，它们共同造成了一种凄凉冷寂的悲剧气氛，形成了中晚唐边塞诗感伤的美学表征。这种感伤美是时代悲剧和诗人们群体性格悲剧在诗歌中的投影。

但中晚唐边塞中透露出的感伤美既不同于《古诗十九首》中的感伤消沉和庄子的悲观厌世，也不同于宋代词中的感伤，它毕竟沾溉盛唐的崇高，是从崇高演变而来。因此，这种感伤的品格是悲剧的，失望之中不乏希望，感伤的背后有着文人们的执著追求，迷惘之中不乏对现实对命运的抗争。在“死在条支阴碛中”（刘言史:《代胡僧留别》）的担忧中又洋溢着一股“直斩楼兰报国恩”（张仲素:《塞下曲》）的豪气。正像悲剧尽管结局是彻底把美的东西毁灭，但在揭示美的毁灭过程中，仍然能激发人向上，与悲剧命运抗争，使人在与世界抗争中自励自勉。因此，从这个意义上说，中晚唐边塞诗中的感伤美是带有西方悲剧美的性质的，是与崇高密切相关的。

从高贵到崇高再到感伤，唐代边塞诗的审美性质的变化反映了唐代文人审美心态的嬗变。唐初戎马倥偬，南征北战，人们重视武功，仰慕帝业之尊贵，身份之高崇。盛唐励精图治，不断开边，文士们渴望立功异域，崇尚豪壮。中晚唐帝祚衰微，文人遭遇困蹇，故浸湎于感伤忧患之中。

高贵、崇高、感伤，三者关系密切，既有联系而又有区别。高贵是崇高之出发点，崇高是高贵之终结，是对高贵性的发展。高贵性着重体现对伟大人物之伟大业绩的景仰，对王命的崇拜，对文治武功的陶醉，它昭示给人们的是“唯我独尊”，尽管也造成一种惊奇感，但是它不过是在一种矜持帝王将相身份，故作雍容庄重中外现出来的一种惊奇。崇高着重是通过超越客体以肯定自己，它“一般是表达无限的企图”（黑格尔:《美学》），肯定人在与自然社会、宇宙作斗争所表现出的强大无比的力量，它也造成一种“惊奇”感，但昭示给人们的是:人们在惊奇之余感到一种自信自豪。崇高强调情感，而情感的力量在于真实和自然，不能过分矫情，因此它已没有那种故作矜持、故作雍容庄重的脸孔,质朴真率,直抒战斗豪情,直写立功荒漠的胸臆。

感伤是从崇高演化而来,它沾溉崇高而又不同于崇高。感伤意味着主体的人作为一个整体开始觉醒、敢于向命运挑战,然而面对的世界和宇宙力量是那么强大,于是他们疑惑、恐惧、忧患、不安。崇高则反映了人们的个体意识在增加,它肯定个体的力量,它沉浸在一种神奇幻想之中,在幻想中,人们征服了宇宙,驾驭了自然,成为世界的主宰。因此,与感伤带有的现实主义色彩不同,崇高充满了乐观奋发的浪漫主义情调。感伤则由命运的疑惧而转向对人自身的怜悯,崇高则由对自身的信念转向对超人的、神的力量的惊奇。① 可见两者所造成的审美心理效果是截然不同的。

---

① 参见阎国忠:《古希腊罗马美学》,北京大学出版社1983年版。

第八章　唐宋文人诗与茶文化

作为饮食文化的一部分，茶文化与酒文化具有同等重要的地位。所谓“爱酒不嫌茶”（白居易：《肖庶子相遇》）、“茶档酒杓不相离”（《唐才子传》）、“看风小榼三升酒，寒食深炉一碗茶”（白居易：《自题新昌居止》）……这成为文人士大夫恋酒嗜茶生活情趣的真实写照。茶酒不分家，喝茶饮酒不仅成为人们的一种生活嗜好，而且已深入人们的精神生活和社会生活的方方面面，成为人们交往、待客、交流感情的重要表达方式。也同文人们对酒的介入，使它雅化为一种既是物质的又是精神范畴的文化一样，茶作为一种文化的载体，同样离不开广大文人的介入。种茶、制茶、饮茶虽然历史悠久，如果没有文人的介入，它恐怕只会停留在物质生产、消费的层面。因为，作为一种普遍的文化现象，它必须既是物质的又是精神的，是物质与精神的结合。大量资料表明，茶作为一种文化现象，经历了从饮茶习俗到文化化即“雅化”的过程。而在这雅化过程中，文人墨客的介入起了催化作用，特别是文人的大量咏茶诗歌成为茶雅化为茶文化的重要中介。茶文化的雅化大致说来经历了三个时期，即唐以前饮茶习俗形成期，唐宋茶文化建构期，元明以降茶文化的传播期。囿于篇幅，本章不拟全面论述，只谈谈文人诗在茶文化形成中的催化作用。

第一节　古代饮茶文化的形成过程

中国是茶的原产地，是茶叶之乡，产茶制茶历史悠久。《神农本草经》说：“神农尝百草，日遇七十二毒，得荼而解之。”“荼”即“茶”字，唐以前无“茶”字。如此说来，黄帝神农时代，人们开始把茶当做解毒之药而饮用。后来《神农食经》对其药性有所阐发：“荼茗久服，令人有力、悦志。”这反映了汉代以前人们对茶叶的认识。饮茶的可靠记载是汉代字书《尔雅》,该书称茶为槚和苦茗。该书很多说法取自周代,可见周开始饮茶,这亦可从后代的《史记·周本纪》中得到旁证。该文记载:武王伐商灭纣时,巴蜀等参与者曾以茶为贡品而与周结盟,可见商周时,巴蜀等地大量出产茶叶。据《晏子春秋·内篇杂下第六》记载,春秋可能还把茶作为菜用:"晏子相齐景公时,食脱粟之饭,炙三弋五卵苔菜而已。""苔菜"即陆羽所云之"茗菜",也即茶。以上资料表明,秦汉以前,人们只是食茶而已,尚未把茶作为饮料,饮茶习俗尚未正式形成。秦汉之际,人们开始以茶为饮料。如西汉宣帝时王褒写的《僮约》是首次提到茶事的一部书,书中就提到王褒规定家僮必须去集市买茶、煮茶和涤茶具等杂役:"武都买茶","涤杯整案,园中拔蒜,斫苏切脯。筑肉臛芋,脍鱼炰鳖,烹茶尽具,已而盖藏。"可见,汉人开始把茶当做日常饮料,茶已在市面上流通。

但是,饮茶习俗的正式形成,却是西晋以后。关于这方面的记载颇多。如晋《中兴书》中就记载说:陆纳为吴兴太守时,谢安将军欲拜访他,陆纳准备以茶果款待,其侄陆俶不满叔叔所为,觉得待客过于寒碜,自作主张,摆上丰盛宴席相待。客人走后,陆纳狠责陆俶四十板,说侄子坏其清淡操行。可见此时,茶不仅成为待客之物,而且开始成为士大夫淡泊明志的载体。《晋书·桓温传》亦记载桓温任扬州太守时,常以茶代酒,宴请客人,以示清廉。那时甚至有嗜茶如癖者,如《搜神后记》中说桓温一裨将每次能饮茶一斛二斗,胃口之大,令人叹绝。《世说新语》说司徒长史王濛嗜茶如命,劝客饮茶,不灌破肚皮不罢休,被人戏称为"水厄"。又南朝齐武帝竟在《遗诏》中交代死后"灵座上慎勿以牲为祭,但设饼果、茶饭、干饭、酒脯而已"(《南齐书·武帝纪》)。以茶为祭,可见其生前嗜茶成瘾。嗜茶饮茶不仅在民间盛行,也在衲子中广为流行。因为佛教徒讲究坐禅"不动不摇、不委不倚",长时间坐禅,易致疲倦和睡眠,因此具有提神益思、生津止渴、祛除疲劳作用的茶就成为他们午后不得不食的补充饮料。如《晋书·艺术传》就记载东晋僧徒单道开在后赵都城邺城昭德寺坐禅修行,昼夜不卧,"日服镇守药数丸……时复饮茶苏一、二升而已。""茶苏"就是一种将茶和姜、桂、桔、枣等香料一同调煮的饮料。这种僧人饮茶之风,至唐更盛,成为佛事之一部分。

总而言之,从商周迄南北朝,饮茶之风逐渐形成,但尚未出现茶艺、茶诗、茶中趣,系统的茶道亦未形成,饮茶尚未雅化为一种文化现象。

第二节　唐宋文人诗对茶文化的雅化

唐宋是茶文化的形成和发展期，其特征有三：第一是嗜茶、尚茶之风天下盛行。这首先表现在寺院嗜茶成风，如《封氏闻见记》记载："(唐)开元中，泰山灵岩寺有降魔禅师大兴禅教，学禅务于不寐，又不夕食，皆许其饮茶，人自怀挟，到处煮茶。从此转相仿效，遂成风俗。"僧人们甚至达到"唯茶是求"的地步。其次，这种嗜茶之风很快影响到文人士大夫及民间，以致于"自邹、齐、沧、隶渐至京邑，城市多开店铺，煎茶卖之，不问道俗，投钱取饮。其茶自江淮而来，舟车相继，所在山积，色额甚多……王公朝士无不饮者……但不如今人溺之甚，穷日尽夜，殆成风俗"。第二，人们对茶的生产、制作、烹煮乃至茶具、用水都有了深刻认识，有了科学讲究，从理论上进行了科学总结。唐代"茶圣"陆羽三卷《茶经》是这方面集大成之作。陆氏之后，作之者继踵，如宋有蔡襄之《茶录》，子安《试茶录》、熊蕃《宣和北苑贡茶录》、黄儒《品茶要录》、无名氏《北苑别录》。甚至连贵为皇帝的宋徽宗赵佶也于大观初年作《茶论》，备有地产、天时、采样、蒸压等二十目，特别对制工技术进行了总结。第三，由于文人的介入，饮茶与人们的精神活动联系起来，被"雅化"为一种独特的文化现象。这种雅化具体地说来，主要是文人的咏茶诗。它为饮茶增添了意趣，对茶文化形成起到了推波助澜的作用。诗与茶结缘，茶助诗情，诗添茶趣，如刘禹锡所言"诗情茶助兴"(《酬乐天闲卧见寄》)。唐代特别是中唐以后，茶诗尤多，一边饮茶一边吟诗成为人们重要精神生活，如当今之音乐茶座，诚如白居易所言："或吟诗一章，或饮茶一瓯"(《咏意》)，"起尝一碗茗，行读一行书"(《官舍》)，"或饮茶一盏，或吟诗一章"(《偶作》)，饮茶作诗形影不离，饮茶之俗遂得附庸文人风雅，吟诗作歌亦点缀饮茶。唐宋以来的茶诗充实和繁荣了茶文化，使之具有独特的民族个性。

古代茶诗内容十分丰富，文人们或咏茶之作用、制茶工艺、饮用习俗，可为《茶经》之辅；或咏茶中趣；或借咏茶之品格以抒己之怀抱……从这些丰富的茶诗中我们可以窥见出古人的习俗、情绪，可以品味五光十色的古代茶文化。概括起来，古代茶诗主要抒写了下面四方面的内容。

一、“慢炒细焙有次第，辛苦功夫殊不少”：写生产过程和制作工艺

茶树喜爱温湿，耐阴，故宜在名山曲隈种植，古人多有题咏。比如唐代湖南一些佛寺创造了竹间种茶方法，柳宗元贬永州时，在当地龙兴寺品尝到这种“竹间茶”，遂作《巽上人以竹间自采新茶见赠酬之以诗》记之。诗云：

芳丛翳湘竹，零露凝清华。
复此雪山客，晨朝掇灵芽。
蒸烟俯石濑，咫尺凌丹崖。
圆方丽奇色，圭璧无纤瑕。
呼儿爨金鼎，馀馥延幽遐。
涤虑发真照，还源荡昏邪。
犹同甘露饭，佛事薰毗耶。
咄此蓬瀛侣，无乃贵流霞。

诗中写到该茶生长在密密麻麻的竹林中，用来饮用其余香不是一飘而尽，而是久留不止，可以提神去秽，甚至还可“涤虑发真照，还源荡昏邪”，使人回复到自然天性，保持清白纯洁的境界。同年，刘禹锡被贬朗州（湖南常德）司马，亦写有《西山兰若试茶歌》。诗云：“山僧后檐茶数丛，春来映竹抽新茸。宛然为客振衣起，自傍芳丛摘鹰嘴。斯须炒成满室香，便酌砌下金沙水。骤雨松声入鼎来，白云满盌花徘徊。悠扬喷鼻宿醒散，清峭彻骨烦襟开。阳崖阴岭各殊气，未若竹下莓苔地……”诗中提到在竹下种茶，可使茶树有适度的庇荫环境，并可“竹露所滴其茗，倍有清气”（道光：《永州府志》卷下）。这种曲隈生长的“竹间茶”经过焙炒，“满室生香”、“悠扬喷鼻”，能散醒消烦，殊胜阳崖阴冷之茶。佛寺种茶历史很长，相传四川蒙山产的蒙山茶是汉代甘露普慧禅师亲手所植，称为仙茶。但如刘、柳诗中所提到在竹间种茶却是唐代寺僧创举，说明在唐代，人们已经有了先进的栽培技术。至宋，寺院专辟有茶园。种茶技术的普及，促进了茶叶生产，以致于茶叶收人成为国家主要财政收入之一。唐德宗建中元年就设茶税法，后虽废，但贞元九年又复税茶。茶商也大量出现，如白居易《琵琶行》写到“商人重利轻别离，前月浮梁买茶去。”说明浮梁（景德

镇)在当时已是茶叶集散地。由于大面积的种植,采茶队伍亦十分庞大,如清郭柏苍《闵产录异》记载:宋元以后"武夷寺僧多晋江人,以茶坪为生,每寺订泉州人为茶师,清明之后谷雨前,江右采茶者万余人。"采茶盛况之空前,令人叹为观止。随着采茶劳作,采茶歌咏亦大量出现,唐代秦韬玉就作有《采茶歌》,其中对采茶、研茶、煮茶有过描写:"天柱香芽露香发,烂研瑟瑟穿荻篾。太守怜才寄野人,山童碾破团团月。倚云便酌泉声煮,兽炭潜然虬珠吐。"清代连贵为九五之尊的乾隆皇帝居然也写过一首《观采茶作歌》,其中写道:

火前嫩,火后老,惟有骑火品最好。西湖龙井旧擅名,适来试一观其道。村男接踵下层椒,倾筐雀舌还鹰爪。地炉文火续续添,乾釜柔风旋旋炒。慢炒细焙有次第,辛苦功夫殊不少!……

诗详尽地描述了采茶的时间、芽叶标准、热闹忙碌的情景及龙井加工制作的工作条件和方法。这种歌颂劳动的采茶歌还大量在民间流行,清代李调元的《粤东笔记》对潮汕地区采茶歌有如下记载:"……采茶歌尤善。粤俗岁之正月,饰儿童为彩女,每以队十二人,持花篮,篮中燃一宝灯,罩一绛纱,以絙为大圆缘之踏歌,歌十二月采茶。有曰:二月采茶茶发芽,姐妹双双去采茶,大姐采多妹采少,不论多少早还家……"充满了生活气息,与文人的"采茶寻远涧,斗鸭向春池"(张籍:《寄友人》)、"酒帜风外做,茶枪露中撷"(陆龟蒙:《奉酬袭美先辈吴中苦雨一百韵》)的闲情雅趣迥然不同。采茶煮茗在文人笔下多清歌雅趣,但亦有少数触及民瘼的,如唐代李郢《茶山贡焙歌》:

使君爱客情无已,客在金台价无比。春风三月贡茶时,尽逐红旌到山里。焙中清晓朱门开,筐箱渐见新芽来。陵烟触露不停探,官家赤印连帖催,朝饥暮匐谁与哀。喧阗竞纳不盈掬,一时一晌还成堆。蒸之馥之香胜梅,研膏架动轰如雷。茶成拜表贡天子,万人争噉春山摧。驿骑鞭声砉流电,半夜驱夫谁复见。十日王程路四千,到时须及清明宴。吾君可谓纳谏君,谏官不谏何由闻。九重城里虽玉食,天涯吏役长纷纷……

诗写茶民"朝饥暮匐",辛勤采摘制作,却被官府征集殆空,驿使催运,半夜驱夫,残民虐物,令人发指,几可与东坡《荔枝叹》并美。诗中亦透露出,向皇帝进贡新茶,在唐代已形成定例。贡茶之风,宋代愈炽,主要品种是福建溪北苑茶,这是茶中之珍品,宋丁谓《北苑茶》诗云:"北苑龙茶著,甘鲜的是珍。四方惟此物,万物更无新。"可见北苑非同一般了。

如上所述，古代文人诗对产茶制茶煮茶过程的描述很少触及民生疾苦，像李郢那样的诗作可谓凤毛麟角了，更多的是表露文人闲情雅致。人们以风雅情怀把茶之栽培、采摘、焙煮等劳作进行了雅化，晚唐皮日休《茶中杂咏》十首和陆龟蒙《奉和袭美茶具十咏》就是这方面具有代表性的作品。两人互相唱和，分咏《茶坞》、《茶人》、《茶筍》、《茶籝》、《茶舍》、《茶灶》、《茶焙》、《茶鼎》、《茶瓯》、《煮茶》。诗人从茶的产地、采摘、焙炒写到烹煮，整个制作工艺过程被雅化。如皮氏写《茶坞》是"闲寻尧氏山，遂入深深坞。种荈已成园，栽葭宁记亩。石洼泉似掬，岩罅云如缕。好是夏初时，白花满烟雨。"寻闲入坞，井茵满园，令人流连忘返。而陆氏笔下的"茶人"也是"天赋识灵草，自然钟野姿。闲来北山下，似与东风期。雨后采芳去，云间幽路危。唯应报春鸟，得共斯人知。"写出采茶人钟野姿、期东风、寻幽路、采芳芽，悠然自得，充满雅趣，与皮氏所写"旧晚相笑归，腰间佩轻萎"同一胸次，艰辛的采茶劳作被悠闲化，被诗化。采得的新茶十分鲜嫩："所孕和气深，时抽玉苕短。轻烟渐结华，嫩蕊初成管。……秀色自难逢，倾筐不曾满。"采得的嫩芽用茶具盛起来："制作自野老，携持伴山娃。昨日斗烟粒，今朝贮绿华。争歌调笑曲，日暮方回家。"然后就地取材，依山架屋，建立茶舍："旋取山上材，架为山下屋。门因水势斜，壁任岩隈曲。朝随鸟俱散，暮与云同宿。"整个采摘过程充满了浓郁的诗情画意。接着作者又写出制作过程，先是用茶灶蒸熟："盈锅玉泉沸，满甑云芽熟。奇香袭春桂，嫩色凌秋菊。炀者若吾徒，年年看不足。"用甑蒸熟然后炀干，最后在火上焙炒："山谣纵高下，火候还文武。见说焙前人，时时炙花脯。"焙炒时要注意"文武"火候，并掺以花脯，这大概是指江南绿茶中的花茶制作工序。现代江南一带仍保留这种制作工序。陆氏《茶鼎》一诗就写道："曾过赪石下，又住清溪口，且共荐皋卢，何劳倾斗酒?"赪石、清溪皆江南产茶之地，皋庐即江南之名茶。从以上诗可见，炒青工艺始于唐代，且很讲究：蒸芽必熟，否则就残存草木气味，而火候过旺，受烟气熏烤，亦走失香味。所以《大观茶论》说："涤芽惟洁，濯器惟净；蒸压惟其宜，研膏惟熟，焙火惟良。"如采造过时，蒸压不当，焙之太过，都不能得好茶。不但蒸压、焙炒讲究，煮茶斟饮也很讲究，所以陆诗说："闲来松间坐，看煮松上雪，时于浪花里，并下蓝英末。倾余精爽健，忽似氛埃灭。不合别观书，但宜窥玉札。"煮茶须注意水温，水过沸则老，下茶过早不行，须恰到好处，水沸见浪花辄可下末。古代煮茶讲究"三沸法"

(见《茶经》),水面泛鱼眼水泡为一沸,边缘泛连珠水泡为二沸,水翻滚见浪花为三沸,三沸水适宜,过此则老。煮水都如此考究,多么细腻的文化现象!陆、皮二人这组诗系统地写到采茶、制茶、煮茶过程,是一组甚有价值的茶诗,从中可以窥见唐代茶文化之一斑,几可与陆羽《茶经》参读。诚如皮氏所言:该组诗可补晋杜育《荈赋》、唐陆羽《茶经》之余恨矣(见皮日休《茶中杂咏·并序》)!

二、"夜茶一两钓,秋吟三数声":品茶吟诗,茶趣盎然

茶因为能提神、消滞、健身,自唐以后成为人们生活必需品;又因它可雅志、可养廉、可益智、可礼仁,备受文人青睐。人们常在亭台、楼榭、名刹、古寺试茗品茶,于是茶诗、茶画、茶会、茶令应运而生。特别是文人的茶诗为茶文化增添了盎然意趣。茶诗写茶趣,表现在如下方面。

第一,大肆渲染茶中趣。如唐代诗僧皎然写了大量茶诗,其《饮茶歌消崔石使君》说到饮茶之趣时说:"一饮涤昏寐,情思爽朗满天地;再饮清我神,忽如飞雨洒轻尘;三饮便得道,何须苦心破烦恼?此物清高世莫知,世人饮酒徒自欺。"诗人自豪地写出饮茶之趣,讽刺世人以饮酒自欺,认为饮茶之乐超过饮酒之乐。另一诗人卢仝写的《走笔谢孟谏议寄新茶》(即《饮茶歌》)也同样写出他对饮用七碗茶的不同感受:"一碗喉吻润;两碗破孤闷;三碗搜枯肠,唯有文字五千卷;四碗发轻汗,平生不平事,尽向毛孔散;五碗肌骨轻;六碗通仙灵;七碗吃不得,唯觉两腋习习清风生。"诗人欣喜之情尽现于笔端,饮茶之情得到了尽情渲染。

第二,以茶醒酒,以茶助诗。因为茶可以"滋饭蔬之精素,攻肉食之膻腻发当暑之清吟,涤通宵之昏寐"(顾况:《茶赋》),因此,古人常以茶入馔,以茶代酒,以茶消醒,以茶助兴。文人诗中有不少这样的吟咏。如白居易《萧员外寄新茶》诗就写到以茶解酒的情况:"蜀茶寄到但惊新,渭水煎来始觉珍。满瓯似乳堪持玩,况是春深酒渴人!"诗人还写到以茶助诗:"闲停茶碗从容语,醉把花枝取次吟"(《病假中庞少尹携鱼酒相过》),"夜茶一两杓,秋吟三数声"(《立秋夕有怀梦得》)。其他诗人亦有类似吟咏,如曹邺《故人寄茶》云:"六腑睡神去,数朝诗思清。月余不敢费,留伴肘书行。"大诗人李白亦谈到品

茶吟诗之乐趣:“朝坐有余兴,长吟播诸天”(《答族侄僧中孚赠玉泉仙人掌茶》)。茶“既慕诗客”,且“爱僧家”,人们通宵达旦,乐不疲饮:“夜后邀陪明月,晨前命对朝霞”(元稹:《茶诗》),饮茶也被诗人雅化。

人们咏茶爱茶,还给茶以雅名,诸如龙团胜雪、承平雅玩、瑞云翔龙、太平喜瑞、片甲、毛尖、暗香、三友……或示祝贺,或寄祥瑞,或状其形,或取其义,云锦满眼,画意盎然,使茶进一步雅化。甚至人们不惜编造故事来雅化茶,如绿茶碧螺春,人们就附会出太湖洞庭山美丽姑娘碧螺和小伙子阿祥的优美动人的爱情故事;潮州凤凰山鹤嘴茶,人们亦附会出凤凰鸟衔茶枝为南宋小皇帝赵昰解渴的美谈。甚至连斟茶也附会风雅,如现代潮汕功夫茶,斟茶时人们美称“韩信点兵”、“关公巡城”。潮汕诗人张华云满怀热情地描写道:“四指动飞轮,涤器净且热。桑条围细末,首冲去浮沫。关羽巡城流,韩信点兵滴。罐干茶云热,饮尽不见屑。一冲去为皮,流香四座溢。二三冲为肉,茶香留齿颊;四冲云已极,清风生两腋。”不仅写出沾器、纳茶、候汤、冲茶、刮沫、淋罐、烫杯、洒茶等品茶环节和乐趣,而且写出斟茶之雅名,使本很简单的斟饮具有了深层的文化意蕴。可见,文人在茶文化中的雅化作用,确不可低估。

第三,诗写斗茶之趣。茶文化发展到宋代,内容日趋丰富,文人以品茶为乐,比赛茶品高下,以为乐事,时称斗茶,又叫“茗战”。有记载如:“苏才翁(轼)与蔡君漠斗茶。蔡茶精,用惠山泉;苏茶劣,改用竹沥水煎,遂取胜。”(北宋江休复:《江邻儿杂志》)据说蔡君漠是当时品茶高手,怀有品茶绝技,能在各种混合茶中品出各种茶味,东坡胜之纯属侥幸。斗茶之趣亦见于宋代唐庚之《斗茶记》,该记写几位好友各从家中带来好茶,一品高低,“汲泉煮茗,取一时之适。”可见斗茶最初为文人寻闲开心之趣事,但逐渐由文人场扩展到茶场,使这种“取一时之适”的斗茶演为社会风习,以致很多地方每年举行品茶大赛,如范仲淹的《和章岷从事斗茶歌》一诗就记载了盛产贡茶的福建溪北苑斗茶盛事。诗云:

研膏焙乳有雅制,方中圭兮圆中蟾。
北苑将期献天子,林下雄豪先斗美。
鼎磨云外首山铜,瓶掬江上中斗水。
黄金碾畔绿尘飞,碧玉瓯中翠涛起;
斗茶味兮轻醍醐,斗茶香兮薄兰芷。

其间品第胡能欺，十目视而十手指。

从诗中可见，这是先由“林下雄豪”品斗出品第后再进贡给皇上的贡茶。文人品斗时既斗形又斗水，既品色又品味。那味“轻醍酬”、香“薄兰芷”、绿涛翻滚的茶能使“长安酒价减千万，成都药市无光辉；不如仙山一啜好，冷然便欲乘风飞。”一啜名茶，便欲乘风而起，多么高雅的品茗！何等缥渺的意境！这种斗茶品茗趣事还成为许多画家的画本，如元赵孟頫就有雅趣横生充满生活气息的《斗茶图》，明唐寅有《事茗图》，文征明有《惠山茶会图》。甚至在文人中还出现所谓“茶百戏”。据《清异录》说有叫福全的沙门，“能注汤幻茶成一句诗，并点四匝，共一绝句，泛乎汤表。”文人的染指使茶从饱口体之欲的品物上升为充满高雅情趣、文化氛围的精神范畴，使品茶成为一种意蕴丰富的文化现象。

三、“贮之玉合才半饼，寄与阿谁题数行”：以诗赠友，以茶系情

读古人茶诗，我们还发现人们常常以寄茶赠诗联络感情。如李白有《答族侄僧中孚赠玉泉仙人掌茶》，白居易有《萧员外寄新茶》，卢仝有《走笔谢孟谏议寄新茶》，皎然有《饮茶歌送郑容》，张藉有《寄友人》，薛能有《郑使君寄乌咀茶赠答》，曹邺有《故人寄茶》……茶和诗成为文人士大夫传递友情的载体，成为具有丰富内涵的民俗文化现象。如诗僧皎然多次提到与友人互赠剡山名茶，并以之代酒：“赵人遗我剡溪茗，采得金牙爨金鼎。”（《饮茶歌消崔石使君》）“聊持剡山茗，以代宜城醑。”（《送李承使宣州》）可见友谊之深。卢纶在《新茶咏寄上西川相公二十三舅大夫二十舅》中也说：“三献蓬莱始一尝，日调金鼎阅芳香。贮之玉合才半饼，寄与阿谁题数行”。贮之玉合寄与亲人，题诗数行以表寸心。杜荀鹤也有诗说：“牢系鹿儿防猎客，满添茶鼎候吟僧。”（《春日山中对雪有作》）以茶待僧客，互为酬唱，以传友情。文人们还常常三五聚会，品茗联句，交流友情。《全唐诗》就载有颜真卿、陆士修、张荐、李崿、崔万画等人的《五言月夜啜茶联句》诗一首：“泛花邀坐客，代饮引情言。醒酒宜华席，留僧想独园。不须攀月桂，何暇树庭萱。御史秋风劲，尚书北斗尊。流华净肌骨，疏瀹涤心原。不似春醪醉，何辞绿菽繁。素瓷传静夜，芳气满闲

轩。”三五志同道合君子，以茶代酒，瀹茗限饮，月华朗照，芳气满轩，你吟我和，素瓷传夜，想当时光景何其闲雅，虽无春醪，亦足令人心醉了。品茶不但传递友情，也可表示爱情。清代诗人郑板桥就写过一首《竹枝词》，表现一个农家少女邀请心爱的情人赴约饮茶的愉快心情：“溢江江口是奴家，郎若闲时来吃茶。黄土盖墙茅草屋，门前一树紫荆花。”她唯恐情人走错路，特意指出自己住宅的标志是：黄土盖的墙茅草盖的屋，门前有一树显眼的紫荆花。农家少女待客的纯朴和对“郎”的钟情和盘托出。邀郎喝茶，当然是与郎定情。因为茶不仅成为传情信物，婚嫁赠茶还成为古代一种礼仪，如唐太宗时，文成公主出嫁西藏，就带去很多名茶。后来茶从陪嫁衍为一种聘礼：“伐柯人通好，议定礼，往女家报定，若丰富之家，以珠翠、首饰、金器、销金裙褶及缎匹茶饼，加以双羊牵送。……女氏即于当日备回定礼物，……更以原送茶饼果物……回送，……士宦亦送……花茶果物，……或下等人家所送……加以鹅酒茶饼”（吴自牧：《梦粱录》）。古人之所以“以茶为礼”，还是因为“茶不移木，植必子生，古人结婚，必以茶为礼，取其不移植之意也”（明许次纾：《茶疏》）。意即茶树不能移植，移植则不开花结籽，人们遂取其“坚贞”之意，以茶为礼，以表示对美满婚姻的祝愿。可见，文人的介入，不但使茶可传友情，可传爱情；而且与人生礼仪之一的婚礼结缘，以至于江南有订婚下茶、结婚定茶、同房合茶的所谓“三茶礼”，使茶又增添了风俗文化的内涵。

四、“洁性不可污，为饮涤尘烦”：借物寓情，咏茶明志

在文人眼中，茶不但“味浓香永”（黄庭坚：《品令·咏茶》），可以润喉吻、破孤闷、轻肌骨、通仙灵；而且它生长于幽林远涧，远离尘嚣，性寒尚洁，品性不移，合乎文人励志尚洁的情操和雅趣。因此人们称之为“百草魁”，说它“嫩芽香且灵，吾谓草中英”（郑愚：《茶诗》），“穷通行止常相伴”（白居易：《琴茶》）。

正因如此，“天下之士，励志清白，竞为闲暇修索之玩，莫不碎玉锵金，啜英咀华，较筐荚之精，争鉴戒之别”（宋徽宗：《大观茶论》）。品茶赋诗言志，竟为时尚。如韦应物《喜园中茶生》一诗就写道：“洁性不可污，为饮涤尘烦；此物信灵味，本自出川原。聊因理郡赊，率尔植荒园；喜随众草长，得与幽人言。”诗歌通过赞美茶的“洁性不可污”，借以表示作者自身的品性好洁。欧阳

修的《古井茶》也借咏茶以明自己的节操，诗中说："西江水清江石老，石上生茶如凤爪；穷腊不寒春气早，双井芽生先百草。……争新弃旧世人情；岂知君子有常德，至宝不随时变易。君不见建溪龙凤团，不改旧时香味色。"作者通过茶的"不随时变易"、"不改旧时香味色"的"常德"，批驳"争新弃旧"之世风，表明自己"常德"不移。晚唐吕岩在《大云寺茶诗》中也写道："断送睡魔离几席，增添清气入肌肤。幽丛自落溪岩外，不肯移根入上都。"茶不但可添人清气即清神益智，而且它甘居幽从，不肯移根，守志不屈，因此得到了雅志养廉洁身自好的文人的认同。正如此，茶事与文人的精神活动沟通起来，使品茶得到了最根本的雅化。这种雅化肇始于中唐，德宗至宪宗时，宦官刘贞亮把饮茶功用总结为"十德"，其中就讲到饮茶修身养性的精神作用，即茶可利礼仁，茶可表敬意，茶可行道，茶可雅志。从此，儒家的仁、义、礼、智、信之纲常与饮茶结缘，从而形成了中国的特有的茶道精神。这种茶道后来被日本茶文化所继承，形成日本茶文化中的和、敬、清、寂规则，从此中国茶文化走向了世界。

总之，无论种茶、制茶、品茶在中国都具有一种浓厚的文化色彩，在古代文人诗中都有反映，古人咏茶诗是古代茶文化的一面镜子，它是《茶经》之补充。文人的参与介入促进了中国茶文化的建立，丰富了中国茶文化的内涵，他们功不可没。

第九章　从咏梅诗词看古代梅文化与文人人格之形成

梅花是我国的传统名花之一。《诗经》就有“山有佳卉，侯栗梅”之句；《山海经》中也有“灵山有木多梅”的记载，迄今已有几千年的历史。她以其艳丽的色彩、浓郁的芳香、婀娜多奇的风姿而深受文人士大夫青睐。人们赋予她美好的名称，或称之“雪中高士”，或与兰、菊、竹并誉为“四君子”，或与松、竹并称为“岁寒三友”。种梅、育梅、赏梅、画梅、爱梅成为文人雅士的一种癖好。正如范成大在《梅谱前序》中所言：“梅为天下尤物，无问智、愚、贤、不肖，莫敢有异议。学圃之士，必先种梅，且不厌多，他花有无多少，皆不系轻重。”人们屋前屋后栽梅，里里外外盆景插梅，屏风上画梅。唐代杭州的孤山梅林就久负盛名，罗隐《梅花》诗所谓“吴王醉处十余里，照野拂衣今正繁”就对此进行过描述。至宋代栽培梅花更达鼎盛时期，这从宋人的咏梅诗中就可看出。人们或以梅名地名亭，如广东有梅州、梅江、梅县；元人吕诚隐居昆山车仓，蓄鹤种梅，其亭榭命名曰“来鹤亭”，其书斋题曰“梅雪斋”。或以梅自号，宋阮阅《诗话总龟》就记载林逋隐居孤山，终身不娶，自号“梅妻鹤子”。此外，南宋著名文人王十朋自号“梅溪”，宋末张磐号“梅崖”，明末清初诗人吴伟业号“梅村”；旧时还喜以梅香名婢女，以致梅香成为婢女之专称。涉及梅的古代名曲有《梅花三弄》、《梅花落》，名画有王冕《墨梅图》，名谱有范成大《梅谱》。至于梅之别称诸如“疏影”、“暗香”、“横斜”之类更是盈篇满牍。《齐东野语·张约斋玉照堂自序》辑有梅花异称、昵称二十六条。① 人们喜爱梅花，更留下了许多的佳话。据唐韩鄂《岁华纪丽·人日梅花妆》记载：南朝宋武帝女寿阳公主曾经睡在含章殿檐下，梅花坠其额上，遂成五出之花，拂之不去，宫中争相

---

① 参见（清）张思岩：《词林纪事》，宗棣辑，成都古籍书店 1982 年版。

摹仿，号为梅花妆，人人争效，流行一时。唐玄宗妃江采蘋爱梅成癖，被戏封为梅妃。曾端伯以梅花为清友，林逋以梅为妻、鹤为子，被历代文人传为美谈。《龙城录》竟有一则优美的神话故事："隋开皇中，赵师雄迁罗浮。日暮于松林酒肆旁，见一美人，淡妆素服出迎。与语，芳香袭人，因与扣酒家共饮。师雄醉寝，比醒，起视乃在梅花树下，上有翠羽啾嘈相顾，月落参横，但惆怅而已，后因以罗浮比喻梅花。"梅花竟是淡妆素服的亭亭美女，多么令人神往的意境！另外，刘义庆《世说新语・假橘》里竟有"望梅止渴"的记载。人们爱梅、赏梅，甚至遐想变成梅花："何方可化身千亿，一树梅花一放翁"（陆游:《梅花绝句》）。元人景元启亦感叹"梅花是我，我是梅花"（《双调・殿前欢・梅花景》），真正达到了梅与人、物与我合二而一的境界。

此外，从《尚书・说命》"若作和羹，尔惟盐梅"的记载中可见，人们很早就有用梅作调味品的习惯，这从后来很多文人诗中亦可看出："君问调金鼎，方知正味难"（刘禹锡:《咏庭梅寄人》），"未逢调鼎用，徒有济世心"（孟浩然:《都下送辛大之鄂》）。又因青梅性酸，还可煮酒，故人们有青梅煮酒待嘉宾的风俗。宋人晏殊《诉衷情》词有句云"青梅煮酒斗时新"，陆游亦云"青梅荐煮酒"，大诗人苏东坡在《赠岭上梅》诗中说："梅花开尽百花开，过尽行人君不来。不趁青梅尝煮酒，要看细雨熟黄梅。"以上都透露出古人青梅煮酒、细雨观梅的传统。

由此可见，爱梅、赏梅，成为封建文人、士大夫的一种独特的心态，成为我们中华民族的一种独特的文化现象，我们不妨称之为梅文化。这是因为梅在古人心目中的地位是非它花所比的。比如，素有国花之称的牡丹，虽雍容华贵，但人们在赞美之余也不无贬词。如唐代诗人王睿在其《牡丹》诗中就批评说："牡丹妖艳乱人心，一国如狂不惜金。曷若东园桃与李，果成无语自垂阴。"她妖艳乱心，惹得举国尽狂，庸俗之极，甚至不如无语无言、下自成蹊的桃李。苏东坡批评更厉："应笑春风木芍药，丰饥弱骨要人医。"[①]木芍药即牡丹，旧题唐李濬《松窗杂录》云："开元中，禁中初重木芍药，即今牡丹也。"并自注云："《开元天宝花木记》云:禁中呼木芍药为牡丹。"在苏轼看来，牡丹虽然

① 苏轼:《次韵杨公济奉议梅花十首之七》，见曾枣庄、舒大刚:《三苏全书》第八册，语文出版社 2001 年版，第 514 页。

婀娜可人，但终缺骨气。郑板桥《梅》诗亦言：“牡丹芍药各争妍，叶乱花翻臭午天。何似竹篱茅屋净，一枝清瘦出朝烟”。作者认为争奇斗艳、芬芳竞丽的牡丹之类终逊清新瘦劲、迎风挺立的寒梅。至于对桃李，人们也毁誉参半：“莫怕长州桃李妒，今年好为使君开”（白居易：《新栽梅》）；“平生不喜凡桃李”（白居易：《新载梅》）；“夭桃莫倚东风势，调鼎何曾用不材”（韩偓：《湖南梅花一冬再发偶题于花援》）。至于俗不可耐、花似金钱的金钱花，人们更是厌恶之极：“谩向人前逞颜色，不知还解济贫无”（皮日休：《题金钱花》）；“若教此物堪收贮，应被豪门尽劚将”（罗隐：《金钱花》）。而对梅花，人们几乎众口一声，赞语盈幅：“孤瘦霜雪姿”（苏轼：《红梅》）；“玉雪为骨冰为魂”（苏轼：《再用前韵》）；“花中气节最高坚”（陆游：《落梅》；“更无花态度，全是雪精神”（辛弃疾：《临江仙·探梅》）；“欲传春消息，不怕雪里埋”（陈亮：《梅花》）；“不要人夸颜色好，只留青白满乾坤”（王冕：《墨梅》）……

梅花其孤标姿质、其品格风流得到了人们的认同，赢得了历代文人的激赏。总之，其品格精神是远非他花所比的：“素艳照尊桃莫比，孤香粘袖李须饶”（郑谷：《梅》），“冰雪林中著此身，不同桃李混风尘”（王冕：《白梅》）。

第一节 咏梅诗蕴含着古代文人的人格意识

由于爱梅，中国文学形成了一种咏梅的传统。南朝梁代吴均有《梅花落》诗 114 首，宋代刘克庄有梅诗 130 首，最多的是宋人张道洽，竟有 300 多首咏梅诗，可以说是以毕生精力在专心致志地写梅。此外陆游也爱梅、咏梅，以梅自喻，并“作梅诗用全力”（潘德舆语）。人们或从雪写梅，或以人写梅；或写梅之孤标气韵，或状梅之清瘦骨格；或描梅之老树横枝的姿质，或传梅凌寒傲雪之精神……梅与中国文学结下了不解之缘，其生态特质与文人心态产生一种交感共识，引起人们共鸣。在中国文学中，咏梅诗最多，成为咏物诗中使用频率最高的体裁。梅成为一种涂抹着文人士大夫浓烈感情色彩的意象，也即荣格所说的包含着集体无意识的原型。它积淀着中华民族特有的审美情绪，成为我们民族性格之象征，体现我们的民族之魂。

如前所述，咏梅诗成为梅文化的重要组成部分。从古代知识分子酷爱梅的现象中,从他们对“老梅”、“寒梅”、“瘦梅”的咏叹声中,我们可以看出历代文人的气节情操,超凡脱俗、洁身自好的品质,看出他们的历史使命感、忧患感、爱国情操,看出他们“虽九死犹不悔”的抗争精神……一句话,梅文化蕴含着中华民族的民族性格,蕴含着封建文人的人格意识。具体说来表现在下面几个方面。

首先,梅文化蕴含着古代文人的参与意识和抗争精神。这是我们传统文化之内核。是士大夫人格意识之精髓。儒家文化早就规定了修身是文人的起点。治国平天下是文人的归宿。因此,人们“夙夜强学以待问,怀忠信以待举,力行以待取”(《礼记·儒行》)。自强不息,锐意进取,不断地进行自我设计和自我塑造,抱着“天降大任于斯人”和“天生我材必有用”的坚强信心,执着地追求。从“深固难徙”的屈原到“苟利国家生死以,岂因祸福趋避之”的林则徐,人们承前启后,不屈不挠,在参与中实践着自己的悲壮人格。即使君王“不察”而一生挫折,但九死不悔。这种参与意识和抗争精神与那耐寒抗冷、傲雪争春的梅何其相似。因此,大量的咏梅诗外射出文人士大夫的人格理想之光辉。比如那“更无花态度,全是雪精神”不正是备受猜忌而力主抗战的辛弃疾一生之写照么;“欲传春信息,不怕雪里埋”不正是陈亮胸怀大志、力主抗金、不阿权贵勇于抗争的品格之象征么;有的诗人借咏梅以表示自己壮年求仕之热情和对美好事物之追求。如秦观《和黄法曹忆建汐梅花》云:“海陵参军不枯槁,醉忆梅花愁绝倒,为怜一树傍寒汐,花水无情自相恼。”反用陶潜《饮酒》诗之十一诗意,赞扬海陵参军黄子理“为仁”和“有道”,但并未贫困潦倒,而能施展其聪明才智贡献国家,以此流露出自己的仕进热情。又如元代王冕在《白梅》诗中说:“忽然一夜清香发,散作乾坤万里春。”诗人竟要以梅之“清香”驱除乾坤间浊气、俗气,进取之心并未泯灭。有的诗人甚至以咏梅诗影射朝政。如刘克庄《落梅》中因有“东风谬掌花权柄,却忌孤高不主张”之句,被言官李知孝等人指控为“讪谤当国”,一再被黜,坐废十年,成为历史上有名的“落梅诗案”。但诗人并不屈服,在他后来所写“梦得因桃数左迁,长源为柳忤当权。幸然不识桃与李,却被梅花误十年”(《病后访梅九绝》)及“老子平生无他过,为梅受取风流罪”(《贺新郎·宋庵访梅》)等诗词,都表现了他难以抑制的愤懑之情。他不但不因噎废食,反而开始了写作大量的咏梅诗词,一生写作了一百三十多首咏梅诗词,托物寄情一发不可收,表现了自己的铮铮傲骨。

可见，无论是“群木方憎雪，开花长在先”（李中：《梅花》）的早梅，抑或“飘如迁客来过岭，坠似骚人去赴湘”（刘克庄：《落梅》）的落梅，它那横斜疏瘦、老枝怪奇的外表和那凌寒抗雪的气质，与文人士大夫心理产生了认同，形成了“异质同构”的关系，成为积淀着中华民族的审美情趣、凝聚着我们民族性格的原型。

梅文化的第二个意蕴是高洁意识。在儒家文化里，是很注意德行修养的：“太上有立德，其次有立功，其次有立言。”（《左传·襄公二十四年》）儒，最初本指那些从古代的巫、史、祝、卜分化出来专为贵族相礼的有学问的人，后来演化为理想人格的代名词。到了孔子，又把它分为“君子儒”和“小人儒”。对人的品格高下，有德无德，分别以君子、小人称之。荀子则更细致地区分为大儒、小儒、稚儒、俗儒等名目，并以大儒为儒者最高境界，认为孔子、子弓才配得上这一名号（参见《荀子·儒效》）。在《大学》所提倡的修、齐、治、平中，修身是起点。要参与，要实现自我价值，首先就必须使自我完善，有好的德行。因此，古代知识分子是很讲究洁身自好的。这种高洁的人格意识包括三个方面：一是品行端方，有正义感；二是贞洁自持，出污泥而不染；三是超凡脱俗，不趋附权势，有独立的人格。这样，“自古承春早，严冬斗雪开”（朱庆余：《早梅》）的梅花与士大夫情怀吻合了起来。因此人们或写其气傲寒冰、骨沁幽香的高韵劲节，或状其不随俗不媚人的卓尔超凡：“孤梅偏爱冷，岁晚发清香”（周履清），“幽深真似离骚句，枯瘦犹如贾岛诗”（徐玑）……她香浓、韵胜、格高、超俗，被“世人皆浊我独清”的文人所认同。因此，不肯依附权臣朱温而遭贬逐的韩偓，就借咏梅而寄托自己的感慨：“梅花不肯傍春光，自向深冬著艳阳。龙笛远吹胡地月，燕钗初试汉宫装。风虽强暴翻添思，雪欲侵凌更助香。应笑暂时桃李树，盗和天气作年芳。”（《梅花》）作者借吟梅的贞姿劲质、雪魄冰魂以陶情励操，表达了自己对独立人格的追求，这正是诗人高洁情怀之写照。在古典咏梅诗中，那些耐寒清高、苏世独立的寒梅形象就是文人士大夫形象的幻化，寒梅孤标傲世的精神气质就是诗人理想人格的化身。因此读咏梅诗，我们常常能体味出古代知识分子的人格意识来。比如读陆游《落梅》诗“雪虐风餐愈凛然，花中气节最高坚。过时自会飘零去，耻向东君更乞怜”，就会感觉出作者那凛然不可冒犯的正气来。陆游一生爱国忧民，力主抗战，受到投降派排挤，被劾罢官，放归乡里，但他并不气馁，“众毁心自可，身困气愈完”（《寓怀》),不向人屈膝,遗世独立、孤标傲韵有如那“无意苦争春,一任群芳妒”的寒梅。可见,在梅文化里,那超凡脱俗的寒梅与苏世独立的知识分子形象融为一体,确如史文卿所言“总为在吟吟不尽,十分清瘦似诗人”(《枯梅》)。

古代知识分子渴望参与,渴望“生为名臣,死为上鬼”,渴望“垂光百世,照耀简策”(方孝孺:《逊克斋集·豫让论》)。因此,他们忠可贯日,唯“恐皇舆之败绩”,但现实却又是“荃不察吾之忠心”。于是忧患生命,感喟人生,成为古代文学的母题。踵接《诗经·小宛》“我心忧伤,念昔先人”之后,人们无不为个人前途、民族命运而忧虑和焦心:“穷年忧黎元,叹息肠内热”的杜甫,“但悲不见九州同”的陆游,“试手补天裂”的辛弃疾……都陷于报国无门的忧患中。文人士大夫既“忧生患命”、“忧身患利”、“忧己患名”,更忧国忧民。因此忧患意识是古代知识分子人格意蕴之三。而这种忧患意识又与感伤意识混合在一起,因为人们“欲渡黄河冰塞川,将登太行雪满山”,世事艰难,功名难就,忧患之中自然注进了“货而不售”的苦闷感,因而人们无不沉浸在迷惘、感伤、忧患之中。面对寒梅,人们或自伤身世,或忧患苍生。如生逢南唐动乱年代且仕途失意的李建勋,借咏梅而自伤迟暮,倾诉隐衷:“十月清霜尚未寒,雪英重叠已如团。还悲独咏东园里,老作南州刺史看。北客见皆惊节气,郡僚痴欲望杯盘。交亲罕至长安远,一醉如泥岂自欢”。失意怅惘之情尽现笔端。爱情不幸的朱淑真在其《菩萨蛮·咏梅》下片中说:“人怜花似旧,花不知人瘦。独自倚阑干,夜深花正寒。”人与花形影相吊,郁闷感伤不能自已。备受令狐绹歧视、冷遇、打击的李商隐在其《忆梅诗》中说:“定定住天涯,依依向物华。寒梅最堪恨,常作去年花。”借寒梅早开早凋自伤身世际遇,凄凉哀婉,读之不免黯然。此外,如刘克庄在其《沁园春·梦中作梅词》中以湘娥凝望、明妃远嫁、苏武留胡、“夷齐饿首阳”等典故,表现了他梦中念念不忘复国之情。生当宋亡之际的宫廷琴师汪元量,他的一些梅词就表达了一种“亡国之戚,去国之苦,间关愁叹之状”(李珏:《湖山类稿跋》)。如其《暗香》一词借咏梅寄托了词人的故国之思:“肠断江南倦客,歌未了,琼壶缺缺。更忍见,吹万点,满庭绛雪。”对“兵后流落人间”的红梅深表同情,抒发了“同是天涯沦落人”的感慨。同时代人王沂孙在其《花犯·苔梅》词中,不仅工巧地写出了梅态、梅影、梅神、梅恨,也隐含了作者故国之思。而人们吟咏更多的是落梅:“断肠枝上雪,残英已、片影初飞”(曹勋:《峭寒轻·赏残梅》)。“玉瘦檀轻无限恨,南楼羌管休吹”(李清照:《临江仙》)。“试回首,东风残局。算绿阴、成后最酸心。南飞鹤,一声声唳。招尔冰魂”(吴震:《甘州·落梅》)。“夜来风雨,帐小园梅粤,飘坠无数。……看枝头、点点残英。空剩寒香一缕”(清女词人左锡璇:《解佩环·落梅》)……感伤、怅惘、忧患情调弥漫尺幅。一涉落梅,人们情不自禁联想起自己身世,“落梅”几乎成为灰色人生的代名词。可见忧患意识、感伤意识是梅文化的主要蕴含之一。

第四,梅文化还蕴含着古代知识分子的隐士精神。“达则兼济天下,穷则独善其身”,这在融佛道入儒的儒家文化里,几乎是封建文人的共同选择。渴望参与的文人,当其事功显亲的愿望无法付诸实现时,他们又不愿“变心而从俗”,摆在他们面前的是两条道路,一是屈原式的“伏清白以死直”,一是陶潜式的远离尘嚣。那种“采菊东篱下,悠然见南山”的归隐生活,自然成为士大夫的最佳选择。于是范蠡式的自我设计——功成身退,几乎成为文人们的共同追求。隐士精神又何以与梅结缘呢;这是因为梅“绝似林间隐君子,自从幽处作生涯”(戴复古:《梅》)。她标格清奇,自开自落,“玉雪为骨冰作魂”(苏轼:《再用前韵》),其隐士风度为文人所认同。所以宋人张镃说梅为天下神奇,“标韵孤特,若三闾、首阳二子,宁槁山泽,终不肯俯首屏气,受世俗湔拂”(张镃:《梅品》)①。明人洪璐说她“骨格清癯,丰神洒落,虽边幅不修,而天然标格,自出风尘之表”,“为人孤洁,不交尘俗”②。元人程钜夫说她“的皪冰雪姿,不受风尘昏。孤清惬幽意,剩馥醒吟魂。”(《家园见梅有怀畴昔同僚诸君子因成廿六韵奉寄徐容斋王肯堂俞正父赵元让黄文瑞诸公》)。她超凡的仪表,清高的风韵赢得了野中遗贤和与世咀唔者的钟爱。因此“性恬淡好古,弗趋荣利”的林逋,归隐杭州,“结庐西湖之孤山,二十年足不及城市”,以梅为妻,鹤为子。③ 元代隐士吕诚亦仿林逋之风,隐居昆山东仓,畜鹤种梅,诗酒自娱。可见梅与隐士精神融为一体。这更表现在人们的咏梅诗中,元人冯子振《山中梅》诗云:“岩谷深居养素真,岁寒松竹淡相邻。孤根历尽冰霜苦,不识人间别有春。”诗人赞美梅深居幽谷,与世隔绝,与松竹为邻,性淡泊而不争艳,历尽冰霜,不识人间之春,保持朴素真淳的本性生活。这种“素真”本性正

---

① 转引自李文禄、刘维治主编:《古代咏花诗词鉴赏辞典》,吉林大学出版社 1990 年版。

② 同上。

③ 参见(元)脱脱等:《宋史》卷 457《隐逸上》,中华书局 1985 年版。

透露出诗人的隐士情趣和对隐士人格的追求。宋黄昇的“清癯不恋华亭榭。待与君、白发相亲，竹篱茅舍”（《贺新郎·梅》）也赞美了梅的幽居深谷不慕华美，寄托了诗人与梅厮守，不恋富贵的品格和对理想人格的憧憬。纵观咏梅诗，文人们或写梅之孤标逸韵，或写梅之清高脱俗，无不透露出诗人隐逸情趣。在文人笔下，梅总是以一个隐君子的形象出现。这种隐士人格意识也是梅文化意蕴之一。

在梅文化里体现知识分子人格理想之五是友朋意识和思亲恋土意识。谦恭交友，与人为善，患难与共，思亲恋土，是儒家文化的内容之一，也是古代知识分子人格理想之一。《礼记·儒行》中早就要求人们“闻善以相告也，见善以相示也，爵位相先也，患难相死也，久相待也，远相致也”。因此，沾溉儒家文化的士大夫很重视朋友之义和乡土之情。梅因为其耐寒高洁，故常用来形容朋友之间的友情；又因其随风飘零，常勾起漂泊异地的游子思亲思乡情结。古代早就有寄梅赠友的习俗，《西州曲》就写到千里寄梅以慰友人：“忆梅下西州，折梅寄江北。”另据《荆州记》载：“陆凯与范晔相友善，自江南寄梅花一枝与晔，并赠诗说：‘折梅逢骚使，寄与陇头人。江南无所有，聊赠一枝春’。”从此，梅成为江南春色之使者和友谊之象征。参与“永贞革新”而遭贬逐的柳宗元有《早梅》诗云：“欲为万里赠，杳杳山水隔。寒英坐销落，何用慰远客。”他想折梅以赠一同被贬的老友，但道阻千里无以通音信，只能看着梅花自开自落，不能慰远方朋友，心中不胜惆怅。唐代诗人李建勋在《梅花寄所亲》诗中，把梅花的超凡脱俗作为一种可赞不可学的教训赠给亲人，以寄托自己身世之慨：“雪霜迷素犹嫌早，桃杏虽红且后时。”作者以“犹嫌早”和“且后时”两种褒贬态度，点明既不能像梅那样过于出众，也不能像桃杏那样平庸，用此哲理以警“所亲”。流寓蜀州的杜甫，在其《和裴迪登蜀州东亭送客逢梅相忆见赠》一诗中，梅动诗兴，逢梅送客，折梅伤时，看梅思乡……意绪千端，衷肠百结，句句写梅，句句抒朋友之挚情，故被明王世贞誉为“古今咏梅第一”①。

在咏梅诗中，文人们除了表达一种思亲友朋意识外，还表达了一种去国怀乡情怀。如黄庭坚作于贬所宜州（今广西宜山县）的《虞美人·宜州见梅作》一词云：

---

① （清）仇兆鳌：《杜诗祥注》卷十九，中华书局1979年版。

天涯也有江南信，梅破知春近。夜阑风细得香迟，不道晓来开遍向南枝。

玉台弄粉花应妒，飘到眉心住。平生个里愿怀则深，去国十年老尽少年心。

徽宗崇宁三年(1105)，作者远窜僻远，仍受到蔡京爪牙迫害，不准他居住城中。诗人被迫搬到城南，栖身破屋，忽见早梅，备感亲切，以为梅花是来自故乡探视自己的亲人，不禁喜出望外。但毕竟以垂老之身处荒远之地，还乡无望，且家人也远在永州，所以惊喜之后，一种寂寞凄凉之情油然而生，故而字里行间充满了一种去国怀乡、思亲伤老的情怀。此外，宋人冯山归途即兴之作《山路梅花》通过闻梅、探梅、折梅、赏梅、祝梅、赞梅，表现出喜梅爱春的南国深情，并从中寄寓乡井之思和清怀雅兴："传闻山下数株梅，不免车帷暂一开。试向林梢亲手折，早知春意逼人来。何妨归路参差见，更遣东风次第吹。莫作寻常花蕊看，江南音信隔年回"。

第二节　梅文化之形成是祖先的无数典型经验之积淀

以上所论友朋意识、思亲情愫、乡土情结，也是封建士大夫的人格理想之一，也被包含在梅文化意蕴之中。它之形成具有政治的、经济的、地理的、民族传统的诸方面原因，囿于篇幅，兹不展开论述。作为一种集体无意识的原始意象，梅积淀着中华民族特有的审美经验，体现着文人士大夫的人格意识。荣格在其《论分析心理学与诗的关系》一文中，认为原始意象即原型，"赋予我们祖先的无数典型经验以形式"，"它们是许许多多同类经验在心理上留下的痕迹。"是祖先世世代代普遍性的心理经验长期积累，"沉淀"在每一个人的无意识深处，其内容不是个人的，而是集体的、普遍的，是历史在"种族记忆"中的投影。梅作为一种原型，与"历史进程"、与"我们祖先的无数典型经验"有密切的联系，它凝聚着我们祖先长期以来积累的巨大心理能量。人们对它的认识，对它进行审美情绪的投射，有一个长期积淀、积累过程。在《诗经》时代，人们只说它是"佳卉"之一，《山海经》也不过记载"灵山有木多梅"。人们虽喜栽梅，但它还没有进入人们的审美领域。即使如胡应麟《诗薮》所言"咏物起自六朝,唐人沿袭”,但唐以前的写梅之作大抵缺乏寄托,处于以模拟物象为能事的阶段,缺少对它的审美观照。确如张戒所云:“潘陆以后,专意咏物,雕镌刻镂之工日以增。”(《岁寒堂诗话》卷上)人们虽已认识到“梅花特早,偏能识春,几承阳而发金,乍杂雪而披银”(梁简文帝:《梅花赋》)。但人们仍不过费尽笔墨对它渲染铺陈,如梁简文帝《梅花赋》不过以铺陈笔墨极写梅之香艳:“吐艳四照之林,舒荣五衢之路。既玉缀而珠离,且冰悬而雹布。”没有与梅的特质产生心理上的交感认同。简文帝其咏梅诗亦是如此:“绝讶梅花晚,争来雪里窥。下枝低可见,高处远难知。俱羞惜腕露,相让道腰羸。定须还剪彩,学作两三枝。”不乏赋之铺陈,然终少诗人之寄托。到了何逊《咏早梅》诗和鲍照《梅花落》诗,诗人始注进自己的情绪,前者如:“兔园标物序,惊时最是梅。衔霜当路发,映雪拟寒开。”鲍作云:“中庭杂树多,偏为梅咨磋。问君何独然;念其霜中能作花,露中能作实,摇荡春风媚春日……”二人都感受到寒梅的凌霜早发、“惊时”、“媚春”。但何作仍不出闺怨惜春之叹:“枝横却月观,花绕凌风台。朝洒长门泣,夕驻临邛杯。应知早飘落,故逐上春来。”鲍作亦不过流露一点才秀人微的不平之慨而已:“念尔飘零逐寒风,徒有霜华无霜质。”在积淀的“历史进程”中的早期,咏梅之作中文人的人格意识尚未生成,梅尚未成为原型。

可见,唐以前,尽管人们对梅的“拟寒”早开和香艳等自然特性逐渐有了认识,但总体上说来,梅的这些特质尚未和文人审美情趣发生紧密联系,物是物,我是我,尚未达到“梅花是我,我是梅花”的境界,从梅文化中,还看不出知识分子的人格意识,或者说这种意识很朦胧。到了唐以后,这种情形则不同了,人们对它的早开、耐寒、幽香的认识有了新的质的飞跃,人们把自己无数的典型经验和审美情绪投射到这个意象中。它的很多特质被人们所认同。比如,人们从它的“玉雪为骨冰为魂”联想到文人的正义感和士大夫气节,表露出一种高洁意识、忠贞意识和爱国意识。从它的“一树独先天下春”,人们自然会想到它是传递春消息的使者,是友谊之象征,对它投射以一种友明意识、思亲意识和乡井意识。它的“斧斤戕不死”(马知节:《枯梅》)、“凌寒独自开”(王安石:《梅》)给人以生命的律动,人们在津津吟咏中表现出文人的参与意识和抗争精神。从它的老枝怪奇、骨格清灌和寿命可达数百年,人们充满了对生命的渴求,对高韵劲节的企慕。从它的幽居深谷不慕富贵,人们表达了一种归隐意识,表达了对超凡脱俗人格的追求。从它的“已被儿童苦攀摘,更遭风雨损馨香”(李群玉:《人日梅花病中作》)的遭遇,人们表达了一种忧患意识和感伤意识:“桥边一树伤离别,游荡行人莫攀折”(李绅:《过梅里》)。……总之,唐以后,梅作为一种意象,积淀了集体的审美经验,咏梅、赞梅成为一种文化现象。从古代汗牛充栋的咏梅诗句到近代秋瑾的“冰姿不怕霜雪侵”、“标格原因独立好”(秋瑾:《咏梅》)的名句,中国知识分子的人格理想得到了尽情表露。梅成为民族的魂,梅文化也丰富了传统的儒家文化。“更无花态度,全是雪精神”(辛弃疾:《临江仙》)、“不要人夸颜色好,只留清气满乾坤”(王冕:《墨梅》),这既是对梅的礼赞,也是中国古代知识分子理想人格的写照。

第十章　镶嵌在儒文化模式和传统中的韩愈

韩愈是我国著名的文学家、思想家，自唐以降享有崇高的信誉，以至于“韩氏之文之道，万世所共尊，天下所共传而有也”①。他一生在政治、思想、文学上均有建树。苏东坡在《潮州韩文公庙碑》一文中，从文、道、忠、勇四个方面对他的一生给予了崇高的评价，说他是“文起八代之衰，道济天下之溺；忠犯人主之怒，而勇夺三军之帅”。特别是在文学上他的成就尤为卓著，人们认为他与柳宗元数君子之文“凌轹荀、孟，籼糠颜、谢”②，成为一代文宗，为后世仰慕。同时代的刘禹锡称其“为文章盟主”，说他“手持文柄，高视寰海”，“三十余年，声名塞天”，“一字之价，辇金如山”③。曾巩《杂诗》说：“韩公缀文辞，笔力乃天授，并驱六经中，独立千载后。”曾国藩也云：“文笔昌黎百世师，桐城诸老实宗之。”（《送梅伯言归金陵三首》）“私淑韩公二十霜，敢将裴令并论量。”（《壬戌四月沅弟克复巢县和州含山等城赋诗四首》）千载而下，仍自称私淑，仰慕如斯，也可见出韩愈在文学史上的崇高地位了。然而韩愈毕竟是一个封建时代的文人，一个镶嵌在儒家文化模式和传统中的文人，文化熏陶了他，传统造就了他，因此他不但不可能抛弃传统，而且必须不遗余力维护传统，为了维护传统，为了“息民患”和“行圣道”④，甚至于“焦心苦思，东奔西走，食不

---

① （宋）欧阳修：《记旧本韩文后》，见吴文治：《韩愈资料汇编》第一册，中华书局 1983 年版，第 110 页。

② （清）蒋之翘辑注本《唐柳河东集》卷首《读柳集叙说》孙光宪语，见吴文治：《韩愈资料汇编》第一册，中华书局 1983 年版，第 61 页。

③ （唐）刘禹锡：《祭韩吏部文》，见吴文治：《韩愈资料汇编》第一册，中华书局 1983 年版，第 10 页。

④ （宋）石介：《与士建中秀才书》，见吴文治：《韩愈资料汇编》第一册，中华书局 1983 年版，第 92 页。

待饱，而衣不务华，至于终身而后已”①。但是作为传统和文化存在的韩愈，他不会只满足于认同他那个时代的文化模式和传统，总会有点自己的意见，也就是说，总会作出一点建设性姿态。因此表现在他身上的矛盾现象也就自然难免。纵观韩愈一生，无论其政治、思想，还是文学，甚或其个人品行，都呈现出一些难圆其说的，或者说可资后人发难的地方。因此，自宋以降，人们在对其膜拜的同时，赞叹的同时，出现了一种不和谐的声音，并一直持续到现代，使他成为唐代一个聚讼较多的作家。关于韩愈的毁誉，这是一个老生常谈的问题了，然而为了论证的方便，笔者不惮其烦地重新提出来。因为诗人韩愈的矛盾，人们对韩愈的评价，不是属于韩愈的个人现象，而是一个有代表性的，有文化深意的，具有原型意义的现象。笔者妄名之为韩愈现象。韩愈现象是一种文化现象，自然也当置于文化视野中去观照。

第一节　韩愈现象的表现

韩愈现象归纳起来，主要表现在下面几个方面。

第一，作为思想家，韩愈的学说存在不少矛盾。一方面，他以继承儒家道统为已任，大谈儒家的仁义道德，极力推崇尧舜禹汤文武周公孔孟之道，赞扬孟轲辟杨墨，“功不在禹下”，认为“杨墨行，正道废”(韩愈:《与孟尚书》)，并声称自己“所读皆圣人之书，杨、墨、释、老之学无所入于其心”(韩愈:《上宰相书》)。认为孟轲之后，儒学不传，谁来继承呢？“荀与杨也，择焉而不精，语焉而不详，”那么“非我其谁哉?”自诩“自度若世无孔子，不当在弟子之列”(韩愈:《答吕毉山人书》)，一生为弘扬孔、孟之道而奔走鼓呼。因此，誉之者夸他“蹴扬墨于不毛之地，蹂释老于无人之境，故得孔道巍然而自正”，并能“身行其道，口传其文，吾唐以来，一人而已”。② 合当“配饗于孔圣庙堂”。但是另一方面，他不无离经叛道之言，认为“孔子必用墨子，墨子必用孔子，不相通不

---

① (明)宋濂:《惜阴轩记》，转自吴文治:《韩愈资料汇编》第二册，中华书局 1983 年版，第 674 页。

② (唐)皮日休:《请韩文公配饗太学书》，见吴文治:《韩愈资料汇编》第一册，中华书局 1983 年版，第 51 页。

足为孔墨。"（韩愈:《读墨子》）他曾痛诋过的杨、墨居然可以和儒家相通。在《进士策问》一文中他曾经还盛赞管仲、商鞅的事功，说"管夷吾（仲）以其君霸，九合诸侯，一匡天下"。并肯定"秦用商君之法，人以富，国以强，诸侯不敢抗，及七君而天下为秦。使天下为秦者，商君也。而后代之称道者，咸羞言管商氏……庸非求其名而不责其实"。这与他长期所主张的"宗孔氏"，"贵王贱霸"（《与孟尚书书》）又甚相矛盾。所以连对他极恭维的苏轼也说："韩愈之于圣人之道盖亦知其好名矣，而未能落其实。"又说"其待孔子孟轲并尊，其距墨佛老甚严，然其论……支离荡析，往往自叛其说而不知"①。程颐说他"但言不谨慎，便有不是处"②。陈善说"韩退之谓荀、为未纯。以予观之，愈亦恐未纯。而有流入异端而不自知者。"认为他的《原性》之作"喜怒哀乐皆出乎情而非性，则流入于佛老矣"。③ 王令评其言"亦多与孟子不合"④。宋人魏了翁说"孟子谓性本善也，愈则品而为三；孟子谓墨乱孔子，愈则合而为一；孟子谓尧舜不偏爱，而愈则有同仁之说；孟子言必称尧舜，而愈则有易伯之论"。由此他得出结论："韩愈不及孟子。"⑤廖燕干脆说"昌黎则见道未彻，《原道》、《原性》诸篇，肤浅已甚"（廖燕:《二十七松堂集》卷三）。

在排佛问题上也给人们留下了许多口实。他一方面力排佛老，不遗余力主张"人其人、火其书、庐其居"。（《原道》）成为排佛护儒的英雄，得到了人们的赞同："真可谓豪杰之才"（薛瑄:《薛文清公读书录》卷三）。"抵排异端、攘斥佛老之功，不在孟子下。"⑥另一方面虽然他"不读浮屠书，亦不作浮屠文字，然于大颠、高闲、文畅之属，健羡丁宁，累书珍重，平日矜持之节，自待之严，

---

① （宋）苏轼:《韩愈论》，见曾枣庄、舒大刚:《三苏全书》（14），语文出版社 2001 年版，第 206 页。

② 《二程语录》卷二，见吴文治:《韩愈资料汇编》第一册，中华书局 1983 年版，第 140 页。

③ （宋）陈善:《扪虱新话》卷一，见吴文治:《韩愈资料汇编》第一册，中华书局 1983 年版，第 259 页。

④ （宋）王令:《说孟子序》，见吴文治:《韩愈资料汇编》第一册，中华书局 1983 年版，第 134 页。

⑤ （宋）魏了翁:《鹤山先生大全文集》卷一百一，见吴文治:《韩愈资料汇编》第二册，中华书局 1983 年版，第 477 页。

⑥ （宋）王十朋:《蔡端明文集序》，见吴文治:《韩愈资料汇编》第一册，中华书局 1983 年版，第 345 页。

乃若漠然不暇顾者”。① 却与他们交往甚密切，其《送灵师》一篇，对“上之叛吾周孔，次之干佛之戒律”的灵师“反津津称道不已”（汪琬：《尧峰文钞》卷三十《草堂合刻诗序》）。他虽反对佛老的“清静寂灭”、神权迷信，而又对高闲的能“一死生，解外胶，是其为心，必泊然无所起；其于世，必淡然无所嗜”（韩愈：《送高闲上人序》）表示理解；至于对大颠的“颇聪明，识道理……实能外形骸以理自胜，不为事物侵乱”（韩愈：《与孟尚书》）更表示赞扬。这些也引来人们的种种毁誉，毁之者疑其交游无检，与平日持论互异，说“韩退之抗表佛骨，攻击佛法，不遗余力，及一见大颠，乃曰和尚门风高峻”，说明他是“攻其皮，嗜其髓”，实质上是“善护佛法”②。而为其辩之者则说其交游佛老是“昌黎正欲借此以畅其议论”（赵翼：《瓯北诗钞》五言古四），宣扬儒学主张。至于韩愈与大颠交，乃是“后世佛老之徒，张大其事，往往见之图画，真若弟子之事严师者，则其诬退之甚矣”③。后来杨慎、胡应麟、姚范诸人力驳欧阳修、朱熹之人，认为韩愈《与大颠书》乃是伪作。

孔子虽然不否认鬼神存在，但他不语怪力乱神。而以儒学自任的韩愈在这点上并没有超越孔子，主张“天刑人祸”之说，在其早年写的《谢自然诗》中，还承认“木石生怪变，狐狸逞妖患”；在潮州和袁州任刺史时，还煞有介事地写过什么“祭神文”。因此人们认为“退之深畏天刑人祸，退之不及子厚”（李涂：《文章精义》）。也有人曲为之辩，认为像韩愈这样的“有道君子，未有感于祸福之谬说者”④。

第二，作为政治家，韩愈的一些主张甚或个人品行也给后人留下了一些议论。在《争臣论》里韩愈主张“君子居其位，则思死其官，未得位，则思修其辞以明其道”。他一生政治生涯中基本上做到了居位死官。他冒死陈辞，为民请命，以致“前后三贬，皆以疏陈治事，廷议不随为罪”（皇甫湜：《韩文公墓

① （明）孙绪：《沙溪集》卷七《赠道存上人署僧会序》，见吴文治：《韩愈资料汇编》第二册，中华书局1983年版，第734页。

② （明）袁宏道：《袁中郎全集》卷十七《祇园寺碑文》，见吴文治：《韩愈资料汇编》第二册，中华书局1983年版，第826页。

③ （明）王守仁：《书韩昌黎与大颠坐叙》，见吴文治：《韩愈资料汇编》第二册，中华书局1983年版，第736页。

④ （清）吴闿生：《答刘秀才论史书》，见吴文治：《韩愈资料汇编》第四册，中华书局1983年版，第1635页。

碑》)。他参与平淮西,冒死说叛藩,远窜南荒,流惠于民,史有记载。因此人们称他"操行坚正,鲠言无所忌"①,称颂他"匡君之心,一饭不忘;救时之念,一刻不懈"(薛雪:《一瓢诗话》)。然而他的三次上书宰相,干进图仕,给人们留下了一些话柄。尽管他对此"汲汲于进者"反复解释,说是"然则仆之心,或不为此(指饮食衣服)汲汲也,其所以不忘于仕进者,亦将小行乎其志耳"(韩愈:《与卫中行书》)。然终不免贻人干禄躁进之讥。朱熹讥之为"时俗富贵利达之求"(朱熹:《朱文公集》卷六十七《王氏续经说》)。刘开讥之为"躁进"(刘开:《孟涂文集》卷三《上莱阳中丞书》)。司马光比之于商贾,说:"韩子以三书抵宰相求官……如市贾然,以求朝夕刍米仆赁之资,又好悦人以铭志而受其金。观其文,知其志,其汲汲于富贵,戚戚于贫贱如此,彼又乌知颜子之所为哉!"(司马光:《温国文正司马公文集》卷五十八)当然为其讳之者谓之"皆急于得君,非为利禄计也"(黄彻:《䂬溪诗话》卷一)。韩愈在《赠张道士》诗中亦为自己申辩:"诣阙三上书,臣非黄冠师。臣有胆与气,不忍死茅茨。"

韩愈平时操守坚正,刚烈不避诛死,如刘壎所言:"昌黎平生名节伟特,如疏佛骨,抚镇州,死生且不计,于富贵何有!"(刘壎:《隐居通议》卷四《古赋》)而一纸《潮州谢表》不免悲苦颂圣之词,极表恋阙之情,亦使后人议论纷纷。人们或谓其"不忍须臾之穷,遂为此谀悦之计,高自称誉。其铺张歌颂之能,而不少让,盖冀幸上之一动"(王若虚:《滹南遗老集》卷四)。或谓其"《佛骨表》慷慨激烈,不以死生祸福动其心。及潮阳之行,涨海冥濛,炎风掺扰,向来豪勇之气,销铄殆尽。其《谢表》中夸述圣德,披诉艰辛,真有凄惨可怜之状"(俞文豹:《吹剑录全编・吹剑录》)。即使韩愈的崇拜者欧阳修在其《与尹师鲁第一书》中也不无批评之语:"前世有名人,当论事时,感激不避诛死,真若知义者;及到贬所,则戚戚怨嗟,有不堪之穷愁,形于文字。其心欢戚,无异庸人,虽韩文公不免此累。"

第三,作为一个文学家,他实践了自己退而"则思修其辞以明其道"的主张,在"天下雷同,风驱云趋,文不足言,言不足志"(独孤及:《李公中集序》)的文风统治文坛的唐代,他"奋不顾流俗,犯笑侮,收召后学"(柳宗元:《答韦

---

① (宋)宋祁、欧阳修等:《新唐书・韩愈传》,见屈守元、常思春等:《韩愈全集校注》(5)附录,四川大学出版社 1996 年版,第 3100 页。

中立论师道书》)，领导了当时的古文潮流。作出了起衰救溺的贡献，而受到世人瞩目。然而也留下了可供后人思考的话语。韩愈"非三代两汉之书不敢观，非圣人之志不敢存"(韩愈:《答李翊书》)，他既守儒家温柔敦厚之传统，写出"皆约六经之旨而成文"的作品，但他"居穷守约，亦时有感激怨怼奇怪之辞"(韩愈:《上宰相书》)，有"舒忧娱悲，杂以瑰怪之言"(韩愈:《上兵部李侍郎书》)的文章，甚或有"磨肌戛骨，吐出心肝"(韩愈:《送穷文》)坦露真情，发泄牢骚和"以文为戏"，当时庸人"大笑以为怪"(柳宗元:《读韩愈所著毛颖传后题》)的游戏笔墨。因此，人们或评韩文"意自悲愤，而气极浩落，亦得文章沉郁顿挫之妙"(钱基博:《韩文读语》)；或讥其"装腔作势，搔首弄姿而已"(周作人:《读韩退之与桐城派》)。"大半是浮夸，是空架子，是油腔滑调"(朱继之:《请看〈原道〉》)。是"怨天尤人"、"矜己傲物"(陈登原:《韩愈评》)。韩文一方面以气为主，"吞吐骋顿，若千里之驹，而走赤电，鞭疾风，常者山立，怪者霆击"(茅坤:《唐宋八大家文钞·韩文》论例)；另一方面批评者却怪其"不推源于帅气之志"，故"未为知本"(邓绎:《藻川堂谭艺》)。韩文既写一些脍炙人口的传记、行状、碑铭、墓志，以至于誉之者"愿书万本诵万遍，口角流沫右手胝"(李商隐:《读韩碑诗》)；然而又不乏"谄佞"、"阿谀"之词，以至于讥者说"韩于阿誉陈死人之外，又作了许多送序的文章，恭维生人"(周荫棠:《韩白论》)。韩愈一方面提倡古文，不满骈体；另一方面他又不尽弃骈体，骈散兼用，而《进学解》、《送穷文》等几乎全用对偶文字。因此，袁枚说"以昌黎之崛强，宜鄙俳体矣，而《滕王阁序》曰:'得附三王之末，有荣耀焉"。指出韩愈并未尽弃俳体，批评"今人未窥韩柳门户，而先扫六朝"(袁枚:《随园诗话》)。他一方面力倡文从字顺；另一方面"盘屈排奡，锋芒透露"(刘大櫆语)，甚或不乏"佶屈聱牙"之句，以至于他自己也认为"不可时施，只以自嬉"(韩愈:《送穷文》)。至于他的以文为诗，誉之者认为是独辟蹊径，能"以古文浑灏，溢而为诗，而古今之变尽"(赵秉文:《与孟英书》)。批评者则说"退之以文为诗……虽极天下之工，要非本色"(陈师道:《后山诗话》)。当然人们谈得最多的还是他的文与道。尽管他力倡文以明道，文以贯道，标榜以继孟轲而自任。然而他的由文及道，融文道一体与宋儒们的以文为载道之器，文道各别者大殊。因此他虽然启发了宋人的文以载道，而宋儒并不买他的账，他不能入宋儒道统者流，不过是个"驳杂"的文人，程、朱、陆氏讥之为"倒学"，张耒批评他“以为文人则有余,以为知道则不足”(张耒:《张右史文集》卷五十六《韩愈论》)。

第二节　韩愈现象的文化解读

以上是笔者对韩愈现象的描绘。这现象既包含了被批评者也包括了批评者。之所以称为现象,乃是因为无论从批评者或被批评者来说,都具有典型的文化意义。韩愈的矛盾代表了人的矛盾,具体一点说,代表了许多知识分子的矛盾。人非全人,韩愈自非全人,后世的解读者们见仁见智,毁誉不一,也是一种典型的文化现象。人就是文化,人们对历史、传统、文化的不同理解、程度不同的接受,自然对文化的韩愈有不同的解读。人们或许极力批评,或许曲为辩护,不管是否合乎韩愈的实际,但却昭示了一个事实,韩愈不是神,是文化和传统造就出来的人。这种聚讼是正常的,而像“文革”时期的那种不正常的“一致”倒是异常现象。作为文化现象的韩愈,自然我们应该从人类学的高度去评判,而不应该局限于以往的责之者谓之无,诋之者谓之有的永远扯不完的追根溯源的考论。否则会永远成为说不清的公案。

这里所谓人类学,包括文化人类学和文化哲学人类学。他们共同的趋向是探讨文化传统的构成、对人类行为所代表的文化模式作出解释。但哲学人类学比起实证性、经验性的文化人类学来,更具有思辨性、抽象性,它着重从哲学的高度探讨人与文化的一般关系。哲学文化人类学认为,作为理智存在的人是文化的存在,具有文化的本性,而人的文化本性包含着历史性,人也是历史的存在。人生产的文化与历史被后代永无止境地一再重复,这就是传统,人又是传统的存在。人总在留恋和陶醉于自己所创造的历史和文化中,把自己镶嵌于某种传统中。韩愈为什么行为表现出矛盾?人们为什么毁誉不一?如果以哲学文化人类学为视点来考察,我们或许可得到一点启示。

作为生产文化而又被文化所生产的韩愈,他本能地自觉地把自己镶嵌在儒文化的传统之中,他的行为处处受儒家传统文化支配,他的行为因而也处处昭示了他所代表的文化模式。他公然以卫护儒家道统为己任,在他看来,儒文化传统在孟以前是历代相传的,从尧舜而降一直到孟轲,儒道不断。而“轲之死,不得其传焉"(韩愈:《原道》)。因此他当仁不让以继孟轲而自任。在《重答张籍书》中说:"天不欲使兹人有知乎,则吾之命不可期;如使兹人有知乎,非我其谁哉!"他多么自信自负:如果要开化、教导这世界上的人,非我韩愈莫属。他并非夸海口,言行基本上是一致的。为了起衰拯溺,而终生"焦心苦思",四处奔走呼号。比如他排佛,并非逞一时血气之勇,而是深感佛教之说是"妖淫谀佞诪张之说"(韩愈:《上宰相书》)。尽管他与僧人交往,但从不讳言自己的批佛观点:"浮屠西来何施为?扰扰四海争奔驰。构楼架阁切星汉,夸雄斗丽止者谁?"(韩愈:《送僧澄观》)"佛法入中国,尔来六百年。齐民逃赋役,高士著幽禅。官吏不之制,纷纷听其然,耕桑日失隶,朝署时遗贤。"(韩愈:《送灵师》)痛切地指出佛教危害。当然他批佛的主要目的是因为佛教之类的异端冲击了正统儒家学说,有悖于他心目中的传统。从哲学人类学角度来说,一个被文化所创造的人自然是很喜爱、认同于所属的文化及文化本性所包含的历史和传统。凡是与这个历史、传统相悖的东西自然会引起他的本能排斥。这就是韩愈不遗余力抵排异端的原因。也正因为如此,他的卫道行为受到了与他一样镶嵌在正统儒文化传统中的后人的认同,以致被人誉为"不在孟子之下"。

作为文化存在的人,是无法脱离文化传统魔力的,人的行为总是受人们已经获得的文化传统支配的。镶嵌在儒文化模式中的韩愈,他无法脱离这个传统是必然的。因为他从小就受到它的熏陶,正如他自己所说的"口不绝吟于六艺之文,手不停批于百家之编",贪多务约,继晷穷年(韩愈:《进学解》)。潜心研究古圣人之道,以致"非三代两汉之书不敢观,非圣人之志不敢存"。三代两汉之书当然重点包括了五经,但也不止于此。因此于五经之外,还要博取兼资庄周、屈原、司马迁、司马相如、扬雄诸家"同工异曲"的作品,这与他的"行圣道",认同传统并不矛盾。因为这也是传统之一部分。不过,他是有选择的,即所谓"沈浸醲郁,含英咀华"(韩愈:《进学解》),选择他心目中的精华,即"合经、诰之指归"①的东西。他之所以提出学习先秦两汉古文主张,因为古道载于古文之中。他继承了荀卿、扬雄、刘勰以来的原道、宗经、征圣的传

① (后晋)刘昫:《旧唐书·韩愈传》,见屈守元、常思春:《韩愈全集校注》(5)附录,四川大学出版社1996年版,第3097页。

统,认为“道”是目的,“文”是手段;博观是为了约取,学文是为了明道。道就是孔孟以来的儒家仁义之道,而古文是最能反映这种仁义之道的,因此必须学古文。他说:“愈之为古文,岂独取其句读不类于今者邪!思古人而不得见,学古道则欲通其辞,通其辞者,本志乎古道者也。”(韩愈:《题欧阳生哀辞后》)可见他的学习古文目的十分明确,即尊尚古道。与此同时,他批判六朝以来的浮华之习,力倡诗文的革新,也是基于这一目的。因为六朝以来的诗文既文本空虚未能明道又不便明道。它雕章绘句、华而无实。于宗道明道不利。可见其批评六朝之文,并不能简单地曰之为反对骈体,而是出于明道之目的的。

因此,韩愈无论是道统上的“济弱”,还是文统上的“起衰”,都是一种自觉的出自本能的对传统的维护。他曾说自己:“其业则读书著文歌颂尧舜之道”,“其所著皆约六经之旨而成文。”(韩愈:《上宰相书》)他是多么酷爱、认同塑造过他的文化传统。作为同样是文化传统而存在的他的同时代人或后人,都对他赞不绝口,把他与孟子相提并论,认为是卫道之豪杰、英雄,也是可理解的了。

由于人是镶嵌在某种传统之中,因而承继传统是他的本能。但传统不同于不允许有偏离的遗传,与人总是有一定的距离。人可以通过这段距离或肯定它、或否定它;或既肯定又否定、在肯定它中超越它。正如米夏埃尔·兰德曼所言:“虽然传统是保守的原则,但它也是可变的。由于它自己曾是被创造出来的,所以它也易于为新的创造所丰富、所修正。”①人在修正、丰富传统中也丰富和修正了自己。文化哲学人类学告诉我们,作为文化而存在的人“不应满足于向接受者客观地提供一种文化;而应更多地超拔于文化,即站在文化哲学人类学的高度,对自身所属文化模式进行审度与反省,写出超越自身文化观念、情感模式及其审美感受的人类真实”②。因此,人不仅仅只认同他属的文化而应超越这个文化,不仅仅是继承传统,还要修正、丰富传统。韩愈作为文人、文化而存在的人,尽管他出于本能而极力维护他的传统文化模式,然而他却情不自禁地超越这个模式;尽管他口口声声以卫道者自居,然而正如我们前面所说的,他的言行总是表现出难圆其说的自相矛盾现象。因此他极力崇

① ［德］米夏埃尔·兰德曼:《哲学人类学》,上海译文出版社1989年版。

② 叶潮:《文化视野中的诗歌》,巴蜀出版社1997年版。

儒卫道,然而时有离经叛道之处。因此"措心立行或多戾乎矩度,不能造颜、孟之域,为时贤者指笑"①。这种"多戾乎矩度",自然还包括人们所批评过的品行操守,诸如干禄、躁进、感叹怨嗟之类。但平心而论,这也是可以理解的,他的干禄求进,感激不避诛死,正体现了封建文人的本色,保持了儒家修、齐、治、平的文化传统。而作为"庸人"或说普通人,面对投荒远蹿而生出"戚戚怨嗟",也是人之常情。至于利达之求,更表现出一个普通人的正常生活愿望,无可非议。因此人们无须因为他的悖道叛经而纠缠于他的生活小节。为了维护儒学正统地位、他不遗余力反佛,然而人们又说他"攻其皮,嘻其髓",实际上是"善护佛法"者,是"流入异端而不自知"。这些批评正足以说明在坚持传统时不可能不和传统保持一定距离,维护一种文化模式不可能排斥另一种文化模式。佛老在唐代盛行已久,它已经成为儒学的一种补充,它的吸引力、同化力是人们无法抗拒的。韩愈在排佛中又交结黄冠衲子,不自觉地"流入异端"也是情理所在。韩愈不论在思想上还是在文学创作中敢于"奋不顾流俗,犯笑侮",敢于"能自树立,不因循者是也"(韩愈:《答刘正夫书》),说明了他对传统的超越性。作为一个文化存在的人不应只停留在喜爱、认同他属的文化层面上,不应只向接受者和他的后人提供一种尚未熟识的文化,而应站在哲学之高度,对他所属文化模式进行审视、反省,显现一种超前意识。这才是一个思想家、文学家应具备的素质。韩愈具备了这种素质,他对自己的文化模式和传统进行了审视和反思,往往有不合传统的言论而呈现出"驳杂",因而遭到后人非议而成为一种"韩愈现象",而这也正是其价值之所在,正好说明"韩愈现象"具备了文化哲学人类学意义。

但是韩愈毕竟是镶嵌在儒家文化模式和传统中的韩愈。他太钟情于这种文化模式了,传统对他的约束力是太强了,他的不可能彻底背弃传统就和我们今天不可能彻底背弃过去一样。因为传统是人的文化本性所包含的内容。人总是溶解在历史的进程中,人也总是溶解在传统之中。因此,他只能对传统肯定,在肯定中修补传统、丰富传统。故总体而言,韩愈信守的多,而离经叛道的少。这也正是在韩愈现象中褒之者占主流的原因。即使责备韩愈"不知道"

---

① (明)方孝孺:《逊志斋集》卷十《与郑叔度八首》,见吴文治:《韩愈资料汇编》第二册,中华书局 1983 年版,第 691 页。

的宋儒们，他们也不得不肯定韩愈在起衰拯溺，维护传统中所作的贡献。

韩愈现象是一种复杂的文化现象，它之所以复杂不仅因为韩愈本人在认同传统而又悖离传统中表现出一种矛盾心态，也因为评价韩愈的批评者们尽管他们也镶嵌在儒家传统文化模式和传统中，但他们或因时代不同，或因立场、目的不同，而对传统的理解、维护也就不同。人们对韩愈崇儒卫道甚或立身处世的不同看法，也正体现出人们本身对传统的不同看法。而这些不同看法也正体现出他们对传统的认同或修补。因此研究韩愈现象，研究韩愈本身和评韩者的各种心态和思想，是有价值的。总之，韩愈现象是一种内涵丰富的文化现象。

第十一章　韩愈诗文廊庙气及其文化解读

以气为主，以气势、气韵为美，是韩愈创作的主要特征，无论是散文还是诗歌都表现出这一特征。前人对他的这一特征多有论证，如对其散文气势的论述，皇甫湜说："韩吏部之文，如长江大注，千里一道，冲飙激浪，纡流不滞。"（皇甫湜：《谕业》）苏洵接过皇甫湜的话头进一步发挥补充说："韩子之文，如长江大河，浑浩流转，鱼鼋蛟龙，万怪惶惑，而抑遏蔽掩，不使自露，而人自其渊然之光，苍然之色，亦自畏避，不敢迫视。"①茅坤也说："吞吐骋顿，若千里之驹，而走赤电，鞭疾风，常者山立，怪者霆击，韩愈之文也。"（《唐宋八大家文钞》论例）以上论者都不约而同地以奔腾不息的长江浪涛和瞬息万变的雷电来形容韩愈散文的气势。对于韩愈的诗，人们也不乏同样的议论，如晚唐司空图就说："韩吏部歌诗数百首，其驱驾气势，若掀雷抉电，撑抉于天地之间，物状奇怪，不得不鼓舞而徇其呼吸也。"②明代人高棅也评价说："昌黎博大其文，其诗横骜别驱，崭绝崛强，汪洋大肆而莫能止。"③而清人方东树认为韩诗"精神兀傲，气韵沈酣，笔势驰骤，波澜老成，意象旷达，句字奇警，独步千古"。④这与人们对其散文的评价是何其相似。可见，气势、气韵是韩愈诗文的主体特色，人们也给韩愈这种以气为主的诗文以高度评价。

韩愈诗文的气是什么？有关这方面，学界论述颇多，人们多认为主要指其源于孟子的浩然之气。韩愈的学养功夫，得力于孟子知言养气学说甚深，这确

---

① （宋）苏洵：《上欧阳内翰第一书》，见曾枣庄、金成礼：《嘉祐集笺注》卷十二，上海古籍出版社 1993 年版，第 328 页。

② （唐）司空图：《司空表圣文集》卷二，转引自张清华：《韩学研究》，江苏教育出版社 1998 年版，第 506 页。

③ （明）胡震亨：《唐音癸签》，上海古籍出版社 1981 年版，第 45 页。

④ （清）方东树：《昭昧詹言》，人民文学出版社 1961 年版，第 160 页。

实是事实，明代贝琼说“韩愈之文祖于孟子”（贝琼：《潜溪先生宋公文集序》）而又被欧阳修所宗，储欣认为韩愈“深造孟子，陶铸子长，勒一家之言”。（《唐宋十大家全集录总序》）韩愈自己也认为“求观圣人之道，必自孟子始”（韩愈：《送王秀才序》）。他说自己：“贤”虽然不及孟子，但“使其道由愈而粗传，虽灭死万万无恨”（韩愈：《与孟尚书书》）。可见韩愈是以继孟子之道统而自命的。而韩愈得其精髓的也正是孟子的知言养气和浩然之气。这种浩然正气按孟子的话来理解，是以道义之志统帅“充体之气”①（情感、血气），以气养志，志气合一的道德精神。这种道德精神确实贯穿韩愈的诗文中，但只要认真读读韩愈的全部诗文，我们发现不仅如此，在他的诗文中，除了这种浩然之气外，还有一种常为学界所忽视的或语焉不详的“廊庙气”。张戒曾提出过韩愈诗文的廊庙气，他在其《岁寒堂诗话》中针对学界有关对韩愈诗文正负两方面的批评时有过一段客观评论：“韩退之诗，爱憎相半：爱者以为虽杜子美亦不及，不爱者以为退之于诗本无所得。自陈无己辈，皆有此论。然二家之论具过矣。……子美笃于忠义，深于经术，故其诗雄而正；李太白喜任侠，喜神仙，故其诗豪而逸；退之文章侍从，故其诗文有廊庙气。退之诗正可以与太白为敌，然二豪不并立，当屈退之第三。”作者指出了学界在评价韩愈诗文中存在的两种偏颇，比较了杜、李、韩三家各自的特色，给了韩愈比较中肯也合乎实际的历史地位，其中张氏提出了韩愈诗文的“廊庙气”，虽然语焉不详，但值得我们注意。

李贤在《后汉书·申屠刚传》注解“廊庙”时说：“廊，殿下屋也；庙，太庙也。国事必先谋于廊庙之所也。”②显然，“廊庙”系指朝廷。所谓“廊庙气”自然也就是指宛如朝廷的那种居高临下，肃穆庄严，统摄四方，君临天下，夺人气魄，使人畏避，不敢仰视的气势。本文笔者试图从以下几个方面探讨韩愈诗文中的廊庙气的表现及廊庙气形成的原因。

---

① 杨伯峻：《孟子译注》，中华书局1960年版，第56页。

② 转引自罗竹凤主编：《汉语大词典》，汉语大词典出版社1997年版，第1968页。

第一节　居高临下的盟主气

韩愈散文说理雄奇奔放，气势磅礴，咄咄逼人，行文浑灏流转，表现出雄伟闳肆，居高临下的特点。如其《进学解》一文，骈散相间，句式整齐而富于变化，偶句、排句、对仗并用，其中又多处用韵语，韵散结合，一气流注。内容上熔古铸今，议论滔滔，闳中肆外，其气势咄咄逼人，正如唐人孙樵所说的“韩吏部《进学解》，拨地倚天，句句欲活，读之如赤手捕长蛇，不施控骑生马，急不得暇，莫可捉搦，又似远人入太兴城，茫茫自失”。[①] 不要说其说理文具有这个特点，即使其与友人的书信文也无不具这个特点，如其《重答李翊书》也表现出这种居高临下的气势。该书韩愈本着孔子“不患人之不己知，患人不能也”（《论语·宪问》）的精神针对李翊上次对韩愈回信的不相信委婉地提出忠告和批评。韩愈首先指出：“生之自道其志，可也；其所疑于我者，非也。”（《重答李翊书》）韩愈所“非”的理由是“君子之于人，无不欲其人一善，宁有不可告而告之，孰有可进而不进也。言辞之不酬，礼貌之不答，虽孔子不得行于互乡，宜乎余之不为也”（《重答李翊书》）。然后用一连串反问句质问李翊：“虽然，生之志求知于我邪？求益于我邪？其思广圣人之道邪？其欲善其身而使人不可及邪？其何汲汲于知而求待之殊也？贤不肖，固有分矣。生其急乎其所自立，而无患乎人不已知，未尝闻有响大而声徽也。况愈之于生恳恳邪！”（《重答李翊书》）语句婉转，忠告殷殷，态度诚恳，而气势却居高临下，不容置驳。因此曾国藩评价该文说：“《重答李翊书》，韩公文如主人坐堂上，而与堂下奴子言是非。然不善学之，恐长客气。”[②]曾国藩以“主人”气来形容该文，甚有见地。韩愈的这种居高临下之气，在其一部分诗中也有表现。如其《调张籍》一诗，以居高临下之势，借好友张籍之口，大声斥责：“不知群儿愚，那用故谤伤。蚍蜉撼大树，可笑不自量。”以狂言激语，直指同辈名家元、白。在李、杜优劣之

---

① （明）孙樵：《孙樵集》，见陈克明：《韩愈年谱及诗文系年》，巴蜀书社 1999 年版，第 386 页。

② （清）曾国藩：《读书录》，见吴文治：《韩愈资料汇编》第四册，中华书局 1983 年版，第 1487 页。

争风炽的中唐，作者在此诗中力排众议，独抒己见，盛赞李、杜二公的诗是“巨刃磨天扬，……乾坤摆雷硠”，语气斩绝，不容置辩。并表示要通过学习，使自己的诗达到李杜“精诚忽交通，百怪入我肠。刺手拔鲸牙，举手酌天浆。腾身跨汗漫，不著强女襄”的境界。学界早已指出，韩愈诗尚胆，尚豪，思力劲健，豪横磊落，措笼万有，如箭在弦上，不得不发，像《石鼓歌》、《送侯参谋赴河中幕》、《郑群赠簟》、《南山诗》等都有这种气势。即使在一些写实的小诗中，也有一种凛凛之气。如其在贞元十五年所写的两首小诗《汴州乱》，充满了一种对兵乱中军阀滥杀无辜的愤怒：“汴州城门朝不开，天狗堕地声如雷，健儿争夸杀留后，边屋累栋烧成灰。诸侯咫尺不能救，孤士何者自兴衰。”（《汴州乱》其一）面对血腥屠杀，四邻坐视，朝廷束手，作壁上观，作者义愤填膺，一股正气溢于诗中，因此被人评为“上无天子”、“下无方伯”①，作者敢于把批判之锋芒直指天子和地方军阀，真是气贯长虹。

关于韩愈诗文的这种居高临下的廊庙气，前人多有评价，如储欣在其《唐宋十大家全集录总序》中评价韩愈《答崔立之书》说：“公此时如大鹏翱翔乎千仞之上，背负青天，而下顾与己竞进者皆燕雀也，故其言如此。余尝以为书自司马报任后，惟公此书足与相当。马悲韩豪，其快一耳。”以千仞大鹏下顾尘寰之燕雀喻韩文之居高临下的气势，甚为贴切。此外，曾国藩在评论韩愈《吊武侍御所画佛文》时说：“置身千仞之上，下视昧昧者，但觉可怜悯也。”②这种居庙堂高位而睥睨一切，奴视千夫、仪则天下、表率文坛的盟主气势，确实体现了他那“文章侍从”的为文特色。正因为如此，所以周荫棠先生评价说：“韩的‘道’贵族化，觉得转移风气，救时济世的大事业，非己莫属，故欲以一人的文章，作众人的模范。”③

---

① （清）陈景云：《韩集点勘》，见陈克明：《韩愈年谱及诗文系年》，巴蜀书社 1999 年版，第 84 页。

② 吴文治：《韩愈资料汇编》第四册，中华书局 1983 年版，第 1492 页。

③ 周荫棠：《韩白论》，见汕头大学编：《韩愈资料汇编》，汕头大学 1996 年，第 171 页。

第二节　奴视世人的自负气

韩愈在政治上是一个欲有所作为的人，匡忠济时是他一生的理想，而要实现这种理想是必须仕进的。他在《后廿九日复上书》中就强烈地表达了自己仕进的愿望："今虽不能如周公吐哺捉发，亦宜引而进之"，"愈每自进而不知愧焉；书亟上，足数及门，而不知耻焉"。也正因这种不避耻而求进的精神，遭来不少富贵、躁进之讥。朱熹讥其"终不免于文士浮华放浪之习，时俗富贵利达之求"。①清人刘开说他"上书于执政，唯急于干禄而求效力当时，故君子讥其躁进"。②千方百计"效力于当时"，的确是他孜孜以求的。同时他也非常自负，即使身处贬途，他也心雄万夫，气凌霄汉："念昔始读书，志欲干霸王，屠龙破千金，为艺亦云亢。"(《岳阳楼别窦司直》)刚由阳山贬所归来，就以"干霸王"、"屠龙"自许。特别是在道统上，他更是自负和自信，在《原道》里，他认为"道"自从尧传至舜，传至禹，传至汤、文、武、周公、孔子、孟子后，"不得其传焉"。那么传道的使命自然而然落至了韩愈的身上。在《与孟尚书书》里，他说："使其道由愈而粗传，虽灭死万万无恨。"俨然一幅舍我其谁的口气，何其自负、自信。这种自负当然也招至人们的批评，陈登原讥他是"文人之卖弄，茫无归宿之夜郎自大已"(《韩愈评》)。就连称他"道济天下之溺"(苏轼：《韩文公庙碑》)的苏轼也责备"韩愈之于圣人之道，盖亦知好其名矣，而未能乐其实。……其论至于理而不精，支离荡佚，往往自叛其说而不知"。③

韩愈的这种自负、自许、自信也处处体现在他的诗文中。如其贞元十三年所写的《答崔立之》就典型地充满了这种自负气。韩愈自贞元八年第进士后，于贞元十一年三次参加宏词考试，但都失败。崔以书相勉，韩愈答以该书，直

---

① (宋)朱熹：《王氏续经说这》，见吴文治：《韩愈资料汇编》第一册，中华书局 1983 年版，第 401 页。

② (清)刘开：《孟涂文集》，见吴文治：《韩愈资料汇编》第四册，中华书局 1983 年版，第 1437 页。

③ (宋)苏轼：《韩愈论》，见吴文治：《韩愈资料汇编》第一册，中华书局 1983 年版，第 145 页。

抒胸臆，信笔写出，虽然久困场屋，屡遭失败，但郁勃雄劲之真气，自负自信的雄心不减。书之开头就自命不凡，认为自己“颠顿狼狈”是因为“见险不能止，动不得时”也，希望崔子勿以俗夫待我，能以“丈夫期我”。紧接着下文叙述自己的求学经历，连年困顿的遭遇及今后之抱负：“年十六七时，未知人事，读圣人书”，“及年二十，时苦家贫，衣食不足，谋于所亲”，“及来京师，见有举进士者，人多贵之，仆诚乐之，就其求术”，以后“凡二试于吏部，一既得之，而又黜于中书，虽不得仕，人或谓之能焉”，“四举于礼部乃一得，三选于吏部卒无成”，进退维谷，遭遇屯邅，但韩愈并不灰心，以“屈原、孟轲、司马迁、相如、扬雄之徒”自勉自慰：“彼五子者，且使生于今之世，其道虽不显于天下，其自负何如哉！肯与夫斗筲者决得失于一夫之目而为之忧乐哉！故凡仆之汲汲于进者，其小得盖欲以具裘葛、养穷孤，其大得盖欲以同吾之所乐于人耳。”①文中写出自己心高气傲，不愿与斗筲同试但又隐忍就试之由，感愤自负溢于言表，诚如曾国藩所言：韩愈“顾不能中选，甚羞与今世之中选者比伦，而又不能不隐忍与之同试。甚愿与屈、孟五子同志，而又不能效其不与斗筲者同试。心所耻而行不能从，己所耻而人不能谅。层层感愤，迸露纸上”。② 崔立之在来信中曾以卞和献璧刖足不挫志相勉，而他反劝崔说：“仆之玉固未尝献，而足固未尝刖，足下无为我戚戚也。”保持故我，有待来兹，何等地自负。文章最后更显示其自负气：若能被人“致之乎吾相，荐之乎吾君”，将尽其所能，有所作为；“若都不可得，犹将耕于宽闲之野，钓于寂寞之滨，求国家之遗事，考贤人哲士之终始，作唐之一经，垂之于无穷，诛奸谀于既死，发潜德之幽光。”③进亦忧，退亦忧；进则忧君国，忧万民，退则忧经史，“诛奸谀”、“发潜德”。一腔热血，几许自负。怪不得曾国藩充满激情地说：“后幅‘方今天下’一段，写其怀抱，视世绝卑，自负绝大。极用意之作。”“‘作唐之一经，垂之于无穷’极自负语，公盖奴视一世人。”④

韩愈不但自负，而且在文中每多自命不凡的自鬻之词，这在其于贞元十三年对时宰赵憬、贾耽、卢迈先后所写的三封《上宰相书》尤其表露突出。对其

---

① 马其昶：《韩昌黎文集校注》，上海古籍出版社 1986 年版，第 166 页。

② 同上书，第 168 页。

③ 同上。

④ 陈克明：《韩愈年谱及诗文系年》，巴蜀书社 1999 年版，第 57 页。

中的自鬻之词，黄震是这么看的："昌黎三上光范书，世多讥其自鬻。然生为大丈夫，正蕲为天下国家用。"①正是这种"为天下国家用"的抱负，导致韩愈具有孜孜矻矻，穷不知悔的自负、自信气，促使他在权贵面前不断地抛售自己、自鬻自己，因此我们不必为他的自鬻讳，唯其自鬻、自负我们才看到了在他散文中表现出的一个真实的韩愈。前引周荫棠在《韩白论》中评韩愈"欲以一人的文章，作众人的模范"云云，这虽然不免带有贬义，但也确实道出了韩愈诗文的特色——奴视世人、仪则天下的自负气。

韩愈的这种奴视世人的自负气在其诗中也处处表现出来。如贞元十四年他与孟郊所写的《远游联句》四十韵宏壮博辩，气势雄豪，体现了韩愈好与人争锋，不肯少让的个性。所以清人赵翼在《瓯北诗话》中评此类诗时说："今观诸联句诗，凡昌黎与东野联句，必字字争胜，不肯稍让。"韩愈于元和六年所写的《双鸟》寓言诗也有"春来我不先开口，天下谁人敢争先"的气势。关于这首诗中的双鸟指谁，素来未有确解，从柳开、叶梦得至朱熹以前，至少有三说：一说喻指佛老二氏，一说喻指李、杜二人，一说喻指韩愈、孟郊二人。清人较多认同第三说，即认为《双鸟》诗是指韩愈本人和孟郊，以清人说为是。《双鸟》诗中写道："双鸟海外来，飞飞到中州。一鸟落城市，一鸟集岩幽。不得相伴鸣，尔来三千秋。两鸟各闭口，万象衔口头。春风卷地起，百鸟皆飘浮。两鸟忽相逢，百日鸣不休。……鼠虫诚微物，不堪苦诛求。不停两鸟鸣，百物皆生愁。不停两鸟鸣，自此无春秋。……天公怪两鸟，各捉一处囚。百虫与百鸟，然后鸣啾啾。"诗是韩愈《送孟东野序》一文中"物不得其平则鸣"，"以鸟鸣春，以雷鸣夏，以虫鸣秋，以风鸣冬"之意的承袭。诗以双鸟喻己和孟郊，大有吾侪不鸣，天下凡鸟谁能鸣；吾侪被囚"闭声"，"百虫与百鸟，然后鸣啾啾"的自命不凡气势。这与他另外写的一首诗同一机杼："我愿化为云，东野化为龙，四方上下逐东野"（《醉留东野》），以己喻云，以孟郊喻龙，龙云际会，何其自鸣得意。赵翼《瓯北诗话》卷三中曾评价韩愈的《双鸟》诗时说："昌黎作《双鸟诗》，喻己与东野一鸣而万物皆不敢出声。东野诗亦云：'诗骨耸东野，诗涛涌退之。'居然旗鼓相当，不复谦让。至今果韩、孟并称，盖二人各自忖其才分所至，而预定声价矣。"评价十分合乎二人实际情况，恃才负气，争胜逞能，睥睨

① 陈克明：《韩愈年谱及诗文系年》，巴蜀书社1999年版，第53页。

世人确实是二人的特色。特别是韩愈，奴视世俗的自负气在其诗文中无处不在。

第三节　典丽鬯皇的清庙明堂气

范献之在《蠡园诗话》中论到韩愈的七古诗时曾谈到："韩愈七古，气势盘空生硬，浑灏流转，貌似杜工部，而典丽鬯皇，有清庙明堂气象。当时诗人已奉之如泰山北斗。与之为友者，有张籍、李翱、皇甫湜；事之为师者，如孟郊、贾岛、李长吉。"这一则资料告诉我们：韩愈七古一方面险拔劲健，硬语盘空，灏气流转；另一方面异彩纷呈，典丽鬯皇，有如高居明堂，满目艳丽富博典重肃穆之景，让人应接不暇。体现了韩愈在诗歌艺术境界上的追求，这种好"奇"的艺术追求，影响到同时代的作家及其后学，正因如此，叶燮誉之为："韩愈为唐诗之一大变，其力大，其思雄，崛起为鼻祖"（《原诗》）。① 如其于元和六年（据吕大防、洪兴祖所撰年谱）所写的《石鼓歌》就体现了这一特点，该诗较长，可分四段，首叙石鼓来历，次叙写字，三段叙初年已事，末以感慨结，抵得上一篇传记。下面引首段：

> 张生手持石鼓文，劝我试作石鼓歌。少陵无人谪仙死，才薄将奈石鼓何！周纲陵迟四海沸，宣王愤起挥天戈。大开明堂受朝贺，诸侯剑佩鸣相磨。蒐于岐阳骋雄俊，万里禽兽皆遮罗。镌功勒成告万世，凿石作鼓隳嵯峨。

苍劲雄浑，硬语盘空，而又灏气流转，有不可一世之概，将石鼓形成的一段远古历史鲜活地展现出来。诗中盘空硬语中不乏酣畅淋漓，狠重粗豪中不乏典重和平，真有明堂之上，百宝纷然杂陈之气象。沈德潜《唐诗别裁》中称："典重和平，与题相称，一韵到底，每易平衍。"《唐宋诗醇》中曰："典重瑰奇，良足铸之金而磨之石。后半旁皇珍异，更见怀古情深。"方东树《昭昧詹言》卷一曾把苏轼《石鼓》与韩愈《石鼓》作比较，认为："东坡《石鼓》，飞动奇纵，有不可一世之概，故自佳。然似有意使才，又贪使事，不及韩气体肃穆沈重。"他们都不

---

① 转引自钱仲联：《韩昌黎诗系年集释》，上海古籍出版社 1984 年版，第 2 页。

约而同地指出韩愈该诗的典重肃穆、矞皇珍异的特色。

又如韩愈的《谒衡岳庙遂宿岳寺题门楼》诗也是这样的作品，在盘空硬语中不乏典丽矞皇的明堂气象。这是作者永贞元年夏末离开阳山后经衡州时所写的诗。诗首以议为叙："我来正逢秋雨节，阴气晦昧无清风。潜心默祷若有应，岂非正直能感通。须臾静扫众峰出，仰见突兀撑青空。"写自己初来衡山所见衡山时晴时雨，变化万千。然后写石廪、天柱、紫盖、祝融等衡山七十二峰之胜景，雄浑壮丽："紫盖连延接天柱，石廪腾掷堆祝融。森然魄动下马拜，松柏一迳趋灵宫。粉墙丹柱动光彩，鬼物图画填青红。"奇纵典丽，意象杂陈，妥帖排奡之中浸透一种典重之气。所以方东树《昭昧詹言》中称之为"庄起陪起，此典重大题。"末段叙中写己之情志："庙令老人"说"杯珓"可以预测吉凶，导我掷杯珓。但韩愈却认为"窜逐蛮荒幸不死，衣食绝足甘长终。侯王将相望久绝，神纵欲福难为功"。衣食能安足矣，何觅侯王将相耶？吾已无志，神即欲祐之，难以成功也。此时"夜投佛寺上高阁，星月掩映云朣胧，猿鸣钟动不知曙，杲杲寒日生于东"。不知不觉中"东方之既白"（苏轼：《前赤壁赋》）矣。作者坦然睡卧之态、无意王侯之志可见。该诗硬语中潜流灏气，妥帖中不乏排奡，森然中时陈典重，雄浑中时杂矞皇。诚为程学恂所言"七古中此为第一"，只有"苏子瞻解得此诗"①，只有苏子瞻《海市》能与之媲美。此外，韩愈其他一些诗也表现了这方面的特点，如其元和六年所写的《李花二首》奢华纷拏，典丽肃穆，被陈沆《诗比兴笺》评为"此等咏花诗，肃肃穆穆，如对越在天，骏奔走在庙，《离骚》而下，无敢跂其彷佛。与《感春》诗皆昌黎最高之境"。

典丽矞皇的明堂气象更呈现在其一些应酬文字中。这些应酬文字除了诗之外，主要还包括了赠序、贺表、上书、行状、和碑铭之类。章学诚在其《答陈鑑亭》中认为："昌黎诗文七百，其离应酬而自以本意著文者不过二十之一。"这些应酬文我们不想涉及，只谈谈他的应酬诗。

如《晋公破贼回重拜台司以诗示幕中宾客愈奉和》一诗，对晋国公裴度破蔡州擒吴元济的壮举进行了热情的赞扬："南伐旋师太华东，天书夜到册元功。将军旧压三司贵，相国新兼五等崇。鹓鹭欲归仙仗里，熊罴还入禁营中。长惭典午非材职，得就闲官即至公。"上四句对裴度的凯旋功成，相业方旦，

① 陈克明：《韩愈年谱及诗文系年》，巴蜀书社 1999 年版，第 210 页。

“旧压三司”之贵，“新兼五等”之崇表达极尽钦羡、赞颂之情；后四句直叙幕中宾客与宴之情景，鹓鹭仙归，熊罴欲舞，自己惭非司马之材职，且就闲官。颂人惭己，分寸得体。典丽中有雄浑之语，歌德中有高华之气。庄雅得体，谀人得度，一派明堂气象。这是其应酬中较好的作品。至于《奉和仆射裴相公感恩言志》一诗则借应和以表感恩之情，以言大贤应功成身退、效范蠡故事之志，亦流露出对遭李逢吉之谗而罢为左仆射的裴度的慰勉之情。此外，像《大行皇后挽歌词三首》则更是颂圣之词了，如“一纪尊名正，三时孝养荣。高居朝圣主，厚德载群生。武帐虚中禁，玄堂掩太平。秋天笳鼓歇，松柏遍山鸣”（第一首），对宪宗生母顺宗庄宪皇后王氏的新崩表示哀挽，哀挽中一片赞颂之情，写得典雅裔皇，圆和有态，正如朱彝尊所言：“典雅有风致。”“按经据礼，举其大者为颂，最得体。”“圆和有态，正是诗人风韵。”①这种圆和典雅风致正是一种明堂气象的表现。元和五年韩愈为河南令，参与“乡贡”并参与宴礼，作有《燕河南府秀才》诗，诗云：“吾皇绍祖烈，天下再太平。诏下诸郡国，岁贡乡曲英。……勉哉戒徒驭，家国迟子荣。”诗叙中有颂，颂吾皇圣明，颂天下太平，颂中也流露出对国家前途之信心与希望。端严中时陈真朴，典丽中不乏肃穆，明堂气象时寓其中。

韩愈这类应酬之作甚多，风格也各异：或浓腴，或雅正；或典丽，或肃穆；或裔皇，或凝重；或颂圣，或谀人；或作礼法之语，而不失诗家风韵；或作辞情之苦，而寓恋主之情；或“谨洁似经”②；或醇厚似雅……无论是诗还是文，都表现出一种廊庙气象。

第四节　韩愈诗文廊庙气形成的历史文化原因

韩愈的居高临下、奴视世人、典丽裔皇、奥博闳肆的廓庙气的形成与其个性气质、地位、学养及时代气氛是不无关系的。

首先，韩愈的一生中体现出了一种好难争险、高蹈凌厉、不断奋进的强者

① 陈克明：《韩愈年谱及诗文系年》，巴蜀书社1999年版，第468页。
② 同上书，第680页。

气质和个性,这也是积淀着中国文化精神的民族个性。尽管他也曾遭遇坎坷,但他追求功名和事业的精神不曾减弱。他那种孜孜以求的主体意识在其诗文中处处体现出来。他在其《县斋有怀》一诗中就表现出少年时代的抱负:"少小尚奇伟,平生足悲咤。犹嫌子夏儒,肯学樊迟稼。事业窥皋稷,文章蔑曹谢。濯缨起江湖,缀佩杂兰麝。悠悠指长道,去去策高驾。"(《韩昌黎全集》卷二)傲视子夏,秕糠樊迟,比驾皋、稷,奴视曹、谢,何等气概!这种高蹈凌厉、不断奋进的精神气质在他的作品表现甚多。比如:"念昔始读书,志欲干霸王"(《岳阳楼别窦司直》),"文人得其职,文道当大行"(《燕河南府秀才》),"少年气真狂,有意与春竞"(《东都遇春》),"我年十八九,壮气起胸中"(《赠族侄》),"自笑平生夸胆气,不离文字鬓毛新"(《奉酬振武胡十二丈大夫》),"险语破鬼胆,高词媲皇坟"(《醉赠张秘书》,见《韩昌黎全集》卷二),"名秩后千品,诗文齐六经"(《题张十八所居》),"臣有胆与气,不肯死茅茨"。(《送张道士》,见《韩昌黎全集》外集)……无须多举,这种不可一世、孜孜进取、包举宇内的精神气质贯注于其诗文的血脉之中,使他能"手持文柄,高视寰海,权衡低昂,瞻我所在"①,形成轥轹前修,凭陵时流,掩吞天下,奴视世人的廊庙气。

形成韩愈诗文廊庙气的第二个重要因素是韩愈对文化学养的重视。而学养之中,关键是人格修养,而人格修养的总和是养气。在韩愈看来,气盛则言宜,"气,水也;言,浮物也;水大而物之浮者大小毕浮。气之与言犹是也;气盛,则言之短长与声之高下皆宜。"(《答李翊书》)韩愈生动地把养气与立言的关系比作水与浮物的关系,见出养气对立言的何其重要性。而养气立言的根本是要养根俟实,他在《答李翊书》中还说:"养其根而俟其实,加其膏而希其光。根之茂者其实遂,膏之沃者其光晔,仁义之人,其言蔼如也。"养根是为了俟实,根茂才能实遂。加膏是为了光晔,膏沃才能光晔。这实际是谈到了作者的思想修养与艺术的关系问题。有文化底蕴者,有学养者才能气盛,气盛者才能言宜。因此,人的学养是根。而文化学养的具体内容又是什么呢?当然是孔孟以来的道学传统,是"仁义",是"古道"。他在《答陈生书》里说:"愈之志在古道,又甚好其辞。"可见他是以"六经"之书来养其根的。韩愈从小读圣人书,存圣人志,"非三代两汉之书不敢观,非圣人之志不敢存。处若忘,行若

① 转引自张清华:《韩学研究》,江苏教育出版社1998年版,第146页。

遗，俨乎其若思，茫乎其若迷”。(《答李翊书》)他识正伪，练真功，以捍卫儒家道统而自任，以仁立志，以志铸气，以气运辞，施乎文章，就气盛言宜，游刃有余了。由于有了以仁为主要内核的儒家道统作为其为政为人之基，以养气为文之根，就使其为文有了一种深厚的文化底蕴与养料，有了一种精神的力量和气势，因为膏腴、根厚，真理在手，就给了他傲视一切，奴视世人，居高临下，咄咄逼人的凛然气势，无论是对上还是对下，无论是对事还是对人，也无论是自己得志还是未得志，他都敢于侃侃而言，正如皇甫湜所谓“长江秋注，千里一道”①也。如前文笔者所分析的《上宰相书》，一开篇就以《诗序》为据，提出圣人都重视人才，继引孟子“君子有三乐，……乐得天下之英才而教育之”云云证之。然后堂而皇之，不避尊卑，与宰相大人侃侃而言，讲起道理来：“此皆圣人贤士之所极言至论，古今所宜法也……”言下之意甚明：重视人才，时宰大人也应该法之。一个尚未得志于有司的年轻进士，本又是求进而来，竟敢对时宰气宏意肆，浩乎沛然，自命不凡，大发此大言，不是自恃理直、根茂、膏腴，不是自恃真理在胸，岂敢有如此凌人之气势。换了别人，面对时宰，趋之媚之犹恐不及，岂敢有此肆意之言。韩愈居高临下的廊庙气于斯可见一斑。

其次，韩愈的廊庙气之形成，与他的特殊地位与经历也是有关的。如前所述，韩愈是一个热衷功名，志于王霸的有为之人，唐德宗贞元二年(786)，他就离家赴长安应进士考试，时年19岁，但连续三次落第。贞元八年(792)，作者24岁，又参加第四次考试，才中了进士，这就是他所谓“四举于礼部乃一得”。接着又参加了吏部主持的“博学宏辞”科考试(即授官考试，也称“省试”、“释褐试”)，但又连续三次碰壁，这也就是他所说的“三试于吏部卒无成”。但他的仕进之心未减，他29岁时开始踏入仕途，先后在武节度使张建封、徐州节度使董晋幕下任观察推官，后又任国子监四门博士。贞元十九年(803)升监察御史，不久因上疏《御史台上论天旱人饥状》而获罪，贬阳山令。唐宪宗元和元年(806)被召回，任国子博士。其后，一路升迁，先后任河南县令、兵部职方员外郎、比部郎中、史馆修撰，转考功员外郎、知制诰，进中书舍人，改太子右庶子。元和十二年(817)，因随宰相裴度平淮西吴元济有功，升任刑部侍郎。元和十四年(819)，因上《论佛骨表》排佛，贬为潮州刺史，不久改贬袁州。唐穆

① 转引自张清华：《韩学研究》，江苏教育出版社1998年版，第460页。

宗长庆元年(821)再度召回长安,先后任国子祭酒,转御史大夫、京兆尹,兵部侍郎、吏部侍郎等职。可见,尽管他科考不顺心,仕途上也三次被贬,不无艰难,但基本上是顺畅的,特别是后期,官运亨通,地位尊崇,这一点是苏轼无可相比的。这种如日中天的政治地位,再加上他因推进文坛和诗坛革新而形成的领袖文坛的声望,就使得他的轥轹前修,淹吞时流,睥睨世俗,居高临下有了客观的条件。也正因为居庙堂之高位,他的诗文中多应酬题材,多颂圣之作,多典丽矞皇的清庙明堂气象也就不足以为奇了。所以张戒把他与子美、太白诗风相比,认为子美"笃于忠义",故其诗"雄而正";太白"喜任侠"、"喜神仙",故其诗"豪而逸";而韩愈是处于"文章侍从"的尊崇地位,故其诗"有廊庙之气"。张戒之说颇有见地,合乎韩愈实际。

最后,韩愈诗文廊庙气之形成,与韩愈所处的时代也不无关系。众所周知,唐代,特别是盛唐是一个国力空前强盛的时代,无论政治、经济和文化都体现出了空前的繁荣。这种繁荣的社会气象滋生了知识分子的醉心功名的自信心和报效国家的自豪感,诸如"丈夫皆有志,会见立功勋"(杨炯:《出塞》),"宁为百夫长,胜作一书生"(杨炯:《从军行》),"忘身辞凤阙,报国取龙庭"(王维:《送赵都督赴代州得青字》)……之类的诗句,俯拾即是,成为时代的最强音。这种自命不凡的自负气和报效祖国舍我其谁的使命感无疑也影响到中唐诗人们。经过"安史"之乱后的中唐,尽管国力不如盛唐,但是锐意改革,振兴中唐,再造辉煌的强烈愿望一直存活在知识分子心中,马革裹尸,报主隆恩,舍我其谁的精神力量不减。这在韩愈的诗文中经常流露了出来,如:"臣有平贼策,狂童不难治"(《送张道士》),"事业窥皋稷,文章蔑曹谢"(《县斋有怀》)……表现出了何等的自信自负。韩愈的汲汲于功名和进取,常为人所诟病,其实,换一个角度来读,未尝不是韩愈报效国家,舍我其谁的自信心和自负气的表现,这种自信自负是唐代的时代精神。因此,我们可以说,韩愈诗文中的居高临下的盟主气,奴视世人、睥睨一切的自负气以及颂主龙恩、歌颂升平的典丽矞皇的清庙明堂气,无一不是时代精神、传统文化精神和民族精神在韩愈诗文中的投影。

第十二章　宋代诗歌特质形成的文化背景与审美心态

有宋一代，诗派林立。宋初西昆承晚唐、五代余绪，师法义山，独取妍华，以细润华丽为贵。或摭拾典故，或堆积辞藻，限题分韵，赓相叠和，一时蔚为风气，以致“杨刘风采，耸动天下”(欧阳修:《六一诗话》)。王禹偁、徐铉、魏野、韩琦、范仲淹、石介相继起而矫之，或宗工部，或学乐天，或仿晚唐，各自另辟蹊径。其后梅圣俞、苏子美、欧阳永叔慕昌黎余风，专主气格，以矫昆体。为诗平易疏畅，开宋诗散文化议论化之先河。其时，“邵、张之流，又崇尚论理，或康济自身，或寻孔颜乐处，一发之于诗，借以悟道”(陈延杰:《宋诗之派别》)。所谓“康节体”风靡一时。至此，宋诗体制风格虽然屡变，然尚无以大异唐诗。文忠公“但开风气不为师”(龚自珍:《己亥杂诗》)，未足以左右有宋一代诗坛。介甫、东坡、山谷出，遂各开生面，“介甫以工，子瞻以新，鲁直以奇”(《苕溪渔隐丛话》卷四十二引《后山诗话》)，卓然成家，笼罩当世，宋诗至此，遂臻极盛。江西诸宗相与倡和，风采耸动天下，余风至南宋未替。中兴杨(万里)、陆(游)诸人虽出江西，然各自成家。尔后四灵继起，步武贾岛、姚武功，啸傲田园，寄情泉石，以野逸清瘦为宗，矫江西“资书以为诗”之病。南宋之衰，江湖游士，承四灵衣钵，每好吟咏，以诗相驰誉，石屏、后村尤著。宋室陵替，晞发、霁山、文山、水云诸人，遗世独立，愤慨而为诗，多故宫禾黍之感，悲壮凄怆，所谓衰世之音哀以痛者。

扫描宋诗一番后，我们发现，尽管宋诗派别分歧，然能代表宋诗特质，领袖有宋一代诗坛而与唐音相径庭者，当推东坡与山谷。欧阳文忠未成大家，仅与晚唐离；苏黄二人，各独树一格，始与晚唐绝。元祐以后，诗人迭起，然莫不以二家为依归。因此，宋诗之有苏、黄犹唐诗之有李、杜。苏、黄诗歌特质也代表了宋诗的主要特质。

苏、黄诗特质为何？前人论述颇多。严羽在盛赞"盛唐诸人，惟在兴趣，羚羊挂角，无迹可求"(《沧浪诗话》)之后，指出苏、黄等"近代诸公乃作奇特解会，遂以文字为诗，以才学为诗，以议论为诗。"(《沧浪诗话·诗辩》)批评宋诗涉理路、落言诠。他认为"诗有别趣，非关理也"。这"别趣"就是要"吟咏性情"。因此，他说："诗有理、意兴，……本朝人尚理而病于意兴，唐人尚意兴而理在其中。"(《沧浪诗话·诗辨》)以意兴、尚理分唐界宋，是符合实际情况的。苏、黄诗正体现了尚理的特点。然具体风格又有异："子瞻以议论作诗，鲁直又专以补缀奇字。"(张戒:《岁寒堂诗话》)"苏才豪，然一滚说尽无余意；黄费安排。"(朱熹:《清邃阁论诗》)这就道出了两人的区别：一个"波澜富而句律疏"(《后村诗话》)，如急流过峡，骏马注坡，惟意所之；一个则"锻炼精而性情远"(《后村诗话》前集卷二)。戛戛独造，字法句法，用事押韵益加细密，抉刻入里，实非唐人所比。就尚理言，山谷更甚。他在《答王观复书》中公开倡言"但当以理为主"，指责王"读书未精博"。因此，江西诸子搬弄书卷，讲议道理，蔚然成风。刘后村所谓"或尚理致，或负材力，或呈辨博"(《竹溪诗序》)，即指此而言。正因他们"才思横溢，触处生春，胸中书卷繁富，又足以供其左旋右抽，无不如志"(赵翼:《瓯北诗话》卷五)，因而或则以才学为诗，以文为诗，以议论为诗，如"天马脱羁，飞仙游戏，穷极变化，而适如意中之所欲出"(沈德潜:《说诗粹语》)；或则在诗中谈玄说理，吞吐腾挪，有峰回路转之妙。刻厉思深，气象森严。铺叙、议论、博依广引无不曲尽其致。语言求瘦硬生新，章法讲急转陡折。读之如见危峰古松，筋骨嶙峋。钱钟书先生以"筋骨思理见胜"六字概括宋诗特质并与以"丰神情韵擅长"①的唐诗相比较是很有眼光的。

总之，主理尚气，驰骋才情，议论风生、刻抉入微是宋诗基本特质。这些特质何以形成？论者皆称唐之少陵、昌黎、香山、东野已开其先调，"至皮、陆二家，已浸淫乎宋氏矣"(袁枚:《答沈大宗伯论诗书》)。然而宋诗能在唐诗之后独成一格，绝非偶然，还得从宋代的社会文化心态、审美心理来考察。

---

① 钱锺书:《谈艺录》，中华书局1984年版，第2页。

第一节　理学文化视野中的宋诗特质之形成

每个历史时期都有其特定的文化及其文化心态，它直接影响着文学的方向。我们要弄清宋诗特质之形成必须对宋代文化心态进行审视。所谓文化，概念极复杂。克卢伯和克拉克法在其专著《文化》中，认为文化包括了人们全部的行为规范，也包括了人类全部的物质文明和精神文明。布克哈特在《意大利文艺复兴时期的文化》一书中，把欧洲文艺复兴的成就概括为两大发现——“世界的发现和人的发现”。人们在发现世界和自身时所达到的自由程度及仍然承受的种种限制，一方面外化为人类物质文明与精神文明的具体成果；另一方面也内化为克卢伯所说的社会生活设计及群体行为指针，凡此种种皆谓之文化。

在宋代物质文明是很高的，农业手工业科技十分发达。著名的火药、指南针和活版印刷三大发明都在宋代。从沈括《梦溪笔谈》里可见，宋代天文学、数学、物理学、生物学、化学、医学已有相当成就。人们在认识世界把握自然中硕果累累。然而这不在本书探讨之列，本书笔者所要探讨的是影响宋诗特质形成的社会文化心态即当时的社会生活设计及群体行为指针。众所周知，佛、道二氏在唐代曾遭韩愈批挞，但仍昌炽，人们迫切要求出现新的生活设计及群体行为指针，以稳固封建统治秩序，认为释老二氏“去君臣之礼，绝父子之威，灭夫妇之义”，主张“鸣鼓而攻之”（孙复语，见《宋元学案》卷二）。但释、老严密的逻辑性及思辨性不是“人其人，火其书、庐其居”（韩愈：《原道》）这样简单的方法能消灭得了的。于是出现了以儒家伦理道德为核心，吸收佛、道的宇宙生成模式论和哲学的思辨，援佛、道入儒的理学，成为指导当时群体行为的文化主潮。北宋庆历年间为理学开创阶段，出现了“道学宗主”的濂学周敦颐。一时间，“学统四起”，“筚路蓝缕，用启山林”（《宋元学案》卷首）。熙宁前后，为理学奠基阶段，派别林立，有继承“关中之申（颜）、侯（可）二子”的“关学”张载，有完成“三教归一”的“洛学”二程。横渠的“天地之性”与“气质之性”，“德性之知”与“见闻之知”，“理一分殊”，“心统性情”等，二程的“性即理也”、“格物致知”、“知先行后”、“天理人欲”等，成了宋明理学基本范畴和原则。此外,还有非主流的“新学”王安石和“蜀学”二苏,推波助澜,蔚为大观。至南宋时期,为集大成阶段,主流派之正统者有朱熹、陆九渊及其门徒弟子。朱熹、吕祖谦、张拭齐名,被称为“东南三贤”。陈亮说:“乾道间,东莱吕伯恭、新安朱元晦及荆州(张拭)鼎立,为一世学者宗师。”(《陈亮集》卷二十一)此外还有永康之学的陈亮和永嘉之学的叶适,一时并盛。淳熙年间(公元1174—1189)吕祖谦、张拭与闽学及江西之学遂鼎足而三。全祖望在《水心学案序录》中云:“乾淳诸老既没,学术之会,总为朱陆二派,而水心龂龂其间,遂称鼎足。”(《宋元学案》卷五十四)朱熹继二程、张载而成“理学”之集大成者,陆氏发扬程颢之学而自成“心学”,陈亮、叶适等继王安石事功和革新思想而成唯物主义。他们彼此争论不休,理学之盛,蔚为大观,构成了当时文化的大潮,成为群体生活行为的指针。

后村在其《林子显诗序》云:“近世理学兴而诗律坏,惟永嘉四灵复为言,苦吟过于郊、岛,篇幅少而警策多。”(《后村大全集》九十八)后村的左江西右四灵,以及“诗律坏”云云我们不想讨论,但他指出了宋诗特质之形成与理学兴起密切相关是很有眼光的。那么理学何以影响诗律呢?可从下面几个方面看出。

从作家成员来看,当时许多诗人或本身兼理学家,或与理学家过从甚密。如苏轼是理学之别流“蜀学”创始人,杨万里、赵汝愚亦大力提倡理学,陈亮亦是理学别派人物。朱熹既是理学家又是诗人。此外很多文人与理学家过从甚密。大词人兼诗人的辛弃疾就与张拭、吕祖谦、陆九渊、朱熹、黄榦等人交厚,与陈亮亦甚善,特别为“朱文公所敬爱,每以‘股肱王室,经纶天下’奇之”(谢仿得:《祭辛稼轩先生墓记》),文公并为他未正式加入理学队伍而深感惋惜:“今日如此人物,岂易可得。向使早向里来,有用心处,则事业俊伟光明,岂但如今所就而已耶!”(《宋文公集》卷六十,《答杜叔高书》)又如江西诗派许多诗人亦在思想上和师友关系上接近理学家,尤与吕氏一门关系甚切。陈师道是曾巩门人,亦受知于苏轼,与吕希哲有交情,与理学家邹浩亦是朋友,“诸经皆有训传,于《诗》、《礼》尤邃”(《东都事略》卷一一六《文艺传》)。徐府是杨时的学生,谢无逸、汪革、饶德操等均为吕希哲父子门人。其余潘大临、江端本、晁冲之等人则多与吕本中相友。

从文学理论上看,理学家们主张明道致用,反对浮华纤巧,把诗看做吟咏性情、涵养道德的工具。如邵雍就云:“以物观物”、“虽曰吟咏性情、曾何累于性情哉?”(《伊川击壤集自序》)。程颐也说:“兴于诗者,吟咏性情涵畅道德之中而歌动,有‘吾与点也’气象。”(《程氏外书》三)重理路而轻形式,认为在艺术形式上用功是“害道”、“妨事”,甚而主张用道取消文。他们也反对讪谤怒骂。杨时说:

> 作诗不知风雅之意,可以不作。诗尚谲谏,言之者无罪,闻之者足戒,乃为有补。若谏而涉于毁谤,闻者怒之,何补之有?观东坡诗,只是讥诮朝廷,殊无温柔敦厚之气,以此人故得而罪之。若泊淳(程灏字)诗,则闻之者自然感动矣。(《龟山语录》)

他们不满东坡怒骂,是因为怒骂只能激怒“闻者”,徒然得祸,无补于道。只有温柔敦厚,主文谲谏,方能“自然感动”。这说明理学家们论诗重内容、重道。他们之所以指责苏、黄,正是从这一点出发。如朱熹就批评江西诸子学杜甫晚年之作,他认为“杜甫夔州以前诗佳,夔州以后,自出规模,不可学”。特别是“杜子美晚年诗都不可晓”(《清邃阁论诗》)。因为子美“晚岁渐趋诗律细”,内容不如夔州前阔大深刻。当然,对江西诸子诗,理学家极口赞扬的亦大有人在。如与朱子同时的象山先生陆九渊就极口称颂江西派,程帅送他一部《江西诗派》,顿感殊荣说:“一旦充室盈几,应接不暇,名章杰句,焜耀心目,执事之赐伟哉!”又说“至豫章而大肆其力,包含欲无外,搜抉欲无秘,体制通古今,思致极幽吵,贯穿驰骋,工力精到”(《象山全集》卷七《与程帅》)。这赞扬虽不免有乡曲之私(陆亦是江西人),但亦反映了他的文学观。陆氏虽主要从形式着眼,但亦是从内容出发的,他赞扬杜少陵“爱君悼时,追摄《骚》《雅》,而才力雄厚,伟然足以镇浮靡”(《象山全集》卷七《与程帅》),认为预章(山谷)继承了杜子美传统而“大肆其力”。

理学家的这些主张与当时文人的主张虽然不尽相同,但有共同之处。如与理学家关系密切的黄庭坚就很重视诗歌内容。他称王观复的诗“皆兴寄高远”(《豫章先生文集》卷一九《与王观复》),称晁元忠的诗“兴托深远”(《豫章先生文集》卷一九《答晁元忠书》),称胡宗元的诗“其兴托高远,则附于《国风》;其忿世嫉邪,则附于《楚辞》”(《豫章先生文集》卷一六《胡宗元诗集序》),赞徐师川诗“辞皆尔雅,意皆有所属”(《豫章先生文集》卷一九《与徐师川书》)。主张诗应发挥社会功用:“文章功用不经世,何异丝案缀露珠!”

(《山谷内集》卷六《戏呈孔毅父》)山谷亦讥东坡之怒骂为诗,在《答洪驹父书》中说:"东坡文章妙天下,其短处在好骂,慎勿袭其轨也。"认为"诗者,人之情性也。非强谏争于庭,怨忿垢于道,怒邻骂座之为也。"(《豫章黄先生文集》卷二六《书王知载朐山杂咏后》)这虽然有对苏轼乌台诗案的殷鉴,但此论主要还是儒家温柔敦厚、主文谲谏诗教之翻版,与理学家之论何其相似。陈师道亦云:"言以述志,文以成言,约之以义,行之以信。近则致其用,远则致其传,文之质也。"(《后山先生集》卷九《答江端礼书》)无须多举,可见当时文人与道学家无论思想和文学趣味都有相通之处,这必然影响诗坛风气。如翁方纲所云:"谈理至宋人而精,说部至宋人而富,诗则至宋人而益加细密,盖抉刻入里,实非唐人所能囿也。而其总萃处则黄文节(庭坚)为之提挈,非仅江西派以之为祖,实乃南波以后,笔虚笔实,俱从此导引而出。"(《石洲诗话》)崇尚论理、以诗悟道、经世致用正是宋人诗歌多理趣、诗格大异唐人的原因。《四库提要》说得好:"自班固作《咏史诗》,始兆论宗;东方朔作《诫子诗》,始涉理路。沿及北宋,鄙唐之不知道,于是以论理为本,以修词为本,而诗格于是乎大变。"这种重理轻词的美学趣味,正是宋诗"病意兴、多理趣"的原因。

从创作实践看,理学家们用诗来阐述儒家义理,表现出明显的议论化、散文化倾向,使很多文人亦受到濡染。宋代理学开山祖之一的邵雍,其《伊川击壤集》二十卷是一部诗歌集,据人统计,收诗一千五百八十三首,其诗"以诗人比兴之体,发圣人义理之秘"(真德秀:《咏古诗序》),被称为"康节体,"曾风靡一时。后村评为"要皆经义策论之有韵者"(《竹溪诗集序》),以致"理学兴而诗律坏"(《答林子显》)。濂学宗主周敦颐存诗二十九首(《周濂溪集》卷八),关学张载存十六首(《张载集·文集佚存》),洛学程颢存诗六十七首,自称"不能赋诗"的程颐亦有三首(《二程集》),闽学创立者杨时存二百三十九首(《龟山先生全集》卷三八至四二),朱熹存一千三百一十八首,心学开创者陆九渊存二十三首(《陆九洲集》卷二五),为理学统治的确立起过重大作用的真德秀存九十五首(《真文忠公文集》卷一),与其并肩战斗过的魏了翁存七百一十一首(《鹤山先生大全文集》),宋末理学家金履祥存八十三首(《仁山集》卷四)。金履祥所编选的《濂洛风雅》,收四十八家理学诗,其实远不止这些。其阵容之大,数目之多,影响之深远不亚于江西派。清康熙年间张伯行新编《濂洛风雅》,选宋理学家十四家和明薛暄、胡居仁、罗钦顺三家之诗共九百余首。清乾隆年间，张景星编《宋诗别裁集》亦选入理学家七家诗四十一首。这么众多的理学家写诗，其对诗坛之影响也就不言而喻了。

理学家诗或悟道或言理或咏性情，散文化、议论化倾向十分明显。下面举数首以见一斑：

一物其来有一身，一身还有一乾坤，能知万物备于我，肯把三才别立根？天向一中分体用，人于心上起经纶，天人焉有两般义，道不虚行只在人。（邵雍：《击壤集·观物吟》）

圣心难用浅心求，圣学须专礼法修。千五百年无孔子，尽因通变老优游。（张载：《圣心》）

三月山方暖，林花互照明。路盘层顶上，人在半空行。水色云含白，禽声谷应清。天风拂巾袂，缥渺觉身轻。（周敦颐：《同宋复古游大林寺》）

功名未是关心事，富贵由来自有天。任是榷酤亏课利，不过抽得体中钱。有生得遇唐虞圣，为政仍逢守令贤。纵得无能闲立薄，嬉游不负艳阳天。（程颖诗，见《二程集》）

墟墓兴衰宗庙钦，斯人千古不磨心。涓流滴到沧溟水，拳石崇成泰华岑。易简工夫终久大，支离事业竟浮沉。欲知自下升高处，真伪先须辨只今。（《语录上》，见《陆九渊集》卷三十四）

德业流风夙所钦，别离三载更关心。偶扶黎杖出寒谷，又枉篮舆度远岑。旧学商量加邃密，新知培养转深沉。却愁说到无言处，不信人间有古今。（《朱文公文集》卷四《鹅湖寺和陆子寿》）

邵雍诗言理悟道，表达“万物皆备于我矣”的思想。张诗宣传修礼法求圣心的主张。周诗吟咏性情，寻孔颜乐处，开哲理之境，颇多逸趣。程诗宣扬“富贵由来自有天”的天命思想，并大赞宋王朝统治及县令贤明。朱熹、陆九渊兄弟在鹅明会上竟以诗责难，辨论理学问题。陆以自己心学为“易简工夫”，终究要长久流传，讥朱熹道学为“支离事业”，毕竟要沉没。朱熹经过三年考虑，坚持己见，“旧学商量加邃密，新知培养转深沉”。而且以“无言”之说，讥陆氏兄弟为“空门”。这种悟道言理，议论为诗的作风在邵尧夫诗中发挥到了极致。如“万物备于身，乾坤不负人”，“道不远于人，乾坤只在身，谁能天地外，别去觅乾坤！”（《乾坤吟》）天地就在我心里，不要再寻觅了。“上天生我，上天死我;一听于天,有何不可。"(《听天吟》)"天道有消长,地道有险夷;人道有兴废,物道有盛衰。"(《四道吟》)"人盛必有衰,物生须有死。"(《人物吟》)"侈不可极,奢不可穷,极则有祸,穷则有凶。"(《奢侈吟》)或宣扬听天安命的先天论,或宣扬事物在矛盾中发生变化,世界亦有发生、发展和灭亡的辩证思想。把诗写成了语录,无复声律,殊欠涵养,理趣四溢。此外,如程颢的"中心如自固,外物岂能迁"(《酌贪泉诗》),胡寅的"情通不碍天机妙,行到方知学海深"(《贫病亦学者》),王伯的"时时涵咏味无味,句句穷研深又深"(《新春自警》),无不富有理趣。所以清人王士祯说:"昔人论诗日:'不涉理路,不落言诠。'宋人惟程(颢)、邵(雍)、朱(熹)诸子为诗好说理,在诗家谓之旁门。"(王士祯:《师友诗传续录》)

这种理学诗风为许多文人濡染。苏、黄二公集中就有很多出入经史子集,谈言说理议论风发的诗句。如东坡《观鱼台》诗:"欲将同异较锱铢,肝胆犹能楚越如。若信万殊归一体,子今知我我知鱼"(《东坡集》卷二《濠州七绝·观鱼台》),全诗隐括《庄子》,说理谈玄,纯是议论。此外如《题西林壁》、《洗儿》等都以理趣见长。甚至"摹仿佛经,掉弄禅语,以之入诗"(赵翼:《瓯北诗话》)。如《闻辩才法师复归上天竺诗》云:"寄诗问道人,借禅以为诙。何所闻而去?何所见而回?道人笑不答,此意安在哉!昔年本不住,今者亦无来。"绝似《楞严经》偈语,颇多禅理。至于黄山谷融经史子集议论入诗就更多了。如"管城子无食肉相,孔方兄有绝交书"(《戏呈孔毅父》)。"世上岂无千里马,人生难得九方皋"(《过平舆怀李子先时在并州》)。颇多理趣。在宋代,有的甚至直接学理学家的诗。如辛稼轩的一百二十四首诗,大多是学邵雍诗体的,发挥儒家倾向很强。他自己就说过:"学作尧夫自在诗"(《书停云壁》)、"作诗犹爱邵尧夫"(《读邵尧夫诗》)。他的一首《有以事来请者效康节体作诗以答之》,风格极近康节体。诗云:"未能立得自家身,何暇将身更为人。借使有求能尽与,也知方笑又生嗔。器才满后须招损,镜太明时易受尘。终日闭门无客至,近来鱼鸟却相亲。"用平易语言表述了一种人生哲理。此外如"屏出佛经与道书,只将语孟味其腴"(《读〈语〉〈孟〉二首》)、"此身果欲参天地,且读中庸尽至诚"(《偶作》),使用儒家经典语言阐发儒家学说义理。可见宋代诗坛很多作家"以诗人比兴之体,发圣人义理之秘。"(真德秀:《咏古诗序》)

因此宋诗特色虽然经过欧、苏、梅、荆公、东坡、江西诸子的努力而肯定下来，但它的以文为诗、以议论为诗、“涉理路”、“落言诠”之所以达到极致，成为与唐诗相异的标志，产生如此巨大影响，是与当时文化主潮密切相关的。也就是说代表有宋一代群体意识的理学思想、理学诗派，影响宋诗特色的形成，将以文为诗、谈玄说理的倾向推向极端。

第二节 宋诗特质形成的审美心态

宋诗特质之形成，还与创作主体——宋代文人的审美心态分不开。《苕溪渔隐丛话》称引鲁直诗云：“随人作计终后人”，“文章最忌随人后。”不愿随人后正是宋人审美心理之一。唐诗是我国诗歌发展的高峰，虽然并非“一切好诗，到唐已做完”(《鲁迅书信集·致杨霁云》)，但这座文学殿堂也确实是金碧辉煌了，要跳出这如来掌心也确非易事，清人蒋士铨说得好：“宋人生唐后，开辟真难为”(《忠雅堂集·辨伪》)。摆在宋人面前的是或模仿或剽窃唐人，终死唐人句下；或效刘阮探幽找出桃源仙境来。而宋人终不肯就范，他们“各极其变，各穷其趣”(《袁中郎全集》卷十)“终不肯雷同剿袭，拾他人残唾，死前人句下。于是乎情穷遂无所不写，景穷遂无所不收。”(《珂雪斋文集》二《宋元诗序》)因此，他们背负着时代的压抑决心要另创新路。“曲子中缚不住者”的苏轼自然不会拘守前人圭臬，他不名一宗，行云流水似的驰骋他横绝一代的诗才。至于孜孜于诗歌艺术王国的黄庭坚，其心态更是昭然了。“自成一家”即其创作心理。他说：“听它下虎口著，我不为牛后人。”(《赠高子勉四首》之三，见《山谷内集》卷十六)。他赞扬王定国说：“其作诗及他文章，不守近世师儒绳尺，规摹远大，必有为而后作，欲以长雄一世。虽未尽如意，要不随人后，至其合处，便不减古人。”(《豫章黄先生文集》卷十六《王定国文集序》)和人论书法时亦云：“随人作计终后人，自成一家始逼真。”(《以右军书数种赠丘十四》)所以他讥刺在艺术上只知学古而不创新的人说：“楚宫细腰死，长安眉半额。比来翰墨场，烂漫多此色！”(《寄晁元忠十首》之五，《山谷外集》卷十二)张耒赞扬他说：“不践前人旧行迹，独惊斯世擅风流。”(《柯山集》卷十八)因此他们既不满西昆铅华，也以驰骋才气、议论言理、烹炼字句，拗峭音节、倾出书卷而变唐格，无论成功与否，他们的“不随人后”，求变的心态是应该肯定的。否则，宋诗就只能成为毫无特色的“优孟衣冠”和学舌鹦鹉了，诗道也就穷了。

宋人心态之二是强调多读书。“不随人后”，并非要抛弃古人之成就，任何一个民族的文学，不可能抛弃本民族的文化母体，而从荒原中产生。任何一个时代，作家在创作构思时，由于本民族文化的长期熏陶、濡染，会自觉或不自觉地接受前人的定势规定，亦即荣格所说的“集体无意识”。因此“似曾相识”的语言信息，不约而同的艺术建构和“蓦然回首”式的意境会“不觉在其笔下”（《韵语阳秋》卷二），会“无意而意已至”（黄庭坚:《大雅堂记》）。而达到这种化境，要多读书。“多读书”是我们民族的心理特征。李白才思敏捷就得力于他的“十五观奇书”，杜少陵因“读书破万卷”，故“下笔如有神”。而至宋代，把这推到了极致，成为宋代的审美心理特征。苏轼说“别来十年学不厌，读破万卷诗愈美”（《送任极通判黄州兼寄其兄孜》），山谷更是推重读书，他说:“诗词高胜，要从学问中来。”（《苕溪渔隐丛话前集》）又说:“老杜作诗，退之作文，无一字无来处;盖后人读书少，故谓韩杜自作此语耳。”（《答洪驹父书》）他要人“发愤忘食，追配古人”（《与潘子真书》）;“要须古人为师”（《与宜朱和叔》），“更须治经探其源，乃可到古人耳”（《答洪驹父书》）。以古人为圭臬，提倡多读书的审美心态，使他们“才力雄厚、书卷繁富”（赵翼:《瓯北诗话·黄山谷诗》），为诗“随物赋形，信笔挥洒”（《宋史·李格非传》），谈禅说理，吞吐腾挪，使事用典，驾轻就熟，“自有书卷供其驱驾”（赵翼:《瓯北诗话·黄山谷诗》）。

宋人审美心态之三——尚气、尚奇、尚实、尚理。胡仔在其《苕溪渔隐丛话》中就说:“豫章自出机杼，别成一家，清新奇巧。”叶梦得评欧阳文忠公诗“专以气格为主，故其言多平易舒畅”（《石林诗话》）。苏轼“才豪”，其诗“如流水之行地”（赵翼:《瓯北诗话》）、“议论英发，笔锋精锐”（赵翼:《瓯北诗话》）。其境“开辟古今之所未有，天地万物，嬉笑怒骂，无不鼓舞于笔端，而适如其意之所欲出，此韩愈后之一大变也”（叶燮:《原诗》）。翁方纲论唐宋诗之异时说:“唐诗妙境在虚处，宋诗妙境在实处。”又说:“宋人之学，全在研理日精，观事日富，因而论事日密。”（《石洲诗话》卷四）以上诸家之论都指出了宋人尚奇、尚气、尚实、尚理的审美心理。由于尚气，故为诗像苏子一样“天生健笔一枝,爽如哀梨,快如并剪”(《瓯北诗话》卷五),常行于不可不行,常止于不可不止,如“风行水上”随意挥洒。尚新奇,往往像黄山谷一样,“起无端,接无端,大笔如椽,转折如龙虎”(方东树:《昭昧詹言》卷二)。往往句法烹炼,音节拗峭。“宁不兴而不肯不典,宁不切而不肯不奥。”(《瓯北诗话》卷十一)尚实,则谈笑、谐谑、人情、物态,无不可寓于诗中,铺叙议论、博依广引,无不曲尽其妙。铺写实境,不作虚情。尚理,有时虽不免流于“平典似道德论,”写成“哲学讲义”,但往往亦能“抒情以入理”(《文镜秘府论》),情理交融。探讨人生哲理“刻抉入里”甚而“更无留与后人再刻抉者”(《石洲诗话》)。总之宋诗的多议论、富理趣、好奇硬等特色正是宋人这种普遍具有的审美心理的反映。

所谓特质包括了内容和风格,对于诗派如林的宋诗来说,内容和风格是多样的,本文所论特质也是宏观上就宋诗与唐诗的主要区别而言。比如“唐以前比兴多,宋以来赋多”(潘德舆语,见《清史稿·文苑传》卷一)。“唐诗大概主情,故多宽裕和动之音;宋诗大概主气,故多猛起奋末之音。”(《养一斋诗话》卷四)唐尚意兴,“宋人主理,作理语”(李梦阳:《空洞集》五十一,《缶音序》)。唐吟咏性情,温柔敦厚;宋嬉谑怒骂,物态人情尽可入诗。内容上,宋人“略唐人之所详,详唐人之所略”(缪钺:《诗词散论·论宋诗》),等等,在宏观上对照一番,显然唐宋两家特质迥异。而宋诗特质之形成,原因多样;但笔者认为代表宋代文化主流的理学思潮是宋诗嬗变的主要原因,它影响当时社会心态,决定人们价值取向,从而影响人们的审美心理,导致文人审美趣味走向改变,也进而影响诗歌特质转变,形成足以与唐诗鼎峙的宋诗特质。所谓“理学兴”,“诗格于是乎大变”(《四库提要》)者也。

第十三章　苏轼岭海诗歌之变及其意义

苏轼一生经历了三次大的贬谪，一次是宋神宗元丰二年（1079）的因“乌台诗案”而被贬黄州；一次是宋哲宗绍圣元年（1094）因党祸的牵累而被贬惠州；一次是绍圣四年（1097）的继贬儋州。这三次贬谪在他一生中应该是铭心刻骨的，是他人生的很重要的三个历程。他有一首《自题金山画像》的小诗以调侃的口气说：“心似已灰之木，身如不系之舟。问汝平生功业，黄州惠州儋州。”他很幽默地把黄州、惠州、儋州当做他一生的功业，可见这三处之贬是他人生抹不去的三次巨大的创痛。而在这三次贬谪中，后两次的岭海之贬较之黄州更加艰难。这三个时期苏轼都留下了大量的诗文作品，这些作品都是作者心路历程的记录。关于这几个时期的诗作，人们评价不一，主要有两种意见。一种意见认为苏轼自黄州以后至岭海，其诗作特别是和陶之作，诗思大进。最早苏辙就持此说：“自其斥居东坡，其学日进，沛然如川之方至，其诗比杜子美、李太白为有余，遂与渊明比。”①陈应相《苏文忠公寓惠集叙》云：“世人辄以公海外所作，尤称奇绝。”一种意见则截然相反，认为苏轼黄州以后尤其是岭海诗，诗思大退，如晁说之就不满苏辙把其兄与李、杜相比，认为有夸大其词之嫌：“或以东坡之诗胜李、杜而比陶渊明者，其言大可惧哉！”②这三个时期的诗是大退或是大进，笔者不想作评议，但认为：学界看法是如此之分歧，足可见出这三个时期的诗与早期确实发生了巨大的变化。不但如此，即使这三个时期，也各有特点，变化明显。特别惠州之贬，是苏轼岭海迁谪之始，这时期的作品，无论是题材、内容、内心情感，还是审美人格都明显表现出与黄州特别黄州以前的不同。本章主要论述其两个方面的变化。

---

① （宋）苏辙：《栾城后集》卷二〇《子瞻和陶渊明集引》，上海古籍出版社 1987 年版。

② （宋）晁说之：《和陶引辩》，见《嵩山文集》卷一四，四部丛刊续编本。

第一节 情感之变：由逐客悲歌的凄婉到以谪为游的旷达

苏轼是一个执著于功名的人，黄州以前尤其如此。我们只要读一读其早年写的诗就可以感受到这点，如"早岁便怀齐物志"（《次韵柳子玉过陈绝粮》其一）、"少年有奇志，欲和南风琴"（《张安道见示近诗》）、以报国奇志自许。尽管他也常以"慎勿苦爱高官职"（《辛丑十一月十九日既与子由别于郑州西门之外》）、"富贵何啻葭中莩"（《将往终南和子由见寄》）的清高之节自励，并不无急流勇退、归耕垄亩之念，但他始终没有放弃报君报国、建功立业的理想，正如他在《初到杭州寄子由》一诗中所说的："眼看时事力难任，贪恋君恩退未能。"早年他与他的弟弟苏辙谈古论今，开口经史，闭口治乱，表现出强烈的责任感和参与意识。苏辙《初发彭城有感寄子瞻》一诗就回忆起他与苏轼儿时的奇志："念昔各年少，松筠閟南轩。闭门书史丛，开口治乱根。文章风云起，胸胆渤澥宽。不知身安危，俯仰道所存。"杭州任上被召还时，他写了一篇《杭州召还乞郡状》，表现出自己的报国之心未泯："若朝廷不以臣不才，犹欲驱使，或除一重难边郡，臣不敢辞避，报国之心，死而后已。"可见，黄州以前，强烈的功名欲望挤占了苏轼心灵的全部空间。

期望值越高遭受挫折后的反应也往往越激烈。"乌台诗案"的发生彻底打破了他致君尧舜、报效国家的美梦，这对他的震动是非常大的。他的情感发生了一些变化。这个变化体现在两个方面。一方面，他陷入了"莫须有"罪名后的极度痛楚之中。在此时他的诗文中，他一再以"逐客"、"楚囚"、"放臣"自许："此身聚散何穷已，未忍悲歌学楚囚"（《陈州与文郎逸民饮别，携手河堤上，作此诗》）、"索漠齐安郡，从来著放臣"（《伯父送先人下第归蜀》）、"夫子自逐客，尚能哀楚囚"（《子由自南都来陈，三日而别》）。这些诗中都表现出一种张惶、沉痛之感。另一方面，他又陷入了一种自省自愧的情感之中，他对自己的选择、对功名的向往常常反省，因此，此时他的诗文中常常流露出一种"失身"之叹："尘埃我亦失收身，此行蹭蹬尤可鄙"（《过新息留示乡人任师中》）、"不悟俗缘在，失身陷危机。刑名非夙学，陷阱损积威"（《游净居寺》）、"吾生如寄耳，初不择所适。"（《过淮》）。读这些诗，我们感受到苏轼在深深的痛楚与反省之中，有一种牢落不平之慨；在其“失身”的悲叹中有一种忠而被谤的怨悱之情和孤独之感。

与此截然不同，苏轼南迁岭海惠州的诗作却全然没有逐客悲歌的情调。黄州时期的那种遭受挫折之后的悔恨不平之气消失殆尽，作者心态平和得多。虽然在南迁之初的一些诗作诸如《临城道中作》、《过汤阴市》中还有“逐客”、“逐臣”的字眼，但作者心情全然不同，不过是表达“吾南迁其速返乎”和“何当万里客，归及三年春”的期待与希望而已，作者并没有宣泄一种痛楚、悔疚之情。南下途中，朝廷多次改贬，他毫无怨恨之情，心情十分平静；千里投荒，鞍马劳顿，艰辛异常，集中却不改达观之音：“南行万里亦何事，一酌曹溪知水味”（《六月七日泊金陵阻风》），“会须一洗黄茅瘴，未用深藏白氎巾”（《赠清凉寺和长老》），逐客的那种凄凉之感一扫而光。面对险滩急浪，巉崖削石，他十分坦然。惶恐滩惊恐万状的急流又算得了什么，不就是人生的津渡么！我这个水手经历得太多了：“便合与官充水手，此生何止略知津”（《八月七日初入赣过惶恐滩》）；至于那沿途的泉和那满眼的山不正可让人欣赏、慰人寂寥么：“石泉解娱客，琴帨鸣空山”（《峡山寺》）；那千古以来曾使多少骚人迁客感叹伤悲过的大庾岭竟然没有勾起他太多的感伤记忆，反让他产生了尘外之想：“今日岭上行，身世永相忘。仙人拊我顶，结发爱长生”（《过大庾岭》）。所以查慎行《初白庵苏诗补注》卷三八引赵汸《东山集》语不胜感叹地说：“盖已信死生祸福，非人所为矣。以垂老之年，当转徙流离之际，而浩歌无毫发顾虑，非此事素定于中，殆未易能。”①忧患余生，居然一路浩歌，非东坡不能。更让人敬佩的是，面对畏途，他神清气爽，毫无韩愈当年南下潮州时的那种惶恐之心，不但如此，他还经常从巉刻的自然景物中悟出人生多险峻的道理：“且并水村欹侧过，人间何处不巉岩”（《慈湖夹阻风五首》）。既然人生处处是巉岩，人又有什么理由在自然界的巉岩面前而惊慌失措呢？见惯不怪，处变不惊。苏轼把人生、宇宙、自然联系起来思考，因而使得自己的解脱得到了融人生、宇宙于一体的哲学上的升华，进入了一种常人难以企及的境界。

正因为有了这种以哲学为支撑的境界，因此他对惠州之贬也就不在意了。他人尚未到惠州，但从朋友的对惠州的极力推介中，对惠州这块土地早已神往

---

① 曾枣庄、舒大刚：《三苏全书》第九册，语文出版社2001年版，第154页。

了。在他笔下，惠州是如此的美："到处聚观香案吏，此邦宜住玉堂仙。……恰从神武来宏景，便向罗浮觅稚川。"（《舟行至清远县，见顾秀才，极谈惠州风物之美》）惠州简直就是一个"宜住玉堂仙"的神仙之地。其实他的惠州之贬，处境是很艰难的，远不如黄州。这在他的一些书信中表现了出来，如其《与林抃》简十三说："瘴疫横流，僵仆者不可胜计，奈何！"蛮风瘴雨，很是不适应，甚至随时可以毙命。同时痔疾缠身，生活困窘，甚至靠人施舍救济，贫病交加，以致呻吟终日，其诗歌透露出个中信息来："可怜邓道士，摄衣问呻吟"（《次韵定慧钦长老见寄八首》其七）、"门生馈薪米，救我厨无烟"（《和陶归园田居六首》其一）。环境困蹇已使人十分难堪，同时，作为一个投闲置散毫无签置公事权力的贬官，他又不得不提防宵小的构陷，他甚至不敢吟诗："蔬饭藜床破衲衣，扫除习气不吟诗。"（《答周循州》）即使偶尔写诗或与亲友论诗，也往往叮咛备至，切勿示人，如其《与曹子方五首》中云："公劝仆不作诗，又却索近作。闲中习气不除，时有一二，然未尝传出也。今录三首奉呈，览毕便毁之，切祝！切祝！……此书此诗，只可令之邵一阅，余人勿示也。"（《苏轼文集》卷五十八）何等的小心谨慎！以苏轼平素的豪迈率直的个性和磊落慷慨的为人，如果环境不是十分恶劣，断然不会如此。

面对如此困窘的环境，虽然也不无忧戚和不免反省，有时"杜门念咎，不愿相知过有粉饰，以重其罪"（《与吴芘仲秀才》），但其心态比起黄州以来平和得多，坦然得多，生死祸福，他已经看破，对自己的被朝廷修理，他已经没早年的那种忠而被谤的愤激之情，也没有黄州时期的抱美玉而不识的不遇之感，更无怨恨之情。他把这些贬谪看成是理应之得，不必耿耿于心，忧忧于怀，应该乐而受之。绍圣二年他在《与孙勰》的信中说："某谪居已逾年，诸况粗遣。祸福苦乐，念念迁徙，无足留胸中者。又自省罪戾久积，理应如此，实甘乐之。今北望无归，因遂自谓惠人，渐作久居计。"他甚至把自己看成本就是惠州人，应该做"久居计"，更不应把迁谪之忧放在心头。在《与程正辅书》中他是这样向表兄吐露自己胸怀的："某睹近事，已绝北归之望。然中心甚安之。未说妙理达观，但譬如元是惠州秀才，累举不第，有何不可。"艰难备尝、几死道路的千里之贬，被他说得何等的轻松。他不但把惠州当做家乡，甚至以谪为游："仿佛曾游岂梦中，欣然鸡犬识新丰"（《十月二日到惠州》）、"归去来兮，请终老于斯游"（《和归去来兮辞》）。何等平静旷达的胸怀！以谪为游，随遇而安，这正是苏轼大智量过人之处。韩愈寓潮几乎是在忧戚惊惶中度过，而他似乎是在这个瘴疠之地享受人生："海山葱茏气佳哉，二江合处朱楼开。蓬莱方丈应不远，肯为苏子浮江来。江风初凉睡正美，楼上啼鸦呼我起。"(《寓居合江楼》)"食罢茶瓯味更深，清风一榻值千金。腹摇鼻息庭花落，还尽平生未足心。"(《睡起》)江风醒酒，啼鸦惊梦，食罢品茗，庭花自落，一幅尽享江山之美、忘怀世事的悠悠然心态表露无遗，这哪里是一介逐臣所写之诗，分明是一个心平气畅的山水鉴赏家正在鉴赏美景，消受人生。在诗人看来，惠州是一个养老的好地方："谋生看拙否，送老此蛮村。"(《寄虎儿》)如此好的乐处，还想着著书干嘛："暂将闲散好，不著一行书"(《无题》)；还想着读书干嘛："五车书已留儿读，二顷田应为鹤谋"(《赠王子直秀才》)。还是痛饮酣睡吧，醉饱高眠才是真正的事业："三杯软饱后，一枕黑甜余"(《发广州》)、"醉饱高眠真事业，此生有味在三余"(《二月十九日携白酒鲈鱼过詹使君食槐叶冷淘》)。读惠州诗，我们可以看到，苏轼完全消解了早先的愤懑不平之气，作者从逐客悲歌的凄婉而变为以谪为游的潇洒旷达，正如赵翼批沈德潜《宋金元三家诗选·苏东坡诗选》下卷所说的："迁谪中无侘傺不平之气，汗漫九垓，是何等胸次，摆落一切。"①这种不以迁谪为念的胸次在中国文学史上是少有人能达到的境界，气势如潮，文心似锦的韩愈就没有达到这种境界。

第二节　题材之变：由书剑报国到模水范山、和陶抒志

早期的苏轼是一个功名心极强的人，特别是黄州以前，其诗文中充满了一种书剑报国的思想。比如嘉祐七年初入仕途任职凤翔时的苏轼在《九月二十日微雪》一诗中就向其弟苏辙倾吐了自己的襟怀："近买貂裘堪出塞，忽思乘传问西琛。未成报国惭书剑，岂不怀归畏友朋。"希望奉使出塞，书剑报国。黄州之贬，也不曾消磨其报国之志。即使闲居，他也不忘怀世事，在他的作品中经常流露出一种忧国忧民的情怀："下马作雪诗，满地鞭棰痕。伫立望原野，悲歌为黎元。"(《正月十八日，蔡州道上遇雪，次子由韵二首》)。百姓的痛

① 曾枣庄、舒大刚：《三苏全书》第九册，语文出版社 2001 年版，第 168 页。

苦常引起他的关注:“而今风物那堪画,县吏催钱夜打门”(《陈季常所蓄失陈村嫁娶图二首》);他见新法病民,百姓不堪租税之苦,他就写下《鱼蛮子》一诗予以讽刺:“人间行路难,踏地出赋租。不知鱼蛮子,驾浪浮空虚。”纪昀把该诗看成是“香山一派。读之,宛然《秦中吟》也”(纪昀评:《苏文忠公诗集》卷二一)。漫游武昌,看到岳鄂一带溺杀女婴的陋俗,他马上向鄂州太守朱寿昌写下《与朱鄂州书》,痛陈此事,希望朱鄂州能“告诸邑令佐,使召诸保证,告以法律,谕以祸福,约以必行”,以革除此风。可见,尽管苏轼高唱“一饱未敢期,瓢饮已可必”(《东坡八首》)的旷达之句,但其忧国忧民之本怀并没有泯灭,在他的诗文中时时表现出来。

岭海惠州之贬,苏轼诗歌创作题材发生了明显变化。尽管他仍能写出讽刺现实的名篇《荔枝叹》和包含农事建议在内的《游博罗香积寺》等诗,表明他并没有完全忘怀天下,但这已不是他此时诗歌创作的主流。此时的诗既没有早期少年时代的功名自许感,也少黄州时期的愤懑不平之慨,表现的是一种面对现实,泰然处之的平和心态。书剑报国的慷慨之音已被悠然潇洒的江山之咏所取代,忠而被谤的愤懑之情已被知足常乐的平常心所取代。现实、功名淡出他的视野,他徜徉在惠州美丽的山水之中,陶醉在陶渊明的田园境界里,在这里打发他的时光,消受他的生命,构建他的精神世界。他以一种完全不同于韩愈的态度和智慧独标于中国士人队伍之中,成为独特的“这一个”。其诗歌的变化具体说来,主要体现在如下两个方面。

1.在江山美景的咏唱中忘却故我

苏轼是一个酷好山水之游的诗人,所到之处,辄有题咏。南贬途中,本是鞍马劳顿之苦,但沿途的山水之美景,在作者笔下,往往能“解娱客”,能“洗衰颜”:“石泉解娱客,琴悦鸣空山”(《峡山寺》)、“已觉苍凉苏病骨,更烦沆瀣洗衰颜”(《浴日亭》)。美山美水让他一洗凡尘之苦恼,忘却了迁谪之凄悲。对于自己要赴任的目的地惠州,他更是关注,人尚在清远,就迫不及待地向惠州顾秀才打听起惠州的美景来。刚来到泊头镇,还没来得及到惠州衙署签到,他就偕儿子苏过一同游了罗浮山,并写下了七古《游罗浮山一首示儿子过》,诗中他不但陶醉于罗浮山的美景之中,而且胪列一系列仙人掌故,以示向往之情，特别是他把葛洪称为自己的导师，是前生之交："东坡之师抱朴老，真契久已交前生。"可见其向道之心久萌。在这样的诗中，你根本看不出迁客的忧愁，有的是李太白似的仙风道骨。

苏轼寓惠山水诗极其丰富，他不仅仅为道教罗浮存照，但凡惠州有名的风景名胜之地都摄入了他的聚焦之中，在他笔下，有坐拥"海山葱昽气佳哉，二江合处朱楼开"（《寓居合江楼》）的合江楼，有"根株互连络，崖峤争吐吞"（《白水山佛迹岩》）的白水山佛迹岩，有"郁攸火山烈，觱沸汤泉注。岂惟渴兽骇，坐使痴儿怖"（《咏汤泉》）的著名风景地汤泉，有"一更山吐月，玉塔卧微澜"（《江月五首》）西湖皎月。在这些诗中，他或是借嬉游之乐以觅道纾困，如其在《和陶归园田居六首》引中所云："三月四日，游白水山佛迹岩，沐浴于汤泉，晞发于悬瀑之下，浩歌而归，肩舆却行。"或是借山水之美纾忧，以期忘却故我，达到"相逢莫相问，我不记吾谁"（《次韵定慧钦长老见寄八首》其三）的境界。或是借山水之美表达一种终老之意，旷达之怀："此山吾欲老，慎勿厌求取。溪流变春酒，与我相宾主。"（《白水山佛迹岩》）总之，苏轼寓惠山水诗，表现出清新幽缈的境界，表现出东坡心性空明，潇洒旷达的个性。"花曾识面香仍在，鸟不知名声自呼"（《惠州近城数小山，类蜀道。……》），何等诱人的清新幽缈的境界，正是这令人神往的境界冰释了东坡人生旅途的苦痛。他忘却了充满酸辛艰窘的故我，在山水美景中自娱和自新。

苏轼不但感受到了惠州的山水美，也感受到了惠州的美好的民风民俗。写于惠州的第一首诗《十月二日初到惠州》就谈到了初来乍到的他受到了惠州人们的热情欢迎的场景："仿佛曾游岂梦中，欣然鸡犬识新丰。吏民惊怪坐何事，父老相携迎此翁。"作者仿佛是梦游故所，衢巷栋宇，物色惟旧，鸡犬相识，吏民惊怪，父老相迎，浓浓的好客之情，使他忘却了迁谪之苦，以至于要终老此地："苏武岂知还漠北，管宁自欲老辽东。"故《御选唐宋诗醇》卷四〇点评说："贬谪之地，见如旧游，有终焉之志。贤者固随遇而安。"随遇而安正是他得之于山水之娱和人情之美的处世极境。此外像"处处野梅开，家家腊酒香"（《残腊独出二首》）的美好民俗和"井水分西邻，竹阴借东家"（《次韵子由所居六咏》其四）的比邻而居的生活也常常使苏轼痴迷和陶醉，使他忘记了自己是受制于人、无签署公事权力的迁客，人间的困蹇已不在他的考量之中，所谓"幽人正独乐，不知行路难"（《次韵子由所居六咏》其一）正是他当时忘怀自我的真实心态。

2.在和陶之中建构自己的精神家园

苏轼寓惠诗歌创作的又一变化,是他创作了大量的和陶诗。苏轼和陶诗凡五卷,共109首,起于扬州,大都作于岭海,仅惠州和陶就有50首之多。这些诗真实地记载了他的心路历程。清代王士祯《渔洋诗话》就注意到了苏轼前后期志趣爱好的变化:“早读范滂传,晚和渊明诗。”东汉范滂和晋之渊明是中国士林中两种不同类型的文人,素有经邦济世之志的范滂代表了士林进取人格的一类;而采菊南山、躬耕垄亩的陶渊明则是代表士林中追求独善人格的一类。前者居庙堂之高则忧其君,处江湖之远则忧其民;后者用之则行,舍之则藏。周紫芝所谓“杜陵有句皆忧国,陶令无诗不说归”(《乱后并得陶杜二集》)就是这两种人格追求的高度概括。苏轼从早年的以范滂自励到晚年的独钟于渊明,表明了他的思想、人格发生了一些深刻的变化,即由早年的刻苦自励、营构功名之殿堂而发展到晚年的随遇而安、营构独善的精神家园。

王文浩在《苏文忠公诗编注集成总案》中认为苏轼的“和陶,但以陶自托耳。至于其诗,极有区别”,这正表明苏轼并不斤斤于计较与陶诗是否相仿佛,其主要目的在以陶自托,“欲以晚节师范其万一”(《与苏辙书》)。在惠州《书陶渊明〈东方有一士〉诗后》他认为“我即渊明,渊明即我也”。他之所以以陶自托,是因为他与陶有共同的人生经历和体验,即子由所谓“渊明不肯为五斗米,一束带见乡里小儿;而子瞻出仕三十余年,为狱吏所折困,终不能悛,以陷大难。乃欲以桑榆之末景,自于渊明”(苏辙:《追和陶渊明诗引》)。当然,这不是主要的原因,主要的原因是陶渊明在其诗歌中构建出了卓尔不群的精神家园,这正是苏轼所希慕的。苏轼之所以孜孜不倦地和陶,其实不过是“借君无弦琴,寓我非指弹”(《和陶东方有一士》),构建属于自己的精神家园。

他的精神家园主要内涵有如下三个方面:其一,像陶渊明那样固守穷节。陶渊明在困蹇中表现出来的“宁固穷以济意,不委曲而累己”(《感士不遇赋》)的精神正是苏轼所钟爱的。苏轼晚年迁居惠州“衣食渐窘,重九伊迩,樽俎萧然”(《和陶贫士七首并引》)的窘境与陶渊明极其相似！但他没有效阮籍穷途之哭,他从陶渊明的守穷固节中得到慰藉:“谁谓渊明贫,尚有一素琴。心闲手自适,寄此无穷音。”(《和陶贫士七首》)蛮烟瘴雨的惠州正是他退修初服、历练操守的地方:“岂知江海上,落英亦可餐。”(《和陶贫士七首并引》)在这里他“一饱忘故乡,不思马少游”(《和陶酬刘柴桑》),在这里他也产生归耕之想,“我欲作九原,独与渊明归”(《和陶贫士七首》)、“携手葛与陶,归哉复归哉”(《和陶读山海经》)。从上面各引之诗可见出:归耕垄亩,绝去尘想,固守穷节,其志昭然。这种精神境界贯穿在他岭海所有的和陶诗中。也正是因为有了这种固穷守节的精神家园,所以投闲置散而不泯忠义,身处窘境而视若等闲。其二,在和陶诗中他构筑了他的高蹈绝俗、超然物外的“东坡界”。江苏定慧寺有陶云汀联语云:“吃惠州饭,和渊明诗,陶云吾云,书就一篇归去好;判维摩凭,到东坡界,人相我相,笑看二士往来同。”①联语指出苏轼在寓惠期间,大和陶诗,徘徊释氏,构建出“东坡界”。什么是“东坡界”,我认为它既是同于渊明而又有别于渊明的一种处世境界。苏轼曾在与其弟的信中说:“吾于渊明,岂独好其诗也哉？如其为人,实有感焉。”(苏辙:《追和陶渊明诗引》)这表明他对陶渊明为人和其所构建的精神家园很是仰慕的,但他们两人的境界却又是截然不同。陶氏是主动地从官场退却,是一种无可奈何的逃避,是一种乱世“避秦”的举动,因此,“素抱未展”,济世未达的结果,必然给他带来心灵上的拷问和不安:“日月掷人去,有志不获骋;念此怀悲凄,终晓不能静。”(陶渊明:《杂诗》)陶的归隐不过是不愿为五斗米折腰,固守穷节而已,他是在田园生活中重新找回自己,寻求一种精神的归宿和寄托。在他的避世中常常寄存一种“固常在”的“猛志”,因此常常不能平静。而苏轼则不同,三十余年的仕途生涯中,无论怎样为“狱吏所折辱”,他压根儿都没有想到过退出官场,即使严厉的岭海之贬也是如此,他带着职务(尽管是虚职),栖息在他用心构建的高蹈绝俗、超然物外的东坡界中,是那样地平静,是那样的舒心,好像什么事也没有发生,“回首向来萧瑟处,也无风雨也无晴”(《独觉》)。他甚至认为晋之刘伶、渊明这些达之楷模者都非真达者。因为刘伶以锸自随、死便埋我,仍虑乎“埋我”,真达不在乎埋与不埋,天地可为棺椁衣衾(见《刘伯伦非达

① 朱玉书:《千古风流》,花城出版社 1995 年版,第 136 页。

论》)。渊明以抚无弦为达,但仍计较有弦无弦,真达者不在乎有弦无弦,甚至无琴可也(《渊明非达》)。在他看来“祸福苦乐,念念迁逝,无足留胸中者”(《与孙志康书》),才是直达本质的达。乐对生活,笑傲江湖,一齐生死,这就是他超越陶氏境界处。在他的和陶诗中处处表达出了这种境界,如其《和陶岁暮作和张常侍》一诗中,他对陶氏“亦以无酒为叹”颇有微词:“我生有天禄,元膺流玉泉。何事陶彭泽,乏酒每形言。仙人与道士,自养岂在繁。”诗不作悲楚语,是“抚己有深怀,履运增慨然”(陶渊明:《岁暮和张常侍》)的陶渊明所不及的。正是这种超然物外的达,使他能乐对逆境,总是以一种正面的眼光看待周围的一切。因此,苏轼的萧散陶然境界既源于陶而又非陶所比,其中已经融入了释氏的色空之境。正因他营构了这种目空一切的东坡之境界,所以他能始终保持着旷达通脱、随缘自适、超然自得的心态:“葺茅竹而居之,日啖薯芋,而华屋玉食之念,不存于胸中。”(《追和陶渊明诗引》)其三,在和陶诗中反思人生,构建以老庄为骨架的精神家园。黄州前后苏轼也常反省,但多不遇的愤激之情;岭海时期也常常自省自悔,但却心态平和。其寓惠时所写的《和陶咏二疏》一诗就是借二疏自悔的作品。二疏是西汉名臣疏广、疏受二人,他俩正直敢言,功成身退。因而苏轼十分敬仰:“二疏事汉时,迹寓心已去。许侯何足道,宁识此高趣。可怜魏丞相,免冠谢陋举。中兴多名臣,有道独两傅。”史载:太子外祖平恩侯许伯荐其弟于宣帝,宣帝征求疏广意见,广直言不可,帝又征求丞相魏相,魏相免冠而谢,支吾其言,明哲保身。在苏轼看来,疏广的志趣非许伯、魏相之流可比,是名臣中“有道”者。更使苏轼仰慕的是他们知所进退以及对待子孙的独特的方法:“世途方毂击,谁肯行此路。是身如委蜕,未蜕何所顾。已蜕则两忘,身后谁毁誉。所以遗子孙,买田岂先务。我尝游东海,所历若有素。神交久从君,屡梦今乃悟。”在世人车毂相击,纷纷奔走于仕途之中,二疏却主动求退并不为子孙留田产,在士林中更是卓尔不群。诗中苏轼借《庄子·知北游》“委蜕”之典,诠释了自己对人生的看法,《庄子·知北游》云:“汝身非汝有,是天地之委形也;生非汝有,是天地之委和也;性命非汝有,是天地之委顺也;孙子非汝有,是天地之委蜕也。”自然界万物包括人的身体,生育性命,子孙后嗣,不过是天地之所“委”,既然如此,人何必要锱铢必较、贪恋富贵权位呢?一切非汝有,又何必较真呢?像二疏那样不是很自在、很舒坦么!作者表面上是咏二疏,其实借二疏说法,反省自己不能及时早退,故纪昀评《苏文忠公诗集》卷四〇说该诗"寓自悔之意"。温汝能《和陶合笺》卷四引樊潜庵评语曰:"可以察公之志矣。谓公处忧患中悔不竭身早退,而有是作可也,谓公平日景行二疏,惟孜孜求去以鸣高,则不可也,识者辨之。"的确苏轼不是借二疏自命清高,而是构建以老庄为骨架的精神的栖息地而已。

第三节　苏轼岭海诗歌之变的意义

苏轼寓惠期间诗文创作的情感和内容题材的变化,如前所述,总的趋势是情感趋向于平和,少了早年因怀才不遇而带来的愤悱怨恨,他把自己融入"天地境界"之中;在内容题材上,他的审美注意力发生转变,国计民生淡出他的视野,而山水之美,陶公真趣成为他的最爱。特别是其和陶之作中,"得陶意居多"(赵克宜:《角山楼苏诗评注汇钞》)①,较之以往,他更关注心灵世界的书写。这些变化有如下三个方面的意义。

1.苏轼诗文之变昭示出苏轼在艺术上的自觉追求,丰富了他的艺术内涵

苏轼晚年岭南之作风格确实发生了明显之变化,心态趋向平和,情感趋向于直率,用笔趋向于粗豪,甚至不避俚俗。正因如此,后期的诗作也遭到了学界一些诟病,诸如"太激"、"太露"、"伤雅"、"太豪健"之类的评论俯拾即是。如纪昀评《苏文忠诗集》中《次韵子由所居六咏》"群嚣自披猖"云:"太激,伤雅。"评"知有桓司马"云:"更激更露。"②评《白鹤峰新居欲成夜过西邻翟秀才二首》中"瓮间毕卓防偷酒"云:"鄙俚太甚。"③纪昀认为苏轼这些写在惠州的作品情感太激,不符合传统诗教的温柔敦厚风。特别是一些只适合用含蓄婉转之笔来写的,如悼亡诗,人们认为根本就不宜用直笔。如在惠州写的《悼朝

---

① 参见曾枣庄:《苏诗汇评》,四川文艺出版社 2000 年版,第 1742 页。

② 曾枣庄:《苏诗汇评》,四川文艺出版社 2000 年版,第 1733—1734 页。

③ 同上书,第 1740 页。

云》一诗，袁枚在《随园诗话》卷一四就批评说："诗人笔太豪健，往往短于言情。好征典者，病亦相同。即如悼亡诗，必缠绵婉转，方称合作。东坡之哭朝云，味同嚼腊，笔能刚而不能柔故也。"纪昀也认为"苗而不秀岂其天"句"起太突，句亦不佳"。赵克宜《角山楼苏诗评注汇钞》卷一九甚至认为："全篇皆率。"①在学者们看来，悼亡之情是人类最伤感的，不宜豪、不宜率，宜乎婉、宜乎细。而苏轼的粗豪叫嚣是有悖于人们的艺术审美旨趣的。如何看待这些评论呢？笔者认为必须从下面几个方面来认识：第一，一方面这些评论合乎这些作品的实际，评者并不厚诬他；但另一方面，这并不标示着他岭南作品就艺术低下，并不能说岭南作品无研炼之作。其实苏轼在岭南之作亦有平淡中出雄奇，俚俗中见雅健者，只是由于他在"夷然不屑中"中溢出奇，故奇而不奇。正因如此，所以人们对在惠州作品亦有不少这方面的评价，如其《闻正辅表兄将到，以诗迎之》，赵翼《瓯北诗话》卷五《苏东坡诗》就认为："坡诗不以炼句为工，然亦有研炼之极，而人不觉其炼者。如'舌音渐獠变，面汗尝騂羞'。此等句在他人虽千鎚万杵，尚不能如此爽劲，而坡以挥洒出之，全不见用力之迹，所谓天才也。"正因他不经意、不刻意为奇，故平淡中见奇，奇而不奇。第二，像《悼朝云》之类宜婉的作品苏轼却出之以"豪健"，不情之甚，但适足以说明苏轼心态平和，情感趋向于直率，艺术审美趋向于粗豪。其实他对朝云感情是很深的，对朝云客死惠州，他是很伤感的，这从他为朝云写的《墓志铭》和其他作品都可看出来。但是此时的苏轼已经看破祸福生死，已经超越生死荣辱之念，表现得十分洒脱，这大概也就是苏子由所说的苏轼岭南之作"不见老人衰惫之气"②的内涵。也正是这种洒脱，使他不屑出之以委婉之法，打破悼亡之常规，出之以直笔抒发。第三，苏轼的这种风格之变，表明了他在艺术上的自觉追求，丰富了他艺术上的审美内涵。惟其如此，苏轼作品才显得丰富多样。苏轼诗有的感情奔放，气势雄浑，粗犷豪迈；有的文笔细腻，自然流丽，清新隽永，所谓"清水出芙蓉，天然去雕饰"，正在于其变。关于其作品风格的多样性，前代不少人就指出过，如刘后村在《后村先生大全集》卷一百七十四云："坡诗略如昌黎，有汗漫者，有典严者，有丽缛者，有简澹者，翕张开合，千变万态，盖自

① 曾枣庄：《苏诗汇评》，四川文艺出版社 2000 年版，第 1729 页。

② 同上书，第 9 页。

以其气魄力量为之，然非本色也。”认为他的作品风格多样，千变万化。但以“气魄力量为之”非其本色，这正是我前面所说的，其作品平淡中见奇，故不奇为奇。他在惠州及以后在海南写的和陶诸作，就是一些平淡平和之作，合乎他自己所说的“诗画本一律，天工与清新”（《书鄢陵王主薄所画折枝》）、“新诗如洗出，不受外垢蒙”（《僧惠勤初罢僧职》）的审美要求。如《苏诗汇评·前言》评岭南和陶诗时说：“和陶诗中那些描写岭南风光的诗句就有如山水画一般的形象。”此外，如其居惠州所作《和移居》也是这样的作品，《苏诗汇评·前言》评论这首诗时就说：“苏轼赞王维‘诗中有画’，他自己也当得起这样的评价。”不管这些评价是否允当，是否过高，但苏轼暮年岭海之作，其在艺术上的自觉追求，却受到了人们的关注。

2.苏轼后期的作品更注重心灵世界的书写，表明他在艺术上不自觉地回归主体性

如前所述，苏轼岭海诗，人们评价不一。有批评者有赞誉者。批评者大都着眼于苏轼岭海之作题材较之以前偏窄，国计民生淡出他的视野，徜徉山水成为他的独钟，友朋唱和成为他的最爱，渊明境界成为他灵魂的栖居所。与之相适应艺术上温柔蕴藉趋少，直率豪健趋多。这表明苏轼艺术注意力发生了转移，由以往的对客观现实世界的关注转向对心灵世界的书写，由以往的对客体的关注回归对主体的自省。而对苏轼晚年岭海之作给予高度评价的也恰恰着眼这一点。如宋王十朋《梅溪王先生文集》卷十四《读东坡诗》云：“胸中万卷古今有，笔下一点尘埃无。武库森然富摛掞，利钝一从人检点。暮年海上诗更高，和陶之诗又过陶。地辟天开含万汇，少陵相逢亦应避。”①在作者看来，苏轼之所以“暮年海上诗更高，和陶之诗又过陶”就是因为苏轼“笔下一点尘埃无”。陶渊明躬耕垄亩，但他毕竟并没有忘记天下，尽管他“久去山泽游”，但他关心的始终是苍生的“死殁无复余”（《归田园居》其四）；尽管他“结庐在人境，而无车马喧”（《饮酒》其五），但他始终关注“炎火屡焚如，螟蜮恣中田”（《怨诗楚调示庞主簿邓治中》），他胸中“猛志固常在”（《读山海经》其十），他

① 惠州市城区市志办：《惠州西湖志·艺文卷》，中华书局2004年版，第595页。

始终时存尘念。苏轼晚年虽然也写过一些悯念苍生的诗作，但成分明显减少。更主要的是，浮沉宦海的他，早年书剑报国的激情明显减退，居惠期间佛事明显增多，书佛语，念禅偈，读陶诗，和陶诗，他想尽力在山水之中忘却尘世的苦难，在和陶中找到灵魂的避难所。一句话，他由早年对客体世界的关注，转向对主体世界的关注。这样，艺术上由客观世界的描绘转向对心灵世界的书写成为合乎逻辑的发展。

宋人魏庆之《诗人玉屑》说："余观东坡自南迁以后诗，全类子美夔州以后诗，精深华妙，正所谓'老而严'者也。子由云：'东坡谪居儋耳，独善为诗，精深华妙，不见老人衰惫之气。'鲁直亦云：'东坡岭外文字，读之使人耳目聪明，如清风自外来也。'观二公之言如此，则余非过论矣。"魏庆之认为苏轼诗与杜甫夔州以后诗相似，其所谓"精深华妙"、"老而严"云云，并不一定全合乎苏轼实际，但如从艺术注意的转换来看，这种比较是恰当的。杜甫夔州以后，关注现实的诗明显比前期少，抒发对生命感悟的多，一句话，作者更注重心灵世界的书写。苏轼在这方面与杜甫是很相近的，岭海期间写现实题材的诗比重明显减少，更多的是主体作家的情感的抒发。不同于杜甫的是他岭海期间的诗"不见老人衰惫之气"，在他的诗中很少有痛苦、落拓、牢愁情感的表现，更多地表现出一种旷达心境，故读之给人一种如沐清风之感。而这恰恰是注重心灵书写的作品之所长。评价苏轼岭海前后期作品孰优孰劣，是不能以作家创作题材之变作为依据的。"文学是人学"，能真实地传达出人的心灵世界的作品仍然是好作品。因此，杜甫夔州以后的作品也好，苏轼岭海以后的作品也罢，作家在艺术上由追求现实客体而回归主体性，同样应该充分给予肯定。

3.苏轼诗歌题材的转变，昭示出他的审美趋向发生了嬗变，并且由艺术的审美进入到人生的审美

苏轼岭海诗，其题材内容之变是明显的。而这些内容题材的变化，也昭示出苏轼审美趣味也在发生变化，由以往的豪壮、慷慨、激昂转向萧散冲淡、旷逸闲适上来。所以王文诰《苏文忠公诗编注集成》卷四〇认为《又次韵二守许过新居》、《次韵惠循二守相会》、《又次韵二守同访新居》、《循守临行出小鬟复

有前韵》四诗“乃心闲神适之作，在《惠州集》中，惟见于此”。[①] 曾国藩《曾文正公全集·读书录》卷九《东坡文集》评《次韵正辅同游白水山》也云：“至末十四句，有飘逸出世之想。”[②]这些变化更表现在晚年所写的和陶诗中，故温汝能《和陶合笺》卷二引朱熹语云：“作诗须从陶、柳门中来乃佳。不如是，无以发萧散冲淡之趣，不免于局促尘埃，无由到古人佳处。渊明诗平淡出于自然，后人学他平淡，相去甚远矣。公两诗（指《和陶形赠影》与《和陶影答形》）脱尽尘埃，何等萧散冲淡，何等自然，非深于学陶者，那得有如此气味。”[③]注评家们无一不指出苏轼岭海诗审美情绪的变化，这些看法是符合苏轼惠州以后创作实际的。

苏轼诗审美趋向的嬗变，也昭示出他由艺术的审美进入到人生的审美，他的人格也发生了一些微妙的转换，即由早期积极进取的现实人格一变而为逍遥自适的逍遥人格，再变为惠州时期的审美人格。苏轼早期在其立身处世的行为趋向性方面表现出一种对现实的执着和韧性，其心理上表现出一种极强的建功立业的欲望，品行上表现出刚烈敢言、九死未悔的气节。这是他现实人格的典型特征。这在他很多的诗中表现出来，或慷慨激昂，或牢愁愤激。黄州时期，由于政治上的多次挫折，他的心态反而平和下来，他既不厌倦现实，也不留恋现实，在追求身心自由的层面上，赋予自由人格以新的内涵，即从哲学上、审美上提升对自由人格的认知，赋予它哲学的、审美的意义。这表明他已超越早期的现实人格而进入到逍遥自解的层面。但这还不是他人生审美的极境。惠州以后，他的人格达到了审美的极境。相较而言，黄州时期的他还只不过是停留在对生活的描述，即使有反思，也不过是一种浅层次的思考，他所营构的逍遥超脱的境界也不过是对人生的自解而已。因为此时的他，对人生还来不及作更深的参悟，兼济之心并没完全泯灭。这只要看看他元祐期间的种种表现就可明了这一点。而岭海时期的他，截然不同，他已经完全摆脱了功名事业的羁绊。对荣辱是非，富贵祸福，生老死育有了更深的感悟和认识。现实功名、男儿事业已不再是他诗中关注点，感悟人生，探寻人生才是他诗中的主题。诸如孤独、悲伤、黑暗、病痛这些让人难堪的东西，他都可以进行审美的体验，

---

① 曾枣庄：《苏诗汇评》，四川文艺出版社 2000 年版，第 17、1745 页。

② 同上书，第 1671 页。

③ 同上书，第 19、1708 页。

从正面去审视，从哲理的高度去剖析，他总是以一种宁静淡泊的平和心态来面对一切。而标志着他审美人格进入更高境界的主要是他用诗化的语言描绘出“无思”和“无待”的审美人生，并把它提升到文化哲学的意义上来认识。在《续养生论中》，他提出了“无思之思”的哲学命题：“凡有思皆邪也，而无思则土木也。孰能使有思而非邪？无思而非土木乎？盖必有无思之思焉。”在《思无邪斋铭》中，他更把这种“无思之思”当做自己“得道”的途径。他不但重塑了庄子的“无待”，更有了自家面目。“无思无待”的提出，表明苏轼不仅仅是把它当做一种暂时的逍遥来看待，也不仅仅是当做一种理想人格来追求，而是借此来营构他的人生审美的境界，指导人生。因此，可以说，“无思”与“无待”的结合统一，构建了他岭海时期独特的精神家园，把他的人格从现实层面、逍遥层面提升到审美的层面、哲学的层面。这也是苏轼惠州时期诗文作品之变昭示出来的意义。

第十四章　诗人韩愈、苏轼岭海处穷人格精神之异及文化解读

晨趋丹陛，夕贬蛮荒是古代文人士大夫的共同厄运。所谓"朝为青云士，暮作白首囚"（韩愈：《赴江陵途中寄赠翰林三学士》），"诗人例穷苦，天意遣奔逃"（苏轼：《次韵张安道读杜诗》）就是这一厄运的真实写照。岭南远离京师，属瘴疫之地，诚如苏轼所言，大凡南贬，很少有生还之人："问翁大庾岭头住，曾见南迁几个回？"（苏轼：《赠岭上老人》）所以，唐以后，岭南就成为流贬重罪囚犯的地方。文人士大夫往往怀瑾握玉而又"朝天无路"。他们面对这种"信而见疑，忠而被谤"的尴尬处境而表现出不同的姿态：有的愤悱积于中而哀怨形于外，"虽九死犹未悔"；有的是暂敛锋芒，陈情款款，处穷恋阙，以图再起；有的是处患不戚，"安土忘怀"，"也无风雨也无晴"，"一蓑烟雨任平生"（苏轼：《定风波·沙湖道中遇雨》）。起衰振溺的韩愈和学际天人的苏轼，居然异代"同病"，都免不了逐臣的厄运：都以重罪之身，流徙岭南，韩愈七月疫乡，苏轼三年瘴海。朝友蛮夷，暮群魑魅，不少吃苦。然而两人却表现出了如上所说的截然不同的形象、姿态、心态和人格意识。韩愈贬潮，"年方五十，发白齿落"，惶惶然总觉得如燕居卵巢之上，鱼游鼎沸之中，时时感到"死亡无日"（《潮州刺史谢上表》），来日无多；身处海隅，心存魏阙。执着于生命，眷恋于人生，汲汲于仕途，恋阙之中时时流露出一种兼济天下的参与精神，表现出一种典型的君子儒人格。而苏轼寓惠，安土忘怀，随缘自适，深于哀乐而不滞，罹于忧患能自遣，顺则忧患君国，穷则独善其身，展示了古代文人"据于儒、依于道、逃于禅"的人生理念，表示了一种融儒释道于一体的混合型人格。本章试以韩苏二人寓潮寓惠的作品进行比较，谈谈他们处穷的不同心态和人格意识及其人格所代表的文化精神。

第一节 两种截然不同的心态：戚戚怨嗟与安土忘怀

韩愈和苏轼都遭遇了远贬岭南的命运，然而两人表现出了截然不同的心态：韩愈忧心忡忡，戚戚怨嗟；苏轼则处变不惊，安土忘怀。

先说韩愈的戚戚怨嗟。

韩愈一生两次贬岭南：贞元十九年（803）上书请求减免百姓赋税，触怒德宗，被贬阳山；元和十四年（820）又上表劝阻宪宗迎佛骨而远窜潮州。两次惩处，以贬谪潮州最为严重。韩愈也自知罪重，以为居蛮夷之地，与魑魅为群，死亡无日。所以，忧患感伤之心，"恋阙""忆家"之情取代了当初冒死谏佛的刚毅气。贬潮前后的表现，判若两人。比如阳山遭贬之后，犹存慷慨磊落之气，这可从他由阳山赴江陵途中所赋的《岳阳楼别窦司直》诗看出："愈昔始读书，志欲干霸王，屠龙破千金，为艺亦云亢。"可说心雄万夫，气凌霄汉，锐气逼人。然而，审读他赴潮途中及寓潮期间诗文之作，则是另一番景象：戚戚怨嗟，哀怜卑下，"极形容之苦"①，不类先时的"狂妄"。因此也就招来"不善处穷"的讥讽。如金王若虚说他"不善处穷，哀号之语，见于文字，世多讥之"（《滹南遗老集》卷二十九）。俞文豹《吹剑录》也批评说："韩公潮州之行，豪气铄尽，谢表披诉艰辛，其有凄惨可怜之状。"甚至，连以韩愈之传灯者自居的欧阳修也不无揶揄："每见前世名人，当论事时，感激不避诛死，真若知义者。及到贬所，则蹙蹙怨嗟，有不堪之穷愁，形于文字。其心欢戚，无异庸人。虽韩文公不免此累。"（欧阳修：《与尹师鲁第一书》）这些批评，虽不免有苛求古人之嫌，然悲苦之词夹杂"恋阙"思乡之情及忧惶恐惧之意确实成为韩愈此时诗文创作的主基调。我们只要结合韩愈这段的经历、参以他的诗文创作就可明了这一点。韩愈以"正月十四日，蒙恩除潮州刺史，即日奔驰上道，经涉岭海，水陆万里"（《潮州刺史谢上表》）至三月二十五日抵达潮州，跋涉约70天，出蓝关，入商洛，到邓州，进韶州，渡泷水，由秦入楚，由楚入粤，一路上备尝艰辛。他的诗歌

① （明）蒋之翘：《韩昌黎集辑注》引刘辰翁语，见钱仲联：《韩昌黎诗系年集释》（下）卷11，上海古籍出版社1984年版，第1159页。

就时时流露出对前途凶险的描述和对横死他乡的忧戚。如行至关内，面对云横秦岭，雪拥蓝关的景象，诗人感到前途茫茫，难以生还，面嘱侄孙为自己收骨瘴江："知汝远来应有意，好收吾骨瘴江边。"(《左迁至蓝关示侄孙湘》)进入商洛武关，正碰上藩囚南徙。堂堂朝廷命吏居然产生不如藩囚之感："嗟尔戎人莫惨然，湖南地近保生全。我今罪重无归望，直去长安路八千。"(《武关西逢配流吐藩》)藩囚地近尚有生全之日，而自己罪重地远，恐怕没有生还的机会了。离京师越远，悲苦之情越深。比如他在《次邓州界》一诗中写道："潮阳南去倍长沙，恋阙那堪又忆家。心讶愁来惟贮火，眼知别后自添花。"诗人把自己"远贬潮阳"的命运和汉代贾谊被贬长沙太傅的命运相比：贾谊犹且抑郁而死，而"吾"潮阳之贬，地之僻远倍于长沙，后果可想而知了。不祥之感，恋阙之情，充塞于胸。

进入岭表，诗人感伤忧患之情更加浓厚。如渡泷水时他就预感潮州险恶无比。他在《题临泷寺》诗中写道："不觉离家已五千，仍将衰病入泷船。潮阳未到吾能说，海气昏昏水拍天。"他在此之前虽然从没到过潮州，但却想象出潮州海气昏昏、恶浪拍天的可怖情景。他的《泷吏》长诗，忧戚感情更甚。在诗中诗人设为问答，道尽贬地的僻远险恶：恶溪瘴毒，雷电汹汹，鳄比船大，牙眼可怖，有海无天，飓风时作。真是险恶万状，令人可愕。《唐宋诗醇》解读为："君子以恐惧修省，《泷吏》篇之谓也，莫道英雄气短。"诗还借泷吏之口责备自己无补于国，满而招损，而面对责备，自己却无言以对，只能频频"叩头谢吏言，始惭今更羞。历官二十年，国恩并未酬。凡吏之所诃，嗟实颇有之。不即金木诛，敢不识恩私。"自怨自责自悔之情，浸透于字里行间。朱彝尊读了这段后，称之为"借别人语罪己，乃真罪己"，[①]指出了他的真率之情。蛰居穷乡僻壤的韩愈其戚戚之状，甚至表现在平常的饮食起居上，如面对南方人常食的美味诸如鲎实、牡蛎、蒲鱼、虾蟆、江珧之类竟不禁汗颜："我来御魑魅，自宜味南烹。调以咸与酸，芼以椒与橙。腥臊始发越，咀吞面汗骍。惟愧旧所识，实惮口眼狞。开笼听其去，郁屈尚不平。"(《初食贻元十八协律》)这与苏轼的入乡随俗，"日啖荔枝三百颗，不辞长作岭南人"的悠然之情，完全是截然不同的心态。读韩愈贬潮州后所写的诗，我们常常感到作者的惊惶恐惧之心，怨责

---

① 陈克明：《韩愈年谱及诗文系年》，巴蜀书社 1999 年版，第 532 页。

哀悔之意，倍于常人。如《笔墨闲录》所言“潮州以后诗最哀深”。[①]

韩愈罪臣意识，怨嗟哀伤之情，悔疚之意，在《谢上表》一文中表现最得浓烈。表中他反复责悔自己的“狂妄戆愚，不识礼度”，“言涉不敬”，“受性愚陋”；感戴宪宗不杀之恩：“陛下哀臣愚忠，恕臣狂直”，“特屈刑章”，“既免刑诛，又获禄食”；描绘形容寓居潮州的处境和心境：“过海口，下恶水，涛泷壮猛、难计程期。飓风鳄鱼，患祸不测，州南近界，涨海连天；毒雾瘴氛，日夕发作。臣少多病，年才五十，发白齿落，理不久长。……忧惶惭悸，死亡无日。”“自拘海岛，戚戚嗟嗟，日与死迫”；表中并祈求皇上“哀而怜之。”的确表现出了一幅哀怜乞求之状。对他的这种表现，爱之者以“恐惧修省”归美之；恶之者以“畏死”、“庸人”讥讽之。宋代学者洪迈、张舜民、黄震、王若虚等人对他批评尤甚。如黄震就感叹他“汲汲乎苟全性命，良可悲矣”（《黄氏日钞》卷十九）。王若虚说“退之不思须臾之穷，遂为此谀悦之计，高自称誉。”（《滹南遗老集》卷二十九）当然“畏死”恐怕不是韩愈的初衷。他的戚戚怨嗟当有其深层的文化内蕴，求哀君父，思衍恋阙，以图再起，或可是其真心，这一点笔者后文将论述到。

再看苏轼的安土忘怀。

苏轼于绍圣元年（1094），因起草制诰，被论敌以“讥刺先朝”而弹劾，先罢官定州，然后以左朝奉郎贬知英州，终贬建昌军司马惠州安置，一月之内三传谪令。苏轼在寓惠近三年中的表现，与韩愈的戚戚嗟嗟，求哀君父全然不同，那就是安土忘怀，泰然处之。当然作为有血有肉的人，承此打击，不可能全无悲戚之心，何况他是以花甲老迈之身，播迁瘴疠不毛之地。因此，苦闷忧患自然有之，沮丧忧戚也难以幸免，甚至在他的诗中时时流露出了一些归隐念头：“斜川追渊明，东皋友王绩。”（《和陶归园田居》）“我欲作九原，独与渊明归。”《和陶（贫士）》“携手葛与陶，归哉复归哉。”（《和陶读山海经》）多次提到要步武陶渊明躬耕自食。为吸取教训，免除祸患，也时而产生了搁笔的念头：“蔬饭藜床破衲衣，扫除习气不吟诗”（《答周循州》），“誓将闲送老，不着一行书”（《无题》），并且表示了“当焚砚弃笔，……遂不作一字”（《与程正辅书》）的态度。所以处穷困而不忧戚、处祸患而不追悔并非苏轼的本真，然苏轼的过人和

---

① 陈克明：《韩愈年谱及诗文系年》，巴蜀书社 1999 年版，第 533 页。

异人之处是遇忧戚而不颓，处逆境而不屈，随遇而安，随缘自适。这也正应验了苏轼贬黄州时自己所说的一段话："处患不戚戚，只是愚人无心肝尔，与鹿豕木石何异！……某谪居既久，安土忘怀，一如本是黄州人，元不出仕而已。"(《与赵晦之二首》)可见，苏轼虽心存戚戚，毕竟能深于哀乐而不滞，罹于祸患而自遣，能做到"此身安处是菟裘"(《次韵曹九章见赠》)，"此身安处是吾乡"(《定风波·常羡人间琢玉郎》)。其实，苏轼的这次远谪岭表，其艰难处境比起黄州来有过之而无不及，如他所描绘的："瘴疫横流，僵仆者不可胜计"，"旬浃之间，丧两女使"(《与林天和二十四首》)，日与死迫，境况不比韩愈好。然苏轼仍能自慰自解："某睹近事，已绝北归之望。然心中甚安之。未说妙理达观，但譬如元是惠州秀才，累举不弟，有何不可！"(《与程正辅七十一首》)，明明是远贬惠州，他却索性把自己当做是累举不第的惠州秀才而已，如此"譬如"，便参"妙理"，而至"达观"，远贬他乡的忧戚就荡然无存了。

正因苏轼能齐得失，忘祸患，穷达如一，超然物外，穷愁颠越，无不自得，所以他的寓惠诗文与韩愈寓潮诸作大异其趣。如前所述，韩愈笔下的潮州，恶溪瘴毒，海气昏昏，不可久居。而苏轼笔下的惠州，山川秀美，土地丰腴，民风淳朴，可作终老之计。我们只要一读他的寓惠诗作，我们就不难看出作者对惠州山山水水的神往和钟情。如："一更山吐月，玉塔卧微澜。"(《江月五首》)"海山葱茏气佳哉，二江会处朱楼开。"(《寓居合江楼》)"罗浮山下四时春，卢桔杨梅次第新。"(《食荔枝二首》)"东风摇波舞净绿，初日泫露酣娇黄。"(《游博罗香积寺》)"郁攸火山烈，蹙沸汤泉注。"(《咏汤泉》)……山月之清辉，江河之佳气，物产之丰硕，土地之丰腴，汤泉之温暖，无不令他惬意称心，致使作者产生终老林泉，久居南荒之想："醉饱高眠真事业，此生有味在三馀。"(《二月十九日，携白酒、鲈鱼过詹使君，食槐叶冷陶》)"以彼无限景，寓我有限年。"(《和陶归田居六首》)"已买白鹤峰，规作终老计，……吾生本无待，俯仰了此世。"(《迁居》)诗人尤其被惠州朴至民风所感染，初到惠州，他就感到惠州人的好客："仿佛曾游岂梦中，欣然鸡犬识新丰。吏民惊怪坐何事？父老相携迎此翁。苏武岂知还漠北，管宁自欲老辽东。岭南万户皆春色，会有幽人客寓公。"男女老少相携路首，犬羊鸡鸭竞识其家，酒香扑鼻，未饮先醉，好一幅人情风俗画。居惠近三年苏轼常与父老乡亲饮酒作乐："父老喜云集，箪壶无空携，三日不饮酒，杀尽西村鸡。"(《西新桥》)可见诗人完全把自己融入到惠州人之中。诗人笔下，饮食起居的日常生活全无瘴乡可骇之事。韩愈初食腥臊，惊恐万状，难以咀吞。而苏轼入乡随俗，随遇而安，初食槟榔，他感到“吸津得微甘，着齿随亦苦”（《食槟榔》）；小行菜圃，他觉得“芥蓝如菌蕈，脆美牙颊响”（《雨后行菜圃》）；尝食荔枝，他不禁为此“尤物”而倾倒，深感不虚此行：“不须更待妃子笑，风骨自是倾城姝。不知天公有意无，遣此万物生海隅。……人间何者非梦幻，南来万里真良图”（《四月十一日初食荔枝》）；芦菔味辛，他却以为味美不下于历史上富贵人家何曾席上的鸡豚：“我与何曾同一饱，不知何苦食鸡豚”（《撷菜》）。饮食起居，知足保和，随遇而安。正因为他超然物外，所以，寓惠近三年，无挂无碍，他乡即故乡，如其诗所说的：“三年瘴海上，越峤真我家”（《丙子重九二首》）。他的《纵笔》一诗是其岭表三年心态的总写照：“白头萧散满霜风，小阁藤床寄病容，报道先生春睡美，道人轻打五更锺。”以“垂老投荒”之逐臣作如此轻松闲适之句，非苏轼不能。读苏轼寓惠的作品，断无戚戚怨嗟之语。其寓惠之文也表现出了这种心态，如其“惠州谢表”，除例行几句谢恩、诉苦、表忠外，其余无半句哀戚怨嗟语，与韩愈《谢上表》的反复陈情，备述艰辛，瞻望宸极，希望皇上哀而怜之大异其趣。

总而言之，读韩愈苏轼南迁之作，形象全异，心态各异：韩愈的寓潮诗文让我们看到了一位赴潮老儒的形象，他发白齿落，瞻望前途，惊恐万状，衔酸抱痛，哀戚不已。怀瑾抱玉，衔环欲报结草之恩；穷思毕精，上表历陈死迫的忧戚；瞻望圣聪，请求免除老死穷荒的厄运。而苏轼则不然：沐浴汤泉之中，晞发于悬瀑之下，“浩歌而归，肩舆却行”（《和陶归园田居六首》），采圃菜以饭山僧（见《雨后行菜圃》），寄病容而酣小阁；“邻翁馈蛙蛇”（《西子重九二首》），林婆赊美酒。友茶农而赏樵夫，结衲子而酬秀才，“涉生死之变，泯然无慨；步祸福之地，而夷心不怛”（《弘明集·正诬论》）。心若脱钩之鱼，怡然而自乐。已忘老迈之身，全无穷苦之悲。居高位而不邀君宠，处困厄而不露怨艾。随缘自适，无碍无着。表现出两种不同的心态和截然不同的文化精神。

第二节　韩愈的忧戚处穷表现了韬光养晦、专情执着的儒者人格

韩愈寓居潮州七月，如临深溪，如履薄冰，其诗文中时常表现出了一种覆巢之忧、瘴疠之叹、落寞之音和自陈之意，甚至有时不免哀苦万状，所以招来后人纷纷讥评，批评他“畏死”贪生，有失节概，“不善处穷”，谀奉君上。这些批评者其实没有读懂韩愈，有厚诬古人之嫌。联系韩愈当时的特殊处境，他的处穷之戚，自有深层的文化内蕴，不失为一种以退求进，以屈待伸的行为，是儒家传统的行藏用舍文化的延伸和表现。同时他的反复自陈，求哀君父也是他的用情之专，用情之执的表现，展示了儒家的修齐治平的圣贤人格。

假如韩愈怕死贪生，他为什么在生死关头敢于抗颜而作，抑强藩，斥阉竖，忤权贵，排佛氏，几乎招致杀身之祸，而毫不退缩？如元和十年(815)六月，藩镇为抵抗中央政府的平淮蔡，平卢节度使李师道暗中派刺客杀死主战派宰臣武元衡，刺伤主战御史中丞裴度，举国震恐。朝廷文武大臣都以“不用兵为贵”，唯有韩愈力主用兵。元和十二年秋，“上命裴丞相为淮西节度使以招讨之，丞相请公以行”(李翱:《韩公行状》)，于是韩愈作为行军司马，参与军事。献计献策，辅佐裴丞相平定淮西。更显示其节慨的是他在穆宗长庆二年(822)，出入叛藩，宣喻叛军的事。当时，镇州发生兵乱，杀死田弘正，拥立王廷凑，背叛朝廷，朝廷派去镇压的深州刺史牛元翼所率军队也被王廷凑包围。朝廷议论纷纷，当时有宰臣因讨厌韩愈平时耿直，怂恿皇上派韩愈赴镇州宣谕叛藩，企图借叛藩之刀除掉他。众人都为他捏了一把汗，元稹也以为韩愈无生还的希望，向皇上上书，并叹为可惜。穆宗皇帝也感到后悔，再下诏嘱咐韩愈见机行事，不一定要进入叛藩军营。而韩愈慨然不顾，说：“安有受君命而滞留自顾?”于是长驱直入贼营。王廷凑埋伏武士，弓矢罗列，刀枪相向，险象万状。韩愈履危蹈险，义无反顾，“既至，召众贼帅前，抗声数责，至天子命，词辨而锐，悉其机情，贼众惧伏。贼帅曰：‘唯公指令’”。① 不用一兵一卒，就慑伏

① (唐)李翱:《李文公集》卷八《韩公行状》，四部丛刊影印明成化刊本《全唐文》卷639。

叛藩,真是勇冠三军。处高位不忘国是,临虎穴不畏斧钺,哪里有半点贪生怕死之状?《新唐书·本传》说他"操行坚正,鲠言无所忌",应当可信。此外,贞元十九年(803)韩愈上《御史台上记天旱人饥状》,揭露宗属、京兆尹李实残酷掠夺百姓,坚持为民请命,锋芒直指权贵,于是招来阳山之贬。元和四年(809),韩愈任都官员外郎分司东都兼判祠部,天天与宦竖、"五坊小儿"、不法禁军周旋。他的上司东都留守郑余庆唯恐避之不及,而作为下属的韩愈居然抗颜相拒,"先生按六典尽索之以归,诛其无良,时其出入,禁哗众以正浮屠"。① 他分司东都两年,"日与宦者为敌"(韩愈:《上郑尚书相公启》),表现出了凛然刚正的气概,也赢得了朝野的额手称庆,以致"军士莫敢犯禁"(《李文公集》卷十一)。当然,其节操和气概更为人称道的,是人所共知的冒死谏君佞佛一事。当时宪宗一读韩愈奏书,就"怒甚。间一日,出疏以示宰臣,将加极法"(《旧唐书·韩愈传》),如果不是朝臣犯颜冒死相救,必死无疑。为国家除祸患,身入虎穴而义无反顾;为除民害,敢于与权贵为敌;为除"弊事",居然批龙鳞,不避诛死。所作所为,感天地、泣鬼神。忠勇如此的韩愈,怎么会一到贬所就戚戚畏死了呢?既然如此,又何必当初。可见,怕死的说法,显然不合乎韩愈的性格逻辑。即使潇洒处穷、态度迥异于韩愈的苏轼,对韩愈的潮州处穷表现不但不置一贬词,反而对韩愈景仰有加,称他起衰济溺,忠犯人主,穷夺三军,苏轼之论,无异于空谷传响,足可以震古烁今,真为韩愈异代的知音。

或许有人要问:既然不畏死,何以有穷戚自陈之诉,悦君述悔之辞?我认为,具体问题要作具体分析。韩愈的披诉贬潮的种种艰辛,夸述皇上的圣德,是作为一个逐臣的例行公事式的常见之词,也是人之常情和人之真情,也有他的隐衷。韩愈上疏谏宪宗佞佛,他深知闯下大祸,也深知排佛本身没错,所以他对排佛事件的本身也不认错。但他感到谏表确实有言辞不敬且太剀直的地方,所以他的"哀矜悔艾",也仅仅在于自己的"狂妄戆愚,不识礼度,言涉不敬"。所谓戆愚,就是太鲁莽、太冲动,没有达到效果;所谓不敬,就是言辞太剀直,不够委婉,像表中所说的"宋齐梁陈元魏已下,事佛渐瑾,年代

---

① (唐)皇浦湜:《皇浦持正文集》卷六《韩文公神道碑》,四部丛刊影宋刊本《全唐文》卷687。

尤促”，本来作者的初衷是以史为鉴，要皇上吸取教训，不要重蹈历史上佞佛君主因佞佛以致亡身的覆辙。而宪宗误以为韩愈以死诅咒他。所以宪宗以为言辞如此“乖刺”，态度如此狂妄，固不可赦。虽然把韩愈远窜八千里外的潮州，但余怒仍未消。这时的韩愈稍不谨慎，仍有杀身之祸。宪宗本来就是专断独裁的君主，追杀逐臣是他的故伎。《新唐书》卷一六八《王叔文传》就曾记载他追杀逐臣的事：“太子已监国，贬渝州司户参军，明年，诛死。”面对如此专横之主，更何况又正当其处于盛怒之中，如果韩愈悻悻然、口出怨艾之言，必死无疑。即使飘飘然，像苏轼那样潇洒处之，也只不过自招祸患而已。君不见，苏轼当年寓居惠州，与世无争，不过写了一首诗，表达了一点潇洒达观的情思而已，竟然遭到政敌之谗，致有海南之贬。所以不争不怨，求哀君父，或许是求生的上策。因此，我们应该体谅韩愈穷居贬所，备述艰辛，铺陈圣德，情哀词迫的苦心。

关于韩愈的处穷表现，清人储欣是这么评价的：“人臣依恋阙廷，自是爱君，非徒为禄位计也。且以远窜之苦入告天子，此也呼天呼父母之意，岂云摇尾乞怜乎？”（《唐宋十大家全集录》卷八）又说：“臣子得罪君父，悻悻然自以为是，不复思愆恋阙，非纯臣也。看韩、苏贬谪后，是何等忠悃？”[①]储欣认为韩愈戚戚寓潮与苏轼潇洒居惠，表现虽不同，但忠悃之心则是一致的，储欣确具慧眼。清曾国藩亦以为“求哀君父，不乞援奥灶，有节概，人固应如此。”（《求阙斋读书录》卷八）[②]陈沆更认为韩愈“批鳞冒死者，忠鲠之孝心；恋主怀阙者，臣子之至谊”。[③] 古代家国同构，君臣一体，情如父子，臣对于君，子对于父，应该诚惶诚恐，忧惶惭悸，以求庇护。以上清人的看法基本上表现了这种认知。可见，韩愈从冒死犯颜谏佛而发展到寓居潮州的戚戚怨嗟，不是销铄豪勇、也不是一念之差，更不是晚节不保，而是委身锋镝之间，不得不藏锋敛锷，思愆恋阙以求全身而已。韬光养晦，渐敛锋芒，以待东山再起，为王前驱，表明了韩愈对儒家传统文化的传承。韩愈在危机四伏中韬光养晦也好，苏轼在奔逃中优游自如也罢，处穷之技不同，而目的一致：都是为了全身。古人以为全身保身是人生忠孝之大伦，因为身体发肤受之于父母，不能轻易损毁。所以韩愈居

---

① 吴文治：《韩愈资料汇编》，中华书局1983年版，第1505页。

② 同上书，第603页。

③ 陈克明：《韩愈年谱及诗文系年》，巴蜀书社1999年版，第550页。

潮，仅管“常惧染蛮夷，失平生好乐”（《答柳柳州食虾蟆》），但面对令人恐惧的潮州的“南烹”诸如鲎、蚝、蛤、蒲鱼、章举、马甲柱之类食物，不得不“甘食比豢豹”。他自我安慰，解释为“猎较务同俗，全身斯为孝”（《答柳柳州食虾蟆》）。勉食令人惶恐的南烹，是为了保生全身，而全身是为了尽孝，尽孝是为了忠君报国。这就是韩愈戚戚处穷的关键之所在。安全需要是自我实现需要的基础。韩愈以穷愁之词极形容之苦；以“狂妄戆愚”矜悔失言；铺张文辞，夸饰圣德；款款陈词，申恋阙之意……无非是表达了作者希望皇上怜悯，使自己一把老骨头能够生还的用心。“得其位方能行其道”，这是韩愈一贯的理念，其实这也是他对儒家文化的“在其位谋其政，不在其位不谋其政”的继承。而只有生还复位，才能复其辅圣之道。韩愈的良苦用心，终于有所收获：宪宗读了他的潮州谢表，终于觉得韩愈犯颜相谏“大是爱我”，有意复用，虽然因皇甫镈谗之而量移袁州，但终于免掉了一场鼎镬之灾，没有把一把老骨头留在荒僻的潮州。韩愈的韬光养晦也基本上达到了自己的目的，自潮州之贬回到朝廷之后，仕途是比较顺利的，在实现自己辅圣之道方面尽了一番作为。

韩愈无论是不畏强权、抗颜谏上还是千里投荒、思慾恋阙，都表现了他的“戆愚”。所谓“戆愚”，就是古执，就是心有所著。阶墀犯颜谏君固然是他的执着，岭表求哀君父亦何尝不是他的执着。执着于生命，执着于怀主恋阙，执着于得位行道，这就是韩愈人格精神之所在，人格魅力之所在。什么是人格？人格就是个体内在的在行为上的倾向性。它表现为一定学说、团体以致社会系统的社会政治伦理观念的理想的、具有一致性和连续性的、典范性的行为倾向和模式。它代表一定社会的文化精神或精华。我国古代有儒、道、墨、法、佛诸家人格，他们都代表了各家的文化精华。其中最具典型性的是儒、释、道三家人格。韩愈行为倾向性就典型地表现了儒家的人格。古代士大夫的人格从文化渊源而言，大体上不是出于庄，就是出于屈。表现在行为倾向性方面：有的入而能出，有的往而不返。前者超旷潇洒，无着无碍；后者缠绵痴迷，专情执着。东坡万里投荒，安土忘怀，深于哀乐而不滞于哀乐，虽善感而又能自遣，属于入而能出者。韩愈则不然，用情专一，缠绵深曲，挺立阶墀，心中只有君主；窜身岭表，九死一生，心中也还是只有君主；这就是所谓往而不返。入而能出，用情“如晴蜓点水，旋点旋飞”；往而不返，用情则“如春蚕作茧，愈缚愈紧"①。苏轼与韩愈,大体上都是属于用情者,都是身在江湖,心存魏阙者,然仔细观察,二人有用情不滞与缚情难脱的分别。他们代表了儒家人格的两种不同的类型。

儒家的理想人格其实是一种圣贤人格,表现在行为倾向性方面,是以尧、舜、禹、汤、文、武、周公为楷模,要求博施济众,安邦兴国,以修齐治平为目标,把实现国家政治统一作为社会团体最高利益。综观韩愈的一生,我们不难发现,作者表现出了对这种理想人格的孜孜追求。韩愈"生平企仁义,所学皆孔周"(《赠翰林三学士》),宪章文武,矩式周孔,一生以翼圣教、继道统而自居。他生当安史之乱后的中唐,藩镇割据,阉宦横行,佛老猖披,儒学陵替,国势凭陵,社会动荡。于是韩愈抗颜而作,抑强藩,斥阉竖,排佛氏,自觉以维护儒家道统、中兴国家为己任。有人批评他求哀君父、取悦君主是为求富贵,真不懂韩愈。联系韩愈一生,不难看出,其求哀君父,是欲有所作为,表现了他的用情之专之执。比如他还在弱冠之年,就立志入世。他的很多诗就表现了这种志向:"我年十八九,壮气起胸中。"(《韩昌黎全集》外集"遗诗"《赠族侄》)"少小尚奇伟,平生足悲咤。""事业窥皋稷,文章蔑曹刘。"(《韩昌黎全集》卷二《县斋有怀》)"少年气真狂,有志与春竞。"(《韩昌黎全集》卷四《东都遇春》)"自笑平生夸胆气,不离文字鬓毛新。"(《韩昌黎全集》卷九《奉酬振武胡十二丈大夫》)……目窥皋、稷,才高曹、谢,志干王霸,心存屠龙,其志向何等伟特卓异。他清楚地认识到,欲行此大志,当谋其位,正如孟子所说的:"居天下之广居,立天下之正位,行天下之大道"(《孟子滕文公下》)。如果僻居陋巷穷壤,则无以骋其才;贬死蛮荒,更无以成其志。所以他虽为硕儒,却并不完全认同儒者的过分的独善,因在他看来独善者"其自为也过多,其为人也过少"(《圬者王承福传》)。即认为独善者为了保持一己的品德而放弃了社会责任感。他也不认同儒家"天下有道则见,无道则隐"(《论语·泰伯》)的说法,因归隐是"独善自养","去父母之邦""而不忧天下"(《后廿九日复上书》)。更不甘赍志以殁,"臣有胆与气,不肯死茅茨"(《韩昌黎全集》卷二十一《送张道士》序),因此他的岭表戚戚状穷,纯粹是全身之策。是为了居广居,立正位,行大道。韩愈终身奔

① 缪钺:《论苏辛与〈庄〉〈骚〉》,见《缪钺说词》,上海古籍出版社 1999 年版,第 67 页。

竞于仕途,“四举于礼部乃一得,三选于吏部卒无成”(《上宰相书》),但他不达目的不甘罢休,执着用情,痴迷不改。一月之中,竟然三次向宰相上书,希望得到援引,书写千言,辞意卑切,甚至把自己比作于盗贼管库。怪不得张了韶把他叫做“木强人”,讥讽他“略不知耻”①,朱熹也骂他“讨官职”(《朱子语类》卷一百三十七),郝经挖苦他“汲汲富贵,噪举狂进”(《陵川文集》卷二十四)。凡此种种,终不察韩愈求官济世的用心,用情的痴迷和执着。韩愈以为居高位的统治者与在下位的寒士之间的关系是“上下相须”的关系:居穷守约的寒士,想要成大志,必须借势于王公大人;而王公大人要广布其美名,也须借誉于布衣寒士(见《与风翔邢尚书书》)。因此他告诫统治者应“可举而举焉,不必让其自举”,在下的布衣“可进而进焉,不必廉于自进”(《上宰相书》)。为了证明“自进”的合理性,他以古人为例,说古代的君子三日不仕则相吊,在周“自进”不行,则跑到宋国、郑国、秦国、楚国去“自进”,不分国籍,只要能推销自己,实现自己的价值就行,因为如今“天下一君,四海一国,舍乎此则夷狄矣”。所以韩愈的“噪进”是有其原因的,并非汲汲于追求个人的富贵。正如他自己所说的:“其所不忘于仕进者,亦将小行乎其志耳”(《与卫中行书》)。所谓“小行其志”就是要实现报效国家的志向。如果韩愈只是为了一己的富贵,就应该驰骛于富贵之门。然而韩愈“在京师一年,不一至贵人之门,人之所趋,仆之所傲;与己合者则从之游,不合者虽造吾庐未尝与之坐”(《答冯宿书》)。权贵之人,辟之仇雠。哪里有求一己富贵的打算呢?

执于情的人,必定为情所羁困;入于情的人,必定痴迷不返。韩愈就是这样的人。他当初当着朝廷文武大臣面折廷争,冒死诋佛,这就是入于情不返。其后,远窜南荒,然对自己为圣明除敝事的行为毫不悔改;居庙堂之高不邀君宠,处南荒之远而不改济世初衷,这就是他的用情之执。身处瘴疠之地,九死一生,而不忘恋阙念君,这就是他的用情之专。返回朝廷后,身使卢龙,独闯虎穴,面折叛藩,戆愚如故,这就是他的用情之憨。入而不出,往而不返,在其位只有君,在困厄中也只有君,处顺境不骄,蹈险途不顾,韩愈的执,韩愈的戆,韩愈的憨,韩愈的愚,真是无人能及啊。这就是儒家“天下为公”的进取人格在

① 马其昶校注,马茂元整理:《韩昌黎文集校注》,上海古籍出版社1986年版,第159页。

韩愈身上的再现。

第三节　苏轼的安土忘怀表现了儒释道融为一体的超旷型人格

与韩愈以儒家文化为主体的人格不同，苏轼则表现出儒释道文化融为一体的混合型的超旷人格。这种混合型超旷人格与前面所谈到的韩愈的人格在个体与环境交互作用的过程中所形成的一种独特的身心组织方面以及在环境中所表现出的行为倾向性有不同的表现，那就是在对待入世与出世的做法上存在差异。韩愈入而忘出，往不知返，在适应环境上不知权变，无论是进还是退，是顺还是逆，一切以君主家国为怀，所以顺亦忧，退亦忧，终为情萦。“哀哉思虑深，未见许回棹”（《答柳柳州食虾蟆》），韩愈的这两句诗就是他自己在穷困环境中所形成的独特身心组织和行为倾向的写照。苏轼则不然，入而能出，往而知返，不为情羁，不为物累，同乎万物而与造物者游，无论是处顺还是处厄，无挂无碍，无以为念：“盛衰哀乐两须臾，何用多忧心郁纡”（《游灵隐寺得来诗复用前韵》《集三》），盛也罢，衰也罢，不过须臾之事而已；哀也罢，乐也罢，倾刻可忘。推而广之，人生的宠也罢，辱也罢，也不过是须臾之事，又何必萦萦于怀呢？知其不可奈何而安之若命，这就是庄子所津津乐道的有德者居之的至人境界。正因为苏轼乐天知命，随缘自适，所以能齐祸福，等生死，同穷达，做到处顺不喜，处变不惊。谪处黄州，“一如本是黄州人，元不出仕而已”（《与赵晦之二首》），远窜惠州，“譬如元是惠州秀才，累举不第”（《与程正辅七十一首》）而已；流放海角天涯的海南，竟发奇想：“我本海南民，寄生西蜀州。忽然跨海去，譬如事远游。”（《别海南黎民表》）明明是远贬他乡，居然有叶落归根之感；明明是遇赦北归，却反而是“忽然”远游“他乡”。独居蛮荒之地，别人悲不自拔，他却能借廉州龙眼自况自解：“蛮荒非汝辱，幸免妃子污”（《廉州龙眼，质味殊绝，可敌荔枝》），居然把自己的远处海隅比作龙眼之生南国而免遭贵妃之污，为自己的远离是非之地，感到不幸中之大幸！“渐悟”之彻，“内省”之功，确非普通人可比。处厄穷不为忧戚之辞，处逆境不作穷酸之态，不愧为我国思想史上少有的“秉性难改的乐天派"①。这就是苏轼独特的身心组织和行为倾向所表现出的又一种感人的人格魅力。

苏轼的这种混合型超旷人格与韩愈人格相比代表着另一种文化典型。韩愈虽亦旁搜远绍，杂学旁收，然而始终以儒学为依归，以承继孔孟道统而自任。而东坡吞纳百家，海负地函，据于儒，援于道，逃于禅。以儒学为体，以释老为用，这就是人们常说的"以佛治心，以道治身，以儒治世"（宋孝宗赵昚语，见《三教平心论》上）。可见苏轼的人格呈现出文化的多源性。他的胞弟苏辙曾经谈到苏轼这种文化的多源性，说他：

> 初好贾谊、陆贽书，论古今治乱，不为空言。既而读《庄子》，喟然叹曰："吾昔有见于中，口未能言；今见庄子，得吾心矣！"后读释氏书，深悟实相，参之孔墨，博辩无碍，浩然不见其涯矣。（《东坡先生墓志铭》）

正因为苏轼融汇儒释道三家文化于一体，就汇成了"浩然不见其涯"的"苏海"。在苏轼随缘安命，旷达潇洒的人格精神的形成过程中，庄禅文化是起了关键作用的。苏轼从少喜好释氏，尤其喜爱禅宗，与和尚交往过从十分密切，如他在《祭大觉禅师文》一文中所说："我在壮岁，屡亲法筵"（《后》十六）。他两度莅临杭州，与淄流多成挚友，如他所说的："吴越多名僧，与予善者常十八九。"②苏辙在《偶游大愚见余杭明雅昭师旧识子瞻能言西湖旧游将行赋诗送之》中说："昔年苏夫子，杖屦无不之。三百六十寺，处处题清诗。"（《栾城集》卷十三）这足以证明他的嗜禅之深。居黄州定惠院时，他结识安国寺住持继莲，"间三日辄往，焚香默坐，深自省察，则物我两忘，身心皆空，求罪垢所从生而不可得。一念清净，染污自落，表里翛然，无所附丽"（《黄州安国寺记》），进入佛国世界，无染无着，销尽了乌台诗案带来的所有烦忧。苏轼学佛并未真想羽化涅槃，也并非求得"出生死，超三乘"的"玄悟"境界，正如他在《和陶诗·神释》中所说："莫从老君言，亦莫用佛语。仙山与佛国，终恐无是处。"主张脱玄就易，博取参悟，唯我用之。他曾经把学佛比如饮食，认为整天说龙肉，不如顷刻间亲自尝一尝猪肉。认为"学佛老者，本期于静而达，静似懒，达似放，学或未至其所期，而先得其似，不为无害"（《答毕仲举书》）。从这些资料可以看

---

① 林语堂：《苏东坡传》，百花文艺出版社 2000 年版，第 5 页。

② （宋）苏轼：《东坡志林》卷二，京华出版社 2000 年版，第 33 页。

出，苏轼学佛的目的是希望从佛教中求取人生的真谛和生活的信心，希望修炼沉静旷达以达到荣辱利弊祸福得失无系于心的境界。因为有了这种境界，人生的升沉得失才能皤然顿悟，最终得到解脱。他在《记游松风亭》一文中有一段话表现了他的很好的体悟：

> 余尝寓居惠州嘉佑寺，纵步松风亭下，足力疲乏，思欲就林止息。望亭宇尚在木末，意谓是如何得到？良久忽曰："此间有甚么歇不得处？"由是如挂钩之鱼，忽得解脱。若人悟此……当甚么时也不妨熟歇。①

人生旅途就如攀援绝顶，为什么非得希望要达到绝顶的亭宇才可安脚歇息呢？处处可以安脚，处处可以"熟歇"。明白了这个道理，人生即使像挂钩之鱼也可以得到解脱了，也可以自由自在优游于大海之中了。苏轼因为有此大悟，所以身处瘴域不以为忧，于是在惠州白鹤峰买地造庐，准备作久居的打算。这是苏轼大不同韩愈的地方：同样是挂钩之鱼，韩愈惟帝阙是求，惟帝京是恋，非帝榻之侧不敢安居，所以处穷厄之中，就难免有戚戚穷愁之辞，终日惶惶之忧了。苏轼则惟适是歇，惟遇是安，行所当行，止所当止，用他的话来说就是"今我身世两悠悠，去无所逐来无恋"（《泗州僧伽塔》），"心困万缘空，身安一床足。岂惟忘净秽，兼以洗荣辱"（《安国寺浴》），"何处青山不堪老，当时明月巧相随"（《次韵李修儒留别二首》其二）。不执不求，无碍无着，随缘自适，禅悟之功，哪怕是精修多年的老衲也无法企及。

禅宗是心之宗教。它倡导复归"清静自性"，主张"无念"、"无相"，其实是以心灵的自由去抗衡现实对人性的桎梏。这与庄子的等是非、齐物我、遗世独立、顺应自然、保真守一无不相通。苏轼既精通释氏的幽赜，又探寻庄老的堂奥，所以做到了庄禅交融，理趣横生。这在他的诗文中常常表现出来，如他为亡妻而作的《阿弥陀佛赞》就表现了庄禅理趣：

> ……见闻随喜悉成佛，不择人天与虫鸟。但当常作平等观，本无忧乐与寿夭。丈六全身不为大，方寸于佛夫岂小。此心平处是西方，闭眼便到无魔娆。

诗既为佛赞，自然就多禅趣，然而其中所谓无忧乐、等寿夭、齐大小的说法，与庄子"万物一府，死生同状"（《庄子·天地篇》），厉同西施，莛楹等一何等相

---

① （宋）苏轼：《东坡志林》卷二，京华出版社2000年版，第6页。

似，简直就是一篇庄子《齐物论》。他从杭州来颍州所写的《轼在颍州与赵德麟同治西湖……》诗更接近庄子的齐物说：

太山秋毫两无穷，巨细本出相形中。大千起灭一尘里，未觉杭颍谁雌雄。

因为巨细本相形，所以泰山也就等同于秋毫；大千世界起于一尘中，杭颍也就无雌雄之别了。以此而推，人心应无碍无着，无碍无着就能心无厚薄，心无厚薄就能忘却万物的大小，泯灭人我之间的区别，和庄子的《齐物论》如出一辙。苏轼认为能齐万物，所以俯仰间尽为法界，心安处就是吾乡。人生在世得者无所益，失者无所损，何必在荣辱面前戚戚于心，在得失之中耿耿于怀呢！苏轼的诗歌多处表现了这种思想："升沉何足道，等是蛮与触。"（《袁公济和刘景文〈登介亭〉诗，复次韵答之》"早知臭腐即神奇，海北天南总是归"（《次韵郭功甫观予画雪鹊诗有感二首》其一），"是身如虚空，万物皆我储"（《赠袁陟》，《集》十五），"俯仰尽法界，逍遥寄人寰"（《南都妙峰亭》，《集》十五）。人生贵得"一适"而已，至于得失、祸福、贵贱、升沉本无差等，又何足挂齿。彼乡与"吾乡"齐一，又何必终日而思，终日而忧呢？升沉贵贱齐一，又何必汲汲奔走于仕途之中呢？"古之君子，不必仕，不必不仕。必仕则忘其身，必不仕则忘其君……养生治性，行义求志，无适而不可。"（苏轼《灵壁张氏园亭记》）。无论入与出，仕与不仕，无论养生治性，行义求志，选择的标准是"适"，要做到惟适是求。做到了"适"，就能遗世独立，心游万物，超脱人生。苏轼用"适"解决了入与出、仕与不仕的矛盾。于是乎，庄子的"齐物"与禅的虚无糅合儒的达济穷善塑成苏轼以我为主，万物我储，可仕可退，入而能出的实用主义人格精神。正因他惟适是求，"故其临老谪居海外，穷愁颠越，无不自得，真能超然物外者矣"（黄道周语，见《御选唐宋文醇》卷四十四）。一个垂暮之年的老人，远贬岭海而能泰然处之："九死南荒吾不悔，兹游奇绝冠平生"（《六月二十日夜渡海》），这需要多么大的精神支撑力，而这种支撑力就源于儒释道文化对他人格内蕴的灌注。

苏轼儒道双修，庄禅并用，是不无原因的：这一方面是宋代的世道人心的必然所归，也就是说时势使然；另一方面是庄禅与儒，本来心有灵犀，有诸多相通处。苏轼以为"儒释不谋而同"（《南华长老题名记》），都能"遇物而应，施则无穷"（《祭龙井辩才文》）；庄和儒也同样相通，"庄子盖助孔子者"，人们如果以为庄子作《渔父》、《盗跖》、《胠箧》诸文，是为了“以诋訾孔子之徒，以明老子之术。此知庄子之粗者”（《庄子祠堂记》），不入庄子之堂奥。在苏轼看来，庄禅与儒“江河虽殊，其至则同”（《祭龙井辩才文》）。也就是说三者是殊途同归。因此苏轼虽然三教兼修，但不妨其一尊儒术。即使他依于道，逃于禅，然纵观其一生，他既没有步屈子的后尘，也没有去“江海寄余生”（《临江仙》），更没有乘风归去，“遗世独立，羽化而登仙”（《前赤壁赋》）。他之所以庄禅并修，不过是借以用来修身治心罢了，并不妨碍他的以儒治世。他的脚根还是深深的站在现实的土壤里，希望有所为。

有所为是人的本性。张岱年先生曾经论老庄无为时谈到：“无为”其实存在许多矛盾。人有思虑、知识、情欲、作为，都是自然而然的事。“有为”是人类生活的自然趋势。如果人类刻意去掉其思虑、知识、情欲、作为，以返于原始之自然，实在是违背人类生活的自然趋势。所以人为是人的自然和本心，去人为以返自然，是反自然和本心。想要返回过去的自然，正是不自然。① 张氏之论确为真知灼见，苏轼岭海处穷，压抑本心，安土忘怀，正与此相同。

苏轼其实是正统儒士，素以天下为己任，“奋厉有当世志”，少年得志，年轻时就高中进士，连向朝廷上二十五篇《进策》，二十五篇《进论》，纵论天下，雄辩滔滔，自以为“有笔头千字，胸中万卷，致君尧舜，此事何难”（《沁园春·赴密州早行马上寄子由》）！大丈夫应当建功立业有所作为。他曾经说：“丈夫重出处，不退要当前”（《和子由苦寒见寄》），“为君铸作百炼刀，要斩长鲸为万段”（《石灰》）。凤翔任上，他想到要“千金买战马，百宝装刀环。何时逐汝去，与虏试周旋”（《和子由苦寒见寄》）。黄州贬所，仍然“未忘为国家虑也”（《与滕达道书》）。即使流徙千里之外的惠州，犹不忘民间痫苦，“雨顺风调百谷登，民不饥寒为上瑞”（《荔枝叹》）。自己已身为涸辙之鲋，犹然“忠臣体国，知无不为”（《答李琮书》），“报国之心，死而后已”（《杭州召还乞郡状》）。无论在朝在野，心里忧虑的是国事民生，放翁称赞他“不以一生祸福易其忧国之心，千载之下，生气凛然”（《放翁题跋·跋东坡帖》），的确是苏轼的知音。苏轼每当上朝议事，一定要陈安国的方略；即使是戴罪寓居穷乡僻壤，已沦为小民之伍，也必解百姓的倒悬之忧。公忠体国、忧勤如此，哪里有半点

① 参见张岱年：《中国哲学史大纲》，中国社会科学出版社 1982 年版。

无为之念？可见致君尧舜，一佐明主，有所作为，才是苏轼的本心，才是苏轼所追求的自然。至于随遇而安，惟适是从，其实是违背了他的本心和自然，是他力求对人生社会的一种解脱。

苏轼终其一生，蹈危履险，其处境其实比韩愈更艰难危险。岭海之贬，能免除一死，靠的就是这种安命随缘，安土忘怀的生活态度。从这个意义上来说，他把儒家的乐天知命，道家的顺应自然，佛家的随缘自适融为一体，从中吸取处世的精神力量，无疑是和韩愈大同小异的另一种韬光养晦的方略。只不过是韩愈采取的是陈述哀词以感动主子从而保全自己，而苏轼则是以潇洒旷达的姿态游戏于人生的缝隙之间从而保全自己而已。因此《宋史》说："轼稍自韬，虽不获柄用，亦当免祸。"处顺境能伸其志，处逆境能韬其光，是古代文人显性和隐性两重人格。苏轼的处顺与处穷体现了这种人格。苏辙在《祭亡兄端明文》中评价他说："义气外强，道心内全；百折不摧，如有待然。"苏轼自己也说："君子之所取者远，则必有所待；所就者大，则必有所忍。"（《贾谊论》）又说自己"平生学道，专以待外物之变"（《与滕达道六十八首》）。这里所谓"取者远"，"义气外强"的说法，无疑是苏轼的显性人格；"有所待"、"有所忍"，也无疑是他的隐性人格。苏轼以为干大事的人不逞匹夫之勇，要能忍小忿而就大谋。汉代的张良受圯上老人之辱时，"卒然临之而不惊，无故加之而不怒"，终于获得高人指点，苏轼认为这是"大勇"（《留侯论》）。刘项之争，高祖之所以取胜，就是因为能忍，项羽之所以战败，就是因为不善忍（《留侯论》）。由此看来，大丈夫"立大事者，不惟有超世之才，亦必有坚忍不拔之志"（《晁错论》）。今日的戒急用忍，就是为了来日的一展宏图。所以对韩愈的处穷戚戚，求哀君父，以忍待变，终复其用，苏轼不但不置一贬词，并且称誉他勇冠三军；贾谊不善处穷，"以自伤哭泣，至于夭绝"，苏轼不但不同情他的处境，反而批评他"不知默默以待其变，而自残至此"，是"志大而量小，才有余而识不足也"（《贾谊论》）。基于这种认知，所以苏轼自己处穷"唯以时自娱为上策"（《与王庆源书》），把苦闷、彷徨、困惑、迷惘暂时置之脑后，安土忘怀，随缘自适。这种作法，其实是以忍而全身，以忍而待变，以求今后的有所为。在这一点上，韩愈、苏轼二人的处穷，是殊途同归的。韩愈处穷披诉种种艰辛，哀感君父，这是以一个顺字勤王，以一个诚字匡君；苏轼处穷暂时泯灭荣辱，压抑本心，这是怀藏利器，有朝一日待时而动。可见两人忍的途径不同，归于儒者的目的则是一致的。苏轼穷居岭海,随缘自适,物我两忘,身心皆空,虽然暂时免于韩愈那样的执着之苦,然而终竟难以掩盖他内圣外王的治世之心。韩愈有待,苏轼又何尝不是有待。庄子曾经论到什么是逍遥游,他认为无己无功无名无待才是真正的逍遥游。苏轼处穷恋阙,有为有待,当然也就难以达到庄子的逍遥游的境界了。所以,尽管庄子的万物齐一、超然物外的思想,佛家的与世无争、随缘自适、无挂无碍的教义,儒家的穷善达济的宗旨在苏轼的血脉里融会贯通,化而为旷达超脱的处世哲学和自然淡泊、高雅飘逸的胸怀,形成了他显性人格和隐性人格兼备、儒释道文化兼融的混合型超旷人格,然而苏轼始终不入庄禅者流,在苏轼身子里主持造血功能的骨髓始终是兼济天下的儒家文化。这一点又使得他与韩愈的君子儒人格既相异又相通。

从上面对韩愈和苏轼的比较论述我们可以得出结论了,韩愈和苏轼在特殊的环境里形成了各自不同的独特的身心组织,表现了不同兴趣、动机、气质、处世态度和行为倾向,一言以蔽之,表现了文化精华不一致的两种不同类型的人格。前者是纯儒的人格,不管韩愈在处穷中如何表现,戚戚怨嗟也好,求哀君父也罢,他的血脉里始终流淌着的是儒家文化的报君济世精神,我们不能为他处穷中戚戚怨嗟的假面现象所迷惑,这只不过是欲行大志者的韬光隐晦、以屈待伸而已,是执着专情、痴迷不改的另一种特殊形式的表现。后者是混合型的超旷人格,即儒释道交融一体的人格。这里既有苏轼对儒家圣贤的顶礼膜拜,也有他对庄禅精神的企羡。北京大学心理学教授陈仲庚在谈到人格时认为:人格是个体内在的在行为上的倾向性,它包括了四个因素,即全面整体的人,有特色的个人,社会化的客体,持久统一的自我。① 在苏轼的人格中,这四个因素都有,但持久统一的自我在其人格中显得尤为突出。也就是说,在他的儒释道混合型的超旷人格中,传统儒学形成了他人格中的持久统一的自我,换句话来说,儒学在他的人格内蕴中占主要成分。尽管他也常常叫嚷"长恨此身非我有,何时忘却营营!夜阑风静谷纹平。小舟从此逝,江海寄余生"(《临江仙·夜归临皋》),但他始终没有"忘却营营",始终没有飘然归去;相反,始终"窃怀忧国爱民之意,自为小官,即好僭议朝政,屡以此获罪。然受性于天,不能尽改"(《辨贾易弹奏待罪札子》)。这种"虽九死其犹未悔"的情怀,是他

---

① 参见李锦全:《中国文化概论》,中山大学出版社 1988 年版,第 48 页。

人格意蕴中持久统一的自我部分,是他精神支柱的主体。如果说韩愈是在忧患余生中,在戚戚怨嗟中表现了对生命、对事业的执着;那么,苏轼是在旷达潇洒中,在乐天安命中表现了对生命、对事业的执着。我们也不能被苏轼"江海寄余生",随缘自适的表面现象所迷惑。执着的表现不同,但实质则一致。这一点韩愈苏轼是心有灵犀一点通。因此,韩愈苏轼的人格尽管有很大的差异,代表了不同的文化因子,但他们个体内在的在行为的倾向上所表现的儒学文化的主导方面是一致的。也正因为如此,尽管他们的处穷态度不同,他们的人格具有同样感人的魅力,成为后代千千万万文人人格的范式。

第十五章　儒释文化视野中诗僧函可奇诗解读

北宋著名文学家欧阳修在《梅圣俞诗集序》中说：（诗）“盖愈穷则愈工。然则非诗之能穷人，殆穷者而后工也。”这是因为诗人在淹蹇困穷的环境中，身心受到拷掠，情志受到砥砺，忧愤郁积于心，情思敏发于物。诗人因穷而“自放”，诗也因穷而“味真”。故郁积的忧愤不但能够有助于诗人与外界建立较为纯粹的审美关系，发现自然的美和生活的奇；同时，也有助于敏感的诗人容易“兴于怨刺”，写出独特的内心感受，抒写出曲折入微而又带普遍性的物理人情。故“西伯拘而演《周易》；仲尼戹而作《春秋》；屈原放逐，乃赋《离骚》；左丘失明，厥有《国语》；孙子膑脚，《兵法》修列；不韦迁蜀，世传《吕览》；韩非囚秦，《说难》、《孤愤》；《诗》三百篇，大底圣贤发愤之所为作也。”①诗穷而后工，已为历代无数的文人艺术实践所证明。诗僧函可千山剩人的诗歌创作再一次证明了这一点。

函可，字祖心，号剩人，又号搕𢶍，俗名韩宗騋，字犹龙。广东惠州博罗人。明代礼部尚书韩日缵之长子，其才气与声名“倾动一时，海内名人以不获交韩长公騋为耻”②。崇祯八年（1735）其父病逝于任上，函可扶柩返乡，刺臂以血书写佛经，崇祯十二年（1639）与番禺孝廉曾起莘（释名函昰）相继上罗浮华首台寺拜空隐老人道独为师，皈依佛门。顺治元年（1644）以请藏入南京，在此期间他亲自目睹了沧桑变易，遂写下《变记》，顺治四年因此书而被絷，百般拷

① （汉）司马迁：《报任安书》，转引自郭绍虞、王文生《中国历代文论选》第一册，上海古籍出版社1979年版，第83页。

② （清）函昰：《千山剩人可和尚塔铭》，见杨辉：《千山诗集校注》，辽海出版社2007年版，第1页。

掠,“出万死几不一生”①。继被械送北京下刑部狱,翌年得旨流放沈阳继续修行,奔走于沈阳、尚阳堡、千山等地,先后在普济、广慈、大宁、永安、慈航、接引、向阳等寺弘法。

函可由于亲身经历了“天崩地解”之社会巨变和个人的迁徙流离之苦,因此他能将个人身世之感与国家兴亡之痛打拼入诗,使得他的诗厚重、深沉、朴实、真诚,在诗坛独树一帜。诚如其弟子今何在《序》中所评:“古之为诗者多矣,未必罪;古之得罪者多矣,未必诗。吾师以诗得罪,复以罪得诗。以诗得罪,罪奇;以罪得诗,诗愈奇。”②今何谈到了函可诗之奇和为什么奇,至于后者,今何已明白指出是因为“以罪得诗”故“诗愈奇”,也就是说函可的诗中有一种别人未曾经历过的罪人生活;至如函可诗奇之内涵,今何未曾道及。笔者认为,函可诗奇就奇在写出了他的真情实感,在他的诗中流露出他对社会苍生的真心悯念、对沧桑巨变的感怆以及对国家兴亡的深哀巨痛。作为僧人,本来应该泯灭世情,可他偏偏是一个情种,乡关之思,宗国之痛,苍生之苦,漂泊之感,无时无刻不在撕扯着他的心,他的诗不是写出来的,是伴着血泪流出来的。正如他在一首《读杜诗》所说的:“公诗化作血,予血化作诗。不知血与诗,万古湿淋漓。”他认为自己的诗是血凝成的。的确,其诗有太多的感怆:“年年荣落寻常事,识得春风恨便消。”(《落花》)太多的忧恨:“莫为空门能释恨,空门此日恨尤增。”(《剌翁来城见访》)太多的凄楚:“流光如矢命如尘,冰作生涯鬼作邻。”(《同阿字诸子夜坐》)太多的乡思:“只今五岭无消息,望断长干数落鸿。”(《秋吃八首》)太多的孤独:“磬敲零败叶,佛坐老孤灯。”(《雪中》)太多的眼泪:“开缄百拜泪淋漓,万里叮咛塞上儿。”(《接本师书并衣杖诸物》)太多的痴情:“请翻青史兼灯录,亦有痴顽似我不。”(《偶感》)这哪像一个心如止水的佛教徒口吻,这分明是一个多愁善感的情僧写的一部心史。正是这种真挚的情感、丰厚的内容构成了函可诗的奇趣奇味。刘鹗在《老残游记自序》中曾说:“《离骚》为屈大夫之哭泣,《庄子》为蒙叟之哭泣,《史记》为太史公之哭泣,《草堂诗集》为杜工部之哭泣;李后主以词哭,八大山人以画哭;王

① (清)顾梦游:《千山诗集·序》,见杨辉《千山诗集校注》,辽海出版社 2007 年版,第 1 页。

② (清)今何:《千山诗集·序》,见杨辉:《千山诗集校注》,辽海出版社 2007 年版,第 2 页。

实甫寄哭泣于《西厢》，曹雪芹哭泣于《红楼梦》。”①我们应该补充一句：剩人函可以诗哭，寄哭泣于《千山诗集》。一个出家人写出如此让人铭心刻骨的深情之诗，似乎令人费解，但我们只要把它置于儒释文化的视野中去考察和观照，就不难理解了。函可的奇情主要表现在如下几个方面。

第一节　传统文化中的乡思母题："几年无复听乡音，一听乡音泪更深"

函可是一个吟咏很勤的诗人，他在佛事之余凡目之所遇，心之所感，情之所系辄发于诗，为后人留下了1500余首诗。在这些诗中，他写得最多最感人的是那些表达乡思的诗，在这些诗中充满了浓浓的乡国之情。诸如“身轻曾似叶，泪落正如麻。计日边城近，伤心故国赊”（《初发》），“片纸来天外，封题自广州。开函不敢读，一字一生愁”（《接乡书二首》），“明月照梦中，荒荒万里白。惊起揽衣裳，犹疑是乡国”（《夜》），“几年无复听乡音，一听乡音泪更深”（《遣诸子行后二首》）之类的诗句，在他的诗集中触目皆是。函可感情十分细腻也十分敏感，特别是身处塞外寒碛时，那一草一木都能勾起他对故乡的深深的怀念，友朋唱和或是触目所见都能拨动他心中久藏的乡思之弦。寒碛听笳，他会顿生思乡之情：“远碛听笳吹，回头盼故乡。”（《秋思》）关外见月他会遂生无穷乡思：“团圞夜夜无穷泪，天上如今是惠州。”（《步栖贤和阿字九日韵》）偶食干荔，他立即想起故乡鲜荔的甜美及产生思归的念头：“岭南四五月，丹实喜垂垂。贫者亦得饱，鸟雀各痴肥。一别逾八载，寤寐长相思。谁谓我此生，复有见尔期。”（《崔氏筵食干荔枝》）看见塞外苦瓜如见岭南故人并因而自慰自解：“苦瓜生五嶺，賴以解炎毒。塞外亦繁生，不能悦群目。我来無故人，見之等骨肉。長苦乃常情，甘兹信予獨。”关外友朋唱和，他会想起故乡的花底同吟：“故园花底忆同吟，结草峰头著屐寻。独鹤一飞云路杳，双鱼重问海波深。”（《寄答金道人》）朋友的一封信有时叫他有泪如倾，思乡之情不能自已：“一编偶尔寄穷荒，才读诗题泪已狂。古道多年堙蔓草，人间此日见文

① 丁锡根：《中国历代小说序跋集》，人民文学出版社1996年版，第1741页。

章。三山一诺千金尽，双袖长歌五岭香。再拜雪天重阅竟，杖头瞬息到家乡。”(《读赵公受偶尔吟》)塞外的一阵寒风有时会把他的归梦吹到故乡：“归梦不觉远，合眼海门潮。罗浮刚咫尺，风吹断铁桥。”(《寒夜风》)其乡思之情刻骨入髓，这类诗读之让人感叹唏歔。这哪里还是一个不染红尘的和尚，简直就是一个情丝未断的十足的情种！

乡思是诗歌中积淀着丰富的中国传统文化内涵的母题，是诗人们的集体情感。自《诗经》以来，历代吟咏不衰：“谁谓河广？一苇杭之。谁谓宋远？跂予望之。”(《诗经·河广》)“浮云游子意，落日故人情。”(李白：《送友人》)“独在异乡为异客，每逢佳节倍思亲。”(王维：《九月九日忆山东兄弟》)“露从今夜白，月是故乡明。”(杜甫：《月夜忆舍弟》)“青山一道同云雨，明月何曾是两乡。”(王昌龄：《送柴侍御》)“吊影分为千里雁，辞根散作九秋蓬。”(白居易：《望月有感》)这是人所共知的思乡佳句。人们或在乡思中寄托思亲之情，或在乡思中寄寓飘泊无依之感。然而与这些诗相比，函可的思乡诗自有一种众家所无的别样的深刻，自有自家的面目。那就是他不但写出集体情感，也写出了个人独特情感，这恰恰是他思乡诗的深刻之处。这主要表现在如下三个方面。

其一，在思乡中融入了自己的家世之感。他不是乏乏的思乡，他比普通的游子之乡思更深刻，他的乡思之情可说是刻骨铭心的，这是因为他亲身经历过“甲申之变”，亲身经历了变乱中举族被屠的惨痛事实。函可生于忠孝之家，受儒家文化影响极深，其父韩日缵是前朝命官，病逝于任上，甲申变起，举族参加抗清斗争。顺治四年张家玉起兵抗清于广州，函可之弟宗騋、宗騄率兵响应，博罗城陷后被屠城，全城十不余一，函可一族被诛更惨，全家几十口被诛，只剩三弟耳叔韩宗騄一人，甚至连妇孺、仆人亦未能幸免。顺治八年，远在东北的函可从师友的来信中得知这一消息，他痛不欲生，写下《得博罗信》组诗，其一、其三云：

八年不见罗浮信，阖邑惊闻一聚尘。
共向故君辞世上，独留病弟哭江滨。
白山黑水愁孤衲，国破家亡老逐臣。
纵使生还心更苦，皇天何处问原因？

长边独立泪潸然，点点田衣溅血鲜。
半壁山河愁处尽，一家骨肉梦中圆。
古榕堤上生秋草，浮碇冈头断晓烟。
见说华台云片片，残枝犹有夜啼鹃。

诗写得十分沉痛感人，破国亡家之悲糅合相思离别之苦，打拼入诗，令人不忍卒读。这种合族被诛独弟幸存的伤感在他的诗中反复表现出来："几载望乡信，音来却畏真。举家数百口，一弟独为人。地下反相聚，天涯孰与邻？晚风连蟋蟀，木佛共含辛。"(《沈阳杂诗十首》)他在伤感之余也为耳叔的幸存而感到欣慰："亲朋未尽鬼，恸哭后开颜。"(《沈阳杂诗十首》)他也由一族的遭遇而惦记着其他亲友及百姓："苍狗白衣瞬息中，况闻五岭满刀弓，亲朋敢望今谁在，城郭应知到处空。"(《怅望》)他甚至在其诗中经常感叹"家乡已荡尽，胡为身独留"(《静夜思》)，"罪夫罪夫胡不死"(《辛卯寓普济作八歌》)，拷问自己："骨肉丧尽"，为什么要独存，他讥讽自己不过是苟活人间的一具干枯骸而已："儿孙丧尽亲戚死，剩此零星干枯骸。"(《老人行》)为什么要离开故土来此寒碛守空门呢："归来依旧守空门，独立皂边添马草。"(《大僧行》)情之深非偶然流落异地者可比，即使一生漂泊如蓬的杜甫，虽然对乡思感受很深，但毕竟也无他举族被屠的切肤之痛啊。

其二，在思乡诗中融入了故国之痛。传统的思乡题材诗大多侧重于一己的漂泊之苦，如"天涯倦客，山中归路，望断故园心眼"(苏轼：《永遇乐·夜宿燕子楼梦盼盼因作此词》)；或侧重于抒写人伦之情，如"有弟皆分散，无家问死生"(杜甫：《月夜忆舍弟》)，然终缺失了一种深沉和眼界，也就是没有把一己的遭遇与国家的遭遇融合起来。函可的思乡诗却做到了，把小我融入大我，在浓浓的乡思中往往渗入一种故国之恨。这是因为亲身经历了甲申之变和目睹了清兵暴行以及生灵涂炭的他，在其心中总是郁结着一种挥之不去的痛，发而为诗，总是表露出一种故国之思。在他的诗中"故国"、"乡国"一类词频频出现："故国知难望，乡心终未灰。"(《重阳前三日》)"水泛东篱菊，心存故国莱。"(《九日偕诸子过北里》)"故国何从觅，寒冰已共尝。"(《重送尸林》)"乡国久无望，仍存劫火馀。"(《接乡书二首》)他总是把自己看成是旧朝人："未了黄沙债，偿他止一身。便从今日死，已是旧朝人。"(生日四首》)对前朝的事他总是念念不忘："老僧忘岁月，恍惚话前朝。"(《游龙泉寺》)他口头上虽然说“所幸生年晚，全无旧国思”，甚至于“最是伤心处，逢人自笑嬉”（《喜哥》），但骨子里对前朝的恩典却念念在兹，甚至刻骨铭心：“恩深累代心何憾，命尽全家泪又新。”（《得博罗信三首》）“君父恩罔极，死生苦不辞。求仁又何怨，质圣而无疑。”（《同社中诸子赋百韵》）在《遥哭玄子》一诗中，他借黄帝遗鼎之典及南宋陆秀夫崖山背宋帝赵昺投海之事表达亡国之痛：“龙髯一坠恨身存，万里崎岖哭主恩。邓禹未能追邺下，秀夫终合殉崖门。词林尚吐文章气，沙碛频招忠义魂。从此行秋沧海上，风涛怒卷血犹浑。”一片忠愤之情。这种亡国之痛在他的诗中触目皆是：“三百年来一老臣，蹁跹双袖白纶巾。数茎霜雪留前代，半幅江山付后人。”（《再寄阿谁》）“半壁久添亡国恨，翠华难系老臣心。”（《秋吃八首》）“先皇岁月馀今夕，故国风光忆去年。”（《甲申岁除寓南安》）故国之思与乡梓之情融合在一起，读之令人声泪俱下。从这些诗也可见出函可受儒家文化影响是何等的深厚，忠孝观渗入他的骨髓中，正如他自己所说的：“罪秃之心不过求所以为是人，庶几无愧于吾亲，庶几无愧于吾君，即无愧于孔孟，即无愧于佛祖。”①

其三，函可乡思中融入了对塞北苦寒孤凄的感受。函可生长于官宦之家，其家乡是现今惠州的博罗，这里山清水秀，风景宜人，是宜居之地，作者有不少诗是怀念故乡的美好风景的。但暮年他以罪徒流人之身迁徙于塞北砂碛，从极南到极北，生活环境完全不同。他曾经描写塞北是“狂风匝地，荒草连天，纵饶释迦到此，未免攒眉。假使弥勒亲来，也难措手”。② 塞北的恶劣环境在他的诗中也有不少描写：“山中多虎豹，月黑恐魂惊。”（《还山忆旧十首》）“到门惟虎迹，望寺在山腰。”（《游龙泉寺》）“独支破灶炊残雪，双袖还留帝女斑。”（《赠梁公》）“窗破残诗补，肌羸薄酒扶。”（《重和四首》）“疏髭先雪白，贱骨抵风寒。”（《宿西寺》）与虎豹为邻，伴风雪度日，窗破则以残诗相补，饥则以残雪充饥。这与家乡南方的环境相差太大了，因此谁也未曾像他那样经历两种截然不同的生活环境。但是，“道心岂为饥寒长，诗料偏于沙碛添”（《寒日偶成》），苦寒的生活环境催生了他的诗情，因此在塞北砂碛苦寒的吟咏中渗入了深深的对故乡的思念之情。穷居偶摘藤菜，他会想起故乡的藤菜，会蓦

① （清）函可：《答李居士书》，见杨辉：《千山诗集校注》，辽海出版社2007年版，第703页。

② （清）函可：《千山剩人和尚语录》，见杨辉：《千山诗集校注》，辽海出版社2007年版，第564页。

然而生悲戚之情:“一摘泪盈把,再摘心悲酸。……予今窜远碛,旧国变荒榛。亲朋无一在,见尔如故人。……尔藤亦不幸,处处逢逐臣。”(《摘藤菜》)师友的一封信使孤栖塞外的他无比激动,和泪研墨,连夜和之:“研泪题诗连夜寄,不知何日达南中?”(《接笑峰师己丑二月札》)目睹天空的飞雁,他会蓦然而兴寄书亲友的遐想:“欲把尺书凭雁足,又愁飞不到罗浮。”(《怀华首》)他的诗有太多的凄寒,太多的怅恨,太多的苦楚:“秋老野鸿书远碧,夜深山鬼哭空池。”(《正修书记录成来呈》)“碛大堪埋骨,天空欲断肠。相看强相笑,不敢问家乡。”(《喜无为三子至二首》)“家乡路远心逾苦,海角天倾恨未终。”(《朱溪臣临行再被价……》)这些诗读之感人至深,没有经过大悲大喜、大乐大忧的变化的人是断然写不出这种深情之诗的。

据钱仪吉《碑传集》卷六十四《巡抚广西等处提督军务兼理盐法都察院右副都御史加四级复阳郝公行状》载:在与郝浴、李呈祥诗友的交往中,函可常“举东坡先生语,‘譬如原是岭南人’以相开释”。顺治十六年(1659)秋,函可病重时,郝浴、李呈祥守护在其身旁,问:“师有何末后句?”函可忽睁开眼睛说:“吾思吾岭南耳!”①函可正是源于这种对故乡的拳拳之情,他的诗才那样感人,也正是因为感人,才那样奇。

这种思乡伤别之诗的产生自有它的文化土壤。中国文化由于其所处的半封闭的大陆地理环境及以农为本的经济结构,因此重视农耕、重视血缘和宗法成为它的基本特征。这种大陆的、农业的、宗法的特点,使得乡土意识特浓,甚至成为整个民族的共有的潜意识。人们囿守本土,不尚迁徙,在脸朝黄土背朝天的年复一年、日复一日的日出而作日落而息的农耕生活中传宗接代,在“天处乎上,地处乎下。居天地之中者曰中国,居天地之偏者曰四夷”(石介:《中国论》)的自我陶醉中守着自己的一方水土安居乐业。人们难以忍受离乡背井的忧伤,在家千日好出门时时难,金窝银窝不如自家的狗窝成为人们的共识。这种恋乡情结自然滋生出中国文学乡思母题,从《诗经·采薇》的“行道迟迟,载渴载饥。我心伤悲,莫知我哀”及《离骚》的“陟升皇赫戏兮,忽临睨夫旧乡。仆夫悲余马怀兮,蜷局顾而不行”到王粲《登楼赋》的“人情同于怀土兮,岂穷达而异心”,狐死首丘之悲,流离漂泊之叹自然成为中国文化影响下

① 李治亭:《千山诗集·序》,见杨辉:《千山诗集校注》,辽海出版社2007年版,第5页。

的文学主题之一。正如英国汉学家阿瑟·韦利(ArtherWalry)在其所译《一百零七首中国诗》序中所言:“倘使说中国诗的一半是关于别离的,这话并不讲得过分。”①这种乡思之情往往写得哀婉凄楚,诚如清人谢章铤所云:“夫词多发于临远送归,故不胜其缠绵悱恻。”②正因其哀婉且道出中国人的共同心结故而感人,所以严羽说:“唐人好诗,多是征戍、迁谪、行旅、离别之作,往往能感动激发人意。”③函可和尚以一个方外人而写出如此感人至深的乡思诗,似乎不合其身份,但把其置于中国文化的大视野中去透视,就不难理解了,因为,中国文化的穿透力和影响力是无可回避的。

第二节　未泯的儒家淑世之情:“肉身纵在肠应断,既哭苍生又哭僧”

函可虽然把自己号为“剩人”,称是“发来一个剩人,死去一具臭骨,不费常住柴薪,又省行人挖窟,移向浑河波里,赤骨律,只待水流石出”④。似乎看破一切,但这不过是他的愤激语。他其实是一个性情中人,一个血性中人,一个未曾忘却世情的人。他从小受到儒家学说之熏陶,儒文化对他的影响可说是渗入骨髓。其法侄今辩在《重梓千山和尚语录序》一文中是这样评价他的:“师天姿英迈,悟门超越,而血性淋漓,不拘小节。与客雄谈快论,则目无古今。时或慷慨高歌,又心悲物类。凡情圣见脱落无余。”并说他“悲天愍人,满腔热泪,海涌湫倾,穷未来际,无有尽极,悲夫悲夫!”⑤其好友木斋也说他是一个充满爱心而又情感十分丰富的人:“语及罔极之恩,兄弟友朋之谊,未尝不

① 转引自叶潮:《文化视野中的诗歌》,成都巴蜀书社1997年版,第43页。

② (清)谢章铤:《赌棋山庄词话》卷10,见唐圭璋:《词话丛编》第四册,中华书局1986年版。

③ (宋)严羽:《沧浪诗话·诗评》,见陈定玉辑校《严羽集》,中州古籍出版社1997年版,第39页。

④ (清)函昰:《千山剩人可和尚塔铭》,见杨辉:《千山诗集校注》,辽海出版社2007年版,第556页。

⑤ 杨辉:《千山诗集校注》,辽海出版社2007年版,第551页。

感激流涕,凄恻缠绵而不能自已也。闻人一善,终身不忘;急人之难,痛若肤剥。”①可见他身入佛门,心系尘世,具有悲天悯人、不忘家国的儒家淑世之情。这种淑世奇情具体表现在如下几个方面。

1.悲悯苍生之情

函可是一个充满爱心的人,年轻时就急公好义,喜助他人。据其好友庐山栖贤函昰《千山剩人可和尚塔铭》所载,他“性好义,豪快疏阔”,有某“贫士冤狱自分死,师密白得免”,贫士称德于“有司廉断”,久后才知是“韩公子所为”②。解人之难又不声张,令人崇敬。皈依佛门后,他的淑世仁爱之心更是浓烈。他心里装的是天下人,他曾说:“天下人安我亦安。”“下祝同乐民生,和气充遍于域中,恩光遐被于塞外。”③很明显他吸收了儒家的“修己以安人”、“修己以安百姓”的思想,把佛家的救苦渡众与儒家的济世爱人融为一体,因此在他的诗中充满了对苍生的悲悯,对百姓的同情。他十分敏感,尘世中所发生的一切无不萦绕于心,“满界萤飞”会触动他的苍生之戚:“肉身纵在肠应断,既哭苍生又哭僧。”(《忆曹溪》)雪中送客会蓦然而生流民之苦:“半揖鞭梢雪载途,怀中一幅流民图。”(《送戴三》)看见有人卖衣买粟,他庆幸自己有破衲遮体:“老僧有破衲,朝夕幸得披。”(《戴子卖衣买粟》)看到一幅流民图,他多么希望能够惊动帝座,引起皇帝的恻隐之心:“好图一幅流民苦,枫陛从容动圣颜。”(《即事》)从眼前的弦歌他会突然想起中原的苍生:“父老岂长看昼锦,中原最苦是苍生。”(《赠海城王令公五首》)洪灾后一幅尸横沟壑的惨景让他悲不自禁:“死者横流生者泣,千口仅留不得食。……夜半滚滚浮枕头,不知是泪还是雨。”(《大雨》)面对浊浪滔天的辽海,他甚至希望以己尸填壑而阻蛟龙之恶:“愿浮我尸填大壑,毋使蛟龙终日恶。”(《连雨》)自己已断炊烟,却忧他人吃不饱:“己饥犹可耐,人饿甚忧煎。”(《赠王三》)看到战乱后的百姓侥幸千家尚在不禁心存慰藉:“幸有千家在,何妨一钵孤。”(《初至沈阳》)

---

① 杨辉:《千山诗集校注》,辽海出版社2007年版,第550页。

② 同上书,第553页。

③ (清)函可:《千山剩人和尚语录》,见杨辉:《千山诗集校注》,辽海出版社2007年版,第615页。

目睹百姓的流离失所，他幻想有朝一日“安得大布帷，万姓共栖息。”（《腊月九日夜》）这与杜甫的“安得广厦千万间，大庇天下寒士俱欢颜”（《茅屋为秋风所破歌》）及白居易的“安得万里裘，盖裹周四垠”（《新制布裘》）所流露出的宅厚仁心何其相似。在函可的诗集中还有相当一部分是表达对女性悯念与同情的。如五言古风《佳人》一诗就写出了一个惨绝人寰的卖妾救夫的家庭悲剧：一个十八佳人，结婚后自以为“结发嫁远人，谓是终身夫”。可是因为家穷，丈夫濒临饿死，为救夫她被迫嫁给东邻一个既痛且齿落的老头：“夫饿妾亦死，妾卖夫得苏。掩袂请速行，东邻有积储。红颜贱如土，斗粟贵如珠。但得前夫饱，焉顾后夫痛。”诗末作者不禁感叹：“父母若早知，不如弃沟渠。”沉痛至极，读之令人感怆泪下。此外，《妾薄命》一诗也写出一个女子的悲剧命运：“十三嫁先夫，十四先夫死。十五嫁后夫，十六后夫死。两度踏君门，依然一童稚，凤钗两股齐，罗衫色仍紫。哭新兼哭旧，那复再生理。吁嗟！十七十八嫁何迟，惟恨当年错欢喜。”两嫁夫婿都不得厮守到老，何其凄惨！社会简直就是“鸡狗亦得将”（杜甫：《新婚别》）的女子们的人间炼狱。

函可诗深受杜甫诗歌影响，他对杜甫诗是很钟爱的，他曾说过：“新句定将寻杜甫，续骚只可问灵均。”（《哭左吏部大来八首》）而这些悲悯苍生的诗都髓传了杜甫的现实主义精神，表现出他的真性情，真血性。以一个遁入空门的和尚写出如此之情，如此之诗，自然是奇情，自然是奇诗。而这种奇情奇诗正是儒文化孵化出来的产物，因为悲悯苍生正是儒学的传统。

2.济世报国之情

函可生逢乱世，虽号剩人，但他却是个“政治和尚”，并不安分，总想补天，正像《红楼梦》中贾宝玉是青埂峰下女娲娘娘补天剩下的一块顽石一样，总是自怨自艾，恨自己无才补天。顺治二年（1645）春天，闻南京弘光政权建立，已经出家的函可再也无法超尘脱俗，于是偕弟子五人以“请藏经”为名入金陵（南京）。表面上是请藏，其实是俟机为南明福王政权效力，以期复明。在南京时他与张遣、顾炎武、归庄、陈丹衷、王潢、张风、龚贤、邹典、邢昉、余怀、顾与治等反清复明人士过从甚密，陈寅恪先生根据函可丙戌年所写的《次韵答邢孟贞并以道别》、《留别顾与治》、《留别白门诸公》、《次郑元白韵》、《留别余澹心二首次韵》、《留别余澹心二首次韵》等诗所透露出的信息，认为他在丙戌年回过岭南一次，陈先生并猜测："岂函可于丙戌一年之中，去而复返，实暗中为当时粤桂反清运动奔走游说耶？"①这个猜测应是合乎事实的。他的南下，《路中》、《广中》二诗也透露出个中信息。后来他被驻防江宁的昂邦章京巴山（满洲镶黄旗人）囚縶拷掠不仅仅是因为在其经笥中搜出了《再变记》及弘光帝答阮大铖书稿，可能他在南京的一些活动已在有司的监控中，有司欲借此鞫究其叛乱罪并由此牵连出与其有关系的洪承畴，因为他南下的通行印牌就是洪承畴为他颁发的。

因此，作为一个明末遗民，他的拳拳故国之情及济世报国之心并未因他的挂锡而少解，这在他的诗歌中很强烈地表现出来。首先，在他的诗中经常以功业自诩，强烈的济世拯民之心溢于言表。他在《生日》一诗中说："四十已过能几日，一生心事倚孤筇。"所谓"心事"当指建功立业之事，很明显诗人在慨叹自己年逾四十而功业未就。因为建功立业的黄金时期自古都是"少年"："伫看凌烟上，功名本少年。"（《赠王大哥》）"凌烟阁"典出唐，太宗贞观十七年画开国功臣长孙无忌、魏征等二十四人像于长安凌烟阁以示表彰。因此，画图凌烟阁自古成为文人建功立业的期许和追求，函可也不例外，他在仰慕前人的画图凌烟阁的同时，时常表现出自己老去无成的愧恨："廿载功名归梦蝶，五更风雨听潮鸡。……燕子重来王谢改，庭前芳草马空嘶。"（《秋吃八首·乙酉寓金陵作》）"半生事业鬓间雪，万里音书岭上烟。"（《乙酉除夕二首》）在诗中，他常以自冯谖自诩，冯谖弹铗的故事在其诗中反复出现："谁道洋洋可乐饥，凄凉抱铁未弹时。"（《观鱼》）"世路肠千折，人情水半卮。曳裾向何处，弹铗更依谁？"（《同社中诸子赋百韵》）"到处谈经吾有钵，对天弹铗尔无家。"（《怀苏筑》）冯谖是战国时孟尝君的食客，曾以三次弹铗引起孟尝君注意，后终为孟尝君营造"三窟"以使其终身无难而成为孟尝君重要谋士。因而冯谖也成为建功立业彪炳史册的典范。从函可对冯谖的崇敬，其"心事"不是昭然若揭了么！其次，孤臣许国的感情在其诗中也一再地表现出来。"半壁久添亡国恨，翠华难系老臣心。"（《秋吃八首·乙酉寓金陵作》）亡国之恨深深地扎在他

① 陈寅恪：《柳如是别传》，三联书店 2001 年版，第 960 页。

的心中,对那些以身报国的仁人志士他一再地表现景仰之情,比如他对曾在礼部任过职的秋涛尽心报主无比崇敬:"忍将礼乐随身去,尽把心肝报主休。"(《遥哭秋涛》)对一身许国的美周也无比敬仰:"一身许国气无前,贡水波漫热血溅。"(《遥哭美周》)在《哭绳海先生》一诗中他说:"何人报国身能在,赖汝孤臣节已全。"认为孤臣节全,报国身死又何妨。至于五古《秋思新泪》一诗历数华夏历史上以身报国之忠臣的故事,借机以影射明末之降臣的用意应该也是明显的。对南明旧都他念念在兹:"他时得返弦歌地,却望寒冰是旧丘。"(《赠寿光三公子》)只要能回弦歌地南京,那么极远边塞自然是旧丘了。虽然他心中的"故国"、"先皇"挥之不去,如"先皇岁月馀今夕,故国风光忆去年"(《甲申岁除寓南安》);但面对乱世,他常为苍生而祈祷,希望天下太平:"一瓣心香和泪举,不知何处祝尧年?"(《元旦拈香》)"野老瓣香无别祝,箪飘处处听歌尧。"(《乙酉元旦》)他常恨自己年华流逝,不能像历史上的祖狄那样闻鸡起舞干一番事业:"最苦枕戈人已老,未曾先著祖生鞭。"(《柬我存》)恨自己空有大志而只能与鸡鹜为群,为求果腹而碌碌无为:"自存湖海志,聊共鹜鹅群。俯首随人语,凄声独我闻。"(《庭前孤雁四首》)痛悔之情溢于言表。

如此赤心热肠、不甘寂寞之人,从事一些如陈寅恪先生所猜测的反清复明活动,也就在情理之中了。此外,联系到他一贯的忠孝思想,也属可信。《送义虽省亲》一诗他说:"不孝原非佛,寻诗颇似狂。"在他看来,无论俗与佛,忠孝仁爱是相通的。在《答李居士书》中他就表达了这个观点:"我佛中虽不言仁义,然而与子言必止于孝,与臣言必止于忠,未尝坏世间相而谈实相。"认为"吾佛之道,自利、利他、自他等利,正所谓仁也"。这些明显糅进了传统儒家的仁学思想。他的所谓仁自然是忠君体国之大仁。如此一个深受儒学思想影响的人,在易代之际从事忠于故主反抗新朝的活动也是极其自然的事了。从这个意义上来说,清朝对他的处置并不冤。

3.伤时刺世之情

函可的淑世之情不但表现出悯念苍生、感怀故国的忧郁,同时也表现出伤时刺世的愤激。函可是一个血性淋漓,性情直率之人,"唯以忠孝激烈之性,沉涵于性海"①。故而敢怒敢言，"悲天愍人，满腔热泪，海涌湫倾，穷未来际，无有尽极"②。他明明知道"缯缴满天地，空门亦有忧"(《庭前孤雁四首》)，刚刚立国未稳的清王朝，到处充满了陷阱和危机；他也明明知道"祸深曾作字，愁绝少知音"(《庭前孤雁四首》)，但他仍不改鞭挞时政为民请命的初衷。每见不平辄发之于诗。在他的诗中，或讽山河破碎，暴戾姿行，危机四伏："惊心非虎兕，刺眼是山河。"(《人日有感》)"世间无处堪容膝，地下何人共赋诗。"(《哭左吏部大来八首》)"今古更教谁搦管，乾坤似未可容身。"(《寄于皇》)"土人不知名，曰与网罟同。"(《网罟菜》)"人世殊多患，空门亦自缠。"(《乌食菽，为沙弥所缚，余见而释之》)或刺政治黑暗，贤愚不分，文人潦倒："天无门兮地无路，龙为鱼兮鼠为虎。"(《长相思》)"为语诸郎抛纸笔，无灾更不用公卿。"(《寄今度》)"但将胸腹长留饿，未必文章好送穷。"(《寄陈吴二子二首》)或写满目疮痍，白骨丘积："万里髑髅常作伴，一飘风雨自支饥。"(《真乘先入匡山谒栖贤，后出塞访余，相见次始知其父圆实信》)"前人白骨化为尘，重取和泥埋后人。"(《筑坟歌》)或讥王公贵戚甚至皇帝的荒淫奢侈而不悯苍生："王公一张口，走杀百群黎。满筐二百或三百，昼夜担向玉京驰。天下何处无冻梨，王公何不一念之。"(《送梨》)"千古竟如斯，帝心殊未测。"(《腊月九日夜》)他感受最深、感叹最多的是罗网丛生，人的生存没有保障："魑魅集阶庭，豺虎成羽翼。乾坤互叫号，百灵齐辟易。"(《腊月九日夜》)"多难贱骨肉，豺虎同居止。"(《即事有寄二首》)这些豺虎之类的词经常在他的诗中出现，虽然有些是写眼前实景，状环境之艰危，但正如他自己所说的是"有寄"，不无影射时政之用意。比如他很多咏物诗就深有寄托，如禽言诗《立秋后一日，孤雁忽飞去四首》中云："本是伤弓羽，还愁罗网撄。"借"伤弓羽"之孤雁比喻自己罹祸后的余悸，也从侧面写出清代严酷的文网和文字狱带来的心理压力。此外，他不少的诗借一些细节或典型的叙述揭露一些社会问题和民生问题，如《清晓》一诗写一个读书人"清晓候门立，瘴然骨空留"，沦为乞丐，向自己乞讨，儒丐开始很尴尬，"向我一长揖，未言知有求"，然后不得不陈述自己

① (清)北里樵人:《剩人和尚语录序》，见杨辉:《千山诗集校注》，辽海出版社 2007 年版，第 549 页。

② (清)今辩:《重梓千山和尚语录序》，见杨辉:《千山诗集校注》，辽海出版社 2007 年版，第 552 页。

的遭遇，并后悔“吾道终乃穷，悔不事荒畴”，不读书好了，做一农夫也许还能自保果腹。这对也是读书人出身的函可震动很大，以至哽咽而说不出话来，并分钵充饥：“我闻心惨裂，哽咽语不休。止止勿复道，分钵润枯喉。”函可的这些诗可以说对当时社会的批判是鞭辟入里，入木三分。以一个寄身空门的人有如此淑世之情，自然是奇之又奇，也自然为他的诗增添了奇情异趣。这种淑世之情正髓传了“上以风化下，下以风刺上，主文而谲谏”（《毛诗序》）的儒家诗学传统。

第三节　儒释文化中的人伦情：“几多乡国思，翻向友朋深”

函可诗的奇情还表现在有深深的沾溉儒释文化的人伦之情，这种人伦情既有亲情也有友情。他是一个爱交往的人，人们也乐于与他交往，甚至“海内名人以不获交韩长公駷为耻”①，因此，官员、文人、诗人、流人、僧道、居士、社会名流及普通百姓无不乐与之交。流放盛京之前，有梁朝钟、黎遂球、顾梦游、张穆、林茂之、余怀等江南名士与之交往，之后又有左懋泰、李呈祥、郝浴、季开生等被流放的官员与之交往。特别是在辽东时期，在各寺开坛弘法、创社研诗，僧侣诗友络绎其门。写下了许多表达人伦之情的诗篇。他在诗题上冠以“寄”、“赠”、“忆”、“怀”、“哭”等字样的诗不下三百首。这些诗从另一个侧面充分展现出他的情感世界是何其丰富，说明他确实是一个“血性淋漓，……慷慨高歌，又心悲物类。凡情圣见脱落无余”②之人。

首先，他的诗往往表达出一种对家乡亲友无限思念的浓厚的亲情。在王朝易代之际，流放辽海极塞之地的函可，对家乡亲友的思念是刻骨铭心的，正如他在一些诗中所说的：“家乡路远心逾苦，海角天倾恨未终。”（《朱溪臣临行再被价……》）“只此朋情浑莫奈，乡心又逐晓钟生。”（《和心公雪中见怀韵》）

---

① （清）函昰：《千山剩人可和尚塔铭》，见杨辉：《千山诗集校注》，辽海出版社 2007 年版，第 1 页。

② （清）今辩：《重梓千山和尚语录序》，见杨辉：《千山诗集校注》，辽海出版社 2007 年版，第 552 页。

因此,他十分关注家乡的信息,盼望家乡亲友的信,在《生日四首》中他不胜感伤地说:"弟妹徒相忆,家乡那得归？从来无片纸,辜负雁南飞。"已经"为僧十二年"、"残躯委冰雪"的他,望眼欲穿,年年盼雁,却无片纸,其失望之情溢于言表。他盼望家乡亲友音信,但往往又怕听到噩耗,顺治七年(1650)他果然听到了从家乡传来的不幸消息:自己生长的故乡惠州博罗被清兵屠城,全城人口十不余一。他家族因弟宗驎、宗騄参加抗清,受到报复更厉,全家几十口尽遭屠戮,连妇孺都未幸免,只剩耳叔一人。他痛不欲生,在诗中他一再写到这种痛失亲人的感情:"几载望乡信,音来却畏真。举家数百口,一弟独为人。"(《沈阳杂诗二十首》)"八年不见罗浮信,阖邑惊闻一聚尘。共向故君辞世上,独留病弟哭江滨。"(《得博罗信三首》)"早是无家心已断,忽闻有弟泪重流。"(《和掌邦第二首》)"远碛听笳吹,回头盼故乡。前月片纸来,摧胸裂肝肠。闾井十无一,举家惨罹殃。"(《秋思》)一个大家族,居然只剩下自己和耳叔二人,这是何等悲怆之事,从此,与家人的相聚只能是梦中之事了:"长边独立泪潸然,点点田衣溅血鲜。斗壁山河愁处尽,一家骨肉梦中圆。"(《得博罗信》)只能是赋诗寄托哀思了:"有病还长啸,无家亦赋诗。"(《答客问》)由于听来的音信都是坏消息,听多了有时反而显得麻木了,平静了:"书报故人无一好,道心客梦已全删。"(《和谦公雪中见怀韵》)当然这只是无可奈何的愤激之言,其实,国恨家仇郁结成了他心中永远的痛,正因如此,这一类怀念亲友的诗写得最为感人。

其次,在与世俗友人的交往中表达出一种深情。函可本来是一个好交往的人,当举族被屠、亲人无存后,他把全部的感情寄托在与知己的交往上,正如他自己所说的,"几多乡国思,翻向友朋深。"(《同诸公夜集希、焦二师室》)他虽然遁入空门,但好交世俗,与世俗朋友感情极深。写出了情感极深的或忆往事、或悼死者、或寄哀思、或述友情的诗篇。比如面对"乡国荒芜,亲朋凋谢,还思太平乐事,益增感怆"①,于是写下《寄陈公路若》一诗以代书札,回忆儿时与陈公木樨花下共题诗的情景:"三十年前一小儿,木樨花下共题诗。于今老大投寒碛,独向冰霜忆旧时。岭徼亲知无复在,石头宾客更谁遗。闻人说道

① (清)函可:《寄陈公路若·引》,见杨辉:《千山诗集校注》,辽海出版社2007年版,第309页。

陈公好，洒泪空缄一问之。”好友梁同庵亡故，身处塞外的他不能亲奠，只能作深情之“遥哭”：“旧乡朋好委荒榛，两见书来尔是人……从此花田无鹤梦，游魂应度雁门津。”（《遥哭梁同庵》）好友中一位流放尚阳堡的钱姓反清义士不幸英年早逝，他不胜感怆，饱含深情写下《闻钱君至尚阳堡死》一诗，在寄托思念中也流露出兔死狐悲、唇亡齿寒之感：“相逢不禁泪淋浪，忽讶音来我自伤。一片心肝还日月，五更风雨裹文章。黄沙随梦归香阁，白水招魂入宝坊。莫为中原难侧足，故将残骨掷龙荒。”生逢乱世生存太不容易了，听说结交四十年的老友谢伯子、赵裕子居然尚在，他喜不自禁，马上喜赋一诗表达自己惊喜之情并叙述昔日交情：“少小论交四十秋，惊闻二老足风流……白云旧社时来往，定话冰天老比丘。”（《闻谢伯子、赵裕子二老友在，喜赋》）他与海城王令公虽未曾谋面，只是神交，但未见就知此人非“俗吏”，是清雅之人：“衙斋如水小窗虚，一局残棋一卷书。未见便知非俗吏，只疑丁令旧仙居。”（《赠海城王令公五首》）在与社会名流及流人交往中，他与左懋泰的交往最深。左懋泰，山东莱阳人，字韦诸，号大来，生于明万历二十五年（1597），崇祯年间进士，官至吏部郎中。其堂弟左懋第在朝中为兵部右侍郎。李自成率军攻陷北京后，左懋泰受降归顺，出任兵政府左侍郎，被派往山海关镇守。顺治六年（1649），仇家告发左懋泰镇守山海关时有抗清嫌疑，因此获罪。全家百多口人被流放到铁岭。顺治十三年（1656）流放七年之久的左氏不幸病逝。其《哭左吏部大来八首》、《重哭左吏部八首》等诗就叙述了他与左氏的交往及真挚的友谊，写得极其感人：“曾期哭我必公诗，岂料公先我自悲。共洒十年前代泪，独留数卷后人思。”“半世交游临死见，千秋诗句仗僧传。尚平有托何须恨，属国无归不自怜。”（《哭左吏部大来八首》）诗人曾希望左氏哭己，不料先我而逝，其诗只能仗我这个僧人而传。诗中并以汉之隐士尚平喻左，以典属国苏武自比，以左氏的“有托”反观自己的“无归”，既悼人又自悼，沉痛之至。

最后，在函可《千山诗集》中还有很多表达同门师友之情的诗。函可从29岁时与番禺孝廉曾起莘（释名函昰）上罗浮华首台寺拜道独上人为师，落发为僧始至圆寂，僧腊二十。由于他是名僧，师从和景仰者甚多，除了有弟子今方、今羞、今何、今衍、今希、今子、今仿、今狮、今育等人外，结交了不少同门师友，仅在辽东各大寺院中就有僧侣六七百人。在与师友唱和中虽然也有一些借诗阐发佛理的诗，但毕竟不多，写得最多的还是师门情谊，或感伤离别，或远寄相思,或叙述孤寂,或出以慰藉。如:"亲朋愁远道,生死见交情。"(《和丽大师送弼臣见讯韵》)"千山人有信,望我到山中。"(《得千山诸老信》)"欲嘱浑无语,徒将泪几行……老人相见处,休话汝师狂。"(《重送尸林》)、"云山欣有伴,风雨忆同床。"(《重送大茎》)"弟兄能爱客,老衲每来寻。况有同心侣,相偕彻夜吟。"(《同诸公夜集希、焦二师室》)"艰难菽水愁孤钵,潦倒风沙泣罪人。"(《和栖贤和尚见寄韵》)"彻骨寒无路,扪心泪有端。""索句从朝起,烧泉到夜阑。"(《岁暮同阿字得寒字四首》)全无佛门语事,纯属世俗之情,令人称奇。

这些人伦之情,写得深切和真率,全无做作,是真情实感之流露。正如作者所说的:"到死终无二,平生只是真。"(《和栖贤山居韵》)而这个"真"正是艺术真谛之所在,也正是函可诗感人之所在。元好问在《论诗绝句三十首》中曾说:"一语天然万古新,豪华落尽见真淳。南窗白日羲皇上,未害渊明是晋人。"①函可诗符合元好问所谓真的标准,他洗去铅华,用极朴素的语言展示出自己的真实世界,真实性情,是真诗。真中见美,真中见奇,信然!

函可的这种写世俗人伦之情的诗置于中国文化的背景中去观照也可得到合理的解释,既融入了儒家文化也不悖于释文化精神。以儒学为核心的中国文化建立在血缘宗法组织之上,故而伦理型是其重要的特点。儒家文化把人伦归结于君臣、父子、夫妇、兄弟、朋友等"五伦",一方面强调其森严之等级;另一方面又主张合乎人情和顺乎人情,要求彼此的相爱和和谐,这种血缘亲情情结渗入文化血脉之中。佛教自从印度传入中国后,它无法绕过儒家的这些伦理纲常规范,不得不与儒学结缘。比如儒家忠孝思想的巨大压力,就逼使佛教作出回应、妥协,佛教徒在佛经的阐释中不得不融入儒学,所以南宋虚堂说:"天地之大,以孝为本。"②函可髓传了儒释相融的思想精华,他儒释融摄,以忠孝入佛,重视人伦。在《答李居士书》中他大谈忠孝,认为忠孝能"阴翊王度",他毫不讳言自己的人伦之情,并深以不能事君事亲和立人达人为憾:"罪秃以为事君不能致其身,事亲不能竭其力者,身心之累也。不能立己以立人,不能

① 贾文昭、程自信:《中国古代文论类编》(上),海峡出版社1990年版,第325页。

② (宋)《虚堂和尚语录》卷第十,见《大正藏》第四十七册,佛教协会出版社2009年版,第1058页。

达己以达人者,嗜欲之情深也。”①可见,无论是儒还是释都是十分关注人伦之情的。有人认为,能融儒摄佛的大多是血性男子,函可就属于这样的人,所以韩履泰在函可《千山诗集》序中言:“夫儒、释二道皆所以扶纲常名教之重,而成佛作祖,多属血性奇男子。”正因儒释相融,二者皆能扶持纲常名教等人伦,故函可和尚以一佛徒“寄情于吟咏,眷怀宗国,笃念同气”②也就不难理解了。亲情、友情、爱情等人伦之情在中国文化氛围中是文学的一个永恒主题,任何吮吸了中国文化之乳的诗人不会遗忘这个主题,诗僧函可即使身入缁流也概莫能外。

---

① (清)函可:《答李居士书》,见杨辉:《千山诗集校注》,辽海出版社2007年版,第702、701页。

② 杨辉:《千山诗集校注》,辽海出版社2007年版,第1页。

第十六章　屈大均诗歌的文化精神与美学品格

每个民族都有自己的文化精神。而这种民族的文化精神，往往通过该民族的代表作家体现出来。在中国文化的发展过程中，屈原"虽九死犹未悔"(《离骚》)的执着信念，杜甫"穷年忧黎元"(《自京赴奉先咏怀五百字》)的赤子情怀以及李白的"天生我才必有用"(《将进酒》)的浪漫情调正折现出中国文化的精神与审美品格，哺育了历代文人。明末清初岭南三大诗人之一的屈大均就是其中一个。品读大均诗歌，我们可以看到浸透其诗中的屈原现象，解不开的杜子情结和大气磅礴的李白模式。概而言之，他传诵人口的诗歌创作正凸显出深蕴于诗人心底的中华文化的集体无意识与集体的原型力量。

第一节　屈大均诗歌的屈原现象

屈原和杜甫是中国文学史上有代表性的诗人，是中国文化的一种象征。与杜甫的代表北方史官文化以朴实务实为特征、把浪漫奇诞历史化、理性化、现实化不一样，屈原代表的是南方巫官文化，弥漫着一种在巫风影响下而形成的神话氛围、浪漫气质、热烈情感。虽然他也吸收了北方文化的礼乐制度、历史理性和伦理精神，讲究修齐治平，珍视内美修饰，讲求自己品德的培养，然而他更具有荆楚文化的浪漫特点——以原始的童心和热情，以神话气质和宗教精神去追求美政，义无反顾，孜孜以求。他既无孔子"邦有道，则仕；邦无道，则可卷而怀之"(《论语·卫灵公》)，"用之则行，舍之则藏"(《论语·述而》)的达观；也无孟子"达则兼济天下，穷则独善其身"(《孟子·尽心上》)的变通；更无颜子"一箪食、一瓢饮"而"不改其乐"(《孟子·离娄》)的超然。南方文化的浪漫精神、无羁想象和哲学沉思以及时代的氛围、高阳氏家族的禀赋使他热恋着楚国，选择了知其不可为而为之的悲剧道路。上下求索，九死未悔的屈原精神成为一种文化集体无意识与原型被认同、被补充和被积淀。从“捐躯赴国难，视死忽如归”（曹植：《白马篇》）的曹植到“壮心未与年俱老，死去犹能作鬼雄”（陆游：《书愤》）的陆游再到“拼将十万头颅血，须把乾坤力挽回”（秋瑾：《黄海舟中日人索句并见日俄战争地图》）的秋瑾……历代仁人志士无不从中吸取养料。他们的共同参与使屈原所代表的文化精神更具有超越时代的活性，成为民族之魂。笔者把屈原所象征的文化精神和悲剧模式称之为屈原现象或屈原原型。

屈大均之为人及其诗歌创作就映寓了这种祖先历代积淀下来的集体文化无意识——屈原现象或屈原原型。这表现在下面几个方面。

首先，大均以屈原为诗人之典范，把自己自觉地汇聚于屈原文化现象之中。他一生极为仰慕屈原，以屈原后裔自许。他名大均，又号骚余，即有光大灵均、继承《离骚》之意。他曾称：“予为三闾之子姓，学其人，又学其文。以大均为名者，思光大其能兼风雅之辞与争光日月之志也。”（屈大均：《自字泠君说》）又称：“我宗本楚人，宜以楚辞为专家，世相传授。”（屈大均：《三闾大夫祠碑》）可见屈原其人其诗对大均思想行为和创作产生的巨大影响。如在《读李耕客·龚天石新词有作》一诗中就说：“南楚好词宗屈子，学诗昔自离骚始。含风吐雅数千篇，美刺乃得春秋旨。”表示了对屈子之词的仰慕之情。即使到了晚年，也常常以继承发扬屈原诗歌传统而感到自豪：“遂使三闾长有后，美人香草满禺阳。”（屈大均：《屡得友朋书札感赋》）大均的自觉认同屈原精神诚非浪言，曾得到了时贤硕彦的认可。浙江大诗人朱彝尊在《九歌草堂诗序》中给予他极高评价：“予友屈翁山为三闾大夫之裔。其所为诗，多怆怳之言，皭然自拔于尘壒之表。……其傥簜不羁，往往为世俗所嘲笑者，予以为皆合乎三闾之志者也。嗟夫！三闾悼楚之将亡，不欲自同于混浊，其历九州，去故都，登高望远，游仙思美人之辞，仅寄之空言，而翁山自荆楚吴越燕齐秦晋之乡，遗墟废垒，靡不揽涕过之。其憔悴枯槁，宜有甚焉者也……后之君子诵翁山之诗者，当推其志焉。”对屈大均诗中蕴含的屈原文化精神给予充分肯定。后来的龚自珍也把他与屈原相提并论：“灵均出高阳，万古两苗裔。郁郁文词宗，芳馨闻上帝。”（龚自珍：《夜读番禺集书其尾》）可见，翁山诗爱国感情与审美情绪与屈子一脉相承。

其次,儒家文化的参与精神使他自觉地选择了明知不可为而为之的屈原式悲剧道路。屈原对美政的追求与楚王不可逾越的阻碍而铸造的悲剧模式成为一种原型渗透于中国文化精神之中。大均与千千万万先哲一样,都毫无悔恨地成为这种模式的自觉参与者。他所处的时代,晚明王朝已腐朽不堪,而满清如日中天,尽管各地仍反清不绝,但大势已定,回天无力。人们完全有理由弃旧从新。明遗民中参入新政权者也大有人在,如钱谦益、吴伟业、龚鼎孳、施闰章、毛奇龄、陈维崧、王士祯都纷纷走向与满清贵族合作的道路,即使备受大均仰慕的对他有揄扬之恩的朱彝尊晚年也改变了其政治立场而与满清合作。然而,大均却谨守"仕则无义,洁其身,所以存大伦也"(屈大均:《澹足公阡表》)的父训,始终不与清统治者合作,18 岁就参加邦彦师发动的反清军事斗争,并奋不顾身:"予时当一队,矢尽犹争先。"(屈大均:《维帝篇》)在《死事先业师赠兵部尚书陈岩野先生哀辞》中云:"有弟子兮后死,曾沙场兮舆尸,抱遗弓兮哽咽,拾止发兮囊之。愤师仇兮未复,与国耻兮孳孳。早佯狂兮不仕,矢漆身兮报之。"(《嘉业堂丛书》本《翁山文外》卷十四)国难师仇使他立下了漆身以报、终身不仕的决心。顺治七年(1650)为避害于番禺县雷峰海云寺遁迹为僧。后又一度隐居罗浮山,志存恢复,改名今种,意即"忠君忧国,一点热血,使百千万劫忠臣义士种性不断"(钱谦益:《罗浮种上人诗集序》)。顺治十四年(1657),开始北游,足迹几半天下,其用意在考察山川形势,联络天下义士,以图恢复。其间曾参与顺治六年(1659)郑成功攻打南京的壮举。1673 年三藩事件发生后,他又参加吴三桂反清斗争,监军于桂林。不久失望托病归故里。1690 年赍志以殁。终其一生,为抗清奔走劳碌,始终未忘恢复大业。

他的许多诗歌也表现出不与满清统治者合作的信念,如《悲幽操》、《花燕谣》、《四雏操》等就是这样的作品。《悲幽操》不仅充满屈子精神,而且诗歌体式也学骚体:"昊天嗟嗟兮,何今其盲?昼不见日兮,吾无以为光;夜不见月兮,吾无以为明。昊天嗟嗟兮,吾无日月之照临,将与鬼怪而争行。"诗人把清统治者比喻"昼不见日"、"与鬼怪而争行",黑暗至极。在《四雏操》里表明:尽管清统治者像"鸱鸮肆虐,"但自己决心像"孔雀爱其珠尾"、"山鸡惜其文羽",维护自己绝不妥协的人格和操守。这种操守在他的很多诗中都表现了出来,如"戎马平生志,如何怨苦辛"(《边思》)、"苟能拯水火,何辞七尺躯"(《赠友人》),表明作者决心驰骋沙场、为国捐躯。其他如《登潼关怀远楼》、

《同杜子入秦初发滁阳作》等都表示誓不降清,要奋斗到底的决心。大均诗如王士祯所言“尤工于山林边塞”(王士禛:《池北偶谈》),一半是山水诗,诸体俱备。然而其山水诗大多郁积着诗人神州陆沉之痛,抒发兴亡之感,寄托恢复之志。比如对于故国象征的南京,他情有所钟,一生多次游历,吟咏颇多,如《摄山秋夕作》、《秣陵感怀》、《钟山》、《春望》、《春日雨花台眺望有感》、《次燕子矶作》、《旧京感怀》等都是脍炙人口的名篇。诗中无论是“烟雨霏霏”的“碧草”,还是落花狼藉的“胭脂井”;无论是宫阙陵寝,还是山川草木,都涂染上了一层苍凉凄楚之气氛,外现出诗人的“兴亡无限恨”(屈大均:《春水》),蕴含着诗人深沉的故国之情。

诗人虽然矢志抗清,然而面对日益巩固的满清政权,无异是以卵击石,前途是黯淡的。诗人也感受到了这一点,不无失望、忧虑之感。在《旧京感怀》二首其一云:“内桥东去是长干,马上春人拥薄寒。三月风光愁里度,六朝花柳梦中看。江南哀后无词赋,塞北归来有羽翰。形势只余抔土在,钟山何必更龙蟠!”南明只剩下一捧泥土大小之地,龙盘虎踞的南京又有何用?反清日益消歇,诗人不胜失望,只能愁度三月风光,梦观六朝花柳。庾信已矣,江南赋绝!对自己的抗清无功亦不胜慨叹:“平生壮志成萧瑟,空复哀歌吊战场”(屈大均:《望云州》)。随着三藩失败,反清浪潮终趋平息,诗人更加感伤。在《壬戌清明作》中表现出满怀愁绪:“朝作轻云暮作阴,愁中不觉已春深。落花有泪因风雨,啼鸟无情自古今。故国江山徒梦寐,中华人物又消沉。龙蛇四海无归所,寒食年年怆客心。”抗清志士消沉,四海豪杰无所归附,诗人不胜悲怆。如果他识时务,不逆潮流而动,完全可以改辕易辙。然而忠君就是爱国,哪怕是昏君也不能抛弃的屈原模式对他影响太根深蒂固了。朱明皇朝才是他效忠的主子。“松为先朝根半固,桂生南国味全辛”(屈大均:《乙亥生日病中作》)他为自己能守住品节,根固先朝而庆幸。因此,南明永历王朝覆亡后,他仍奉永历正朔,以明心志。尽管他意识到前途渺茫,然而虽知“謇謇之为患兮,忍而不能舍也”(屈原:《离骚》)的屈原精神,使他重复着历代文人乐此不疲、锲而不舍的悲剧——明知其不可为而为之。因此他义无反顾,毫不改悔:“慷慨干戈里,文章任杀身。尊周存信史,讨贼作词人。”(屈大均:《春山草堂感怀》)“遥寻苏武庙,不上李陵台”(《云州秋望》)。表示诗人秉笔为文、不避祸害,誓不臣事清朝的意志。对历史上的先贤如荆轲、鲁仲连、陈胜、诸葛亮、文天祥等，都有咏叹，或取其抗秦，或取其兴汉，借以表明反清复明的决心："壮志至今犹发指，寇仇长枕报秦戈。"(《读荆轲传》)读大均诗，我们感受出诗人震撼人心的人格力量。他的这种执着尽管只能酿造螳臂挡车的悲剧，然而表现在他身上的中华民族文化精神却得到了世人的认同。在清三百年诗坛中，他和顾炎武最受世人钟爱。谭献说："至若屈、顾处士，鼎湖之攀既哀，鲁阳之戈复激，慷慨任气，磊落使才，凭臆而言，前无古昔。乃有怨而近怒，哀而至伤者，则时为之也。"(谭献:《复堂日记》)金天羽也称："于三百年诗人服膺亭林、翁山"，并称赞他们的诗歌具有"《春秋》、《骚》、《雅》之遗意也"(金天羽:《与郑苏堪先生论诗书》)。

第二节　屈大均诗歌的杜甫情结

在中国士人文化中，杜甫与屈原代表了不尽相同的悲剧精神。如前所述，屈原"帝高阳之苗裔"的高贵血统使他无比自豪和自信，他所禀受的带有神性巫风意味的家庭精神暗合儒家的修齐治平之道。神性的使命感伴和着楚文化的浪漫热情，使他神往于美政之中；执着的血统优越感，使他把注都押在楚王身上，惟楚王是忠，惟楚国是爱，惟郢都是恋。漂泊中，"曼余目以流观"(屈原:《哀郢》)的仍是皇天的象征地——郢都，漫漫的苍生并没引起他的注意。而杜甫则不同，杜甫所代表的文化精神更具有中原文化的伦理色彩、务实精神，更具有与浪漫相异的一种理性。他没有屈原那种"入则与王图议国事，以出号令；出则接遇宾客，应对诸侯"(司马迁:《史记·屈原贾生列传》)的地位和尊贵出身。因此，他被君弃之后，生民涂炭之苦、战乱流离之悲更能使他产生共鸣。终其一生，除了青年时代有过"裘马颇清狂"(《杜诗镜铨》卷十五《偶题》)的浪漫情调之外，几乎无时不处忧患之中，如黄庭坚所说："中原未得平安报，醉里眉攒万国愁。"(《豫章黄先生外集》卷四《老杜浣花溪图引》)读老杜诗我们无不感受出其史心和忧患之心。杜甫没有屈原那种浪漫气质，却充满一种理性精神，给象征中国文化精神的屈原精神一种补充。

杜甫忧民爱物情结影响了历代文人。从唐代元稹、白居易、韩愈、孟郊、皮日休、陆龟蒙诸人到宋代王禹偁、王安石、陆游诸人无不从杜甫精神中吸取养料。至明清两代,宗杜更众。屈大均诗虽学屈原、李白,然而亦有解不开的杜甫情结,充满着反映民生疾苦的杜甫精神。

第一,大均诗集中存在大量关心人民疾苦,揭露统治者暴行的诗作。如他19岁写的《菜人哀》一诗,就真实地记录了在1648年广州的一次大饥荒中,"菜人""自卖身为肉于市"的惨状:"夫妇年饥同饿死,不如妾向菜人市。得钱二千资夫妇,一脔可以行一里。……两肱先断挂屠店,徐割股腴持作汤。不令命绝要鲜肉,片片看入饥人腹……"真是惨不忍睹,令人毛骨悚然。甚于老杜《岁晏行》"况闻处处鬻男女,忍慈割爱还租庸"的惨状。同一时期写的《猛虎行》把清军比作吃人猛虎,描写了两广地区人民的灾难:"猛虎纵横行,厌饫亦逐逐。朝饮惟贪泉,暮依惟恶木。人皮作毯裘,人骨为箭镞。人血充乳茶,脂膏杂红粬……人类日已尽,野无寡妇哭……"诗歌最后喊出"为兽莫为人,牛哀得所欲"的悲愤呼号,发出强烈的控诉。像这类诗歌完全继承了杜甫诗歌的血脉。所以《顨园诗话》说:"翁山之《猛虎行》、《囊驼行》,几可置之少陵集中。"此外,如《民谣》组诗14首鞭挞了清官吏对人民的压迫剥削:"白金乃人肉,黄金乃人膏。使君非豺虎,为政何腥臊?"《雷女织葛歌》中的农村妇女终日劳作却养不活自己:"得钱虽则多,不足偿租赋。一日织一匹,十指徒苦辛。只以肥商贾,无能养一身。"《望燕》讽刺连年征战,使人口锐减,田地荒芜。诗人不无调侃地说:"郭外沃田抛弃尽,不忧无处觅春泥!"《太息》一诗揭露清"迁界"政策给沿海居民造成的浩劫,矛头直指皇上:"共道君恩怜物命,不教鱼鳖近居民。"读屈诗,我们可以感受到作者时刻为时代而跳动的脉冲。

第二,大均还有一部分诗作写封建社会女子们的爱情生活、婚姻悲剧、思想感情和道德情操。在封建社会女子的地位是极其低下的,她们没有独立的人格和尊严,只能是男性的附庸,只能是道德的载体。大均虽然还没有完全摆脱把她们当做道德的载体来宣扬的士大夫俗念,但他的笔触毕竟已经触及到了她们的内心和生活,表现了作者对她们遭遇的同情,也看出了作者对这一问题的关切和思考。如在《待舟操》里,作者饱含深情描绘了一幕封建婚姻悲剧:南海某氏女已许嫁何氏之仆,后因何氏"构讼破家,因取所聘金于女父。女父还金,将以其女改字。""已而何仆持聘金至,女父怒而逐之。"女暗约仆以舟来迎。"至夜,女至江干,待舟不至,即自经。"(屈大均:《待舟操序》)诗人对这位年仅15岁的少女之不幸充满了同情:"月将落兮潮水平,舟不来兮伤予情。独立沙洲兮泪涕零,无人知兮唯流萤。水禽忽叫兮似人声,追者至兮天欲明。君岂忘兮不来迎?妾若还兮亦不生……”诗人表彰了这位女子对爱情的坚贞,把她的婚姻悲剧写得十分动人,读之令人泪下。《纪岁珠辞》诗更是感人至深。诗写新婚一月丈夫就离去的商妇,以刺绣为生,独守空闱二十余年,每年置一珠以纪年。待其夫回家时,该妇已死,夫开其箱箧,得珠二十余颗。诗人不胜悲悼地说:“新婚一月即相别,刺绣为生望同穴。岁置一珠贯彩丝,珠知岁月妾不知。珠为懊侬纪年物,泪红点点成胭脂。”作者对爱情悲剧予以同情,对民间男女纯真爱情予以衷心祝福:“郎种合欢花,侬种合欢菜。菜好为郎餐,花好为侬戴。天生菜与花,来作合欢配。合欢复合欢,花菜长相爱。”(屈大均:《合欢词》)愿天下有情人皆能合欢长爱。此外,大均诗集中还有一组(六首)《大都宫词》借元影射清,描写宫女生活。其中一首写道:“佳丽征南国,中官锦字宣。紫宫双凤入,秘殿百花然。卓女方新寡,冯妃是小怜。更闻乔补阙,愁断《绿珠篇》。”全诗不着一评语,然而流露了诗人对清统治者把南方战争中掳掠的大批妇女征调入宫的罪行的憎恨之情。他还有不少诗作歌颂了妇女的节操。如《二妃操》歌颂了益阳王妃,力拒藩兵淫逼,同归于尽表现出坚贞不屈、蹈死不顾的节操。《抱松妇操》写宣城某秀才之妻为避清兵而藏匿松下,被发觉后,她挺身而出代婆婆就死,清兵淫逼,她誓死不从,其尸体抱松三日不倒。《三烈魂操》写博罗、广州、苏州三位女子在清兵陷城之际壮烈而死。在作者笔下,这些女子都表现出中华女子威武不屈的民族气节,可歌可泣,十分感人。大均的这些描写表明了他对现实的关注,在精神实质上是与忧民爱物、对现实充满理性精神的杜甫血脉相通的。

第三,屈大均诗歌充满了一种忧国忧民的终极关怀。这种积淀着中华文化精神的终极关怀历代文人都有,而在杜甫诗中得到了集中表现。杜甫不满足于“至今阮籍辈,熟醉为身谋”(《杜诗镜铨》卷三《晦日寻崔戢李封》)的个人身世之忧,不效“穷途哭”,而始终把目光投向国计民生。比如即使与人饮酒,他想到的仍是国事:“岂无成都酒,忧国只细倾”(《杜诗镜铨》卷十四《八哀诗》之三);与友人话别,念念不忘的是“国步犹艰难,兵革未衰息”(《杜诗镜铨》卷十一《送韦讽上阆州录事参军》)。无论是题画观舞,还是咏雨弄月,处处可以闻到“叹息肠内热”的老诗人为国事而忧的叹息声,确如宋人周紫芝所云:“少陵有句皆忧国。”(周紫芝:《太仓稊米集》卷十《乱后并得陶杜二集》)研读屈翁山诗,我们无不感受出其诗歌文本中的种种忧患情结。比如明明是罗浮对雪,他遂兴政治之叹:“久伤鸟羽坠重光,安得烛龙衔一爝!欲挽羲车力士无,穷阴苦逼岁华徂。”(屈大均:《罗浮对雪歌》)过彭蠡,则想到明太祖功业,立兴神京换主、江山易色之恨:“平陈功烈在,遗恨与神京!”(屈大均:《过彭蠡》)他远走西北边塞,奔走策划,并无结果,遂不尽遗憾:“未有英雄羽化期,茫茫一剑报恩迟。”(屈大均:《塞上感怀》)在六十六岁高龄且又贫病交加时,他预感来日无多,回顾平生,产生了无穷忧虑与遗恨:“无穷天地唯哀痛,泪洒空知怨不辰。”(屈大均:《乙亥生日病中作》)面对南明君臣荒嬉无度,他无比愤懑和忧虑:“岂为深宫歌玉树,遂令高庙失金环!”(屈大均:《白门秋望》)最能体现他忧患意识的是康熙二十八年(1689)写的组诗《澳门》六首,在这组诗中,他对西方殖民主义者可能把澳门作为侵略中国腹地之跳板表示了深深的隐忧:

广州诸舶口,最是澳门雄。外国频挑衅,西洋久伏戎。

兵愁蛮器巧,食望鬼方空。肘腋教无事,前山一将空。

作者对葡萄牙殖民主义者的“频挑衅”、“久伏戎”以及“蛮器巧”十分担忧。在另一首诗中对“南北双环内,诸番尽住楼”表示愤慨,且对番兵筑城日固忧心忡忡:“筑城形势固,全粤有余忧。”此外,作者还在《廉州杂诗》、《白鹅潭眺望》等诗中多次指出西方殖民主义者对国家的威胁,足见诗人的政治卓识和忧国忧民的感情。

第四,屈大均诗的杜甫情结还表现在他热爱生活,始终把眼光投射于下层百姓,关心民瘼和现实,表现出一种赤子情怀。他有大量的杂体诗,其中有近五十首是民歌民谣或拟民歌民谣,展现了下层百姓的生产生活、劳动场面和精神面貌。如《瑶歌》描写广东从化县瑶胞的生活情景:“盘瓠荒祠盘瓠洞,诸瑶男女歌相送。裙衫染黑大家同,绒绣花连大头凤。”也对他们遭受官府榨取表示同情:“官催刀税到兰和,绝嫩鹿茸先纳贡。”《打蚝歌》系摹仿东莞、宝安一带渔民打蚝歌而作,表现了渔村养蚝(牡蛎)的生活画面:“冬月珍珠蚝更多,渔姑争唱打蚝歌。纷纷龙穴州边去,半湿云鬟在白波。”《渔者歌》写珠江三角洲渔民生活情趣,充满了诗情画意:“取鱼大滥二滥,捕蟹三沙四沙。潮落不归村舍,月明同宿芦花。”“船公上樯望鱼,船姥下水牵网。满篮白饭黄花,换酒溪边相饷。”此外像《蛋户》、《舟子谣》等诗反映船夫的生活情景和场面亦十分生动,生活气息十分浓。《民谣》十首则充满了作者对下层人民生活的同情。读这些诗作,我们可以洞烛到诗人的民心、乡心、赤子之心。

杜甫诗也充满了民心、乡心和史心,充满了社会责任感和关注现实的理性。正是这种史心、责任感使屈大均倾倒。大均在《杜曲谒杜工部祠》一诗中说:"城南韦杜滈川滨,工部千秋庙貌新。一代悲歌成国史,二南风化在诗人。少陵原上花含日,皇子陂前鸟弄春。稷契平生空自许,谁知词客有经纶。"他赞叹满腹经纶的杜子继承了《诗经》现实主义精神,为时代而悲歌,不愧为国史。大均正是继承了杜子的这种精神。他的诗虽然还谈不上"一代悲歌成国史",但其对社稷苍生的关注,诗中流注的冷峻思索和理性之光是与杜子一脉相承的。在他的诗中有一种斩不断的杜甫情结。

第三节　屈大均诗歌的李白原型

代表北方史官文化理性色彩的杜甫精神与代表南方巫楚文化浪漫色彩的屈原精神通过整合共同形成了中华民族浪漫向上、务实求是、忧国忧民的文化精神。与此相适应,在中国文学史上也形成了建立在北方史官文化唯实基础上的现实主义和建立在南方巫官文化土壤上的浪漫主义两种美学品格。这两种美学品格自《诗经》、《楚辞》而降,历经文人整合,到中世纪,形成了杜甫原型和李白原型,影响了后世无数文人的创作,成为中华民族的审美心理。

读大均诗歌就可以看出李杜对他的影响。他的诗既有对现实的理性思索,不乏杜子美沉郁顿挫之风,如在南京写的一些感怀国事的山水诗,苍凉凄楚的意境映寓出一种悲慨沉郁格调,风格与杜诗相通;又有以发抒抗清复明之壮怀为主旋律的"风驰电激"的浪漫格调,如其在北方边塞所写的一些山水诗,雄宕豪迈,郁勃着一种大气包举的阳刚之气,是为李白之髓传。而后者是大均诗歌的主要美学品格。在清初遗民纷纷学杜风气中,尽管他也学杜,但他更宗李,如他自己所说:"仆平生好嗜太白,以太白为师,薰以水沉之香,浣以荼蘼之露,而后敢开卷帙。三十年,非太白不存乎耳目,非太白不留于心思,见于羹墙,形诸梦寐。故所为诗,多有似太白声音笑貌。"(屈大均:《屈翁山复石濂书》)并还"自谓五律可比太白"(陈田:《明诗纪事》卷十一引《广东诗粹》)。

这并非自夸,而且得到大家认同。人们或评其"形似太白"(谭献:《复堂日记》),或称其"力祖唐音,而于太白为近"(宋长白:《柳亭诗话》),或曰"祖灵均而宗太白"(潘耒:《广东新语序》)。他之所以偏爱李诗,是因为李白"乐府篇篇是《楚辞》,湘累之后汝为师"(屈大均:《采石题太白祠》)。认为屈原之后,唯李白而已。可见,自屈原而降,至李白集大成的审美模式是他心仪已久的美学品格。

大均写诗,反对刻板摹拟,力求变化,这与李白诗脱去笔墨畦径、不拘常规、变化万状相通。他把写诗的道理与《易》联系起来,说:"予尝谓不善《易》者,不能善诗。《易》以变化为道,诗亦然。故曰:知变化之道者,其知神之所为乎!"(《粤游杂咏序》)《易》以阴阳二爻组成八卦,八卦排列组合,又成六十四卦,变化叵测。写诗也应如此,作家在汉字的排列组合中,也须尽变化之道。他追求"变化之道"、"雄奇惊变"、"风驰电激"的审美品格主要表现如下。

第一,意象飞动,造境非凡,尽阳刚壮美之致。比如他在北方塞上写的一些诗《过大梁作》、《出塞作》、《出永平作》、《云州秋望》、《八达岭》、《河套》等,把北方的幽燕之气与边塞的壮美情怀结合起来,表现出诗人抗清复明的壮怀,郁勃着一股阳刚之气,很合乎作者的"任侠"之性。如其《过大梁作》云:

浮云无归心,黄河无安流。神鱼腾紫雾,苍鹰击高秋。
类此雄豪士,滔滔事远游。远游亦何之,驱马登商丘。
朝与侯嬴饮,暮为朱亥留。悲风起梁园,白草鸣嗖嗖。
挥鞭控鸣镝,龙骑如星流。超山逐群兽,穿云落两鹙。
归来宴吹台,酣舞双吴钩。惊沙翳白日,垂泪向神州。
徒怀匹夫谅,未报百王仇。红颜渐欲变,岁月空悠悠。

诗中选择了生机盎然、充满活力,且劲健飞动的一连串动态型意象,如飘荡的浮云,奔泻的黄河,飞腾的神鱼,搏击长空的苍鹰以及梁园悲风、飕飕白草,衬托了一个挥鞭策马、执戈射鹙、醉看吴钩,日与朱、侯为伍的豪杰形象,充满了一种血气之勇。在《出塞作》中诗人又刻画了"饥食太行薇,渴饮桑干冰","左手接飞镝,右手挥金鞭"的勇士形象,在飞动的意象中,渲染了强烈的个性色彩。即使在南方写的一些山水诗也不乏这种意象和造境。如五古《游罗浮作》写罗、浮二山之仙境,采取夸张手法,描绘"石楼夹天起,云气流如水"、"夜半海日飞,摇荡石楼红"的飞动意象:云气流注,海日飞升,表现出一种旺盛的生命力。大均写诗重在写自然界的雄伟高峻之境，如写华山则云“攀援銕緪数千尺，身似飞猿时一掷”（《上千尺峡百尺峡至温神洞宿》）；写夜月风声极尽流动劲健之气：“月中明灭白云流，风外砰磅瀑泉激”（《上千尺峡百尺峡至温神洞宿》）；写瀑布则状其飞腾形态：“一天飞瀑随风至，湿尽春衣人不知”（《庐山道中》）。其中“鬼变其状”的飞动意象，是诗人心中浩然之气的载体。王煐称其诗“如万壑奔涛，一泻千里，放而不息，流而不竭”（王煐：《岭南三大家诗选序》）。确非浪评，飞动境界中映寓出一种阳刚之气。

第二，颢气流注，笔力矫健，气韵沉雄，寄托深远。如五古《鸿鹄何苍茫》写道：“鸿鹄何苍茫，背负青天飞。白波卷沧海，声如鬼神驰。”诗人以象征的手法，在背负青天的鸿鹄形象中寄托了自己身处乱世匡复无成、壮志难酬、进退彷徨的苦闷。但诗中纵横恣肆，笔力夭矫飞腾，给人以一种大气流注之感。此外如“白草连天尽，黄河倒日流”（《塞上曲》），“太白秋高空入月，黄河春暖又流澌”（《塞上感怀》），“舟随瀑水天边落，白浪如山倒翠微”（《泷中》）。在苍茫奇崛的意象中流注着一种劲健之气，笔势飞扬，充满一种昂扬奋取的精神，是诗人人格精神之外现。陈融评其诗说“翁山之诗，以气骨胜”（陈融：《颙园诗话》），毛奇龄称其诗“廓然于天地之间，独抒颢气”（毛奇龄：《道援堂集》）。确为作者知音。大均曾自负地说：“余以《易》为诗，颠倒日月，鼓舞风雷，奔五岳而走四渎，使天下万物皆听命于笔端。神化其情，鬼变其状，神出于无声，鬼入于无臭，以与造化者游于不测。”（屈大均：《六莹堂诗集序》）读大均诗，确实如此。诗人笔底日月风雷，三山五岳，巨川飞瀑无不具备磅礴雄浑之气势，是诗人桀骜不驯、狂怪任侠个性之具象，与李白精神血脉相通。

第三，大均诗构思奇特不拘常规，想象大胆而不可预测，于凝炼警策之中，具夭矫飞腾之态，少有平板呆滞或松散空疏之病。神似太白，上通屈赋。比如在其罗浮山水诗诸如《游罗浮作》、《罗峰道中作》、《望罗浮》、《罗浮放歌》等作品中，诗人驱遣“仙人”、“羲和”、“麻姑”、玉女、天鸡、海日等神灵意象，营造出一种神奇浪漫、迷离恍惚、令人心醉神摇的神仙氛围，构思十分奇特，想象不可预测，绝去町畦，率性而作，一如李白。如《罗浮对雪歌》一诗，诗人先以“麻姑玉女尽头白，四百缟素失峰峦”形容罗浮罕见之雪景，既苦寒又壮观。然后描写“猿猱僵卧吟且哀”的情景。最后以“天鸡夜半冻不叫，曜灵忍失朱明照？久伤乌羽坠重光，安得烛龙衔一爝！欲挽羲车力士无，穷阴苦逼岁华徂”的想象作结，描写出一派昏暗景象，并在此景象中寄托自己政治上的孤独之感。诗中充满光怪陆离的神话氛围。七古《王太守作子日亭成，诗以美之》以泰山衬罗浮山观日出之壮美，极尽夸张渲染之能事，排列与日神相关的一系列神话意象：踆乌、十日、天鸡、扶桑、曜灵、东君、六螭、火轮、玄黄鸡子……令人目不暇顾，恍如置身仙境，令人感到旭日东升所愤发的巨大的光和热，映寓出诗人勃发的生命力。大均这类诗神思飞越，凝炼警策，如该诗就在浓郁的光怪陆离的仙境世界的涂抹中暗寓“天行健，君子以自强不息”（《易·乾》）之意蕴，使人激奋鼓舞。大均这类诗夭矫变化不可预测，仙风道骨，逼肖太白。如“月为玉女镜，花是麻姑衣。寄语大蝴蝶，相迎羽客归”（《罗浮杂咏》）。“醉向明星求露液，狂临仙掌舞天风。”（《雪晴岳顶眺望》）几可置于太白集中。

第四，和太白诗一样，大均诗个性鲜明，在直率抒情中留下了鲜明的自我表现色彩。如过涿州遂兴男儿报国之志：“男儿得死所，其重如山丘。白刃若春风，功名非所求。”（《过涿州作》）出塞关外，豪情顿生：“问我欲何为？壮士不顾生。”（《出塞作》）虽为布衣，却十分自信：“从来天下士，只在布衣中”（《鲁连台》）。想到功业未建，“下民方调饥”，认为：“洁身乃小节，谁能混鸱夷？”（《驷马尚可縻》）“尘垢犹堪铸帝王，清虚何足留箕颖！”（《华顶放歌同王伯佐》）功业乃男子汉事业，尘垢犹堪陶铸尧舜，所谓：“洁身”，所谓许由式的清高何足挂齿。但抗清无望，壮志难酬时，又不免油然而生归隐之志：“渔父频招手，回舟入杳冥。”（《钓台》）“采药吾将往，相随麋鹿群”（《望天平》）。读大均诗，我们时时可以感受到他的报国之志和直率豪爽的个性，也感受到大局已定，复明无计的悲哀、苦闷。诗人是那样直露无遗地剖白自己的心曲：希望与失望、进取与归隐并现于诗！无论是那些抒情小什，还是那些描写雄奇壮伟山水景观的古体长篇，都倾注了诗人强烈的主观感情，外在的客观物象无不染上诗人的个性色彩。这些诗洒脱飘逸，明快豪爽，确实“神似太白，不独形似”（谭献：《复堂日记》）。

总之，大均诗气骨刚健，颢气流注，变化飞腾，充满了阳刚劲健的美学品格。确如毛奇龄所言“超然独行，当世罕俦”（毛奇龄：《道援堂集》）。是南方巫官文化浪漫主义精神在诗歌领域中的再现，是李白诗歌艺术精神的再现。

第十七章 纳兰性德诗词风格形成的心理机制及文化解读

出身满洲贵族的著名作家纳兰性德，虽然英年早逝，但一生春风得意，青云直上。17 岁“补诸生，贡入太学”；18 岁中顺天乡试举人，22 岁参加殿试，中进士；23 岁成为康熙皇帝三等侍卫；不久“晋二等，寻晋一等”(徐乾学:《通议大夫一等侍卫进士纳兰君墓志铭》)①。他“出入扈从，服劳惟谨”(徐乾学:《通议大夫一等侍卫进士纳兰君墓志铭》)，因此深得康熙眷顾。在他患病期间，皇上派“中官侍卫及御医日数辈络绎至第诊治”，并“命以疾增减报，日再三”，在病情转危时，皇上“亲处方药赐之”(徐乾学:《通议大夫一等侍卫进士纳兰君墓志铭》)。文学史上有哪一位诗人获得如此恩宠！按常理吟颂的应该是“好风凭借力，送我上青云”的得意之句了吧！可是打开他的集子，竟是另一种景象，诸如什么“荣华及三春，常恐秋节至”(《拟古四十首》其一)，“天地忽如寄，人生多苦辛。何如但饮酒，邈然怀古人”(《拟古四十首》其十)，“予生未三十，忧愁居其半。心事如落花，春风吹已断。”(《拟古四十首》其十三)……感叹人生，忧患未来，借酒浇愁……他竟成为世界上第一等抑郁寡欢、多愁善感之人。至于他的词更是伤黯，作者蘸着心血在描述灰色的人生，简直令人不忍卒读。如其《忆江南》二首：

昏鸦尽，小立恨因谁？急雪乍翻香阁絮，轻风吹到胆瓶梅。心字已成灰。(其一)

心灰尽，有发未全僧。风雨消磨生死别，似曾相识只孤灯。情在不能胜。(其二)

灰黯感伤的意象外现出一种惆怅迷惘、心灰意冷之情，表现出一种悲凉顽艳的

① 张草纫:《纳兰词笺注》(附录)，上海古籍出版社 1995 年版，第 403 页。

风格。如此黯然神伤的作品竟出自经历一帆风顺的贵族公子之手，真令人难以置信！有人统计，纳兰性德现存三百多首词中，用“愁”字达90次，“泪”字39次，至于“断肠”、“伤心”、“憔悴”、“凄凉”等字眼，更是举目皆是。这些“哀怨骚屑，类憔悴失职所为”（杨芳灿序：《纳兰词·原序》）①的词句构成了缠绵悱恻、婉丽凄清的格调。关于纳兰身世与诗词风格矛盾现象的研究，人们早就在进行。如光绪时钱塘人张预最早注意到了这种现象，他说纳兰“顾问则谊、舒之铸，禁中则颇、牧之选，而独颟颔轸臆，缠绵抒情，沉幽骚屑之思，婉丽凄清之体，工愁善怨均感顽艳”（《重刻纳兰词序》）②。近年来，研究界试图从各个方面作多种解释：爱情失意，厌恶扈跸生涯和金阶侍立，苦于天涯漂泊，哀朋友不幸，为其父跋扈而忧虑，等等。这种以社会环境来诠释其诗词忧郁风格之形成，能说明一些问题，但还不够。比如爱情上，确实失恋过，但他毕竟有个幸福的小家庭。他和原配卢氏、继室官氏虽非青梅竹马而是父母之命的结果，但都很恩爱，他的《四时无题诗》一十六首就记载了诗人心醉神怡于这段少年夫妻的美满生活。又比如他虽有仕宦的苦闷，但他毕竟是个颇有抱负的青年，不能不走仕途之路。因此他勤劳王事，忠于职守，勤勤恳恳，“日侍上所，巡幸无远近，必从。”（《渌水亭杂识跋》）九年仕宦生涯“从久不懈”。其中也很“留心当世之务，不屑以文章名世”（胡献征语）③，不乏“竟须将，银河亲挽，普天一洗。麟阁才教留粉本，大笑佛衣归矣”（《调寄·金缕曲》）的灼灼豪气。他父亲明珠专横跋扈、势焰熏灼，他虽深有忧虑，但明珠的倒台和他弟弟揆仲的被掘墓受辱，毕竟是纳兰性德死后之事了。至于朋友的困顿淹蹇，他虽也伤心悲吟，然而也有狂歌、有劝慰、有愤激、有壮语。如他在写给相交最深的好友顾贞观的《金缕曲·德也狂生耳》中，一面说“青眼高歌俱未老，向樽前拭尽英雄泪”，一面却说“身世悠悠何足问，冷笑置之而已”。或啼或笑，同气相求，相濡以沫，慷慨高歌，极见笔势驰骤、痛快淋漓，一反哀艳之风，极显豪放之气。

---

① 张秉戍：《纳兰性德词新释辑评》附录，中国书店2001年版，第516页。

② 张草纫：《纳兰词笺注》（附录），上海古籍出版社1995年版，第423页。

③ 转引自黄天骥：《纳兰性德和他的词》，广东人民出版社1982年版，第120页。

第一节　纳兰性德的忧郁来源于他幻觉中的行为场

社会环境对主体有支配作用,对创作风格有影响,古往今来的许多文艺现象已证明了这一点。但是用来解释纳兰的创作却发生了一些麻烦。众所周知,纳兰词悲凉凄苦之心境、郁郁哀艳之风格酷肖李后主,周稚圭所谓"纳兰容若,南唐李重光后身也"(《篋中词》一引)。但他毕竟没有后主那种亡国受辱之经历。其爱情词格调低回幽怨,又颇似宋代晏几道,两人相比,虽同是宰辅之子,同处雀喧鸠闹的软红尘,但纳兰身世经历更为顺畅得意。他与唐代大诗人李贺亦有很多相似处:一是两人都才华超卓享有盛誉而英年早逝;一是两人的作品悲凉冷艳之风相同。然而两人遭际却大异:李贺因避父讳而不能参加进士试,被拒于青锁赤墀之外;而纳兰不到而立,拔擢再三,深受筐篚之恩,两人遭际何啻天壤。一句话,纳兰所处是盛世,所遇是英主,所交是高朋俊杰、名流硕儒,所沐是浩荡皇恩,身在属车豹尾之中,名隶缀衣虎贲之列,不该有这些郁郁之举和"悲凉顽艳"之风。

那么纳兰是不是"无故寻愁觅恨",在花间草堂故作呻吟呢?答案自然也是否定的。他的悲愁和抑郁确是发自内心的,是真情的流露。确有如严绳孙所说的"非酒可浇"的"胸中块垒",确有"世无伯乐谁相识"、"我今落拓何所止"的牢骚(《送荪友)),确有"荣名反以辱"的苦闷(《拟古四十首》其三十九),确有"太行知势险"(《拟古四十首》),"日暮风沙恶"《拟古四十首》)的忧患。那么如何解释这种现象呢?笔者以为诸如格式塔的场论、荣格的集体无意识以及一些关于个性心理学方面的理论或可解释这种矛盾现象。

格式塔有一个著名理论,叫做场论。它是把物理学的原理应用于心理世界,用场的概念来说明人的心理、行为现象。格式塔的代表人物考夫卡认为:"场与一个物体的行为是相关的。因为场决定物体的行为,而这个行为则可用作场的特性的指示者。"①他也很重视环境与行为的关系,不过,他把环境分为地理环境和行为环境。他认为行为场包括行为者个人心目中的环境,不包

---

①　转引自杨清:《现代西方心理学主要派别》,辽宁人民出版社 1980 年版,第 263 页。

括外界客观的地理环境。他曾经举了一个有名的例子说明两种环境的区别以及它们和个人行为的关系：一个骑马者在暴风雨中飞跑了数小时，越过了一片白雪皑皑的平原，感到惬意称心；正在得意之时，有人告诉他，他所越过的平原实际上是一个冰雪遮闭的大湖，骑马者闻言倒毙于地。① 该例中所谓冰雪封闭的大湖，是实际的地理环境，所谓冰雪封闭的平原则是骑马者心目中的环境，叫作"行为环境"。一个人的行为就"发生于一个行为环境中，行为受行为环境的调节"。行为与行为者所料想的环境而结成的关系，便是行为场。

纳兰作为一个贵族公子，衣锦披绣，父亲权倾朝野，本人身处盛世而备受康熙青睐，与人相处又甚洽，飞黄腾达，前程似锦。然而他始终感到："惴惴有临履之忧"，整天处在"如临深渊，如履薄冰"之中，担心"大地"会塌陷下去。他身为侍卫，在他人看来，该是何等风光荣耀，他却认为自己不异笼中之鸟，身处囚笼之中。在一首《咏笼莺》诗中说得很明白："何处金衣客，栖栖翠幕中；有心惊晓梦，无计转春风。漫逐梁间燕，谁巢井上桐；空将云路翼，缄恨在雕笼。"是杞人忧天吗？当然不是。忧从何来？就来自他的行为场。他所处的盛世，权势熏天、钟鸣鼎食的家庭，一帆风顺的仕途，美满幸福的婚姻，高朋满座的诗酒生活……这一切，是他客观的社会环境，相当于考夫卡所谓骑马者的实际地理环境。而身处囚笼的幻觉则是他心目中的环境，即其"行为环境"。两者对他的行为影响如何？无可讳言，纳兰确曾醉心过前一种客观实际环境。他在《渌水亭宴集·诗序》中描写道："予家象近魁三，天临尺五，墙依绣堞，云影周遭。门俯银塘，烟波荡漾。"字里行间流露出一种自怡之情。对明珠府中的渌水亭他不无自豪地说："野色湖光两不分，碧云万顷变黄云。分明一幅江村画，着个闲庭挂夕曛。"（《渌水亭》）对家庭环境不无自矜："我家凤城北，林塘似田野。蘧庐四五楹，花竹颇闲雅。"（《茅斋》之一）他经常来此栖息赋诗："偶焉此栖迟，抱膝悠然吟。"（《茅斋》之二）特别是在朱亮碧瓦下面的一些"舞低杨柳门前月，歌尽桃花扇底风"（晏几道：《鹧鸪天》）的歌传金缕的生活颇为醉心。他的一首《题歌儿诗册》云："分明雪面转金铃，红烛娇歌倚画屏。作使座中诸狎客，泥他沉醉唤他醒。"写自己和狎客们在歌台舞榭中逢场作戏，被歌女们泥得沉醉不醒的情景。在《金菊对芙蓉·上元》一词中也写出了

① 参见周柏文：《文艺心理研究》，中国人民大学出版社1988年版，第54页。

身处这种环境中的惬意之情："金鸭消香，银虬泻水，谁家夜笛飞声？正上林雪霁，鸳甃晶莹，鱼龙舞罢香车杳，剩尊前袖掩吴绫。狂游似梦，而今空记，密约烧灯。……"作者和他的诗朋酒侣在上元佳节彻夜狂欢，沉醉在繁华旖旎之中。至于自己受到康熙帝的筐篚之恩，更是感恩图报，不无得意之情。他的《盛京》和《古北口》等诗就讴歌了清王朝入主中原后的安定局面与升平气象，歌颂了煌煌帝业，表达了对清王朝的眷眷之情。但是这种客观的地理、社会环境并没给他的行为和创作以决定性的影响。反之，他越来越感到声势赫赫的家庭后面隐藏着巨大的危机，官运亨通中藏着风险，今日金阶立，也许明日阶下囚。自古而来，伴君如伴虎。正像那位骑马者始终以为自己是飞越在一个大平原一样，纳兰性德在幻觉中也始终认为自己处在冰山之上、深渊之中。所不同的是：骑马者客观地理环境是危险的而行为环境是安全的；纳兰的客观社会环境是安全的而行为环境却是危险的。这种虚幻的行为环境影响了他的行为，一向谈吐潇洒、留心世事的纳兰变得谨慎起来，避谈政治，如徐乾学所言："或问以世事，则不答，间杂以他语。"①韩菼也说纳兰性德"侍禁闼数年，进止有常度，不失尺寸"，"上有指挥，未尝不在侧，无几微毫发过，性周防，不与外庭一事。"（韩菼：《进士一等侍卫纳兰君神道碑》）在诗人心目中的环境是令人胆寒的。因此他"虽履盛处丰，抑然不多，于世无所芬华，若戚戚于富贵，而以贫贱为可安者。身在高门广厦，常有山泽鱼鸟之思。"②他忧心忡忡，惴惴不安，这在他的诗词中也反复地表现出来："须知古今事，棋抨胜负，翻覆如斯。"（《满庭芳》）"天道本杳冥，人谋苦不早"（《拟古四十首》其二），人生福祸莫定，宠辱无常，应及早而谋。因此他仰慕起种豆南山、采菊东篱的陶潜来："天地忽如寄，人生多苦辛，何如但饮酒，邈然怀古人。"（《拟古四十首》其十）他甚而宅心于黄老释氏，厌恶起世事名利来："世事看奕棋，劫尽昆池灰。长安罗冠盖，浮名良可哀。不如巢居子，遁迹从篙莱。"（《拟古四十首》其二十六）认为"吾本落拓人，无为自拘束，倜傥寄天地，樊笼非所欲"（《拟古四十首》其三十九）。他渴望远离浑浑噩噩的尘世，修身养性，他为何自号为楞伽山人，个中心迹不是很清楚了么！可见纳兰的客观地理环境（社会环境）是优裕的，是

① （清）徐乾学：《通议大夫一等侍卫进士纳兰君神道碑文》，见张草纫：《纳兰性德词笺注》附录，上海古籍出版社1995年版，第403页。

② （清）纳兰性德：《通志堂集》，上海古籍出版社1979年版，第763页。

履盛处丰；而他的心理环境（行为环境）是灰暗的，是“三春过后诸芳尽”，是“开到荼靡花事了”（曹雪芹：《红楼梦》）。而影响他行为和创作的主要是后者。正是这种心理环境与行为的特殊关系构成了他的行为场。因此，表面看来，纳兰的客观环境与其郁郁寡欢的行为以及哀艳的创作风格相矛盾，但在作者的行为场中是并不矛盾的。他的行为与创作风格正符合作者的行为环境。换句话说，作者心目中的环境导致了他郁郁举止和创作风格的产生。这就是纳兰所处的实际环境与创作风格矛盾产生的心理机制。

第二节　纳兰性德行为场中心理环境的形成还源于他独特的个性和气质

那么我们进一步分析，不禁要问：明明是锦衣玉食、春风得意，却为何产生这种心理环境呢？诚如许多论者所言，是因为纳兰家族表面上权倾朝野、富甲天下，而实际上隐藏危机，所谓“康熙盛世”也是徒有虚名，外强中干，包藏着翻云覆雨的局面。但论证至此是很不给力的。笔者认为纳兰这种心理环境的产生还与纳兰的气质和个性有关。我们知道，抑郁质的共同特征是：精神恐惧，多愁善感，抑郁多病。气质与个性关系密切，它影响到行为场中人的心理环境的形成。一个具有抑郁气质的人，他总是以为自己处在危险的边缘，处在众人包围之中，以为自己周围布满了陷阱，有动辄得咎、旦夕祸福之感。从现存资料看来，纳兰性德正是具有抑郁质的人。这首先表现在他的体弱多病，这是见于记载的。19岁患病而无法参加殿试，徐乾学在《纳兰性德墓志铭》中说他“会试中式，将廷对，患寒疾。”30岁在镇江亦生过病，有《病中过锡山》一诗可证。31岁一病不起竟亡。多病在他的诗中多有提及：“曾记年年三月病，而今病向深秋”（《临江仙·永平道中》），“黄昏又听城头角，病起心情恶……多情自古原多病，清镜怜清影”（《虞美人·黄昏又听城头角》），“身世等浮萍，病为愁成”（《浪淘沙·野宿近荒城》），“可怜暮春候，病中别故人”（《拟古》）。他为何早逝，恐怕与他体弱多病不无关系。现代心理学和生理学告诉我们，体弱多病者一般是多愁善感，多愁善感都一般多病，二者互为因果。其次，抑郁质的人典型的特征是具有高度的情绪易感性，情感丰富，易受挫折，易感到恐惧。纳兰正具有这种心理机制。他是个情感丰富的人,无论对妻子还是对友人他都情真意笃。他所结交的友人都是些困顿守志的汉族知识分子,“达官贵人相接如平常,而结分义,输情愫,率单寒羁孤侘傺困郁守志不肯悦俗之士。其翕热趋和者,辄谢弗为通。或未一造门,而闻声相思,必致之乃已。”①他的挚友像顾贞观、朱彝尊、陈维崧、梁佩兰等都长他二三十岁,他对朋友总是鼎力相助,“黄金如土,惟义是赴,见才心怜,见贤必慕”②。如他搭救吴兆骞一事一直成为文学史的佳话。另外,他对爱情也是十分诚笃的,他的一些思念家室之作写得十分感人。特别是悼亡词,如《金缕曲·亡妇忌日有感》、《浣溪纱·谁念西风独自凉》等,声泪俱下,一往情深,夺人心魄,所以其好友严绳孙说纳兰词“蕴藉流逸,根乎情性。”(《通志堂集》卷首《成容若遗稿序》)唯其“情性”,才具有感人的力量。抑郁质的人往往容易动感情,处事很敏感,不相信周围的一切,因此,置身于锦衣玉食家庭的纳兰时时敏感到将至的“秋节”。明明是出入禁闼的内宠,他却异乎常人地敏感到了政治上的“势险”,明明是出身“乌衣门第”,他却敏感到自己置身于用鲜花织成的囚笼中,“便是欲归归未得,不如燕子还家”(《临江仙》)。他感到自己处在冰山之上,随时有跌下来的危险。因此他总是小心谨慎,处处周防,一谈到政治,顾左右而言他。因此,在他的行为场中,时刻存在一种“惴惴有临履之忧”的心理环境。可见,这种心理环境的产生与他的气质个性是密切相关的。

他的体弱多病、多愁善感自然也是一种需要补偿的缺陷。为了补偿,他选择了易于表达多愁善感的诗词这一传统的艺术。而在具体的作品中,选择了便于宣泄自己内心抑郁愁怀的诸如“断肠”、“憔悴”之类的语言符号,因而构成了一种“哀怨骚屑”的艺术氛围。这种艺术的选择,补偿了他的生理、心理上的缺憾,使他心理上得到平衡。另外,纳兰有一种更甚于常人的追求安全意向和满足自己欲望的意向。前面所论及的他的小心谨慎、处处周防,觉到政治的莫测危机,就产生一种“遁迹从篙莱”的想法,渴望能远离尘俗,修心养性:“吾本落拓人,无为自拘束。倜傥寄天地,樊笼非所欲。”(《拟古》)明显表现

① (清)韩菼:《通议大夫一等侍卫进士纳兰君神道碑铭》,见张草纫:《纳兰词笺》附录,上海古籍出版社1995年版,第409页。

② 丁药园祭纳兰,见杨勇:《论纳兰容若的个性气质对其词的影响》,《湖北大学学报》1990年第3期。

出一种追求安全的意向。他身为侍卫,出入宫掖,辉光荣耀,可在他心目中,总觉得自己置身于一个充满敌意的空间,感到寂寞和害怕。因此"进止有常度,不失尺寸。"为了求得心理上的平衡,补偿这种缺憾,他广交朋友。只有在与挚友的推心置腹的交谈中,与朋俦的诗酒生活中,他才获得了一种安全感,周围的敌意才减少,才感到心情的畅快,如黄天骥先生所言:"唯有友情,可以疗救他宦游的孤寂;唯有友情,使他得以暂时忘却失去爱情的悲哀。"①这就是他出身贵族公子却为什么能与普通寒士交往的原因。并非像有人所说的纳兰是康熙政治上的一颗棋子,是康熙派出的"克格勃",其交友是出于帮助康熙笼络汉族知识分子的政治目的。

第三节　纳兰性德的行为心理场有着汉文化的深厚土壤

以上我们探讨了纳兰的行为环境与其个性气质及生理上的关系。除此,笔者还认为这种行为环境即行为心理场之形成与民族传统文化有关。也就是说,这种忧患意识是民族文化的积淀,是凝聚民族文化情结的集体无意识。我们的祖先生长在肥沃、物产丰富、地处封闭的黄河流域,这种特殊的封闭性地理环境造成了炎黄子孙以农业为主的生产方式,而这种以农耕经济为主体的社会机制造就了我们民族文化的性格——务实内向,注重于内心宇宙的开掘、情感世界的描述。不测的自然灾害,王朝变更的血与火,使人们深深感到世事的险恶,做人的艰难。人们或借牛郎织女吟诵爱情的悲苦,或借朝露蜉蝣喟叹生命的短暂,或托月圆月缺吐露离别的相思。它们表现了一个共同的艺术母题:忧患生命,感叹人生。这种忧患意识沉淀在每一个人的无意识深处,它是历史在"种族记忆"中的投影,是一种带有"我们祖先生命的残迹"的集体无意识。集体是一个统一的心理场,个体深埋其中。这种忧患意识是传统文化塑造出来的中华民族特有的民族意识。这在文人士大夫身上表现得尤著。他们外在的漠然往往寓藏着修身齐家治国平天下的深情。从屈原以降,人们渴求参与,执著追求:"乘骐骥以驰骋兮,来吾导夫先路"(屈原:《离骚》),"闲居非

① 黄天骥:《纳兰性德和他的词》,广东人民出版社1982年版,第85页。

吾志,甘心赴国忧”(曹植:《杂诗》),“铅刀贵一割,梦想骋良图”(左思:《咏史》)),“致君尧舜上,再使风俗淳”(杜甫:《《奉赠韦左丞丈二十二韵》),“苟利国家生死以,岂因祸福避趋之。”(林则徐:《赴戍登程口占示家人》)广大知识分子充满了以身许国的热情和胸怀四海的志向。他们大多为饱学之士,自以为满腹经纶因而往往恃才傲物。他们带着一种功名指日可建的迫切心理走进社会,但经历过挫折后,他们终于发现“欲渡黄河冰塞川,将登太行雪满山”(李白:《行路难》),世事艰难,功名并非一蹴而就。“题柱虽乘驷马车,乘车谁买长门赋”(马致远:《双调·拨不断》),困顿淹蹇几乎是文人们的共同命运。于是人们沉浸在迷惘、感伤、忧患之中。踵接《诗经·小宛》“我心忧伤,念昔先人”之后,人们忧伤的眼泪汩汩而出:“心不怡之长久兮,忧与愁其泪接”(屈原:《哀郢》),“弹剑徒激昂,出门悲路穷”(李白:《淮海对雪赠傅霭》),“向来忧国泪,寂寞洒衣巾”(杜甫:《谒先主庙》),“寂寞斜阳外,渺渺正愁予”(张惠言:《水调歌头·今日非昨日》)忧国忧家、感叹生命成为中国文学的主题之一。因此忧患意识是凝聚着从祖先以来长期积淀的巨大心理能量,是凝聚着民族文化性格的情绪。

纳兰虽出身满洲贵族,但是他深受汉民族文化的熏陶,从小就接受汉文化的教育,据徐乾学回忆说:“君自髫龀,性异恒儿,背诵经史常若夙习。”①他自己也说:“幼习科举”,“窃喜为古文词”②。他兼擅散文、骈文、书法、近体诗,尤喜小词。中华民族的传统文化给他性情上以陶冶。集体无意识的原初意象自然会浸透在他的个人意识中,因为在传统文化中,蕴藏着一种存在于每一个炎黄子孙的灵魂内的东西——参与意识、忧患意识,这是一种民族性格。因此和李白自信“天生我才必有用”一样,纳兰也曾充满了信心,自恃多才,想以身许国:“所伤国未报,久戍嗟六师。激烈感微生,请赋从军诗。”(《杂诗》七首)”但在封建社会,“高才自古难通显”(纳兰性德:《金缕曲·再赠梁汾》),聪明反被聪明误。他虽为皇帝亲侍,但他越来越感到自己不过是皇帝身边的一个随时可能被打碎的小摆设。顾贞观说他“所欲试之才,百不一展;所欲建

① (清)徐乾学:《通议大夫一等侍卫纳兰君神道碑铭》,见自张草纫:《纳兰词笺注》附录,上海古籍出版社1995年版,第406页。

② (清)纳兰性德:《通志堂集》,上海古籍出版社1979年版,第528页。

之业，百不一副；所欲遂之愿，百不一酬；所欲言之情，百不一吐。”[①]这道出了他的肺腑。因此他只能苦闷地高歌：“我今落拓何所止，一事无成已如此；平生纵有英雄血，无由一溅荆江水。”（纳兰性德：《长相思》））他越来越感到伴君如伴虎。在他的行为场中，行为环境愈来愈突出，成为支配他行为的主要环境。历代文人的忧患感，“货而不售”的苦闷感，积淀在他心里。因此，在行为上，他立身处世，处处小心翼翼；在文学创作上，用诗词来写人生的忧患，世事的艰难，生命的短暂。他一边故作狂态，自称“狂生”，一边在悲哀地流泪；他一边“缄恨在雕笼”，一边又在那里孜孜地勤于王事。他始终不可能像贾宝玉那样蓬头跣足飘然而去，一边“于闲中，留心老子”（《词人纳兰容若手简·致严绳孙简》）[②]；一边宅心佛氏，彻悟人生。这是纳兰的心态，也是整个古代知识分子的心态，是一种民族文化情结。因此，我们说纳兰忧患意识是一个沾溉民族文化的“集体心象”。

---

① （清）纳兰性德：《通志堂集》，上海古籍出版社 1979 年版，第 834 页。

② 《词人纳兰容若手简》，见《词学》第八辑，华东师范大学出版社 1990 年版。

第十八章　纳兰性德词体现出他的生命情感与心灵的图画

情感是一切艺术的生命，没有情感就没有艺术，就没有美，古今中外的文学理论家都认识到了这点。罗马美学家兼哲学家的普洛丁说："真情就是美，与真情对立的就是丑。"①现代符号论美学重要代表、格式塔追随者苏珊·朗格在其《情感与形式》一书中说："艺术是人类情感的种种符号形式的创造。"艺术家就是通过直觉，创造符号形式以表现对生命的情感之描述。而中国古典美学有关于情感的论述更是汗牛充栋。《礼记·乐记》说："感于物而动，故形于声。……乐者，音之所由生也，其本在人心之感于物也。"把"心之感于物"的情感运动历程说成是乐音所产生的根本。南朝刘勰云："情者，文之经。"(《文心雕龙》)清代著名戏曲家李渔也说："古今来勋大业，真文章，总不出人情之外。"(《闲情偶寄·序》)以上古今中外哲人之论述足见情感在文章中的地位。而汤显祖更是把情感提到无以复加的高度，说它可以"动草木、裂金石、感鬼神"(《玉茗堂文之四·耳伯麻姑游诗序》)。王国维则把情感与境界联系起来，没有情感就没有境界。认为"景，非独谓景物也，喜、怒、哀、乐亦人心中之一境界。故能写真景物、真情者，谓之有境界；否则，谓之无境界"(《人间词话》)。任何艺术都必须有情感，而对于"在心为志，发言为诗"(《毛诗序》)的中国诗歌来说，尤其注重表现和宣泄人的情感，描绘人类的心灵世界。因此抒情写志是中国诗歌的思维定势，是中国古典文学的主流。情感是人类共同经验之体验，凡是写出生命的情感，描绘了心灵图画的作品，无不具有人情味，无不具有情感美。

深受汉民族文学影响的清初满族词人纳兰性德，其词之所以被"传写遍

① 北京大学哲学系美学教研室：《西方美学家论美和美感》，商务印书馆 1980 年版。

于村校邮壁"①,"家家争唱"(曹寅:《题楝亭夜话咏》,《楝亭诗钞》卷二);其人之所以被王国维誉为"北宋以来,一人而已"(《人间词话》),乃是因为"自伤情多"②。换言之,乃是因为其作品表现了生命的律动,描绘了心灵的图画,充满了人情味,富于人情美。

在审美观念上,纳兰也是很重视情感的。他认为"作诗欲以言情耳"(《渌水亭杂识》),"诗乃心声性情中事也"(《渌水亭杂识》)。诗应该抒发感情,不要在形式上多做考虑,"请各赋诗,宁拘五字七言,不论长篇短制,无取铺张学海,所期抒写性情云耳"(《渌水亭杂识》)。他认为"人心不同,各如其面"(《渌水亭杂识》),主张根据自己的感受,根据自己的心进行创作。在他看来,那些没有真情实感的诗不值一提,说是"俗学无基,迎风欲仆,随踵而立,故其诗也如矮子观场,随人喜怒,宁不悲哉"。他主张诗歌创作应直抒性灵,毫无矫饰,像"流泉呜咽,行止随时;天籁噫嘘,洪纤应节"(《渌水亭杂识》)。在词的创作上,他似乎更着重偏爱抒发婉约派那种细腻入微的情感。他曾说:"仆少知操觚,即爱花间致语,以其言情入微,且音律铿锵,自然协律。"(《渌水亭杂识》)③他曾批评苏轼之词伤于才,认为苏词抒发感情不够,且太露太直。纳兰强调诗和词都要有情,但我们细读其作品,似乎觉得他仍受到传统的影响:"诗以言志"、"文以贯道"、词以言情。其诗歌,诗人主体的感情主要表现在对国家对社会的关注,而在词中作者感情主要表现在对人与人之间的关注,即夫妻、恋人、朋友、闺阁、个人的感慨上,前者属于一种立志性质的且掺和着诗人社会道德责任感的忧患之情,后者属于一种描写个人心灵图画,寻找个人精神家园的人情。这种人情是人类审美经验的共同体验,因此它引起了广大文人的共鸣。他平生知交评论其词是:"非文人不能多情,非才子不能善怨。骚稚之作,怨而能善:惟其情之所钟为独多也。"④他的词之所以获得巨大生命力,就是因为作者"心有千千结",把人类普遍具有的情感表现得十分丰富、深刻而真切,流露出一种醇厚的情感美,冲破时代、阶级的束缚,沟通起人们的心

① (清)纳兰性德:《通志堂集》附录,上海古籍出版社1979年版。

② 《纳兰容若手书词稿真迹》,《满族文学研究》1982年第1期。

③ (清)纳兰性德:《通志堂集》附录,上海古籍出版社1979年版。

④ (清)顾贞观:《通志堂词·序》,陈乃乾辑:《清名家词》第四卷(上),上海书店1982年印行。

灵,他的这种情感美主要表现在爱情、友情和物情三个方面。

第一节 纳兰性德爱情词表现出浓郁的人情美

爱情是人类共同的情感体验,从《诗经》以来就一直被人们不断地吟咏,成为文学作品的永恒主题。情感丰富的纳兰,就工于写爱情,给我们留下了大量的爱情词。当然他的爱情词不像柳永,咏叹普通里巷市井的爱情;也不像小晏流连歌台舞榭,在"舞低杨柳楼心月,歌尽桃花扇底风"(《鹧鸪天》)的琴声舞态中去涉足相思。他集中多表现为贵族青年男女爱情的苦闷,表现的是一种"欲语还迟"的吞吞吐吐的神态,选择的视角是征歌逐舞的高楼深院,两情初恋的回廊。描写的是"莫道不凄凉,早近持觞,暗思何事断人肠"(《浪淘沙》)的低回幽怨的意境。在他的集中有初恋的甜蜜,有失恋的痛苦,有少女玫瑰色的相思,也有宫女青灰色的幽恨。有"醒也无聊,醉也无聊,梦也何曾到谢桥"(《采桑子》)令人气索的凄清,也有"五字诗中目乍成,尽教残福折书生,手挼裙带那时情"(《浣溪沙》)的初恋的温馨。情是什么?多少文人曾经困惑、不断探讨,大诗人元好问也不得不发问:"问人间,情是何物?"(《摸鱼儿》)汤显祖也不得不慨叹:"世间只有情难诉。"(《牡丹亭题词》)可是纳兰却把这难诉的人伦之情写得有声有色,具体可感。在他的生花妙笔下,情就是那"满砌落花红冷"中"蓦地一相逢"的男女热恋;情就是那"凝情恐人见,欲诉幽情,转过回廊叩玉钗"的美丽少女面对恋人又"相逢不语"的嗫嗫嚅嚅、羞羞掩掩;情就是那"泪雨零铃终不怨"的女子对那"等闲变却故人心,却道故人心事变"的"薄幸锦衣郎"的埋怨和指责;情就是那"深禁好春"的宫女们可悲可悯的"寂寂锁朱门,梦承恩"的渴望;情就是"也觉人间无味"的作者对亡妇的刻骨相思、天上人间不相见的绵绵"此恨"以及"待结个他生知己,还怕两人俱薄命"的期望与忧虑。

在纳兰的恋词中,更多的是作者对失去爱情的少女或宫女的同情。作者为什么要眷顾于这些失恋者呢?也许作者早年有过类似的情感体验——和某女子订立盟约,"金钗钿盒当时赠,历历春星,鉴取深盟。"后竟分离,"已是十年踪迹十年心"(《虞美人》)。从此念念不忘。清代人张海沤笔记《海沤闲话》据《凭庑剩笔》中就记载了纳兰失恋的传说。说他"眷一女，绝色也，有婚姻之约，旋此女入宫，顿成陌路。容若愁思郁结，誓必一见，了此宿因。会遭国丧，喇嘛每日应入宫唪经，容若贿通喇嘛，披袈裟，居然入宫，果得一彼姝，而宫禁森严，竟如汉武帝重见李夫人故事，始终无由通一词，怅然而去。"现在我们无法、也无须证实这一传说的真实性有多少，但作者在大量的失恋词中所表现出来的痛苦思念之情，使我们不能不深信他有过热恋、失恋的情感体验。如《临江仙》云：

昨夜个人曾有约，严城玉漏三更。一钩新月几疏星，夜阑犹未寝，人静鼠窥灯。

原是瞿塘风间阻，错教人恨无情。小栏杆外寂无声，几回肠断处，风动护花铃。

首写夜深独坐，久候无聊，新月如钩，饥鼠窥灯，爽约幽怨之情如见，继借瞿塘风阻以揭爽约原因：正因瞿塘，两情受阻，使伫望之人阑干拍遍，咫尺天涯，柔肠寸断。没有失恋过的人怎能写出如此失恋之幽情。另外，纳兰还经常借"韩凭"之典故，以寄寓自己对现实生活中遭到不幸的"韩凭"的同情，以谴责拆散男女之情的"宋康王"。如"若解相思，定与韩凭共一枝"（《减字木兰花》）。"青陵梦蝶，倒挂怜么凤"（《清平乐》）。"帐中人去影澄澄，重对年时芳薏灯，惆怅月斜香骑散，人间何处觅韩凭。"（诗《有感》）人间既然有韩凭之悲剧，因此诗人发奇想："若容相访饮牛津，相对忘贫"（《画堂春》）。希望有情人在天上相见，抛弃功名，厮守清贫。平生的情感体验与现实生活的"失落感"，使得纳兰对爱情词尤其对失恋这一古老的主题如醉如痴不遗余力地刻画，因而洋溢出一股浓郁的人情美。

然而，在纳兰的爱情词中，更具人情味令人不忍卒读的是那些长歌当哭的恨别与悼亡词。纳兰和原配卢氏、继室官氏曾有过一段神怡心醉的美满的少年夫妻生活，他在《四时无题诗》十六首中记下了这一甜蜜的夫妇之情。但由于他身为护卫，入值宫禁，南巡北狩，与妻子离别较多，因此，在他的很多爱情作品里，充满了一种离别怀念之情："海天谁放冰轮满，惆怅离情。莫说离情。但值凉宵总泪零。"（《采桑子》）他甚至十分厌恨羁旅天涯生活，在《浣溪沙》里说："伴我萧萧唯代马，笑人寂寂有牵牛，劳人只合一人休。"白天唯有嘶风战马相伴，入夜织女牵牛眨巴眼睛，讪我离人之孤寂。全词不胜浪游之想，不胜孤旅之念。在《相见欢》一词中，这种离索之情更宛然如绘：

微云一抹遥峰，冷溶溶，恰与个人清晓画眉同。

红烛泪，青陵被，水沉浓，却与黄茅野店听西风。

上片由清隽山色而想起妻子黛眉，思妻之情宛然如见。下片转写妻子面对红烛流泪，神游荒村野店，与丈夫相对听西风。以妻思己，这种"背面敷粉法"正衬出作者相思之深。这种借鉴杜子《月夜》的写法，在纳兰词中比比皆见。如《菩萨蛮》"隔花才歇廉纤雨"设想妻子伫立阶前，顒望征人，《天仙子·梦里蘼芜青一翦》设想妻子含填带恨，埋怨累岁不归的游子；《南乡子·捣衣》设想妻子正给自己赶制寒衣以及妻子孤帏之苦楚；《浣溪沙·泪挹红笺第几行》又设想妻子给自己写信，但悲从中来难以为继的情景。杜子美开创的这种"悲婉微至，精丽绝伦"的"从对面飞来"（浦起龙：《读杜心解》卷三之一）的写法被纳兰发挥得淋漓尽致，委婉地道出了作者对妻子的思念之情，这种如醉如痴的爱情蕴含着浓厚的人情味，具有人情美。

生离尚能相会，死别却是永无会期。因此，纳兰爱情词中更憾人心弦的是那些描写"生死殊途，一别如雨"（《词人纳兰容若手简·致张纯修书简》）的对卢氏的悼亡词。写悼亡是我国文学史上的传统主题。从潘岳《悼亡诗》肇始，到元稹的《遣悲怀》再到苏轼的《江城子》，文人们不顾世俗之非议，对亡妻表示了一种深切的怀念之情，感情真挚，充满了一种感伤的艺术氛围。和以往的悼亡诗或词相比，纳兰悼亡词自有自己不凡的成就和特色。第一，其悼亡词的数量大大超过以往的任何作家。卢氏去世后，他悲痛欲绝，初恋破碎过的心再度破碎，他为了补偿心理的极度失衡，竟留下了50余阕凄婉悲诉的悼亡词。第二，这些悼亡词内容十分丰富，更富人情味。作者或写失偶之悲哀："青衫湿遍"（《悼亡》）、"泪咽却无声"（《南乡子·为亡妇题照》）；或状"亡妇淡妆素服、执手哎咽"的梦中情景（《沁园春·小序》）；或叙蓦然回首如梦如烟的往事："沉思往事立残阳"（《烷溪沙》）；"记巡檐笑罢，共捻梅枝。还向烛花影里，催教看燕蜡鸡丝"（《凤凰台上忆吹箫》）；或写梦见亡妻，醒后惟见遗物，不胜凄楚的心情："环佩只应归月下，钿钗何意寄人间"（《摊破浣溪沙》）；或痴想"重泉若有双鱼寄，好知他，年来苦乐与谁相倚"，并要"待结个，他生知己"，但又担心"两人俱薄命，再缘悭，剩月零风里"（《金缕曲·亡妇忌日有感》）；或借悼亡，伤悼自己命运："半世浮名随逝水，一宵冷雨葬名花，魂是柳绵吹欲碎,绕天涯。"(《山花子》)。第三,纳兰词中的悼亡气氛更浓。他总是选择一些特殊的悲寂意象,如"葬花天气"、"钗细约"、月下"环佩"、"碧落茫茫"、"残红"、"梦冷蘅芜"、"魂在梨花"、"峨眉遗冢"、"青衫湿遍"、"蔓草斜阳"……色调凄黯,渲染出一种悲剧氛围,宣泄了他郁积于"回肠"的"情结",写出了对亡妻的一片痴情,抒发了人类对"瞬息浮生,薄命如斯"的感喟,缠绵悱恻,读之令人声泪俱下。

恋爱之情、夫妇之情、悼亡之情是人的感情世界中最基本的东西,是人类永恒的主题。很多文人都有过初恋、失恋、生离、死别的情感体验,纳兰爱情词的价值就在于展现了这种情感体验的历程,就在于表现出一种浓郁的人情美。

第二节 纳兰性德醇美的友情之词实现了他的心理补偿

爱情固然是人生重要的部分,但并非唯一的部分。人生还必须交往,因此友谊也是人生情感生活的重要组成部分。中华民族乃是礼仪之邦,谦恭交友,提携扶持,患难与共是传统的道德范畴。深受传统文化影响的纳兰,"其于世味也甚淡,直视勋名如糟粕,势利如尘埃,于道谊也甚真,特以风雅为性命,朋友为肺腑。"①他不愿把自己封闭在那雀喧鸠闹场中,也不屑以贵胄公子自居,常和那些"单寒羁孤侘傺困郁,守志不肯脱俗之士"②交往。时常和他们饮酒赋诗,推心置腹,畅叙友情。因此,在他的词作中留下了大量的充满了真醇的人情美的友谊篇章,反映了没有欺诈,没有虚伪,没有仇隙,和睦相处的和谐美好的人际关系。比如当命运不济六十才得进士的梁佩兰离京时,他不胜感喟:"一帽征尘,留君不住从君去。片帆何处?南浦沉香雨。"(《点绛唇·寄南海梁药亭》)感情十分真挚。每当与友人执手临歧之际,纳兰心情总是很不平静。他总是选择"冷雨秋槐"、"鬓丝憔悴"、"青衫和泪"、"密约重逢"这一些意象来表达自己内心的伤感与留恋。在《鹧鸪天·送梁汾南归》一词中,他写道:

---

① (清)纳兰性德:《通志堂集》附录,上海古籍出版社 1979 年版。

② 同上。

握手西风泪不干，年来多在别离间，遥知独听灯前雨，转忆同看雪后山。

凭寄语，劝加餐，桂花时节约重还。分明小象沉香缕，一片伤心欲画难。

临歧噙泪，握手叮吟，情词婉转，娓娓动人。

与友人分别后，有时他的心会渡过千山万水，跑到挚友那里，和挚友共剪西窗之烛。如“别后闲情何所寄，初莺早雁相思。……生小不知江上路，分明却到梁谿，匆匆欲话分携，香消梦冷，窗白一声鸡。”（《临江仙·寄严荪友》）。有时，他又在词中表达对朋友别后的怀念，如《清平乐·忆梁汾》：

才听夜雨，便觉秋如许。绕砌蛩螿人不语，有梦转愁无据。

乱山千叠横江，忆君游倦何方，知否小窗红烛，照人此夜凄凉。

清秋夜雨，寒蛩人寂，乱山横江，小窗照烛，一片萧瑟景象，渲染出别后的思念之情。有时，在词中既写与友人的同心相求，意气相投，又写自己落拓的感喟。如其那首脍炙人口的写给顾贞观的《金缕曲》，一方面高吟“青眼高歌俱未老，向樽前拭尽英雄泪”，写出朋友间的青眼相向，倾心相处；另一方面又悄唱“身世悠悠何足问，冷笑置之而已”，感叹自己英雄无用武之地的处境。这首词之所以在当时产生巨大影响，“都下竟相传写，于是教坊歌曲间，无不知有《侧帽词》者”（徐釚:《词苑丛谭》），乃是因为在词中，落拓的悲愁，得友的喜悦，诚恳的劝勉，冷峻的解脱以及笑啼歌哭，交融汇合，产生了巨大的感染力。

纳兰何以选择那些困蹇的汉族知识分子作为自己的知交呢？难道出于为康熙笼络汉族知识分子的政治目的吗？只要揆之于其词作，揣摩词中那种真挚恳切的友谊，这种看法自然是不正确的。纳兰的友谊很真醇，没有半点虚伪和杂质。他的结交困蹇之士，乃是因为这些汉族知识分子的失意落魄境遇与他累累的心灵创伤相吻合，即两者异质而同构，故很容易引起共鸣。官场的尔虞我诈，伴君如伴虎的忧虑使他心灵负载失衡。他只有从与这些人的交往中，他才感到人生的欢愉，人情的真淳，才消弭了那人生的忧患。他之所以要不遗余力地歌颂友谊，也正是因为现实生活中爱情的挫折，爱妻的丧亡，使他心理失去平衡，再加上他忧郁的个性，心灵的缺陷，使他不得不在异姓友朋中寻找补偿，以友谊的歌吟来缝补他那已被现实政治和爱情不幸刺破了的血淋淋的心。因此，作者饱蘸笔墨，热情地讴歌了友谊，礼赞了这种人情美。

第三节　纳兰性德在感叹山川风物之作中也流露出人情美

在现实中失衡的受伤的心灵不但可以在友谊的王国中寻找补偿，也可在大自然的怀抱中得到滋润和修补。因此文学史上许多文人都把审美视点投向大自然，在对大自然的赞美、认同和陶醉中，得到人性之复归和情操之陶冶。人们借景抒情，托物言志，达到物我同一的美好境界。诗人们总是以生命的热情去观照大自然，表现大自然，在对大自然的神往中表现出主体的胸襟和情怀，也流露出醇厚的人情美。

纳兰扈跸踹征的生涯和入值宫禁的繁忙公务使他不可能像杜子那样，以生命的大部分辗辗于祖国的大好河山中；因此，他的词作中写山水之美的并不多。但是“性近悲凉”①、“无处不伤心”（《菩萨蛮》）的纳兰一当有机会，总不错过补偿的时机。康熙二十三年（1684），他扈从康熙南巡，这是他生平唯一的下江南。江南的美景使他心醉神摇。在《与顾梁汾书》中说“平生师友，尽在兹邦，左挹洪崖，右拍浮丘，此仆来生之夙愿，昔梦之常依者也”。他完全被江南美景人情所感染，乐而忘返，甚至产生一种“抱影于林泉，遂忘情于轩冕”的想法，一连写下了描绘江南风物人情的十一首小令。在这些小令中，或写“翠华争拥六龙看，雄丽却高寒”（《梦江南》）的古都南京雄姿，表现出诗人神往已久的感情；或写“山水总归诗格秀，笙箫恰称语音圆，谁在木兰船”（《梦江南》）的苏州，山幽水美，木兰船上传来阵阵吴语箫声，一片水乡情韵；或写“琼花得月”、“金粉兼香”自古多佳丽的维扬，如今却“谁与话凄凉”，一洒同情之泪；或写“名高有锡更谁争，何必让中冷”（《梦江南》）的无锡二泉，泉涌砂岩，清列甘芬，沁人心脾；或写“屏间楼阁李将军，金碧矗斜曛”（《梦江南》）的金山寺，这里落日斜照，金碧辉煌，景象壮丽，蔚为壮观。总之，在这十一首小令中，整个自然界充满了勃勃生机，呈现出摇曳的丰姿和妖艳的美态。诗人陶醉在江南水乡之美景中，达到了“物我同一”的境界，它像一幅连轴画，从各个侧面展现了“江南好”的主题。无论写景还是咏物，都自然流利，直抒胸臆，描写

① （清）严绳孙：《与顾贞观书》，见《史学丛考》，中华书局1982年版，第320—322页。

了“真景物”，抒发了“真情感”，表现了“真境界”。正如王国维所说的：“纳兰容若以自然之眼观物，以自然之舌言情。”（《人间词话》）这种对自然景物的如醉如痴，也正是作者真实人性的自然流露，是作者真实的人情美的流露。

像以上作品的轻快格调在纳兰词中是仅见的，他更多的是“满眼芳菲总寂寥”（《忆王孙》）的“哀怨骚屑”之词。因为山河的沧桑与人生的沧桑及诗人心灵的创伤往往也会“异质”而“同构”，发生共鸣。因此，作者往往看到“旧时遗镞地，今日种瓜田”（《临江仙》），就会产生“今古河山无定据”（《蝶恋花·出塞》）、“须知古今事，棋枰胜负，翻复如斯”（《满庭芳》）的联想，并在对历史的洞察中，顿悟了人生：“人生须行乐，君知否，容易两鬓萧萧？”（《风流子·秋郊即事》）“霸业等闲休，跃马横戈总白头。莫把韶华亲换了，封侯。多少英雄只废丘！”（《南乡子》作者由眼前河山而推宕古今兴废，由古今兴废而推宕到生命短暂的探讨，尽管感伤，却毫无掩饰，亦当属“以自然之舌言情”，亦是真实人性的自然流露，终不失赤子之心。忧生患命乃是人类的本心，作者在感叹山川风物当中揭示了这种人类自然本性，因此具有人情味，山水之美中蕴含着人情美。

第四节　纳兰性德词让人感受到他生命力场中情与理的交融渗透

任何文学作品都是作家心灵的窗口。因为任何作品总是表现作家生命的情感，描绘出作家的心灵图画。读纳兰词，我们强烈地感受出他生命力场中情感的颤动，骚动着的情感与理智的冲突；感受到他曾一度被撕碎的心在痛苦地滴血。请看下面一些诗句：

“我是人间惆怅客。知君何事泪纵横，断肠声里忆平生。”（《浣溪沙》）

“一种情深，十分心苦。”（《一丛花·咏并蒂莲》）

“情深我自判憔悴。”（《金缕曲·简梁汾》）

“一往情深深几许，深山夕照深秋雨。”（《蝶恋花·出塞》）

“辛苦最怜天上月。一昔如环，昔昔都成玦。……唱罢秋坟愁未歇，

春从认取双栖蝶。”(《蝶恋花》)

简直是个“情种”,简直是情的世界。无论是恋情、友情还是物情(即对山川形胜的留恋之情),都反映了作者的“心有千千结”。这种心结是诗人内在心灵的需要与外在环境之间的冲突而形成的。纳兰是一个“抑郁质”为主的“内倾情感型”的人。他“性近悲凉”,“惴惴有临履之忧”①。在现实生活中他感到人心的险恶,世俗的险恶,在心理行为场里总有如履薄冰之感;因此,在词的天地里,他选择了人情美来作为自己受伤心灵的补偿。因为,现实中青年男女的失恋与他爱情上的情感体验能“异质”而“同构”,现实中朋友们的困顿潦倒能与他的宦游孤寂“异质同构”,大自然的“满眼芳菲”与他“总寂寥”的心灵创伤能“异质”而“同构”。故而在他的友谊、爱情的吟咏和山川形胜的描绘中,宣泄了他郁积于心的“回肠”的“情结”。严绳孙在《哀词》中说:“抗《侧帽》之高唱兮,聊以导乎郁积”(《通志堂集》附录)。他一往情深,无以为寄,受伤心灵,无以为慰,只得在艺术天地里“跌宕流连,以写其所难言”(《通志堂集》附录)。因为爱情可以宣泄他失恋的痛苦,友情可以疗救他宦游的苦闷,物情可以使他忘却尘世的烦恼,也可诱发他对生命的留恋。元好问曾困惑不解:“问人间,情为何物?”读纳兰词,我们终于找到了答案:它就是人类共同的情感体验——恋情、友情、物情,它是艺术家生命的颤动,心灵的图画。

---

① (清)严绳孙:《成容若遗稿序》,见纳兰性德:《通志堂集》附录,上海古籍出版社1979年版。

第十九章　纳兰性德现象与传统文化

作为一个词人，纳兰性德词以其真切流畅、清丽凄婉之风格，蜚声清代词坛，留芳华夏文化史册，赢得“北宋以来，一人而已”的名声。“使其永年，恐清儒皆须让此君出一头地也。”（梁启超：《饮冰室文集》卷七七）作为一个皇帝亲随（或可云准政治家），他“于往古治乱，政治沿革兴坏，民情苦乐，吏治清浊，人才风俗，盛衰消长之际，能数指其所以然”。① 若天假永年，必有建树。作为华夏文化的一个参与者与奉献者，他把自己置身于民族文化之交叉点上，将满汉文化传统融而为一，以满扬汉，以汉融满，更是令世人瞩目。他全身心地参与满汉民族的友好交往，他全方位地多视角地吸收汉民族文化。在他之前或之后，对华夏文化的投入和奉献者，史不乏人，如元好问，耶律楚材、萨都拉、马祖常、曹雪芹、爱新觉罗·岳端、文康等，都曾为民族文化之交融作出过贡献。但是谁也不曾像他那样全身心、全方位地不遗余力地参与。蜚声世界文坛的《红楼梦》作者曹雪芹，为华夏文化与文明的贡献虽然功不可灭，但作为一个民族交往的活动家，却非具典型意义。因此，从这个意义上说，楚庄同志所提出的“纳兰性德现象”这一命题是令人耳目一新、值得深思的。

第一节　作为文化原型之一的“纳兰现象”之典型表现

“纳兰现象”即一种民族文化融合现象。它是对五千年来中华民族文化多元辩证发展的概括。中华民族是一个具有强大凝聚力的民族，中华文化也

① （清）韩菼：《纳兰性德神道碑》，见纳兰性德：《通志堂集》卷十九，上海古籍出版社 1979 年版。

是具有凝聚力、向心力的文化。她的发展经历了一个从多元走向一元,从一元走向多元的对立统一过程,各民族异质文化的交融渗透,共同形成了优秀的华夏文化。这种民族文化之交融在纳兰的时代达到了顶峰,纳兰的社会实践和文学实践把各民族文化的融合发展推向了高潮。可以说,“纳兰现象”是古代华夏文化融合的历史终结,是现代中华民族大融合的肇始。“纳兰现象”之所以具有典型性,表现如下。

一、纳兰性德打破了满汉畛域,自觉融于炎黄文化圈

作为一个民族文化交叉点上的文学家,纳兰性德“并不屑以文字名世”(胡献征语),而是自觉地、全身心地、毕生地投身于团结汉族知识分子的活动中,与广大的汉族知识分子建立了深厚的友谊,这也许是他“留心当世之务”的内容之一吧。如纳兰本传所云,他“好宾礼士大夫”,平生所交游的,都是当时的俊异之士。正如徐乾学《通议大夫一等侍卫进士纳兰君墓志铭》所说:

> 君所交游,皆一时俊异,于世所称落落寡合者,若无锡严绳孙、顾贞观、秦松龄,宜兴陈维崧,慈溪姜宸英,尤所契厚。吴江吴兆骞久徙绝塞,君闻其才名,赎而还之。坎坷失职之士走京师,生馆死殡,于赀财无所计惜。

为朋友解厄济困,倾心相助,不计赀财。正因此他也赢得了广大汉族知识分子对他的敬重,据该铭还记载:他死之日,“哭之者皆出涕,为哀挽之词者数十百人,有生平未识面者。”

除此,还和朱彝尊、梁佩兰交往甚深。在汉族知识分子当中,这些人大都是些颇有声望的硕儒。他与他们或是忘年师友之交,或是肝胆道义朋友。他交友有几个特点:一是不计品第高低,而留心对方才学与人品。像姜宸英、秦松龄、严绳孙等人仕途并非一帆风顺。梁佩兰命运不济,60岁才中进士,一生清寒。马云翎更是困蹇落拓。但这些人大都性情旷达、不随世俗、人品高洁。所以他与他们同气相求,倾心相处,打破了身份高低的陈规和民族的畛域。所以韩菼称他“达官贵人相接如平常。而结分义,输情愫,率单寒羁孤侘傺困郁守志不肯悦俗之士”(韩菼:《通议大夫一等侍卫纳兰君神道碑铭》)。二是交友以诚以信。他常和朋友饮酒赋诗,畅叙友情。友人远别,他总是临歧执手,

依依不舍:“密约重逢知甚日,看取青衫和泪,梦天涯绕遍,尽由人,只樽前迢递”(《剪湘云·送友》);朋友马云翎病逝,他一字一泪悼念:“马卿苦忆红泥阁,我亦伤心碧树村,病骨缠绵词客死,更谁扳折与招魂。”(《竹枝词》)他与顾贞观感情最深,如顾所言:“其敬我也,不啻如兄;其爱我也,不啻如弟。”(顾贞观:《容若祭文》)纳兰临终前甚至教诫儿子对顾要以伯父视之,嘱托顾贞观要视己子“犹子”,大有玄德托孤之遗意。三是交友具有高度的自觉性。表现在几个方面:第一,主动援引寒士。他十分仰慕历史上的平原君,效其故事,经常援助颠沛困穷之士,“凡士之走京师,侘傺而失路者,必亲访慰藉,及邀寓其家,每不忍辞去。”(梁佩兰:《祭文》)他还能救人于危难之中,吴兆骞远窜宁古塔,他奔走呼号,百般周旋,终使其返回。所以清严我斯说他“赋鹏可堪悲贾傅,买丝真欲绣平原”(《存庵诗集》),盛赞其拯厄扶危之义举。梁佩兰在《祭文》中亦夸赞他“挥金如土,惟义是赴,见才必怜,见贤必慕”的古道热肠。第二,忘却祖训,“渐习汉俗”,完全忘却自己是出身满洲贵族的华阀子弟,他也总希望朋友不把自己当做满洲贵族子弟看待。完全打破了满汉畛域,把自己视为炎黄子孙一员。如其在伴随皇帝北巡时所作的《柳条边》一诗云:“是处垣篱防绝塞,角端西来画疆界;汉使今行虎落中,秦城合筑龙荒外。”诗中不说“天使”,“帝使”,却自称“汉使”,那种自居华裔成员的自豪之情可见。此外,在他的诗词中,多处以汉喻满,如其《菩萨蛮))“立马认河流,茂陵风雨秋”,以汉武帝陵墓来称清太祖陵墓,借汉之强盛以显示对清之强盛的自豪感。更令人不解的是,作为一个受宠的皇帝亲随,既歌颂新朝,又怀念汉族贵族政权明朝,在他的一些词作如《好事近》、《虞美人》等作品中明显地表露出了这种感情。可见,他完全把自己看成了华夏大民族中的一员,自觉融入炎黄文化圈。从这个意义上来说,他的交友并非出自一种“帮忙”,并非为入主中原的满洲贵族统治者去笼络汉族知识分子,而是发自内心的、自觉的行为。正因为他“虚以纳交,竭至诚,倾肺腑”(张任政:《纳兰性德年谱序》),他才赢得了广大汉族知识分子的信赖与爱戴。因此,当他一旦不幸谢世时,“闻其丧者识与不识皆哀而出涕也。”①他与广大汉族知识分子的友好亲密交往,把一大批文人

① (清)徐乾学:《通议大夫一等侍卫纳兰君墓志铭》,见纳兰性德:《通志堂集》卷十九,上海古籍出版社 1979 年版。

团结在自己周围，客观上促进了满汉民族之融合。

二、纳兰性德对华夏文化进行了全方位的投入和奉献

纳兰性德对华夏文化进行了全身心的投入和奉献。纳兰容若酷爱读书，拥书数万卷，有藏书室曰“通志堂”。他从小就接受儒家文化的熏染，“幼习科举业，即时时窃喜为古文词”（《与韩元少书》），14 岁就“才舞象勺，已通六艺”①，17 岁时拜徐乾学为师，肆力于经济之学，多方购置经解书籍，共收集到 140 多种宋元以来解释儒家经典的书籍。砥砺奋发，晓夜穷研。当“其扈跸时，雕弓书卷，错杂左右。日则校猎，夜必读书，书声与他人鼾声相和”（徐乾学：《通议大夫一等侍卫纳兰君墓志铭》），真是手不释卷，废寝忘食。即使在病中，他亦披经读史，“偶有管见，书之别简。或良朋莅止，传述异闻，客去辄录而藏焉。逾三四年，遂成卷。”（纳兰性德：《〈渌水亭杂识〉序》）由于刻苦，又加上天资聪颖，遂成“学问之淹通”的通儒。在文学上，他广泛继承祖国优秀遗产，工诗擅词，其于词成绩更著，风格直追后主，被周稚圭誉为“南唐李重光后身也”（周之琦：《箧中词》）。此外，他还与人纵论词选（见纳兰：《与梁药亭书》），精选唐五代名家词，辑刻唐诗，畅论明代文选，还在一些札记里谈绘画，谈音乐，谈医药，论书法，谈佛学，谈音韵，谈文字，旁搜博引，识见超卓。在经学上亦颇有建树，搜集佚书，校勘讹误，补正缺漏，编辑丛书，撰写经序。其所辑《渌水亭杂识》，包含了历史、地理、天文、历算、佛学、音乐、文学、考证等多方面知识，表现了他渊博的学问功底。他治学严谨，又不拘门户之见，而是广收博取。他赞扬王柏“不狃于训诂之旧”，“不苟为同”（《王鲁斋书疑序》），批评“宋诸儒，各自为传……不能得是非之公。”（《春秋经筌序》，见《通志堂集》卷十二）立论颇具开拓精神。此外，在哲学、伦理方面亦勤于思考，对理学亦发生了浓厚兴趣，推崇二程朱子“刊落群言，覃心阐发，皆圣人之微言奥旨”（《经解总序》，见《通志堂集》卷十）。

除文学、经学、哲学外。他还善书法、通绘画，精鉴赏。他常和友人“评书画以自娱”，其“花间草堂”还收藏不少书画真迹。他为友人题照题画，留下了

① （清）徐乾学：《祭文》，见纳兰性德：《通志堂集》卷十九，上海古籍出版社 1979 年版。

许多鉴赏方面的题咏。特别于书法，极有造诣，往往“对客挥毫，顷刻数纸”，“淋漓泼墨，极飞动之致”。作为一个满族作家，他全方位地继承了汉民族文化，又满怀热情地投入和奉献，建树颇丰，为满汉文化之融合作出了积极贡献。

三、“纳兰现象”是在满汉文化互相渗透新形势下产生的文化现象

“纳兰现象”是一种时代效应，是适应特殊的时代氛围而产生的。满洲贵族入主中原之后，一直以继承明朝正统而自命，上至王公贵臣，下至山泽草民都“渐习汉俗”，满汉文化之渗透已成文化走向。因此顺治帝在十一年的上谕中宣称：“联思习汉书、入汉俗，渐忘我满洲旧制。”（《清世祖实录》卷八四）为防这种文化交融现象，他曾企图以行政手段干预，下令宗室子弟“永停其习汉字诸书，专习满书”（《清世祖实录》卷八四）。顺治死后，怀有民族偏见的保守派代表鳌拜集团，利用草拟“遗诏”形式，责备顺治对“渐习汉俗”行政干预不力。这足以从反面证明，民族文化之融合成为势不可挡的潮流。康熙亲政后，诛杀鳌拜集团，对汉族知识分子采取优容政策。当三藩叛乱之际，康熙一方面调兵遣将；另一方面尊经崇儒，利用李光地、汤斌等理学家，刊行《性理大全》、《朱子全书》，还把朱熹请入孔庙，“配祠十哲之列”，并亲自写《理学真伪论》一文。他还亲自去曲阜祭孔，聘请孔氏后人大儒生兼戏剧家的孔尚任讲经。为消除民族隔膜，吸收广大汉族知识分子参政，在戎马倥偬之际，开设博学鸿词科。甚至采取些不寻常作法，如康熙十八年，他把参加会试的 142 人集中于体仁阁，考前先设宴招待，考完后，又令全部参与考试者俱入翰林院撰修明史。像效忠明朝而对清怀有敌意的大学者顾炎武，不肯赴试，亦不刁难。像严绳孙殿试故意不完卷，匆匆作一诗搪塞，皇上不但不加亵渎罪，反而擢用。像未经殿试的傅山、杜越等均征辟授职。对于康熙的这些开明措施，过去论者不予重视，甚或加上“笼络”之词以非议，显然是有失偏颇的。固然，康熙有企图巩固其政权的目的在内，但其作为，对于民族的融合、国家的统一所起的客观进步作用是应该肯定的。同时康熙之所作所为也是“渐习汉俗”，适应潮流的结果。一些没有民族偏见的汉族知识分子也感应到了这种满汉文化融合的潮流，如清初顺治十八年辛丑科，当有策问问及“今纪纲法度，虽已彰明，然因革

损益，岂无顺时制宜者？何以酌定章程，以为万世之规”①时，本科状元马世俊在对策中是这样回答的：“唐贞观时，天子问山东关中之同异，而其大臣曰：‘王者以天下为家，不宜示同异于天下。’裴度既平蔡，即用蔡人为牙兵，而曰：‘蔡人即吾人。’今天下遐迩倾心，车书同轨，而犹分满人、汉人之名，恐亦非全盛之世所宜也。诚能尽捐满汉之形迹，莫不精白一心，以成至治。”②认为满汉一家，捐弃形迹，才是盛世治国之国策。为入主中原不久的清统治者对国策不得要领的焦虑释了疑。储方庆亦上书指出“今自王公九卿为陛下之辅弼者，莫不列满汉之名”（贺长龄：《清经世文编》卷七）的现实于治无补，对清初一些民族偏见表示了不满。

大量事实表明，满洲贵族也都自觉不自觉地受到汉文化潜移默化的影响，这也从清王朝历代统治者个个都精通汉文化中可以看出。从我国民族之间文化交融的基本流向来看，主要的自然是层次较高一方向层次较低一方的辐射。恩格斯说过：“比较野蛮的征服者，在绝大多数情况下，都不得不适应征服后存在的比较高的‘经济情况’；他们为被征服者所同化，而且大部分甚至还不得不采取被征服者的语言。”③出身游牧民族的满洲贵族，保留了奴隶主的落后习性，因此他们“渐习汉俗”，被优质的汉民族文化所同化也是势在必然的。当然这种流向也是双向的，他们也把自己的伦理，道德、观念、习俗注进汉文化，一起为构造华夏文化之殿堂而奉献。因此，清统治者在行为上的利用和团结汉族知识分子，在思想上对汉文化的认同，在习俗、语言上的被同化，这也是一种“纳兰性德现象”。可见，“纳兰性德现象”是在满汉文化互相交融渗透的文化土壤里产生的。

四、“纳兰现象”是中华民族历史文化的必然产物

“纳兰现象”也是一种历史沿革现象，是民族融合发展的历史的必然趋势。中华民族是一个多民族国家，尽管历史上有王朝的更替、血与火的争斗，民族间的冲突，但民族强大的凝聚力不断推动民族间的发展融合。儒家早就

① 《天下第一册》，中州古籍出版社 1998 年版，第 427 页。

② 同上书，第 430 页。

③ 《马克思恩格斯全集》第 20 卷，人民出版社 1971 年版，第 199 页。

有“入于夏则夏之,入于夷则为夷”的说法,这从侧面告诉了我们汉族文化与少数民族交融渗透的一个事实。比如历史上许多汉人因战乱流落到本是弱小民族的鲜卑族,同他们一起生活,遂成为鲜卑人,北齐政权的奠基人高欢即被称为鲜卑的汉人。这说明在饮食、服饰、语言、民俗等文化方面,民族间融合有悠久的历史。就文学而言,从诗经、楚辞以降,各民族文学是互相融合补充的,比如带有“杀伐之音”的元代北杂剧,就明显注进了北方草原游牧民族率朴剽悍的性格,金代出身鲜卑族的元好问,其诗慷慨悲壮、沉郁刚健,明显混合着因鲜卑族与汉民族互相融合而形成的豪健英杰的气质。至于纳兰性德的词描写友情、爱情,缠绵悱恻,婉丽凄清,也兼融汉文学言情写志的传统和女真族、满族的“至诚观念”。“至诚观”是女真、满族传统观念、金世宗说:“联御臣下唯以诚实”(金史:《世宗纪》);清太祖说:“吾惟至诚格天,天乃赐我智勇”,“忠直则不畏鬼神”(《满洲秘史》,文海出版社印行);康熙亦称:“大凡人之言行务期表里合一,若内外不符,实非人类。”①纳兰把满洲的这种“至诚观”融进了他的诗词创作中。后来的满族作家文康,在其小说《儿女英雄传》中,把满族清官安学海和明忠臣子孙、汉族老义士邓九公写成金兰之交,表现了他们之间的“至诚”,诉诸形象的是:满汉一家,“明清一体”。由此可见,“纳兰现象”并非纳兰专属,它是对民族交往史的一个概括,是对华夏文化互补渗透、融合发展的一种历史整合。

第二节　“纳兰现象”凝聚力及其形成之文化渊源

如前所述,“纳兰现象”即一种民族文化融合现象,从这种现象我们可以看到华夏民族在长期交融发展中所形成的一种凝聚力和向心力。这种凝聚力来自何方?笔者以为,它来自华夏传统文化对本民族各成员的熏陶,它是以本民族成员对民族传统文化的认同作为基础的。人们对传统文化、尤其是其中的古典文学的认同,是这种民族向心力形成的一个重要精神因素。下面,着重以被同化为华夏民族成员的纳兰对传统文化的认同为例,谈谈形成“纳兰现

---

① 中国第一历史档案馆整理:《康熙起居注》,中华书局 1984 年版,第 1638 页。

象”的凝聚力。

一、传统忠孝文化促成了“纳兰现象”凝聚力之形成

对传统文化事友、事亲、事君的伦理道德观念之认同，是形成“纳兰现象”凝聚力的基础。儒家文化早就为“君子”设计出了仁、义、礼、智、信的理想人格。因此，谦恭交友，与人为善，事友信，事亲孝，事君忠成为一种民族心态。纳兰的“独轸念贫交，施及存殁”①和汉族知识分子的亲密交往，正是对这种人格的追求与实践。他是很重视事友之信的，在他看来，“交友不能信者事君必不忠”（《渌水亭杂识》二，见《通志堂集》十六）。在《渌水亭杂识》里，他搜集了许多朋友交厚的历史故事。如东汉左雄曾举荐过周举和冯直，冯直因“坐赃受罪”，周举（尚书）并不因左氏对自己有举荐之恩而徇私，照样弹劾左雄。左百般搪塞，周遂以赵宣子和韩厥的交往故事相讽谏，使左折服，遂成至交。又如曾受到梁冀弟梁不疑知遇和举荐的尚书张陵，后来竟处罚“带剑入省”、跋扈骄横的梁冀，梁不疑有怨词，张陵解释自己“申公宪”、惩不法，正是为了“报私恩”（《渌水亭杂识》二，见《通志堂集》十六）。在纳兰看来，像周举、张陵这种不徇私情，以事友服从于事君的行为，正说明了他们的事友信，是君子之为。此外，他还对历史上的“灌夫不负窦婴于摈弃之时，任安不负卫青于衰落之日，……刘元诚事司马公，在朝不通书问，闲居则问无虚”（《渌水亭杂识》二，见《通志堂集》十六）很是赏识。认为“黄雀白龟蛇鱼之类犹知衔恩而图报，况人乎！彼怀私罔上负恩蔑礼者，曾虫鱼之不如矣！”（《渌水亭杂识》二，见《通志堂集》十六）

在孝与忠问题上，纳兰也是让孝服从于忠的。他是一个孝子，“性至孝，太傅尝偶恙，日侍左右，衣不解带。”（徐乾学《通议大夫一等侍卫进士纳兰墓志铭》）但他更是忠臣。忠孝对于他来说是有矛盾的。他是叶赫部首领金台什曾孙，而金台什就死于清太祖之手。可见清对他来说是宿仇。但是从祖父到自己，三代为清官，父亲明珠权倾朝野，自己也为康熙亲信，这种特殊经历又使他不得不以孝服从于忠。尽管他在一些诗词中说：“古今幽恨几时平”（《浣

---

① 姜宸英祭文，见纳兰性德：《通志堂集》附录，上海古籍出版社 1979 年版。

溪沙》)、“从前幽怨应无数”(《蝶恋花》),表现出对祖先的旧恨耿耿于怀,但他却以实际行动解决了忠孝矛盾。在侍卫生涯里,他勤勉自任,忠心耿耿,“日侍上所,巡幸无远近,必从”(韩菼:《纳兰性德神道碑》),恪尽职守。在传统文化里,常常忠君和爱国纠缠一起,纳兰亦不例外。他在介绍《经解》作者时,曾多次颂扬了忠节、忠义、忠烈和民族气节,对于“多忠节”的林氏他十分仰慕,对宋末为国殉情的朱浚更是赞叹不已,说浚“能执节守义,不愧乃祖”。①从事友、事亲而至事君,从忠君而至报国,传统文化中的道德人格被纳兰所认同,成为“纳兰现象”凝聚力之一。

二、爱国、忧民的使命意识渗入纳兰人格深层

对古典文学中所表露出来的文人的使命感、忧患感以及爱国主义传统的认同,是形成“纳兰现象”凝聚力的主要原因。爱国主义是中华民族的优秀传统,从“恐皇舆之败绩”的屈原,到“穷年忧黎元”的杜甫,再到“先天下之忧而忧”的范仲淹以及“一身报国有万死”的陆游……,人们忧患苍生,感叹生命,报效国家,形成一种民族文化心态。爱国主义精神积淀于文人的深层心理,成为传统诗歌的“原型”、文学的“母题”,被不断咏颂,反复表现。作为一个博览群书的文学家,纳兰自然会受到这种爱国情操和忧患意识的熏陶。我们只要看看他对屈原人品的喜爱以及在词中所表现出的那种“哀怨骚屑,类憔悴失职所为”的情调就可明了这一点。他在一首《忆王孙》词中说:“西风一夜剪芭蕉,倦眼经秋耐寂寥,强把心情付浊醪。读《离骚》,愁似湘江日夜潮。”他非关病酒,亦非悲秋,而是读《离骚》后所产生的一种悲愁。据记载,他常读《离骚》以自我排遣,他曾告诉朋友说:“日夕读《左氏》、《离骚》,余但焚香静坐。新法如麻,总付不闻,排遣之法,推此为上。”(《致阙名简》)《离骚》乃屈子放逐之作,他读《离骚》而至愁如夜潮,可见两位诗人心有灵犀,千古共鸣。他的愁已超越了自我的圈子,而是一种传统的忧患意识。所以顾贞观在为他的词写序时称“非文人不能多情,非才子不能善怨”,并把其词与《离骚》相提并论。种种迹象表明,纳兰是个忧患意识极强的人,徐乾学说他“间尝与之言往圣昔

① 《诗传遗说序》,见纳兰性德:《通志堂集》卷十一,上海古籍出版社 1979 年版。

贤,修身立行,及于民物之大端,前代兴亡理乱所在,未尝不慨然以思。读书至古今家国之故,忧患明盛……”(徐乾学:《通议大夫一等侍卫进士纳兰君墓志铭》)这种忧患意识和爱国主义精神表现在他行动上,就是对现实极度的关注,不满统治者的嫉贤妒能、闭塞言路的现实政治:“世无伯乐谁相识,骅骝日暮空长嘶。”(《长安行·赠叶讱庵庶子》)“失意每多如意少,终古几人称屈”(《金缕曲·慰西溟》),对失意的文人表示同情。他还批评一人得道,鸡犬飞升的黑暗政治:“眼看鸡犬上天梯,黄九自招秦七共泥犁。”(《虞美人·为梁汾赋》)对那些浑浑噩噩毫不关心国家命运的人感到痛心:“为问世间醒眼是何人?”(《虞美人·风灭炉烟残灺冷》)他“志欲吞鲸鲵”(《长安行·赠叶讱庵庶子》),但又无力回天,只能感慨悲歌:“我今落拓何所止,一事无成已如此,平生纵有英雄血,无由一溅荆江水。”(《送荪友》)这种爱国主义精神鼓励他积极投身于维护国家统一和民族团结的实践活动。他广交汉族知识分子朋友,仰慕历史上为民族团结和国家统一作出贡献的先哲。对清初吴兆骞这一轰动全国的“科场案”,涉及清王朝民族政策,他古道热肠,积极营救。此外,他在执行康熙“觇梭龙诸羌”的任务中,据记载“奉使塞外,有所宣抚。卒后,受抚诸部款塞。上自行在遣中官祭告,其眷睐如是。”①可见,这次出使对东北少数民族作了大量安抚团结工作,从而团结组织各民族群众一起抵抗沙俄入侵,为维护民族团结、巩固国防作出了贡献,以至于康熙感其才华,忙派人赴其灵台祭奠,褒其功勋。

三、积极进取的儒家文化是“纳兰现象”形成之催化剂

对儒家传统文化中的参与意识、自强不息的抗争精神,民族的优越感的认同,亦是形成“纳兰现象”的原因之一。参与、奉献、自强不息、勇敢抗争、自尊自信是中华民族的民族精神,是封建文人理想人格的集中体现。从屈原“吾将上下而求索”的执著追求,到近代谭嗣同的“我自横刀向天笑,去留肝胆两昆仑”的灼灼豪气,都体现了炎黄子孙发奋图强、奋斗不息的自强精神。是这

① 《清史稿》卷四八四《纳兰性德传》,见张草纫:《纳兰词笺注》附录一,上海古籍出版社1995年版,第399页。

种精神鼓舞无数豪杰为国家的统一，民族的融合而献身、而投入。纳兰是一个心怀大志的有为青年。胡献征说他“留心当世之务，不屑以文字名世。”他称引杜甫“安得壮士挽天河，尽洗甲兵长不用”的诗句，仰慕李白“大笑拂衣归矣”的豪气（见《金缕曲》），希图为国家做点事情，功成身退。除了在文化园地辛勤耕耘外，还希图干一番事业。因此，即使唯一的一次出使塞外，他亦抓住时机，不负所望，恪尽职守。但这样的机会毕竟太少，“扈跸巡征”的生涯，英年早逝的遭遇使其“所欲试之才，百不一展；所欲建之业，百不一副；所欲遂之愿，百不一酹”（顾贞观祭文，见《通志堂集》卷十九）。不过其心理动机却表明了他对传统文化中参与意识的认同，这种认同，对“纳兰现象”有着巨大的凝聚功能。

四、传统文化中的兼爱思想对“纳兰现象”起到凝聚作用

对传统文化中兼爱思想的认同，对“纳兰现象”亦起着一种凝聚功能。无论儒家的“仁者爱人”，还是墨家的“兼爱”，它们都影响着中华民族的道德规范，是士大夫的最高行为准则。这种道德规范有益于处理家庭、朋友、邻里、上下、长幼之间的关系，有益于民族的融合、人民的团结、社会的稳定。这种兼爱思想是古典文学所表现的主题之一。深受古典文学熏陶的纳兰自然会接受这种思想，这只要从他对周围朋友的尽心尽力，对妻子的怀恋之情，对父亲的“纯孝”，对主子的尽忠，对边陲少数民族的安抚团结，就可见出他对传统兼爱思想的认同。正是对这种思想的认同、接受，增强了“纳兰现象”的凝聚力。

五、对民族审美心理之认同也促成了“纳兰现象”之形成

对古典文学中所表露出的民族审美心理的认同，也是形成“纳兰现象”的原因之一。描写祖国大好河山、风土人情是古典文学作品的重要内容。这些作品积淀着中华民族的审美情绪，增强了人们对祖国山河的热爱之情，增强了民族自豪感，成为促进民族大团结的凝聚力。酷爱汉民族文学的纳兰，其审美心理自然会与中华民族的审美心理产生认同。他的诗词有相当一部分是描写山川风物、风土人情的。特别是他随康熙巡行江南时所写的组词十一首小令

《江南好》,写出江南的“土壤之美,风俗之醇”,表现出对祖国河山的喜爱之情。本来他对“扈跸”生涯是很厌恶的。唯有这次江南之行意外地让他感到惬意称心,他在《与顾梁汾书》中说:“平生师友,尽在兹邦,左挹洪崖,右拍浮丘,此仆来生之夙愿,昔梦之常依者也。”他完全被江南美景人情所感染,乐而忘返,甚至产生一种“抱影于林泉,遂忘情于轩冕”(《与顾梁汾书》)的想法。因此,和历代文人一样,他也从讴歌祖国大好河山的诗作中,从对古典作品所表露的民族审美心理的认同中,增强了他作为华夏家庭一成员的自豪感,增强了他的民族向心力。

以上,我们论述了“纳兰现象”的具体内涵和形成的凝聚力。这种“现象”不是纳兰专有的,是历史发展的必然趋势。时至今天,中华民族已融合成一个大家庭,“四夷”观念早已消失,民族融合的程度已非纳兰时代所比,亦非“纳兰现象”所能囊括。不过,无论是古典的“纳兰现象”式的民族融合还是今天的民族空前的大团结,无可置疑,中华民族传统文化在增进这种民族融合、团结的进程中,起过重大的凝聚作用。因此,我们批判地接收传统文化,弘扬传统文化,对于增强中华民族的凝聚力,对于多民族国家的统一、繁荣、稳定的作用是不可轻视的。我们研究“纳兰现象”也旨在促进民族团结,繁荣中华文化。从这个意义来说,楚庄同志所提出的“纳兰现象”这个命题是及时的、崭新的、很有价值的。笔者不揣浅陋,试抛此砖,以期引玉。

第二十章　从纳兰性德作品看中国古典文学的文化个性

任何民族的文学都体现出该民族的文化个性，因为文学作为一种精神文化现象，其基本品格受到该民族文化的规定。中华古典文学体现了汉民族文化个性，这种个性受到汉文化传统的规定和熏陶，表现出其独特的意蕴——参与意识、隐士精神、尚古心态。这种独特的文化品格，从《诗经》、《楚辞》以降，经过历代无数的思想家、文学家熔铸而成。可以说，古典文学乳汁哺育了一代代文人，而一代代文人的艰辛创作不断完善充实古典文学、承先启后地塑造古典文学的文化个性。作为“北宋以来，一人而已”的词人纳兰性德，14 岁就“才舞象勺、已通六艺”。17 岁入国子监就读，受徐元文、徐乾学兄弟赏识。18 岁中举，并开始撰写汇聚历史、地理、天文、历算、佛学、音乐、文学考证多方面知识的《渌水亭杂识》，“晓夜穷研”“诸家经解”（《通志堂集》卷十二）。他选宋词、刊词韵，“少知操觚、即爱花间致语”（《通志堂集》卷十二），不到而立就出经入史，吟诗填词，耳濡目染古代文学。可见古典文学陶染其个性和品行，其辛勤创作也丰富了古典文学之宝库，塑造了古典文学的文化个性。从他身上我们看到了中国古代知识分子人格意识，从其作品我们看到了中国古典文学的文化个性。

第一节　古典文学文化个性之一：忧患意识与参与精神

中国古典文学的文化个性之一表现为忧患意识与参与精神。打开一部中国文学史，无不灌注着文人的忧患意识和事功精神。这种文化意蕴可以溯源于远古。远古传说中的一些首领，几乎都是以夙夜忧勤的品格著称，但这是一种缺乏文化个性在自然环境中求取生存的忧患。《诗经》时代亦不乏忧患之词，如《小雅·采薇》："心亦忧止，忧心烈烈。"《王风·黍离》"知我者，谓我心忧，不知我者，谓我何求。"《大雅·瞻仰》："公之忧矣，天之降罔。"但这些还没超越以个人为中心的"忧生患命""忧身患利"，"忧己患名"的层面。至于庄子的感叹""今世之仁人，蒿目而忧世之患"（《骈指》），墨子的摩顶放踵、孔子的凄凄惶惶开始注入了社会的责任感。但是真正具有文化个性的，具有超越性、典型性，能代表文人忧患意识的是战国后期屈原。他的忧患"美政"之不能实现，他的"恐皇典之败绩"、"哀民生之多艰"，超越了个体生存需要、功利需要，与那种"虽九死犹未悔"，"虽休解吾优未变兮，岂余心之可惩"（《离骚》）的参与意识以及刚正不阿的人格精神结合了起来。从此古典文学中具有文化个性的忧患意识、参与精神建构了起来。历代文人不断吟咏，反复表现。人们在忧患苍生的同时，志欲兼济天下："思一效精力，糜躯以报国"（曹植）。"感时思报国，拔剑起蒿莱"（陈子昂）。"穷年忧黎元，叹息肠内热"（杜甫）。"先天下之忧而忧，后天下之乐而乐。"（范仲淹）。"一身报国有万死。""但悲不见九州同"（陆游）。"天下兴亡、匹夫有责"（顾炎武）……翻开一部文学史，袒露于其中的无一不是以天下为己任的用世之心和献身精神。人们在创作实践中，普遍浸润着深重的忧患体验，人们总是带着一种强烈的历史责任感切入文学领域。因而古典文学总是体现出忧患天下，参政报国的文化品格，这种品格积淀于文人的深层心理，成为古典文学中的"'原型"、"母题"而被反复表现。

从小沾溉中华古典文学养料的纳兰，传统的忧患意识和参与精神积淀于他心理深层。他生长于钟鸣鼎食之家，但绝非宝玉式的"富贵闲人"，而是一个锐意进取的有为青年。在政治上很有一番抱负和才能，韩菼说他"于往古治乱、政治沿革兴坏、民情苦乐、吏治清浊、人才风俗，盛衰消长之际，能数指其所以然"（《通志堂集》卷十九）。徐乾学也说到他"闲尝与之言往圣昔贤，修身立行，及于民物之大端，前代兴亡理乱所在，未尝不慨然以思"（《通志堂集》卷十九）。这些师友之言足以说明纳兰不仅注意立身行事，而于志在国计民生。虽然他"所欲试之才，百不一展；所欲建之业，百不一副；所欲遂之愿，百不一酬"（《通志堂集》卷十九）；但从他"扈跸踹征"中所表现出的"从久不懈"的态度，可见出他是一个勤于王事，忠于职守，忧患家国的有为青年，"非绮襦纨绔者所能堪”(《词人纳兰性德手简》)。

读他的作品我们感觉出作者忧患重重。如“予生未三十,忧患居其半;心事如落花,春风吹已断”(《拟古》)。“强把心情付浊醪。读《离骚》,愁似湘江日夜潮”(《忆王孙》)。他在《致严绳孙简》中也说:“弟胸中块磊,非酒可浇。”(《词人纳兰性德手简》)他不到弱冠,拔擢再三,春风得意,忧愁什么?块磊为何?似乎费解。再加上由于诗人扈跸生涯,接触面窄,注目现实作品少,直接表露蒿目时艰的诗句更属寥寥,似乎是饱食终日强说愁。但我们只要联系作者的思想和行为,可明了他的愁“并非病酒”,亦非悲愁,而是有着现实的意蕴。他虽看不到人民辗转沟壑的场面,但能以诗人所特有的敏锐观察力,洞察到了封建肌体的斑斑驳驳的溃疡面。因此,他的愁已非个人的而是内涵着古典文学性格的忧患意识。具体表现在下面几个方面。

首先,对统治者嫉贤妒能,闭塞言路、深感忧患。纳兰是一个非常爱才重才的人,他的莫逆之交顾贞观淹蹇潦倒,他深表同情,在其诗词中多次为其鸣不平,慨叹“高才自古难通显”(《金缕曲·再赠梁汾用秋水轩旧韵》),慨叹“蛾眉谣诼,古今同忌。”慨叹“多少殷勤红叶句,御沟深不似天河浅”。认为顾贞观这班人才落魄,是因为朝廷言路闭塞,君门万里,是因为“凭触忌,舌难翦”(《金缕曲·再赠梁汾,用秋水轩旧韵);“当时不是错,好花月,合受天公妒。”(《大酺·寄梁汾》)对姜宸英“举头触讳,动足遭跌”(姜宸英:《祭纳兰成德文》),几番落职,他在安慰之中充满了忧患。“失意虽多如意少,终古几人称屈。”(《金缕曲·慰西溟))他从吴兆骞等友人遭遇中,看到了封建社会鸡犬飞升,才人抱屈的现实具有普遍性,因此感叹系之:“休为西风瘦,痛饮频搔首。自古青绳白璧,天已早安排就。”(《霜天晓角》)对才人之沉沦下僚他痛惜不已:“世无伯乐谁相识,骅骝日暮空长嘶。我亦忧时人,志欲吞鲸鲵。请君勿复言,此道弃如遗。”(《长安行·赠叶訒庵庶子》)

其次,对朝廷执政者结党营私、尸位素餐以及鱼目混珠的现实深表忧患。在五言杂诗中他说:“李白谪夜郎,杜甫困庸蜀,纷纷蜍志辈,旮塞饱梁肉。”借古讽今,尖锐地批判了黄钟毁弃,瓦釜雷鸣的现实,嘲讽了像历史上的“曹蜍、李志”之类的无能之辈,结党营私,饱食终日无所事事。在一首《虞美人·为梁汾赋》词中,诗人以冷峭的笔锋揭示了封建社会之痼疾:“凭君料理花间课,莫负当初我。眼看鸡犬上天梯,黄九自招秦七共泥犁。瘦狂那似痴肥好,判任痴肥笑。笑他多病与长贫，不及诸公衮衮向风尘。”作者出以轻蔑口吻：让那些轻薄之“痴肥”哂笑我们吧，我们这些“瘦狂”之士自然比不上衮衮诸公。可见是鸡犬升天的现实使他忧虑，因此他只能通过“读离骚”而自我排遣。他告诉朋友：“日夕读《左氏》、《离骚》，余但焚香静坐。新法如麻，揔付不闻，排遣之法，推此为上。”（《词人纳兰容若手简》）企图借屈原《离骚》来宣泄内心之苦闷，联想到这些，诗人“胸中块磊”即其心结不是昭然若揭了么！

再次，对翻手为云、覆手为雨的政治前途以及回光返照的封建末世的没落命运感到凄惶颤栗。纳兰少年得志，深受康熙眷顾。但他在政治上常常战战兢兢，十分谨慎，“进止有常度，不失分寸”，“性周防，不与外庭一事”①，终日“惴惴有临履之忧。”其诗词创作表现出这种心理，诸如“予笑但饮酒，日暮风沙恶”（《拟古》十二）“嗟哉华亭鹤，荣名反为辱”（《拟古》四十），“荣华及三春，常恐秋节至”（《拟古》其一）之类诗句盈篇累牍。诗人以敏锐的洞察力，敏感到仕途的崎岖险峨；目睹政客的构陷倾轧，他深感官场翻手为云覆手为雨的可怕：“须知古今事，棋枰胜负，翻覆如斯。叹纷纷蛮触，回首是非。剩得几行青史，斜阳下，断碣残碑。”（《满庭芳》）“天道本杳冥，人谋苦不早。”（《拟古》其二）人生祸福莫定，宠辱无常。他不幸而言中，他死后，红得发紫的父亲明珠倒台，其弟揆仲被发墓受辱，祸及妻孥。但须知，纳兰的忧患不仅仅是个人的荣辱升沉，身家性命，因他一生毕竟春风得意。因此，他的“临履之忧”蕴含着一个文人对时代的敏感，属于一种超越忧身患利的具有传统的古典文学文化个性的忧患意识。他感觉到自己所处的盛世不过是回光返照，毕竟是封建末世，因而他常恐“秋节至”。在《茅斋》一诗中，面对飞阁连甍的高楼广厦，他不禁发出感叹：“窗中见斗牛，门前聚车马；试问此间阎，当时谁住者？”由眼前之高楼，推想它经历了几许兴衰，兴亡之感油然而生，和晚唐李商隐的“旧时王谢堂前燕，飞入寻常百姓家”同一机杼。纳兰在“扈跸生涯”中写了许多凭吊兴亡之作。如《好事近·马首望青山》凭吊的虽是明代废陵景象，却蕴含着对历代兴亡的感叹。此外如“东风回首尽成非，不道兴亡命也，岂人为”（《南歌子·古戍》）。“蛟龙穴，兴亡满眼，旧时明月”（《忆秦娥》）。“汉陵风雨，寒

① （清）韩菼：《纳兰性德神道碑》，参见张草纫：《纳兰词笺注》附录，上海古籍出版社1995年版，第408页。

烟衰草,江山满目兴亡”(《望海潮》)……兴亡之句俯拾即是。借古讽今是文人常用伎俩,从这些兴亡之叹中,我们可以感受到诗人所处时代的风雨。无疑,作者抒发的盛衰兴亡的悲吟,是一曲曲时代的挽歌。

最后,纳兰忧患意识中掺和着文人传统的参与精神。作者虽然感觉到封建社会这块天地已百孔千疮,虽然体会到仕途中风沙射眼,魑魅伤人,但浩荡皇恩,文人的使命感驱使他明明知其不可为而偏偏为之。在《渌水亭杂识》中他说:“黄雀白龟蛇鱼之类,犹知衔恩图报,况人乎?”(《通志堂泉》卷十六)他带着这种感恩意识,“日侍上所,巡幸无远近,必从”(《通志堂集》卷十九),勤勤恳恳。尽管这是虚荣而又庸碌的位置,他却欲尽自己补天之才。他仰慕李白功成身退,希望建立奇功后“大笑拂衣归矣”。在《杂诗》七首里说:“所伤国未报,久戍嗟六师,激烈感微生,请赋从军诗。”他希望驰骋疆场,立功异域。他也为自己只能“缄恨在雕笼”的遭际感到愤懑和忧虑:“世无伯乐谁相识”、“我今落拓何所止”、“青眼高歌俱未老,向樽前拭尽英雄泪”(《金缕曲·赠梁汾》),“平生纵有英雄血,无由一裁荆江水”(《送荪友》)。壮志难酬,满腔悲愤倾泻而出。屈原以降,历代文人的人格在他身上得到了集中体现,其忧患意识已超越了忧己患名的层面,是传统文化塑造出来的积淀着祖先经验的集体元意识,是中华民族特有的人格意识。它深深地烙上了古典文学的文化个性。

第二节　古典文学文化个性之二:感伤心理与归隐心态

中国传统文化的基本特质是以儒学为主体,援佛入儒,儒道互补。儒学轻自然规律的“道”而重人为的“德”,鼓励人们修、齐、治、平,“致君尧舜”,把立德立功立言视为不朽之伟业,以仁、义、礼、智、信的纲常去维护封建统治而求长治久安。道家“道法自然”,主张归真返朴,要求统治者勿以德累民,主张无为而治。佛家主张“恬淡寡欲”,认为“恬淡无为,莫尚于佛”,它所宣扬的“德”是“断恶修善”、“消除诸漏,植众德本”(《无量寿经上》),以此而达彼岸世界之“涅槃”。从治世上这一点而言,三家有别,主张各有侧重。但从心性修养上看,儒家的“正心诚意”与佛家的“空明心性”、“断恶修善”以及道家的“归根复命”、“宁静恬淡,寂寞无为”是相通的。传统文化的这种特有现象,也就孳生了中国文人的独特人格意识——归隐意识和感伤心态。一方面，人们企图通过从政参政方式达到自我生命价值的实现，把拯救社会，勤于王事作为唯一使命。因此“虽九死犹未悔”的屈原，“进亦忧，退亦忧”的范仲淹，成为人们的楷模。但是另一方面，文人天生的寄生性、依赖性，又使他们没有独立的地位，只能从属于君王，即使贵为臣相，亦不过是高等奴仆。其寒碜正如袁宏道所体会的：“遇上官则奴，候过客则妓，治钱谷则仓老，谕百姓则保山婆。一日之间，百暖百寒，乍阴乍阳。人间恶趣，令一身尝尽矣，苦哉毒哉！”（《〈袁宏道集笺校〉卷五·寄丘长孺》）

作为康熙亲信的纳兰恐怕也感受到了这种“恶趣”，不然何来那么多感伤与喟叹。可见，无论达与贫、在野与在朝，都面临理想与现实的矛盾，都有进退维谷的尴尬处境。在这种情况下，道家的清静无为，得道成仙，释氏修福来世涅槃彼岸的三世之说，自然被文人所认同。于是文人们入则为儒，出则为佛为道，从佛道中寻找灵魂避难所，寻找精神的家园和归宿。因此除了屈子式的“伏清白以死直”外，人们亦另外有些选择：或是像陶潜感愤于“为五斗米折腰”体面地慷慨地拂袖而去；或是像阮籍那样为全身远祸，佯狂醉酒，以仕为隐；或是像巢父、许由、务光、楚狂、接舆、桀溺、严子陵那样，不与统治者合作，为洁身而隐；或是像王维那样，“退朝之后，焚香独坐，以禅诵为事”（《旧唐书》），半官半隐……但是，无论哪种避世方式，文人从政参政的内驱力使他们并没有忘记天下。因为儒学产生之初并不排除隐逸，与佛道有相通之处。《论语·季氏》：“隐居以求其志，行义以达其道。”孔子就把“隐居”与包含出仕意义的“行义”对举。《论语·泰伯》中孔子说得更明白：“天下有道则见，无道则隐。”《论语·述而》亦记载：“子谓颜渊曰：‘用之则行，舍之则藏，唯我与尔有是夫！’”于是，孔子行藏用舍成为文人士大夫人生道路的总体设计，经过无数文人的发挥和补充，从而构成了中国文士阶层内儒外佛道，儒道互补的主体精神人格，其意蕴一言以蔽之：“穷则独善其身，达则兼济天下。”（《孟子·尽心上》）

正像传统文人的心态一样，纳兰性德一只脚站在现实的此岸，一只脚踏上佛氏之彼岸。“厌逢人世懒升天”（汤显祖语）。既渴望积极参与又厌倦现实的蝇营狗苟；既“于闲中，留心老子”（《词人纳兰容若手简》），又执著于现实人生；既为皇上勤勤恳恳奔波，以牺牲自我个性换来皇上眷顾，又面临着变化无常的政治而终日战战兢兢，小心翼翼，也为自己只成为皇帝身旁的摆设而流下感伤的泪。于是，他只能从佛老中寻求慰藉。他自号楞伽山人，宅心佛老。他钦羡陶渊明为人，所写五古，亦颇有东篱风味。蒿目时艰，他无限感伤地唱叹："天地忽如寄，人生多苦辛。何如但饮酒，邈然怀古人。"（《拟古四十首》）虽非隐者，但归隐避世意识甚明。纵观饮水诗词，充满道家思想和释氏禅意。如"人生若朝露，营营苦奔走；为问身后事，何如一杯酒"。"煌煌古京洛、昭代盛文治，日予餐霞人，簪绂忽如寄。"（《拟古四十首》）把人生、功名看得十分淡泊。在《眼儿媚·中元夜有感》里说："手写香台金字经，惟愿结来生。莲花漏转，杨枝露滴，想鉴微诚。欲知奉倩神伤极，凭诉与秋擎。西风不管，一池萍水，几点荷灯。"写经念佛，俨然是一个虔诚佛教徒。在《水调歌头·题西山秋爽图》词里，诗人描绘了佛家的清静世界："岁晚忆曾游处，犹记半竿斜照，一抹映疏林。绝顶茅庵里，老纳正孤吟。"他并希望像画里人静的老僧一样，结庵于西山绝顶："布袜青鞋约，但向画图寻。"

他深感世道的黑暗险恶，厌倦官场的反复变化，他无限感叹地说："嗟哉华亭鹤，荣名反为辱。"他认为"世事看弈棋，劫尽昆池灰；长安罗冠盖，浮名良可哀。不如巢居子，遁迹从蒿莱"（《拟古四十首》）。功名富贵在他看来只能是增人哀伤。一再表白自己"仆亦本狂士，富贵轻鸿毛"，"动止类循墙，戢身避高名"（《野鹤吟赠友》）。他在《拟古》诗中也写道："一鹤正西飞，翩翩若长饥，玉潭照清影，独自刷毛衣，生得谢罗虞，光彩非所希。"诗人以鹤自喻，希望自己能像闲云野鹤般置身世外，远离尘俗。他在诗中多处透露出自己弃家为僧，修心养性的想法："曾染戒香消俗念"，"索性不还家"，"经声佛火两凄迷"。在《山中》一诗中他说："高树暗如山，倾崖石欲落，羁离悲夜猿，险峨伤病鹤。酒怀万物清，此时欣有托。山中一声磬，禅灯破廖廓。"希图远离险峨，身伴禅灯，获得精神上慰藉。所以韩菼在《神道碑》中说纳兰"身在高门广厦，常有山泽鱼鸟之思"。他在《摸鱼儿·送座主德清蔡先生》词中云："问人生，头白京国，算来何事消得。不如罨画清溪上，蓑笠扁舟一只。人不识。且笑煮鲈鱼，趁著纯丝碧。"希望有朝一日身着蓑笠，扁舟垂钓。希望能置身世外"看棋局"，希望"耽闲滞酒，消他薄福。雪后谁遮檐角翠，雨余好种墙头绿。有些些欲说向寒宵，西窗烛"（《茅屋新成却赋》），作者摆出一副诸事不管，忘却是非，消受清风明月的姿态，表现出诗人渴望远离险恶现实的心境。

然而，和许多文人一样，他的归隐意识和追求自我的人格精神是在以儒学为构架，佛道为参补的传统文化氛围中产生的。这就规定了他不可能不眷念他所属的阶级和他所处的现实社会，儒学的事功与参与精神使他拳拳于"政治沿革兴坏"。虽然他向往空门，宅心黄老，也一度"心灰尽"，但他却"有发"而"未全僧"，他一只脚停在儒的天国，一只脚伸向佛的乐土，但再没有勇气向前迈步，只能极其矛盾地逗留在"薄冰"之中，小心谨慎地全身远祸。因此，尽管他在一些作品中把自己说成是"看棋局"的看客，似乎很潇洒轻快，但潇洒背后隐藏着无可排遣的忧郁。透过他那些充满禅意和老庄思想的诗词，我们看到了一个心情凄苦的纳兰，一个感伤的纳兰。参与、失意、感伤、出世、恋世是中国文人的共同心态，纳兰作品典型地体现出这种心态。如果他真的"心灰尽"，如果他是个地道佛教徒，又何来那么多"俗念"？"怎又多情"？读纳兰作品，我们感受到了他的感伤精神和归隐意识。感伤是归隐意识产生的前提，而又是对归隐意识的否定，唯其感伤，才见出他在入世与出世之间的徘徊犹豫。这种感伤与归隐的矛盾统一，正体现了古典文学的文化个性。

第三节　古典文学文化个性之三：崇古念旧心态与祖先崇拜意识

中国古典文学的文化个性意蕴之三是崇古怀旧心态和祖先崇拜意识。这一点很多哲人都有共识。严复就曾指出："中之人好古而忽今"，"西之人力今以胜古"(《论世变之亟》)。不但文学如此，即使学术亦莫不然："中国由来论辩常法，每欲中求一说，必先引用古书、诗云、子曰，而后以当前事件语言，与之校堪离合，而此事件语言是非遂定。"(《论世变之亟》)这正如梁启超所言："中国结习，薄今爱古，无论学问文章事业，皆以古人为不可几及。"(《饮冰室诗话》)可见，尚古念旧成为民族心态。

这种心态之形成有其悠久的历史。早在《诗经》时代，怀古念旧，祖先崇拜意识就已出现。《小雅·小宛》的"我心忧伤，念昔先人"，因怀念亲祖而无限感伤。至于《生民》、《公刘》、《绵》、《大明》、《皇矣》等几篇周人史诗，则通过后稷、公刘、古公亶父、文王、武王创家立业的历史功绩之缅怀，追述了周民族的萌生，发展以致灭商建国的全过程，更是充满了一种祖先崇拜意识和周民族自豪感。其后《论语》、《孟子》、《庄子》等先秦诸子著作都表现出对古贤之敬重。《孟子》一书特别突出，其中提及尧二十多处，舜四十多处，禹十处，汤十七处，文王二十余处，武王十余处，言必称古贤，表现了孟子“法先王”的历史观。可见，在我国文化史上很早就形成了崇古怀旧、祖先崇拜的文化传统与民族心理定势。

这种尚古念旧情结在古典文学中主要表现在以下几个方面。

第一，在创作理论方面，拟古之风长盛不衰。如宋代江西诗派主张诗“无一字无来历”，主张“取古人之陈言，入于翰墨，如灵丹一粒，点铁成金也”（黄庭坚:《答洪驹父》）。至有明一代，复古风气更炽，前后七子“倡言文必秦汉，诗必盛唐”，认为“文自西京，诗自天宝而下，俱无足观”（《明史·李攀龙传》）。拟古之风蔚为大观，人们趋之若鹜，当时有所谓“续五子”、“末五子”、“广五子”，后又广为“四十子”，推波助澜，鼓吹“大历以后书勿读”。认为“西京之文实，东京之文弱，犹未离实也。六朝之文游，离实矣。唐之文庸，犹未离浮也。宋之文陋，离浮也，愈下矣。元无文”（《艺苑卮言》）。文愈古愈好，一代不如一代。至有清一代，或宗唐或宗宋，聚讼不休，尚古之风绵延不绝。

第二，在创作形式上，拟古、追和、仿效之风盛行。《昭明文选》专设“杂拟”一类，专收拟古之作。像刘宋时袁淑有《效曹子建白马篇》，南齐王刘铄有拟古作三十余首，鲍照有《拟古诗》八首，江淹有《效阮公诗》十五首、《学魏文帝诗》一首，苏轼有《和陶饮酒二十首》，模仿追和，代不乏人。某种体式一经产生，趋之者蜂起。枚乘作《七发》，“说七事以启发太子”，作者继踵。据清人平步青统计，仅唐以前仿作者就多达四十家（见《霞外捃屑》）。其中有名气的就有傅毅的《七激》、张衡的《七辨》、曹植的《七启》。一时竟成“七林”。这种拟古习气正如茅盾先生在《中国文学不能健康发展之原因》中指出的:“只因我国文士一向迷信古代的便是好的，故幕仿古作的积习特浓厚。诗有‘拟古’，有‘拟拟古’。屈原作《九章》，于是有宋玉的《九辩》、王褒的《九怀》、王逸的《九思》、刘向的《九叹》，摹仿不已，九九无穷……摹仿原是人类的天性，但中国文人之好拟作，却因是迷古。”甚至书名往往好袭古人之意，如“有《红楼梦》，遂有《青楼梦》；有《金瓶梅》，遂有《银瓶梅》；有《儿女英雄传》，遂有

《英雄儿女》;传奇则《西厢记》之后,有《西楼记》,复有《东楼记》,《东阁记》。"①拟古之风愈演愈烈,以至于惟古之是从。

第三,在创作内容上,人们"感往悼来,怀古伤今"(阮籍《咏怀》十三首),人们喜欢"怀古者,见古迹,思古人"(方回:《瀛奎律髓》),"借古人之歌哭笑骂,以陶写我之抑郁牢骚"(吴伟业:《北词广正谱序》)。因此,咏史诗成为中国文学的一大主题。自从班固首标《咏史诗》以来,历来文人衣钵相传,绵延不绝。人们或从古贤的功业中寻找心灵的感应点,或通过先哲的成败得失的反思以垂戒来世,在人们看来"明镜可以照形,古事所以知今"(《三国志·吴书·孙霸传》引古谣谚)。这种借古鉴今的现象正体现了一种尚古怀旧意识。

"自髫龀性异恒儿,背诵经史若夙习"(《通志堂卷》卷十九)的纳兰,自然会受到这种尚古意识的影响。打开他的《通志堂集》,我们可以感受到其作品所透露出来的古典文学的文化个性。具体表现在以下几个方面。

其一,对前代作家表现出崇敬之情。比如他对元代书画大师赵孟頫推崇备至,视之为学习的楷模和效法的样板。在《拟古》四十首中说:"吾怜赵松雪,身是帝王裔,神影照殿廷,至尊叹昳丽……书画掩文章,文章掩经济。得此良已足,风流渺谁继。"赞美之情溢于言表。对诗词书画兼通的才子苏轼,他也充满了崇敬之情:"古今试落落,何意得斯人?紫禁称才子,黄州忆逐臣。风流如可接,翰墨不无神。展卷逢寒食,标题想后尘。"(《题苏文忠黄州寒食卷》)对阮籍、陶渊明等为人与诗亦很赞赏,尤对陶渊明十分推崇,其所作五言诗,颇有东篱风味。此外,对杜甫、李贺也很崇拜,他自称:"芒鞋心事杜陵知,只今惟赏杜陵诗。"(《填词》诗)他把长吉与子美相提并论,在他看来,"长吉未及三十已应玉楼之召,若比少陵则毕生无一诗也。然破锦囊中石破天惊,卒与少陵同寿,千百年大名之垂,彭殇一也"(《通志堂集》卷十四)。并且对长吉排律《恼公》作了一首追和之作《和唐李昌谷〈恼公诗〉原韵》(见《通志堂集》卷四),这足见纳兰对李长吉钟爱之深。这种对前贤的景仰正深藏着诗人的尚古精神和对古人的崇拜意识。

其二,从其诗歌体裁而言,也体现了诗人尚古心态。他集中共有诗329首,其中五言古诗占100首,七言古诗9首,占了三分之一篇目。此外,他的拟

---

① 黄霖:《中国历代小说论著选》下编,江西人民出版社1985年版,第70页。

古、仿效之作亦很多，有拟古40首，咏史20首，效齐梁乐府10首，效江醴陵杂拟古体诗20首。这数量是相当可观的。在其346首词里，亦有不少咏史怀古题材作品。可见作者不是偶尔为之，是作者尚古心态的反映。

其三，在纳兰的作品里充满了一种怀旧意识。表现在两个方面：首先表现在其作品里洋溢着一种追念祖先的情调。纳兰祖先属于以叶赫部为首的海西女真，后被建州女真的努尔哈赤所吞并，他的曾祖（叶赫贝勒）金台什死于清太祖之手。作为忠臣，且从祖父到自己三代仕清，他对此又无可厚非。但作者同时又是一个孝子，祖先遭遇自然在他心中留下一个难以抹去的阴影。因此，他于此一直是耿耿于怀的。他在很多词中都表现出对祖先的旧恨念念不忘："古今幽恨几时平"（《浣溪沙》），"莫将兴废话分明"（《浣溪沙》），"从前幽怨应无数"（《蝶恋花》）……都暗指祖先受辱这件事。1682年，作者觇梭龙，途经松花江畔，凭吊了祖先昔日餐刀饮箭的古战场和叶赫部经营的地盘泥同江，写下了一首无限感伤的《满庭芳》词，认为当年的各部落吞并战争，只不过是如同蛮触的同室操戈。诗人满怀心事，情绪悲怆，对残酷战争不满，对祖先的被吞并深表缅怀之情，认为千古兴亡不过一局棋而已："须知今古事，棋枰胜负，翻复如斯。"由于忠与孝的矛盾，一直在纠缠作者，所以他感到"忠孝难并论"，常常"怀旧与颂新并存"，常常产生一种莫可言状的"幽恨"。其次，这种怀旧意识更多的表现在对前贤的追思和缅怀中。在《咏史》绝句中他对"漆身吞炭"的豫让，博浪狙击祖龙的张良，"劳苦西南"的诸葛亮，忠心"事魏"的诸葛公休表现了自己的缅怀之情。在《咏史》第四首里他说："蜀龙吴虎真无愧，谁解公休事魏心。"诗人竟以诸葛公休作为捞样，昭明了作者心迹：诸葛公休是汉臣诸葛丰之后，却忠于魏；自己是叶赫之后，也应忠于清。他终于为自己的以孝屈从忠找到了理论上的根据。此外，对西汉落魄的贾谊，慷慨救赵的信陵君，却秦身退的鲁仲连，均在诗中满怀深情地缅怀了他们的功绩。在《平原过汉樊侯墓》一诗中，作者高度赞颂了鸿门闯宴叱咤风云的樊哙："一撞重瞳营，再排隆准闼。良平信美好，对此气应夺。斯人在层泉，犹胜懦夫活。"说他气盖张良陈平，虽死犹生。这种对前贤功业的缅怀随处可见。在这些作品中，作者或寓同情于缅怀之中。如对"赍志终未达，盛年竟身死"（《拟古》二十二）的贾谊痛心叹宛，为信陵君"再胜却秦军，遭谗竞谁怜"（《拟古》）的遭遇也深抱不平。或在缅怀追思之中表示自己的志向。比如他对汉代杨震拒不受贿，提出“四知”深表仰慕：“有客赍黄金，误投关西门，凛然四知言，清白贻子孙。”（《拟古》其三）作者借缅怀杨震品德，表现出自己的仰慕清白志向，也可能借以对自己的父亲明珠的受贿表示不满和规劝，这也许是“清白贻子孙”的弦外音。此外，更多的是在追思前贤功绩中，表现诗人“慷慨欲请缨”，“奋翥凌空衢”（《拟古》三十七）的抱负和理想。

其四，纳兰尚古意识还表现出以“宗诗骚”为至境的审美理想。在创作理论上，纳兰是反对那种“好古之士，本无其情，而强效其体”（《通志堂集》卷十八）的陈陈相因。主张破“积习”、“辟新机”，反对“万户同声，千车一辙”的“临摹仿效之习”，提倡创新。然而，对文学遗产他并不反对继承。他说：“诗之学古，如孩提不能无乳母”（《通志堂集》卷十八）。在《原诗》中，他提出反对模仿后，设为问答说：“客曰：然则诗可无师承乎？曰：何可无也？老杜不云乎，‘别裁伪体亲风雅，转益多师是汝师’。凡骚雅以来，皆汝师也。”在《书成氏毛诗指说后》中也指出“三百篇者，诗之源也。”可见其美学思想是汰伪体而“亲风雅”，继承诗骚传统。他认为“人之作诗必宗三百篇”，并且用韵也必宗之，否则是本末“颠倒”（《通志堂集》卷十八）。由此可见，尽管纳兰锐意创新，但他心目中仍将诗骚作为圭臬，视为创作的理想模式。这足以见出纳兰崇古心态。这与中国文学史上许多文学现象何其相似。文学史无论哪一个文学自觉时代，也无论哪一次文学革新运动，无论哪次革新怎样具有开拓新意，但人们总是不能超越诗骚传统的规范。总是从“往古”中寻找理论根据，无疑“诗骚”成为文人心目中偶像。正如方孝孺《论诗》所言：“能探风雅无穷意，始是乾坤绝妙辞。”

以上，我们切入纳兰作品，从忧患意识与参与精神，感伤意识与归隐精神，尚古意识与祖先崇拜等诸方面剖析了中国古典文学的基本的文化个性。这几个方面是有联系的，它们既矛盾又和谐地统一在文人士大夫人格中。儒家的入世精神，使文人怀着一种历史使命感，忧患天下，注目事功。但他们在蒿目时艰，遭受打击之后又无限感伤，因而佛老乘虚而入，释氏的虚空，老庄的无为，使他们滋生一种山林之想。但他们毕竟尘缘未了，不能像宝玉那样蓬头跣足而去，只能在此岸与彼岸中徘徊，在“如履薄冰”的现实中谨慎小心，寻找安身立命之所。于是，他们只好带着“法先王”的社会理想和“齐前贤”的人格精神去咏叹圣贤先哲，去崇尚古朴。在尚古尊师、崇拜祖先的喟叹中寻找灵魂的慰藉。从参与而归隐而尚古,清楚地表明了古代知识分子的心路历程。纳兰性德典型地体现了文人的这种心路历程,他的作品亦典型地折射出中国古典文学中的文化个性。

第二十一章　蕴含着传统爱国主义精神的丘逢甲诗歌之英气

近代诗坛，堪称大家者，恐怕非岭东人境、仓海莫属了。清诗研究专家钱仲联先生在其所著《近百年诗坛点将录》中，将近代著名诗人"排座次"，将黄遵宪、丘逢甲分别喻之为"天魁星呼保义宋江"和"天罡星玉麒麟卢俊义"。他称"黄遵宪为晚清诗界革命之魁杰"，称丘逢甲"亦诗界革命之魁矣"，并认为丘之"《岭云海日楼诗钞》，其深到之处，魄力雄厚，情思沈挚，人境亦当缩手"。人境、仓海二人旗鼓相当，各擅胜场。人境足履欧亚，其"身之所遇，目之所见，耳之所闻，笔之于诗"①，故其诗"独辟异境，不愧中国诗界之多伦布矣"②。仓海诗虽然也"直开前古不到境，笔力横绝东西球"（丘逢甲：《说剑堂题词为独立山人作》），不愧为一代"诗史"，但他从台内渡，执鞭杏坛，生活面所限，其诗之题材之视野，终不及人境之阔矣。若论诗之体式，古体二人则不分轩轾。然人境长五古，七言则非其所长，其"五古议论纵横，近随园、瓯北，歌行铺比翻腾处似舒铁云"③，"元气淋漓、卓然称大家"④。至若七古如人境自云"不过比白香山、吴梅村略高一筹，犹未出杜、韩范围。"（《与任公书》）何藻翔说他"五古奥衍盘礴，深得汉魏人神髓"。⑤ 丘之排律、歌行则壮阔雄浑，如长江注海，一气呵成。其五古清新劲健，沉雄博大；七古则悲慨雄浑，行气如虹。于近体，人境则"取径实不甚高，语工而格卑；伧气尚存，每成俗艳"⑥，赡而不流，甚

---

① （清）黄遵宪：《与朗山论诗》，见《岭南学报》"附录"1931年第2卷第2期，第184页。

② 高旭：《愿无尽庐诗话》，见钱仲联：《人境庐诗草笺注》，上海古籍出版社1981年版。

③ 钱钟书：《谈艺录》，中华书局1984年版，第23页。

④ 胡先骕：《读郑子尹巢经巢诗集》，见钱仲联：《人境庐诗草笺注》，上海古籍出版社1981年版。

⑤ 参见钱仲联：《人境庐诗草笺注·序》，上海古籍出版社1981年版。

⑥ 钱锺书：《谈艺录》，中华书局1984年版，第23页。

或“过欠剪裁，瑕累百出”①，“不免乎粗放”②。而丘“各体皆佳，才气亦大，全集自以七律为上驷。”（丘菽园：《挥麈拾遗》）沉雄悲壮榫接杜子，实胜于人境。从气格言，人境诗大气磅礴，“友视骚汉而奴畜唐宋”（梁启超：《饮冰室诗话》），如康有为《〈人境庐诗草〉序》所言：“上感国变，中伤种族，下哀生民，博以寰球之游历，浩渺肆恣，感激豪宕。”然仔细参读，沧海之气魄之英气似更胜人境一筹，通观其内渡诗什，雄直奔放，慷慨悲壮，沉郁顿挫，一如杜子，字里行间洋溢出苍凉激越之英气，处处郁勃一种催人奋发之豪情。诸如“渡江誓报祖国仇，中原不使群胡留”（《东山酒楼放歌》），“未报国仇心未了，枕戈重与赋无衣”（《病中赠王桂山》），随处可见其勃勃英气。如潘飞声在《诗中八贤歌》中所言：“仲阏长篇如长枪大剑，武库森严，七律一种开满劲弓，吹裂铁笛，真成义军旧将之诗，余每读靡不心折。”他的诗集中，饱含着一种致君尧舜、志清海宇的雄心，也郁勃着“孤臣无力回天”的愤懑之气。因此“悲歌”豪语成为丘诗主要内容。真可谓“笔端浩气满乾坤”（《病中赠王桂山》），“除却悲歌百不存”（《次韵答宾南金陵》）。所以丘菽园《诗中八友歌》称赞他：“吾家仙根工悲歌，铁骑突出挥金戈；短衣日暮南山河，郁勃谁当醉尉呵。”南社诗人柳亚子亦称：“时流竞说黄公度，英气终较仓海君。战血台澎心未死，寒笳残角海东云。”（《论诗六绝句》）这种英气也就是一种浸透于悲歌中的“激宕不平之气。”这是让公渡也黯然失色的，它包含了诗人割地输款的怨愤气，无力回天的悲壮气，誓报国仇的豪迈气，怀恋故土的真朴气，许身稷契的浩然气。这些英气是在中国文化土壤中滋生起来的，它蕴含着传统的爱国主义精神。正因如此，在丘逢甲身上始终有一种杀身成仁、舍生取义的民族的文化的个性。

---

① 胡先驌：《读郑子尹巢经巢诗集》，见钱仲联：《人境庐诗草笺注》，上海古籍出版社 1983 年版。

② 《诸祖耿天放楼诗续集序》，见钱仲联：《人境庐诗草笺注》，上海古籍出版社 1981 年版，第 1304 页。

第一节　痛失故土的怨愤气:“宰臣有权能割地,孤臣无力可回天”

丘逢甲是一个热血男儿,幼负报国之志,他生当列强虎视垂涎台湾之时,他“忧勤惕励,不敢稍懈。”为组织义军抗日护台,他“倾家财以为兵饷,不足则乞诸义士以助之”。(江瑔:《丘仓海传》)但终因腐败清廷执意割台澎媚敌,台湾巡抚唐景崧无意抗战,又治军无策,使日军迅速占领台北、基隆等要地。逢甲率义军仍苦战二十余昼夜,最后因饷绝弹尽才被迫内渡。这种血与火的战斗淬砺了他的意志,这种丧权辱国的环境也培育了他诗歌的特有风格:苍凉沉郁中腾跃一股勃勃英气。如江山渊所云:“诗本其夙昔所长,数十年来复颠顿于人事世故,家国沧桑之余,皆足以锻炼而淬砺之。其为诗尽苍凉慷慨,有渔阳参挝之声,又如飞兔腰袅、绝足奔放,平日执干戈、卫社稷气概,皆腾跃纸上。”(江瑔:《丘仓海传》)确实,读逢甲内渡诗,我们不仅感受到诗人的勃勃“剑胆”,飒飒英风,更感受到诗人逼人的怨愤气。正如他自己所说的“桑海归来义愤存”(《林鹫云郎中鹤年寄题蠔墩忠迹诗册》)。他愧自己无力回天,恨宰臣有权割地。如《重送颂臣》诗写道:

> 海氛忽东来,义愤不可抑。出君箧中符,时艰共戮力。书生忽戎装,誓保台南北。当时好意气,灭虏期可刻。何期汉公卿,师古多怀德。忽行割地议,志士气为塞。刺血三上书,呼天不得直。北垣遽中乱,满地淆兵贼。……送君诗盈幅,难展肠结轖。诗成复自写,不辨泪和墨。愿君置怀袖,长鉴此悃愊。

该诗作于1896年,是对甲午战争(1894)的回顾。诗人目睹清廷腐败无能,为台湾前途深深担忧,他预见“天下自此多事矣!日人野心勃勃,久垂涎此地,彼讵能恝然置之乎?”(江瑔:《丘仓海传》)于是投笔从戎,勉励乡民自卫:“吾台孤悬海外,去朝廷远,不啻瓯脱。……惟吾台人自为战,家自为守耳,否则,祸至无日,祖宗庐墓之地,掷诸无何有之乡,吾侪其何以为家乡耶?”(江瑔:《丘仓海传》)后来事件之发展正证实了丘逢甲的预见。随着北洋水师的溃败,中日马关条约签订,割让台澎,消息传开,举国震动。因此,该诗作者义愤填膺，怒不可遏。讽刺调侃宰臣割地输款明明是丧权辱国，却美其名曰师古人之文德怀远。对这种行径，作者曾三次刺血上书，力谏和议，说："万民誓不从日！割亦死，拒亦死，宁愿死于乱民手，不愿死于日人手"①。可是当时的清帝国是"游氛积为阴，上翳阳无光"，"天鸡不能雄，牝鸡代为鸣"（《杂诗三首》其三），"稚阳欲茁老阴遏，乃张母权侵厥子。……雄雷噤龂鸣雌雷，百虫朒缩户不开"（《苦雨行》）。牝鸡司晨，天日无光，因而造成"太白窃神威，睒睒昼有芒。斗垣森严地，飞星敢干行"（《杂诗三首》其一）的局面。致使壮士请缨无路。

这种愤台被割的感情浸满他的诗篇。如：

已分生离同死别，不堪挥泪说台湾。（《天涯》）

四百万人同一哭，去年今日割台湾。（《春怨》）

看到六鳌仙有泪，神山沦没已三年。（《元夕无月》）

故帅拜泉留井记，孤臣掀案哭雷声。（《闻海客谈澎湖事》）

传人妄计先灾木，割地谁知竟赂金。（《西园重见诗畸刻本为之黯然》）

弃地原非策，呼天倘见哀。（《送颂臣之台湾》八首）

字里行间透露出一股斩不断的台湾情结，拳拳家国之怀，郁勃着一股痛失故土之愤。这些诗句音情顿挫，字字铿锵，意激言质，慷慨淋漓，洋溢着英武伟烈之气，读这些愤台之作，我们看到了一位倚剑长歌、仰天长啸、满腔怨愤、英气勃发的爱国者形象。

第二节　无力回天的悲壮气："风月有天难补恨，江山无地可埋愁"

怆怀时变，痛失国土，是丘诗最突出的主题。因此在他的诗歌中，一方面如前所述，表达了作者对"牝朝"踽顸无能，丧权辱国的怨愤；另一方面也表达

① （清）丘逢甲：《四月廿八日第三次上书》，见丘晨波：《丘逢甲文集》，花城出版社1994年版，第261页。

了自己无力回天的切肤之痛。诗中充满一种悲壮之情,读之令人扼腕,催人奋发。如:

“风月有天难补恨,江山无力可埋愁。”(《颂臣和旧作欧字韵诗叠韵酬之》)

“五年乡泪愁中制,半夜军声梦里驰。”(《夏夜与季平萧氏台听涛追话旧事作》)

“男儿要展回天策,都在千盘百折中。”(《韩江有感》)

“同州况复是同文,太息鸿沟地竟分。”(《得颂臣台湾书却寄》)

诗中既郁结着一股失去故土的悲慨之情,又勃发出一种“回天”、“补恨”之豪情。逢甲内渡后几年诗,几乎首首念台,句句言恨。因为他亲历国难家仇之痛,又身受身世飘零坎坷之苦,因此,写来雄直豪放,悲壮感人。如其挚友王晓沧所说:“仲阏(逢甲号)则身经离乱,其才又横绝一世而郁郁居此,悲壮苍凉之声流溢而出楮墨之间,具有身世之感。一唱三叹,独有千秋”(《金城唱和集序》)。作家才情气质加上他的切身生活体验,铸成其诗苍凉悲壮之美。

本来,对于台湾,他应该是心中无愧的。为台湾他倾注了全部心血,甲午之变,他尽倾家囊以为兵饷,招募义勇,举办团练,“一门子弟能干戈者,尽令从戎”(丘复:《潜斋先生墓志铭》),以“守土拒倭号召乡里”,“听者咸痛哭,愿唯命是听”(江瑔:《丘仓海传》),忠勇之士群起响应。为台湾守备作出了贡献。《马关条约》签订后,他又刺血三上书,要求废约抗战。日军攻占台湾后,他率义军与入侵者血战二十余昼夜,终因饷绝弹尽而败,被迫离台内渡。但是丘逢甲对于“无力回天”,耿耿于怀,深以为恨。在内渡以后的诗中常常表达了这种感情,如《次韵答伯群》二首之一:

阳关笛里变声多,戎马书生罢枕戈。
身似伯鸾犹赁庑,人因康节有行窝。
山中泉石千秋在,海上风云一梦过。
沦落祗今君勿笑,不能绛灌不随何。

面对“天涯胡马正成群”,可自己只能“又向山林作隐居”,“不能绛灌不随何”,沦落漂泊,无法建功立业,无奈痛苦之情,溢于言表。对于自己的赋闲置散,有力无处使,他多有吟叹,如:“落落当歌梨自横,九州无地着狂生”(《当歌》),“补天填海都无益,空洒东风泪满巾”(《村居书感次崧甫韵》),“壮怀未遂身将老,满眼寒山早白头”(《岁暮作》),“失路英雄凭吏笑,投荒心迹岂僧知”(《谒潮州韩文公词》二首),“最怜十万横磨剑,练作人间绕指柔”(《春感次许蕴伯大令韵》十首之七),“平生长剑空倚天,未能划断云连绵”(《题菽园看云图》),“干戈满眼平生恨,梦里犹应痛昔游”(《倦客》),“封章故国回天恨,梦寐中原割地愁”(《铁汉楼怀古》),“封侯未遂空投笔,结客无成枉散金”(《愁云》)。读这些诗,我们深深为作者的坦露的灵魂所震憾:诗人补天无力的愤懑,长剑空倚的遗恨,“镜中白发迫雄心”(《与楚伧千仞闻歌作》)的焦虑……直露无遗地展示在世人面前。但作者不颓度不消沉,他坚信:尽管“通国正酣睡”(《客窗白话同王晓沧作》),但“人间还有郑延平”(《有感书赠义军旧书记》四首)。相信“全输非定局,已溺有燃灰”,并决心“十年如未死,卷土定重来”(《送颂臣之台湾》)。因此,尽管他是失路英雄,但其诗总是充溢一股催人奋进的豪气。如其《寻镇山楼故址因登城四眺越日遂游城北诸山》十二首其一云:

天南舒啸失长风,沦落闲身五岭东。
一片雄心无处着,孤城斗大万山中。

诗人在“雄心无处着”的遗恨中勃发出一股逼人的英气。对自己的失败也并不甘心,如“人间成败论英雄,野史荒唐恐未公”(《有书时事者为赘其卷首》)。内心充满一种愤郁不平之气。

第三节　誓报国仇的豪迈气:“未报国仇心未了,枕戈重与赋无衣”

诗人尽管抗倭失败,内渡飘零,但他时时系念台湾故土,“往往侧身南望,故乡故园,掩映于苍烟暮霭中,迷漫不可见,念一身之无属,独怆然而涕下。又有时酒酣耳热,与二三知己谈故国轶事,辄虬髯横张,怒发直竖,须眉嘘噏欲动,气坌涌而不可遏”(江瑔:《丘仓海传》)。内渡十七年“固未尝一日忘此痛也”(江瑔:《丘仓海传》)。他时刻盼望有朝一日能够统一:“重完破碎山河影,与结光明世界缘”(《羊城中秋》三首),“山河终一统,留影大瀛东”(《十四夜月》),“何时和平真慰愿,五州一统胡尘天”(《和平里行》),“锦绣江山春一统,西台朱鸟莫哀吟”(《拜大忠祠回咏木棉花》),“河山一统初破碎,系余更属浮萍身”(《与伯瑶夜话韵》)。读这些诗,我们时时感到诗人一种炽热的爱国热情和勃勃的豪迈之气。诗中“卫社稷之气概,皆腾跃纸上”(江瑔:《丘仓海传》)。

抗倭不成,他虽然深以为遗恨,但不服输,因为这非关天命,而在乎人事,在于统治者“战守无能地能让”(《海军衙门歌同温慕柳同年作》)。因此,他不消沉,盼望有朝一日卷土重来:“沉郁雄心苦未灰,他年卷土傥重来”(《春感次许蕴伯大令韵》),“卷土重来未可知,江山亦要伟人持”(《离台诗》之三),“百年如未死,卷土定重来”(《送颂臣之台湾》)。决心以身报国,志扫胡虏:“男儿不报国,死愧陈璧娘”(《说潮》之十三),“未报国仇心未了,枕戈重与赋无衣”(《病中赠王桂山》),“何当奋雄略,拔剑斫蛟鼍”(《赠梁诗五孝廉》之二),“我不神仙聊剑侠,仇头斩尽再升天”(《离台诗》之五),“与君欲作闻鸡舞,夜半寒涛撼虎门”(《广州晤刘葆贞编修可毅》)。大丈夫应该报国封侯:“丈夫生当为祖豫州,渡江誓报祖国仇,中原不使群胡留”(《东山酒楼放歌》),“吁嗟乎!男儿生当缴大风、射妖月,听奏钧天醉天阙,下赞虞琴鼓瑶陛,手酌衢尊万方悦”(《题风月琴尊图为菽园作》),“吁嗟夫!丈夫生当为八督州取万户侯”(《长句赠许仙屏中丞并乞书心太平草庐额时将归潮州》)。悲壮苍凉之声,激扬蹈励之气流溢于楮墨之间,读之令人感奋。诗人以天下为己任的抱负处处可见。他甚至在梦里也不忘报杀敌:“五年乡泪愁中制,半夜军声梦里驰”(《夏夜与季平萧氏台听涛追话旧事作》),“十年剑佩记追随,鹿耳惊涛怆梦思”(《寄怀维卿师桂林》),“欲向海天寻月去,五更飞梦渡鲲洋”(《元夕无月》),“梦里陈书仍痛哭,纵横残泪枕痕深”(《愁云》),“绣旗犹飐落花风,不信楼台是梦中。十二栏杆摇海绿,八千弟子化春红。奔驰日月无停轨,组织河山未就功。车下懒龙呼不起,钧天罢奏太匆匆”(《梦中》)……这与陆放翁的“铁马冰河入梦来”真是异代同调,在梦幻与幻想中寄托深至的爱国之情。苍凉慷慨,扣人心弦。

丘诗誓报国仇之豪气还常常体现在对古贤的歌颂中。《岭云海日楼诗钞》中有很多咏叹怀念古之豪杰的怀古诗。如《铁汉楼怀古》、《凌风楼怀古》、《镇海楼》、《潮阳东山张许二公祠为文丞相题沁园春词处旁即丞相祠也秋日过谒敬赋二律》、《和平里行》、《韩祠歌同夏季平作》、《谒明孝陵》和《说潮》五古十七首等对韩愈、文天祥、陆丞相、郑成功、薛侃等进行歌颂，借以表达自己的报国挚情："安得巨刃摩天扬，手馘长鲸剸封狼"(《韩祠歌同夏季平作》)，"男儿不报国，死愧陈璧娘"(《说潮》)。他最崇拜的是民族英雄郑成功。他从小就怀着效法郑成功尽忠报国的抱负，他曾为郑成功庙撰楹联云："由秀才封王，为天下读书人别开生面；驱异族出境，愿中国有志者再振雄风。"①表达自己驱逐"异族"的抱负。他对郑氏无比景仰，1895 年 3 月 23 日丘逢甲在组织义军时写信给唐景崧说："浩劫茫茫，未知天心何属，于此令人思郑延平一流人不置。"②1908 年丘逢甲为谢道隆的《科山生塘诗集》作序时云："夫当台湾之初辟也，郑氏以区区岛国支先明残局，迹其志事，宁非英雄?"(《丘仓海先生文集》)郑不但是丘心目中的"英雄"，而且与其处境相同，都是由大陆渡台，在台湾落籍成立家园，都面临外寇入侵，同时更巧合的是两人生同"甲子"，郑生于明熹宗天启四年(1624)甲子，丘生于清穆宗同治三年(1864)甲子。这使丘对郑充满了深深的敬意，诗中对郑事迹多有吟咏。《以摄影法成澹定村心太平草庐图张六士为题长句次其韵》中说："我生延平同甲子，坠地心妄怀愚忠。"《台湾竹枝词》中他讴歌郑成功"黑海惊涛大小洋，草鸡亲手辟洪荒"。1899 年《有感书赠义军旧书记》一诗中，对郑的崇拜之情更是难以抑制："谁能赤手斩长鲸？不愧英雄传里名。撑起东南天半壁，人间还有郑延平。"孙中山日本友人平山周尊丘保台义举，比之为郑成功，丘自感惭愧："保台之举，日人平山氏比予为郑成功，可愧也。"并写诗云："英雄愧说郑延平，目断残山一角青。何日天戈竟东指，誓师海上更留名。"(《林鹭云郎中鹤年寄题蚝墩忠迹诗册，追忆旧事，次韵遥答》八首之四)此外，他对文天祥充满了爱戴之情："东山气清肃，中乃祠三公。我怀文天祥，夙昔梦寐通。……悲哉五坡岭，报国叫未终。岭梅最高品，著花冰雪中。安知有南枝，向暖私春风"(《说潮》五古之十)，对文天祥宁死不屈的浩然正气表达了由衷敬佩。《莲花山吟》、《和平里行》亦高度评价了文天祥"力支残局"的英雄业绩，同时也表达了自己的报国热情和"何时和平真慰愿，五洲一统胡尘无"的抱负。1899 年 5 月 2 日，丘逢甲还偕同夏同和、马隽卿、庄柳汀诸人到潮阳东山大忠祠祭拜文天祥，写下了

---

① 吴宏聪、张磊：《丘逢甲研究》，广东人民出版社 1986 年版，第 90 页。

② 丘晨波：《丘逢甲文集》，花城出版社 1994 年版，第 251—252 页。

《己亥五月二日东山大忠祠祝文信国公生日》五古五首,表示了对国事的忧虑:"胡风西北来,边愁浩无穷。河山易破碎,四顾忧心忡。"悲郁遒劲,气壮山河。丘菽园评为:"忠义之气勃然以兴"、"借题抒诚,热心君国,为能不愧此新世界人物也。"(丘菽园:《挥麈拾遗》,《丘逢甲传》引)

"白日看云同报国,青山为我更题诗。"(《次韵答陈少石方伯》)丘逢甲还善于把报国之情寄寓在山水烟霭之中。因此,他笔下的山水景色都呈现出雄阔飞动的意境和憾人心魄的壮美,如"破碎河山收战气,飘零身世损春心"(《愁云》),"骊歌声里即天涯,瓯越何妨竞一家。大海重开新世界,群山依旧拱中华"(《将之南洋留别亲友》),"风云看勃郁,万里送飞轮"(《星洲喜悟容纯甫副使;即送西行》),"山气化云云化水,玉龙飞挂空山里"(《题兰史西樵揽胜图》),"王岭东来郁雄秀,群山冠剑森威仪。纷趋到海尽南纪,与海争地雄鼓旗。……独恨平生失微尚,请缨请剑忘官卑。……一峰卓立出云表,苍然秀色轩人眉。如玉屏张宝帐合,如宝驮象球弄狮。群山众壑竞奔赴,势若拱卫来逶迤……"(《庐山谣答刘生芷庭》),形象飞动,气韵生动,雄直刚正,豪气流注。同时一种报国之情渗透其中。又如:"大风吹云云飞扬,八荒一气云茫茫"(《大风雨歌》),"海山自苍海水绿,对客挥毫洒珠玉"(《次韵答伯瑶》),"百粤河山霸气孤,英雄遗迹冷秋无"(《乞陈颐山乔森作画》),"昆仑山势走中华,赴海南如落万鸦"(《秋怀》),"大海潮声来笔底,满城山色落尊前"(《次韵陈衡仲正常招饮可园》),"墨风一夜驱云起,龙气蒙蒙万山里。轩窗如闻瀑布声,天下奇观宁有此。……胡尘不到画里天,如此江山殊不忍"(《芷谷居士画大幅水墨云山瀑布二图并题句见赠长句赋谢》),"岳阳胜概休相忆,横槊雄心郁未消"(《水帘亭》)……烈风之劲,沧海之大,百粤之壮,墨图之奇,岳阳之胜……尽囊尺幅中,诗人萃天地之清气,在雄奇壮阔、氤氲磅礴的意象中,勃发着一种"鼓鲸奋蛟"之豪气。报效祖国之气概与山水之豪壮交融在一起,呈现出丘诗特有的"英气"。此外,诗人喜谈"剑气",爱写"沧海"。报国之慨往往寓于其中,正如潘飞声(兰史)对他的评价:"新诗句句写晴川,胡骑纵横镇远边。"(《题丘仲阏遗稿》)也应了黄遵宪的赞语:"此君诗真天下健者。"①

① (清)黄遵宪:《壬寅与任公书》,见钱仲联:《人境庐诗草笺注》附录《黄公度先生年谱》引,上海古籍出版社1981年版。

第四节　感怀故土的真朴气:“不知成异域,夜夜梦台湾”

丘逢甲“英雄心性从来热”,是一个爱国主义者,他对父母之邦台湾有着一种特别的挚情。年轻时曾为台湾之存亡奔走呼号,呕心沥血,殚精竭虑。怀愤内渡后,“家于嘉应州,买屋居焉,杜门不出,谢绝亲友,自置为‘台湾之遗民’。”名其书房右曰“念台精舍”,左为“岭云海日楼”。常常谆谆告诫子侄们说:“台湾同胞四百万,尚奴于倭,吾家兄弟子侄当永念仇耻,勿忘恢复。”(丘琮:《岵怀录》)死之日,“遗言葬须南向,曰:‘吾不忘台湾也’。”(江瑔:《丘仓海传》)正是这种报国无门的怨愤与系念故土的情怀使他的诗歌充满了一种台湾情结,内渡初的诗,几乎首首言台,如江瑔所言,“日以赋诗为事,而故国之思,以及郁伊无聊之气,尽托于诗。”(江瑔:《丘仓海传》)诗中字里行间洋溢着悲凉郁勃之情和慷慨真朴之气。故乡的一草一木,朝云暮雨,无不触发他的乡思:“李花开落东风里,惆怅离人自断肠”(《李花》),“客愁竟夕怜江月,乡梦千重隔岭云”(《秋怀》八首),“昔为称花意,今作断肠枝”(《菊枕诗》),“半壁河山沉海气,满城风雨入秋心”(《菊枕诗》)。他这种对故土的思恋,常寓于平居生活之中。如友人见饷西瓜,本为闲适之事,诗人却兴神州被割之忧:“荐玉春盘海有氛,故侯门巷冷秋云。金刀欲下踌躇甚,多恐神州似此分”(《衡仲以西瓜见饷兼约可园赏月》);风月珠江,本为娱人之地,诗人遂兴感慨之情:“窄袖轻衫装束新,珠江风月漾胡尘。谁知宠柳娇花地,别有闻歌感慨人”(《珠江有感》);小居山村,却不胜故国之愁:“中霄犹看剑,杯酒强消愁”(《小住》),“故国何迢迢,右手难将移”(《山居诗》)。这些诗往往出之以深沉之笔,而毫无刻镂之痕,郁勃着一种真气。如《往事》诗足以憾人肺腑:

往事何堪说,征衫血泪斑。龙归天外雨,鳌没海中山。
银烛鏖诗罢,牙旗校猎还。不知成异域,夜夜梦台湾。

诗人追怀往事,系念故土沦于异族,痛不欲生,乡思之情遂萦绕梦中。此外如:“人物只今思故国,江山从古属雄才。飘零剩有乡心在,夜半骑鲸梦渡台”(《四月十六日夜东山与台客话月》),“寒宵有远梦,相觅江天涯”(《菊枕诗》),“梦里陈书仍痛哭,纵横残泪枕痕深”(《愁云》),其眷念故土的炽烈程度已到了伤时感事、睹物伤情的地步。这些诗发出肺腑，真情流注，如万斛源泉泻地，其流走自然，而又灌注深邃。不愧为“天成”之作。

逢甲思乡之情或寓于怀恋友人之什，如：“古戍斜阳断角哀，望乡何处筑高台？没藩亲故无消息，失路英雄有酒杯。入海江声流梦去，抱城山色送秋来。天涯自洒看花泪，从菊于今已两开”（《秋怀》）；或寄怀于登高临远之中，如“山空水寂遗此台，题额空悬凤凰字。此字曾额金陵台，山东李白吟诗来。长安不见见江水，浮云蔽日心何哀。我生自是东海客，万里行吟海天碧。无端又共青莲愁，凤去台空怆今昔”（《凤凰台放歌》）；甚或托诸友人的题画中：“南宋国衰词自盛，各抛心力斗清新。零丁洋畔行吟地，又见江山坐付人”（《题兰史番海填词图》二首）。这些诗慷慨悲壮，有渔阳挝鼓之声，一片真朴之气，真善“工悲歌”者。

家国沧桑惨变对诗人影响是巨大的。故土的沦陷常使他耿耿于怀。国事的日非，飘零的身世，难免使他悲从中来，然而，他仍抱“陈书”痛哭之念，每念及往事，未尝不老泪纵横。其集中言及“泪”的诗句特别多，如：“残山剩水冷斜晖，独向西风泪满衣”（《有书时事者为赘其卷端》之三），“都将留恋意，扶泪上归舟”（《送颂臣之台湾》八首），“苍茫自古英雄泪，不为凭栏忆故侯”（《镇海楼》二首），“一曲升平泪万行，风尘戎马厄潜郎”（《岁暮杂感》十首），“乾坤何地许扬眉，海上逢君泪满衣”（《次韵答兰史香江见赠》），“冷守平生心迹在，朝初零落泣孤臣”（《答台中友人》三首），“只怜说剑无人解，老泪如潮溢沧海”（《说剑堂集题词为独立山人作》），“已分生离同死别，不堪挥泪说台湾”（《天涯》），“相逢欲洒青衫泪，已割蓬莱十四年”（《席上作》）。其中有故国沦落之叹惋，有回天无力之愧痛，有长剑空倚之遗恨，有故土亲朋之思恋……这些诗句悲壮慷慨，无新亭对泣之颓叹，有包胥乞师之雄壮；不是失意文人之叹惋，是失路英雄之浩歌。诗人虽然痛哭流泪，但“自笑呆疵老难卖，横戈还想立奇功”（《除夕示五弟时甫三绝句》）的雄风仍存。诗歌塑造了一位失路英雄形象，一位时刻系念祖国和故土的“孤忠”形象，是诗人真情的流露，十分感人。

第五节　许身稷契的浩然气："淡极名心宜在野，生成傲骨不依人"

丘逢甲诗歌的勃勃英气不仅表现为报国的豪迈气，也表现为一种卓立人寰，不肯俯仰依人的浩然正气。这种浩然正气可从他的一些咏物诗中看出来。如其早年作有《虫豸诗五十首》并"以为阅世龟鉴"书赠三弟树甲共勉，内渡后又作《虫豸诗五首》，它们一脉相承，讽世以言志，表达了刚正清廉之品格。其中或讽虱之"黑白"不分，"跖回"不辨，"但解嘬膏血"；或嘲蝇之营营苟苟，"附骥亦云幸，营营殊可憎"；或讥蛆之"趦趄复趦趄，妄梦得天下"；或笑井蛙自尊："有人来语海，井底笑公孙"。但他甚夸蜂的气质："与君同死生，义不殊贵贱。由来香国中，不立贰臣传。"这简直是诗人性情气质的自我写照。刘熙载曾评杜甫诗"见性情气骨"，这完全可以移赠给丘。读这些诗，我们可以从中洞悉诗人的情志与节操，豪情与气骨。丘逢甲深深懂得"人生变节须臾耳"，晚节更需保，他在《嗟哉行》里咏叹："钢是铁所为，铮铮抑何美！安知经火练，竟化柔绕指。噫吁呼嗟哉！行百者半九十里，晚节末路之难乃如此。"他从钢铁化为绕指柔，"行百者半九十里"的现象中悟出保晚节之难的道理。因此，他十分注重自己情志、节操之淬砺培养。在他的许多诗歌中，借咏物来表现自己的志行。如其《题画竹》云：

拔地气不挠，参天节何劲。生平观物心，独对秋篁影。

寒崖茁孤篠，见石不见地。屈曲自盘根，难掩凌云气。

诗写"竹"生于"寒崖"石缝，以致"盘根"、"屈曲"，但它却劲节参天，一片"凌云气"，作者"观物之心"于斯可见。诗人常常把这种立身高洁情志与报国无门、空许稷契怀抱联系起来，故其诗常常透露出一股郁郁不平之气。尽管他口头上常常说"生不愿作读书万卷髯"，像东坡那样"黄州锄麦不得饱，儋州借笠空作歌"，也"不愿作白木长鑱杜陵叟"，因为杜子"戴笠吟诗太瘦生，许身稷契终何有"（《题带经而锄图》）；但他仍不改报国之初衷，把许身稷契当做立身之品节。因此，其咏物诗中常常映现出作者报国之情志。如其写"兰"云：

……借花陶写英雄心，岂特《离骚》当焚唱。梦破中原夕照红，幽兰

开落荒山中。莫教无土孤根露，花里残径写太空。(《画兰曲》)

“兰”长荒山，徒自开落，已是孤寂凄凉；更可悲者，有根无土，忧国之心，酷肖郑思肖无根之兰所寄亡国之恨。此外如其咏马诗表达了同样的感情：“多时放牧出天闲，边事无功马自闲。杨柳千条溪一曲，可怜神骏老空山。”(《题画四绝句》)战马闲放，空老牧野，报国无门之情全出。从这里，亦可看出作者许身稷契之品节。他还有一些诗通过咏物借以揭露当朝权贵屈节误国之罪行，从而表现出自己的一片浩然正气。如己亥春(1899)《牡丹诗》二十首其二云：

何事天香欲吐难，百花方奉武皇欢。

洛阳一贬名尤重，不媚金轮独牡丹。

诗借敢于违忤武后帝旨，拒不吐艳的洛阳牡丹之典故，以抨击西后之专横跋扈，歌颂“戊戌六君子”等维新志士“不媚金轮”的浩然正气。也从而表现了诗人自己的刚正品格。他这种敢言行为使其朋友也为他捏一把汗，诗人至友丘复在其《念庐诗话》中评论该诗时说：“时正戊戌政变后，慈禧复临朝，慷慨敢言，不遭诗祸幸矣！”这种刚正敢言的品格还常常流露在对历史人物的咏叹中。如《说潮》五古十七首中，他对潮汕本土或与之有关的先贤俊彦，诸如文天祥、陆丞相、马发、俞大猷、薛侃等都有吟咏。他尤其对薛侃因建储疏遭廷鞠不妄扳他人、坚贞不屈的品格充满了敬佩之情，对他因一疏而失官亦深表同情：“……中离薛先生，举家侍讲幄。犹子方登朝，死谏节已卓。惜哉真铁汉，一疏官复削。青衣拜节归，京塵手亲濯。……”总之无论是其咏物还是咏史，都可以看出作者的本真、不依人的节操。他在《野菊》一诗写道：“英华岂复关培植，灿漫依然见本真。淡极名心宜在野，生成傲骨不依人。”这是诗人最好的自我评价。许身稷契的浩然气，立身高洁的凌云气是他勃勃英气的又一层内蕴。

主要参考文献

顾伟列:《中国文化通论》,华东师范大学出版社 2005 年版。

[英]特伦斯·霍克斯:《结构主义和符号学》,上海译文出版社 1987 年版。

童庆炳:《文化与诗学》第一辑,上海人民出版社 2004 年版。

叶潮:《文化视野中的诗歌》,巴蜀书社 1997 年版。

丰华瞻:《中西诗歌比较》,三联书店 1987 年版。

[德]黑格尔:《美学》,商务印书馆 1982 年版。

[法]皮埃尔·布尔迪厄(Pierre Bourdieu):《实践与反思——反思社会学导引》,李猛、李康等译,中央编译出版社 1998 年版。

张涛:《列女传译注》,山东大学出版社 1990 年版。

周秀才:《中国历代家训大观》,大连出版社 1997 年版。

[美]乌尔利希·韦斯坦因:《比较文学与文学理论》,辽宁人民出版社 1987 年版。

[瑞]沃尔夫冈·凯塞尔:《语言的艺术作品》,上海译文出版社 1984 年版。

郁贤皓:《中国古代文学作品选》第五卷,高等教育出版社 2003 年版。

叶舒宪:《诗经的文化阐释》,湖北人民出版社 1996 年版。

李宗桂:《中国文化概论》,中山大学出版社 1988 年版。

孔凡礼:《苏轼诗集》,中华书局 1982 年版。

胡应麟:《诗薮》,上海古籍出版社 1979 年版。

贾文昭、程自信:《中国古代文论类编》,海峡文艺出版社 1990 年版。

周锡山编校:《王国维全集》,中国社会科学出版社 2008 年版。

(后晋)刘昫:《旧唐书·文苑传·传序》,影印文渊阁四库全书本。

(宋)朱熹:《朱子语类》,《四库全书》本。

[德]米夏埃尔·兰德曼:《哲学人类学》,上海译文出版社 1998 年版。

《王国维文集》第四卷,中国文史出版社 1997 年版。

金启华:《诗经全译》,江苏古籍出版社 1984 年版。

(宋)叶适:《叶适集》,中华书局 1961 年版。

(清)刘熙载:《艺概》,上海古籍出版社 1978 年版。

(春秋)左丘明:《左传》,中华书局 1963 年版。

(清)何文焕:《历代诗话》,中华书局 1981 年版。

俞建章、叶舒宪:《符号:语言与艺术》,上海人民出版社 1988 年版。

[日]中村元:《东方民族的思维方式》,浙江人民出版社 1989 年版。

朱狄:《当代西方艺术哲学》第一卷,人民出版社 1996 年版。

[德]海德格尔:《人,诗意地安居——海德格尔语要》,郜元宝译,上海远东出版社 2004 年版。

郭绍虞:《中国历代文论选》,上海古籍出版社 1996 年版。

(清)李贽:《焚书》,中华书局 1961 年版。

[希腊]柏拉图:《文艺对话录》,朱光潜译,人民文学出版社 1983 年版。

伍蠡甫等编:《西方文论史》,上海译文出版社 1982 年版。

赵沛霖:《诗经研究反思》,天津教育出版社 1989 年版。

闻一多:《神话与诗》,古籍出版社 1956 年版。

[美]弗兰克纳《伦理学》,三联书店 1977 年版。

(清)唐晏:《两汉三国学案》卷五,吴东民点校,中华书局 1986 年版。

萧华荣:《中国诗学思想史》,华东师范大学出版社 1996 年版。

王南:《中国诗性文化与诗观念》,四川民族出版社 2002 年版。

许维遹:《韩诗外传集释》,中华书局 1980 年版。

刘文典:《淮南鸿烈集解》,中华书局 1989 年版。

刘松来:《两汉经学与中国文学》,百花洲文艺出版社 2000 年版。

胡经之、张首映:《西方二十世纪文论选》,中国社会科学出版社 1985 年版。

(宋)陆九渊:《陆九渊集》,中华书局 1980 年版。

阎国忠:《古希腊罗马美学》,北京大学出版社 1983 年版。

(清)张思岩:《词林纪事》,宗棣辑,成都古籍书店 1982 年版。

曾枣庄、舒大刚:《三苏全书》第八册,语文出版社 2001 年版。

李文禄、刘维治:《古代咏花诗词鉴赏辞典》,吉林大学出版社 1990 年版。

(元)脱脱等:《宋史》,中华书局 1985 年版。

(清)仇兆鳌:《杜诗祥注》,中华书局 1979 年版。

吴文治:《韩愈资料汇编》第一册,中华书局 1983 年版。

屈守元、常思春等:《韩愈全集校注》,四川大学出版社 1996 年版。

张清华:《韩学研究》,江苏教育出版社 1998 年版。

(明)胡震亨:《唐音癸签》,上海古籍出版社 1981 年版。

(清)方东树:《昭昧詹言》,人民文学出版社 1961 年版。

杨伯峻:《孟子译注》,中华书局 1960 年版。

陈克明:《韩愈年谱及诗文系年》,巴蜀书社 1999 年版。

马其昶:《韩昌黎文集校注》,上海古籍出版社 1986 年版。

钱仲联:《韩昌黎诗系年集释》,上海古籍出版社 1984 年版。

(宋)苏辙:《栾城后集》,上海古籍出版社 1987 年版。

曾枣庄:《苏诗汇评》,四川文艺出版社 2000 年版。

惠州市城区市志办:《惠州西湖志·艺文卷》,中华书局 2004 年版。

(唐)李翱:《李文公集》,四部丛刊影印明成化刊本《全唐文》卷 639。

缪钺:《缪钺说词》,上海古籍出版社 1999 年版。

张岱年:《中国哲学史大纲》,中国社会科学出版社 1982 年版。

张草纫:《纳兰词笺注》,上海古籍出版社 1995 年版。

张秉戍:《纳兰性德词新释辑评》,中国书店 2001 年版。

黄天骥:《纳兰性德和他的词》,广东人民出版社 1982 年版。

周柏文:《文艺心理研究》,中国人民大学出版社 1988 年版。

(清)纳兰性德:《通志堂集》,上海古籍出版社 1979 年版。

北京大学哲学系美学教研室:《西方美学家论美和美感》,商务印书馆 1980 年版。

黄霖:《中国历代小说论著选》,江西人民出版社 1985 年版。

钱仲联:《人境庐诗草笺注》,上海古籍出版社 1981 年版。

钱钟书:《谈艺录》,中华书局 1984 年版。

吴宏聪、张磊:《丘逢甲研究》,广东人民出版社 1986 年版。

丘晨波:《丘逢甲文集》,花城出版社 1994 年版。

陈定玉辑校:《严羽集》,中州古籍出版社 1997 年版。

杨辉:《千山诗集校注》(上、下),辽海出版社 2007 年版。

王秀臣:《"三礼"的文学价值及其文学史意义》,《文学评论》2006 年第 6 期。

蒋立甫:《〈诗经〉中"天""帝"名义述考》,《安徽师范大学学报》1995 年第 4 期。

董治安:《〈史记〉称〈诗〉平议》,见《第四届诗经国际研讨会论文集》,学苑出版社 2000 年版。

胡大浚:《边塞诗之涵义与唐代边塞诗的繁荣》,《西北师大学报》(社会科学版)1986 年第 2 期。

杨勇:《论纳兰容若的个性气质对其词的影响》,《湖北大学学报》1990 年第 3 期。

后　记

当这部书稿杀青且即将付梓的时候，我终于如释重负，作为中文系重点学科建设成果之一，总算可以交差了。至于写得如何，就留给读者去品评吧！

写了一辈子学术文章，虽然没有成气候，但在自己所经营的一亩三分学术地里还算沉得住气，还算勤勉，还算有一个主题和中心，那就是一直以来醉心于中国古典诗歌的研究。虽然谈不上焚膏继晷，但还是颇为用心，不敢懈怠。这些年来我对诗歌情有独钟，不但研究它也常写写它。通过一边研究一边创作，试图打通时间的隧道，进入古人的心灵世界，也借以体验古人创作的艰辛。这些年来，我对先秦两汉诗学、唐宋诗学及明清诗学有所涉足，写出了 80 篇文章，近百万字，但我仍感力不从心。中国的诗歌和诗学太博大精深了，研究的途径也十分广泛。但正如我在“绪论”中所说的，文化养育诗歌，诗歌承载着文化。诗歌的研究总是离不开文化密码之解读。正是基于这一思路，我选择了中国历史上各个时期有代表性的几个点进行切入，把一些有代表性的诗人、诗歌及诗学现象置于文化的视野中观照，试图还原诗歌的文化本色。我的解读是否合理，能否得到学界认同，心里诚惶诚恐。

这也许是我最后一部学术专著了，学术虽然曾给我带来了快乐，但随着老冉冉将至，自己也想暂时歇一歇气，同时也想把审美注意力转移一下了，换一种写法，去一去学究味，叩问一下自己的灵魂吧！因此，近些年来诗歌、散文、随笔进入了我的视野，学术之余也偶尔涉及。近来甚至“老夫聊发少年狂”，也学起那些年轻的后生们，居然赶起时髦来，在网上开了博客“篱边虫语”。我道心大发，寻思即使自己的文章不好，但在博客上发文毕竟不浪费纸张，无关大碍，像一只篱边小虫发出几声微弱的声音也不会影响别人，至少不会误人子弟。因此自己今后恐怕会在这些方面多花点工夫了。不过话说回来，文人的本性，爱好学术的惯性恐怕难以使我彻底忘情于学术，毕竟自己与学术结缘了几十年啊！几十年的姻缘说断就断得了么?!

人们常说大恩不言谢，但作为一介寒儒的我还得言一言谢。这部集子的出版得到了惠州学院杰出的校友曾祥先生的大力支持，还得到了惠州学院重点学科经费和著作出版资助，在此表示衷心的感谢！没有这些帮助，真正地只能“养在深闺”而自我陶醉了，自己仰慕的“名山事业”恐怕也只能是水中月，镜中花了。当然还得提及内人，她为我的校对也费了许多精力，有一个细节常常不能忘怀，她常为抓住我的为文之毛病或错讹处而兴奋不已，其情其景一如杜少陵所描述过的“瘦妻面复光”。为表彰她的认真，书此以记。

我是一只篱边小虫，无论在学界还是在诗界，可能还会吱吱声，虽然微弱，但有时也许可以为朋友们清清火。

朋友，你愿意听么？你愿意成为我的第三个人么？

书稿杀青后口占学术感怀诗以记

自许经天百事乖，登楼每叹五噫回。

牖窗搜史期新意，篱落寻诗饮旧醅。

山不厌高能积学，水能纳众总容才。

穷经非是图麟阁，醉眼轩前笑棘槐。